LES WHISKEY :
LES DARK KNIGHTS DE PEACEFUL HARBOR

Du bonheur à volonté (tome 5)
MELISSA FOSTER

ISBN-13 : 978-1-948004-15-2

Couverture : Elizabeth Mackey Designs
Traduit de l'anglais par June Silinski et Valentin Translation

WORLD LITERARY PRESS
IMPRIMÉ AUX ÉTATS-UNIS D'AMÉRIQUE

Note pour les lecteurs

Jed Moon n'aurait jamais cru pouvoir être quelqu'un que les autres admireraient, mais Josie Beckley l'a admiré depuis le moment où ils se sont rencontrés. Même s'ils ne se sont connus que pendant une seule nuit magique il y a des années, elle lui a donné un aperçu de ce qu'il ratait. À présent, elle est de retour dans sa vie avec un fils. Elle se souvient de la personne qu'il était, et il est fier de lui montrer l'homme qu'il est devenu. J'espère que vous aimerez leur histoire d'amour autant que moi.

Chacun des membres de la famille de Jed et de Josie ainsi que leurs amis a eu ou aura leur fin heureuse. Plusieurs livres sur les Whiskey et leur famille élargie sont déjà publiés, pour votre plus grand plaisir (*Sous l'armure de ton cœur*, *Comme une étincelle*, *Fou de désir* et *En toi, un refuge*.). S'il s'agit de votre première rencontre avec la famille Whiskey, chaque livre est indépendant, alors, n'hésitez pas à plonger dedans et à vous préparer à tomber amoureux d'eux.

N'oubliez pas de vous abonner à la newsletter pour vous assurer de ne pas manquer les prochaines parutions de la famille Whiskey :
www.MelissaFoster.com/Francaise-news

Pour plus d'informations à propos de mes romans d'amour amusants et sexy que vous pouvez tous lire indépendamment ou comme faisant partie d'une série plus longue, rendez-vous sur mon site Internet :
www.MelissaFoster.com

Bonne lecture !
~ Melissa

CHAPITRE UN

JOSIE JOUAIT AVEC la brochure qu'elle avait lue si souvent qu'elle était déjà abîmée et chiffonnée. Elle n'oublierait jamais le moment où le petit ami de la grande sœur dont elle s'était éloignée le lui avait mis dans les mains quelques semaines auparavant et avait dit : *C'est l'histoire de Sarah. Si tu la lis, je pense que tu verras que sa vie ne s'est pas déroulée comme tu l'imagines. Elle t'aime, Josie, et je l'aime beaucoup. Quand tu seras prête, et nous espérons tous les deux que tu le seras un jour, nous aimerions apprendre à mieux vous connaître, ton fils et toi.*

Elle regarda Hail, de l'autre côté de la pièce, son fils de presque six ans. Il jouait avec ses petits camions en plastique autour du sapin de Noël, dans le refuge pour femmes de Parkvale. Sa frange hirsute châtain tombait sur le bout de son petit nez, les pointes de ses cheveux sur les côtés et l'arrière bouclaient juste au-dessus du col. C'était le jour de Noël. Deux ans et deux mois auparavant, Josie avait enterré le père de Hail, Brian, l'homme qu'elle avait aimé depuis qu'elle avait treize ans et qu'elle avait épousé à dix-huit ans. Il était mort d'une cardiopathie congénitale dont ils avaient ignoré l'existence. Il chassait un chien de leur propriété quand son cœur s'était arrêté. Il était mort sur le coup, sans avertissement, et cela avait été le début de la fin de la vie telle qu'ils l'avaient connue.

Elle avait été tellement consumée par le chagrin qu'elle avait pensé qu'elle ne pourrait jamais plus respirer. Mais elle était mère, *et ne pas respirer* n'était pas une option. La douleur de perdre Brian s'était atténuée avec le temps, mais elle avait encore un vide en elle dont elle ne pensait pas guérir un jour. Elle avait toujours espéré que lorsque sa grande sœur et son grand frère avaient fui la vie atroce qu'ils avaient vécue avec leurs parents violents, ils auraient trouvé le bonheur. Elle avait pensé que regarder leurs parents les maltraiter était la pire douleur imaginable, mais perdre son mari lui avait apporté une souffrance encore plus profonde qui ne s'était presque apaisée qu'environ un an après. À l'époque, elle n'aurait pas pu imaginer quelque chose de pire. Mais après avoir lu l'histoire de Sarah, qui était intitulée « *De la misère à la joie* », elle avait compris qu'il existait un autre genre de souffrance tout aussi profonde.

— Maman, regarde ! Je suis comme Papa quand il conduit la machine. *Vroom* !

Hail fonça à genoux, poussant le bulldozer et la pelleteuse en plastique qu'elle lui avait offerts pour Noël, à travers le tas de pierres que le père Noël lui avait apportées. Son fils était *un chercheur*, un inventeur. Il avait déjà beaucoup de camions en plastique et de cailloux, mais elle ne comptait plus que là-dessus pour lui apporter du plaisir pur.

— Papa serait fier de toi, chéri.

Il ne lui restait pas beaucoup d'argent de son dernier emploi et elle était reconnaissante que des gens aient fait don de cadeaux au refuge, même si elle trouvait cela bizarre de les accepter. Mais quand Hail avait ouvert les livres de coloriage, les crayons gras et les figurines, son enthousiasme avait apaisé l'embarras de Josie, même s'il était immédiatement retourné à son chantier miniature.

Hail était son petit miracle. Elle avait été plus que terrifiée quand elle avait découvert qu'elle était enceinte plusieurs semaines après son dix-huitième anniversaire, mais elle n'avait jamais regretté d'avoir eu Hail. Il était tout pour Brian et elle. S'occuper de lui l'avait motivée à continuer d'avancer après la mort de Brian. Son petit garçon l'avait aidée à guérir sans le savoir. Cependant, dernièrement, elle avait parfois l'impression de l'avoir laissé tomber en perdant le seul foyer qu'il ait connu, en dormant dans des endroits qui étaient tout sauf appropriés et en vivant à présent dans un refuge, sans savoir où ils iraient ensuite. Néanmoins, elle se disait que c'était temporaire et que Hail n'avait jamais connu une vie sans amour ; c'était le plus grand des soulagements.

Son amie Tracey leva les yeux du livre qu'elle lisait et lui demanda :

— Est-ce que tu veux aller voir Sarah ?

Tracey était venue au refuge après avoir fui une relation violente. Elle y avait rencontré Sarah et Wayne « Bones » Whiskey, son petit ami, qui était médecin et qui faisait du bénévolat au refuge. Sarah était venue avec Bones un soir pour aider les femmes qui avaient été victimes elles aussi de maltraitances, comme elle en avait subi elle-même. Sarah avait invité Tracey à passer chez elle ce soir-là pour fêter Noël. Elle aurait probablement invité Josie aussi, si celle-ci lui en avait donné l'occasion. Mais après avoir perdu l'homme qu'elle aimait ainsi que sa maison et avoir été jetée dans le monde effrayant dont Brian l'avait toujours protégée, Josie n'avait pas du tout été réceptive quand Sarah l'avait retrouvée, quelques mois plus tôt et quand elle avait essayé de la joindre.

De qui se moquait-elle ? Après une décennie à se sentir

oubliée par Sarah et leur frère aîné, Scott – *Scotty* – elle avait été méchante.

C'était avant de savoir ce que Sarah avait subi. Avant que Bones ne lui donne la brochure et une adresse en lui disant de passer quand elle voulait.

— Est-ce que tu vas y aller ? demanda Josie. Tu devrais, si tu veux. Ça ne me dérange pas. Mais je devrais peut-être attendre. Je ne suis pas sûre que Noël soit le moment idéal pour me pointer de nulle part.

— Noël est le moment *idéal* pour se racheter. L'invitation est désinvolte. « Passe voir les enfants à Noël. » Je ne pense pas qu'ils aient organisé quelque chose d'important, mais je ne suis pas d'humeur à faire semblant d'être heureuse, admit Tracey. Tu devrais vraiment aller la voir pour essayer de briser la glace. Si j'avais de la famille, je le ferais sans hésiter.

Josie jeta un coup d'œil à Hail, se souvenant de l'été précédent, quand Scotty, Sarah et les deux enfants de Sarah avaient eu un terrible accident de voiture. Josie n'oublierait jamais la voix paniquée de Sarah quand elle l'avait appelée au bar où Josie travaillait pour lui dire qu'ils étaient à l'hôpital. La nouvelle était arrivée juste après que Josie et Hail avaient été expulsés de la maison dans laquelle elle avait vécu depuis qu'elle avait fui la Floride et qu'elle était venue dans le Maryland avec Brian. Sa santé mentale n'avait tenu qu'à un fil. Ils s'en sortaient à peine, vivant au-dessus du bar sordide dans un horrible studio. En plus de tout le reste, Hail avait été malade pendant que la fille d'un voisin, une adolescente, s'occupait de lui. La fille avait déjà téléphoné pour se plaindre parce que Hail avait vomi, mais Josie avait dû finir son service pour gagner l'argent nécessaire afin de payer le loyer. Josie n'avait pas du tout été prête à revoir sa famille, pas quand toute sa vie était alors incontrôlable. Malgré tout, après l'appel de Sarah, elle s'était précipitée à l'hôpital, pensant qu'elle pouvait trouver le courage de supporter de revoir son frère et sa sœur.

Mais elle avait eu tort.

Voir les hématomes de Sarah et la peur dans ses yeux, entendre les nouvelles terrifiantes sur les blessures de Scott et des enfants avait repoussé Josie dans ces terribles années avec leurs parents et dans les affres d'une crise de panique. Elle s'était presque enfuie de l'hôpital, incapable de respirer…

Le simple fait de repenser à cette nuit-là lui comprimait la poitrine.

Elle murmura :

— Je me suis terriblement mal comportée avec Sarah…

— Parce que ta vie était sens dessus dessous.

Tracey posa son livre et se plaça à côté de Josie sur le canapé.

— Crois-moi, après tout ce qu'elle a enduré, elle comprendra. De plus, tous les frères et sœurs se disputent et disent des choses qu'ils ne pensent pas, non ?

— Nous n'étions jamais comme ça. Nous ne pouvions pas l'être. Nous étions toujours ensemble contre le reste du monde.

Josie ignorait pourquoi son père ne l'avait pas maltraitée comme Sarah et Scott. Ce dernier avait été battu constamment, à tel point qu'il s'était enfui à dix-sept ans et que Josie ne l'avait pas revu depuis. Sarah était partie peu après et Josie n'avait pas imaginé qu'elle les reverrait un jour. Elle avait été choquée d'apprendre qu'au cours des derniers mois, Sarah et lui avaient vécu ensemble à Peaceful Harbor, dans le Maryland, à moins d'une heure de là.

Tracey leva les pieds et enroula ses bras autour de ses genoux. Elle avait une adorable coupe à la garçonne. Ses cheveux bruns donnaient l'impression que sa peau pâle l'était davantage et que ses yeux couleur noisette étaient encore plus grands. Même si elle avait presque vingt-quatre ans, le même âge que Josie, elle pourrait se faire passer pour une adolescente dans sa chemise en flanelle, son jean et ses baskets.

— Sarah a vécu ce que tu es en train de vivre, lui rappela Tracey. Tout recommencer à zéro, essayer de retrouver l'équilibre.

— Sa vie a été *tellement* pire que la mienne, murmura-t-elle.

Scott et Sarah l'avaient appelée au bar plusieurs fois, pourtant elle n'avait pas vu Scott en personne et elle n'avait vu Sarah que deux fois : une fois à l'hôpital et une autre devant le refuge, le soir où Josie n'avait pas eu d'autre choix que d'y emmener Hail.

— Quand elle m'a vue devant le refuge, je lui ai dit de retourner à sa vie parfaite et je suis partie en trombe. Je me sens tellement coupable. Je ne savais pas…

Elle tritura la brochure.

Tracey posa sa main sur celle de Josie.

— Je connais Sarah. Si quelqu'un sur Terre comprend à quel point il est facile de se méprendre sur une autre personne, c'est elle. Elle t'aime, Josie. Elle comprendra.

Elle regarda Hail pousser ses camions sur le chantier improvisé. Celui-ci avait traversé tellement d'épreuves depuis la mort de Brian. Il serait ravi d'avoir une plus grande famille, mais elle savait que retrouver son frère et sa sœur ne serait pas facile.

— Et si j'y allais et que je m'effondrais ? Je ne veux pas que Hail voie ça.

— Tu veux que je reste ici avec lui ?

— Non. Je déteste l'abandonner, en particulier quand nos vies ont été aussi bouleversées dernièrement.

— Dans ce cas, je vais y aller avec toi, proposa Tracey. Je

pourrai le distraire si les choses deviennent gênantes. Tout ira bien.

Le cœur de Josie battait tellement vite qu'elle ne savait pas si elle pourrait faire face à Sarah et à Scott, mais elle *en avait envie*. Elle passa ses cheveux blond vénitien derrière son oreille, une habitude nerveuse qu'elle avait prise quand elle était petite, et elle dit :

— Ça ne te dérange vraiment pas ?

— Eh bien, je porte ma robe de bal et tout…

Elle se leva avec un sourire espiègle :

— Viens. Je suis heureuse pour toi. Est-ce que tu as besoin d'indications pour trouver le chemin ?

Josie se leva, espérant qu'elle arriverait à aller jusqu'au bout, cette fois.

— Merci, et *non*. J'ai trouvé le chemin sur Internet et je l'ai mémorisé quand le docteur Whisk… Je veux dire, quand Bones m'a donné l'adresse de Sarah.

Ce qu'elle n'avait pas dit à Tracey, c'est qu'elle avait aussi suivi ce chemin jusqu'à la maison de sa sœur à plusieurs reprises et qu'elle s'était dégonflée chaque fois.

Elle s'accroupit à côté de Hail et décida de ne pas lui dire où ils allaient, au cas où elle se dégonflerait à nouveau. Elle passa sa main dans les cheveux ébouriffés de son fils :

— Viens, mon chéri. Maman doit passer chez une amie, un petit instant. Tu peux prendre tes jouets.

Après en avoir rassemblé quelques-uns, ils mirent leurs manteaux et se dirigèrent vers la voiture de Josie. La peur et l'angoisse se nouèrent en elle tandis qu'elle conduisait, se resserrant à chaque kilomètre qui séparait Parkvale et Peaceful Harbor.

— Est-ce que ce sera Noël quand on retournera au refuge ?

demanda Hail en jouant avec ses camions en plastique.

— Bien sûr.

Josie entendit le tremblement dans sa voix.

Tracey avait dû l'entendre aussi, car elle posa sa main sur le poignet de Josie, l'air attentionné, et s'inquiéta :

— Ça va ?

Un frisson monta le long du bras de Josie. Sarah avait fait la même chose quand leur père s'en était pris à Scotty, mais ce contact se transformait rapidement quand Sarah poussait Josie derrière elle, la protégeant quand son père arrivait. Sarah et Scotty l'avaient toujours protégée, mais finalement, ils l'avaient abandonnée et elle avait dû se débrouiller toute seule. Cette pensée alourdit son estomac.

Sarah avait désormais deux petits enfants à protéger et elle avait vu son ventre rond de ses propres yeux. *J'ai des neveux.* Cette idée lui donnait de l'espoir. Peut-être que Hail aurait l'occasion de connaître sa tante, son oncle et ses cousins. Scott, Sarah et elle pouvaient-ils surmonter une décennie de sentiments blessés ou avaient-ils tous trop changé pour réparer leur relation endommagée ?

Des millions d'autres pensées et de questions, de peurs et d'espoirs tournèrent dans sa tête jusqu'à ce que ce soit trop. Elle agrippa le volant à deux mains et réalisa que Tracey attendait encore une réponse. N'ayant pas confiance en sa propre voix, elle jeta un œil à Tracey, essaya de sourire et hocha la tête tout en traversant le pont qui menait à Peaceful Harbor.

Elle se fraya un chemin dans les rues sombres qui menaient à la maison de Sarah. Plus elles s'approchaient, plus Josie ralentissait, hésitant à faire demi-tour. Lorsqu'elle tourna dans la rue étroite en direction de la maison de Sarah, son pouls accéléra. Elle n'était jamais allée aussi loin. Elle jeta un œil à son petit garçon dans le rétroviseur. Toute sa vie avait été bouleversée et il se sentait enfin mieux. Faisait-elle ce qu'il fallait ? Ou invitait-elle plus de stress dans leurs vies ? Comment pouvait-elle le savoir ?

Quand elle atteignit l'intersection qui menait à la maison, elle resserra son emprise sur le volant et tourna à gauche. Quelques minutes plus tard, la route se transforma en une longue allée et une maison apparut en haut d'une colline. Elle ne pouvait pas respirer et elle freina.

— C'est là que ton amie vit, Maman ? demanda Hail.

— C'est ça. Je crois.

Tracey lui fit un signe encourageant de la tête.

— Tu crois que c'est la bonne maison ? Elle est tellement grande ! Comment Scott et Sarah peuvent-ils se permettre de vivre dans une maison pareille ?

— C'est la maison de Bones *et* Sarah. Il est médecin. Évidemment qu'ils ont une belle maison, insista Tracey.

— Ils vivent ensemble ? Je pensais qu'elle vivait avec Scott.

— Bones et Sarah ont emménagé ensemble, il y a quelques semaines. Il adore Sarah et les enfants. Ils sont vraiment heureux.

Des larmes de joie brûlèrent les yeux de Josie.

— C'est *vraiment* une bonne chose.

Elle pria silencieusement pour puiser de la force et elle avança le long de l'allée. Plusieurs véhicules apparurent ainsi que le *reste* de la magnifique propriété. Il y avait un garage pour plusieurs voitures et la maison n'était pas immense, mais elle était grande et belle, avec un vaste porche à l'avant, une devanture en pierre et une énorme terrasse en bois avec vue sur le port. *Nom d'un chien...*

Josie se gara derrière les autres voitures. Des lumières vives clignotaient derrière chaque fenêtre et elle sut qu'elle avait commis une erreur.

— Nous interrompons une fête ou quelque chose comme ça. Je ne pense pas pouvoir…

— Tu peux le faire ! Tu es arrivée jusqu'ici…

— Faire quoi, Maman ? Parler à ton amie ? demanda Hail.

L'estomac de Josie se noua davantage. Elle l'avait effrayé sans le vouloir quand elle avait fui Sarah devant le refuge, et il était hors de question qu'elle lui fasse à nouveau peur de cette façon un jour. Ce soir-là avait été horrible. Bones avait envoyé son grand frère baraqué, Bullet – *le géant* barbu, le plus intimidant, vêtu de cuir et tatoué qu'elle ait jamais vu – les chercher, Hail et elle, pour s'assurer qu'ils retournent au refuge, où ils seraient en sécurité. Son fils avait besoin qu'elle soit forte et qu'elle fasse ce qu'il fallait.

— Non, chéri, dit-elle tout en réfléchissant rapidement. Je me demandais si je devrais éteindre le moteur parce qu'il fait très froid dehors. Je vais le laisser tourner pour Tracey et toi. Je reviens dans une minute, d'accord ?

Tracey murmura :

— Tu ne veux pas que nous venions avec toi ?

Josie secoua la tête.

— Pas encore. Laisse-moi voir comment ça se passe d'abord.

— D'accord. *Vas-y.* Tu vas y arriver, dit Tracey en tapotant la main de Josie d'un geste apaisant.

Puis, elle grimpa au-dessus du siège et se laissa tomber lourdement à côté de Hail.

— J'espérais avoir un peu de temps pour jouer avec la pelleteuse !

Hail lui tendit le jouet, se lançant immédiatement dans une diatribe sur ce qu'une pelleteuse pouvait et ne pouvait pas faire.

Brian avait travaillé dans la construction et Hail avait été pendu à ses lèvres. Dans un effort pour combler le vide de son père, quand elle pouvait, Josie écumait Internet pour trouver des informations sur les équipements de construction que son enfant ne savait pas encore.

Elle sortit de la voiture, les jambes tremblantes. Elle leva la capuche de sa parka pour repousser le froid et elle mit ses mains dans ses poches. Elle enroula ses doigts autour de la brochure. Elle ignorait pourquoi elle l'avait apportée, mais cela semblait important, comme s'il s'agissait de son excuse pour se présenter sans prévenir.

Tandis qu'elle avançait vers la porte, elle se retourna en direction de la voiture, cependant les phares l'empêchaient de voir l'intérieur. Elle se retourna et fixa la porte d'entrée, se motivant à être forte dans l'intérêt de Hail, et dans le sien aussi aussi. Elle monta les marches, incapable d'entendre quoi que ce soit à cause du sang qui pulsait à toute vitesse dans ses oreilles. Elle leva une main tremblante et frappa avant de perdre son courage.

La porte s'ouvrit et le visage de Sarah pâlit.

— Josie…

De la musique et des voix s'élevaient derrière Sarah alors que Bones vint à ses côtés et passa un bras autour d'elle.

Sarah était tellement belle, et enceinte, *juste là*, devant elle. Les yeux de Josie se remplirent de larmes et elle pria pour ne pas s'évanouir.

— Mec, arrête de la contempler.

La voix rauque de Bullet attira l'attention de Josie vers un autre homme qui était debout à la gauche de Sarah et qui l'observait. Il était grand, son torse était large et il avait des cheveux châtain clair, des traits qui pourraient appartenir à n'importe qui. Seulement, ce n'était pas n'importe qui. Josie connaissait ces yeux bleu-gris. Elle n'oublierait jamais le regard perçant qui lui avait donné l'impression qu'il pouvait lire dans ses pensées ni la cicatrice le long de sa pommette qu'elle avait suivie des doigts et embrassée de ses lèvres. En l'espace d'une seconde, son passé la submergea.

Moon ?

La porte se ferma, la sortant de son choc et la ramenant dans le présent. Sarah et Bones étaient debout sur le porche, la regardant les yeux remplis d'impatience. Peut-être même d'espoir.

Les pensées de Josie tournèrent dans sa tête. Elle ne savait ni quoi faire, ni quoi dire. Elle sortit donc la brochure de sa poche et elle la tendit, obligeant les mots à sortir.

— Bones m'a donné ça avec cette adresse et il a dit de venir quand je voulais. Je ne savais pas que vous faisiez une fête.

— Non, dit rapidement Sarah en se tordant les mains.

Un énorme diamant étincelait sur son annulaire gauche.

— Reste, s'il te plaît. Scott est à l'intérieur et je sais qu'il meurt d'envie de te parler.

Josie était étourdie. Scott était à l'intérieur et Sarah était vraiment heureuse. *Fiancée.* Mais était-ce Moon ? Ses mondes entraient en collision et la pulvérisaient. Elle se tourna à nouveau vers la voiture et parvint à dire :

— Je ne peux pas. Mon amie m'attend avec Hail dans la voiture.

— Invite-les à entrer, dit rapidement Sarah. J'adorerais les rencontrer.

L'espoir dans sa voix et la supplication dans les yeux de Bones la firent presque accepter, mais il était très possible que le seul homme en dehors de Brian avec qui elle avait couché soit juste derrière cette porte. Il était impossible qu'elle affronte cela en plus de se réconcilier avec ses frère et sœur après une décennie.

— Non, dit rapidement Josie. Je ne suis pas prête à…

Faire face à tout ça.

— Je voulais juste dire que j'ai lu ton histoire. Je ne savais pas que ta vie a été aussi difficile. Je suis désolée.

Elle se précipita en bas des marches du porche, s'arrêta brusquement sur le trottoir et ferma les yeux pour réprimer ses larmes. Elle remit ses mains dans ses poches et se retourna. Ne voulant pas s'enfuir à nouveau, mais incapable d'en faire plus, elle déclara :

— Joyeux Noël. Peut-être que nous pourrons parler après les fêtes ?

Des larmes coulèrent le long des joues de Sarah lorsqu'elle prononça :

— Ça me plairait.

Bien. Parfait. Josie n'était pas sûre de ses paroles. Elle tremblait de haut en bas en montant dans sa voiture, jetant un dernier coup d'œil à Sarah et à son fiancé qui se serraient l'un dans les bras de l'autre. Hail rit sur le siège arrière et elle parvint à dire :

— Ta ceinture est encore attachée, mon chéri ?

— Oui. Tout va bien. Tu as bien agi aussi, Josie.

Tracey posa une main sur l'épaule de Josie tandis qu'elle reculait dans l'allée :

— Tu veux que je conduise ?

Josie secoua la tête, incapable d'empêcher les larmes de couler. Sarah ne l'avait pas rejetée. Elle l'avait invitée à *entrer. Elle ne me déteste pas.* Et elle était fiancée !

Le soulagement et le bonheur la submergèrent et elle se

sentit sourire. Un éclat de rire lui échappa et l'espoir monta en elle.

— Regarde, Maman ! s'exclama Hail. Je peux voir la lune entre les arbres !

Le visage de Moon apparut dans l'esprit de Josie. Ses nerfs fourmillèrent et brûlèrent tandis qu'elle se souvenait avec une grande dose de culpabilité de la seule fois où elle avait un jour été attirée par quelqu'un d'autre que Brian.

— La lune est vraiment loin, même si on dirait que tu peux tendre la main et la toucher, dit Tracey.

Josie déglutit difficilement. *Elle n'est pas aussi loin que tu le penses...*

JED SE TINT à côté de la fenêtre longtemps après le départ de *Josie* – Joanne, *Jojo*. Cela faisait des mois que Sarah et Scott avaient essayé de reprendre contact avec leur petite sœur et Jed avait ignoré qu'ils cherchaient la fille qu'il avait connue brièvement des années auparavant. Il ne l'avait vue qu'à travers la porte et elle avait sa capuche. Avait-il pu se tromper ?

Il passa une main sur les tatouages ornant son bras gauche, se souvenant du moment où il avait vu Jojo pour la première fois, de l'autre côté d'un terrain, pendant une fête bien arrosée. Les filles étaient rares dans ces fêtes, mais Jojo l'avait arrêté dans son élan. Pas parce qu'elle était absolument splendide, avec ses longs cheveux blond vénitien et ses yeux marron affûtés, mais parce qu'elle était une petite femme coriace. Il l'avait vue à plusieurs fêtes en extérieur, mais elle restait généralement dans son coin. Les choses avaient été différentes ce soir-là. Elle lui avait adressé un regard intéressé et provocateur qui l'avait frappé comme la foudre, le touchant directement au sexe. Depuis les premiers mots entendus de sa bouche et les heures qu'ils avaient passées à discuter jusqu'à la manière dont elle était devenue sauvage pendant qu'ils avaient fait l'amour, leur connexion n'avait pas seulement faibli, elle s'était insérée profondément en lui et il n'en avait jamais expérimenté aucune autre jusqu'à ce jour.

Putain, elle l'avait bien eu ce soir-là.

Jojo l'avait amené à se dévoiler, ses yeux splendides le perçant tandis qu'elle l'avait poussé à lui dire ce qu'il n'avait jamais dit à personne. Elle l'avait écouté attentivement, elle lui avait posé des questions sur *lui*, pas uniquement à propos de la situation. Il était jeune à ce moment-là, il avait seulement vingt-trois ans, mais tandis qu'il avait dévoilé ses démons, son chagrin d'avoir perdu son père et sa colère envers sa mère pour avoir bu pour oublier, leur connexion avait semblé tomber du ciel. Il avait avoué ses secrets les plus sombres, son côté homme à femmes et le fait qu'il volait pour avoir de quoi manger pour sa sœur.

Pouvait-il vraiment s'agir d'*elle*, après tout ce temps ? Il avait eu tant de sentiments pour elle qu'il était *presque* sûr de l'avoir fait apparaître et non pas d'avoir passé la meilleure nuit de sa vie avec une femme qu'il ne reverrait jamais. Elle était devenue son fantasme, la femme qu'il comparait à toutes les autres. Il pouvait sentir sa douceur sous son corps, voir ses cheveux s'étaler autour de son beau visage tandis qu'ils s'allongeaient dans l'herbe en s'embrassant sous les étoiles. Et ensuite, quand elle avait dit, « Alors, tu es vraiment un loup déguisé en brebis », sa réponse était venue sans réfléchir. *À toi de me le dire, Petit Chaperon Rouge.* Elle avait secoué la tête avec ce petit rire sexy et grave et avait dit : *oublie le Petit Chaperon Rouge. Je suis le grand méchant chasseur qui a abattu le loup du premier coup.*

Bullet Whiskey le poussa du coude :

— Mec, tu as fini de rêvasser ?

Bullet était l'aîné des frères et sœur Whiskey, qui incluaient aussi Bones, Bear et Dixie. Mesurant un mètre quatre-vingt-quinze et pesant cent dix kilos, il était aussi le plus imposant. Bullet avait passé plusieurs années dans les Forces spéciales, où il avait presque sacrifié sa vie, et il gérait le bar familial, le *Whiskey's*, depuis lors. À présent, il était marié à Finlay, une petite blonde qui possédait une entreprise de service traiteur et qui travaillait à mi-temps au bar.

Jed secoua la tête pour essayer d'éclaircir ses pensées.

— Oui. Qu'est-ce qui se passe ?

De l'autre côté de la pièce, il vit Bones parler avec Sarah et Scott.

— Est-ce que Sarah et Scott vont bien ?

— Tu plaisantes ? Ils sont fous de joie que leur sœur soit passée.

Il leva son menton barbu vers son père et annonça :

— Biggs a convoqué une réunion. Dans la cuisine, Prospect[1] Biggs Whiskey était le président du club de bikers des Dark Knights. Les Whiskey et les Dark Knights avaient sauvé Jed en lui donnant un emploi, une maison et une raison d'être, c'est pourquoi il avait décidé d'essayer de rejoindre leurs rangs. Chercher à devenir un membre des Dark Knights était un processus qui commençait par traîner avec eux, ce qui ressemblait à une période de lune de miel, quand les hommes qui voulaient se joindre au club et les membres actuels décidaient

---

[1] Ou « Novice » en français (les deux sont acceptés).

s'ils se plaisaient et se respectaient suffisamment pour passer à l'étape suivante. Ils donnaient aux prospects du travail fastidieux : aller chercher un cendrier pendant une réunion ou passer prendre un membre coincé quelque part à trois heures du matin. Cela continuerait probablement pendant un an, mais Jed se fichait du temps que cela prendrait ou du nombre de petits travaux qu'il devrait faire. Le club était une fraternité qui protégeait la communauté et les leurs, ce qui allait au-delà des droits de naissance et des liens du sang et s'étendait à la famille de chaque membre. Il voulait en faire partie plus que tout au monde.

Jusqu'à présent.

Aujourd'hui, il voulait découvrir si la femme dont il était tombé amoureux si longtemps auparavant était Josie Beckley. Il savait que Sarah et ses frères et sœurs avaient grandi dans un foyer terriblement violent, même si Scott et elle n'avaient jamais vu Josie souffrir de maltraitance. Elle y avait été exposée quand même et Sarah et Scott avaient quitté la maison avant Josie. Ils ignoraient si elle avait souffert aux mains de leurs parents monstrueux après leur départ. Il essayait encore de faire le rapprochement entre *Josie* et sa *Jojo*. Plusieurs semaines auparavant, Sarah avait dit à tout le monde qu'elle avait vu Josie et que cette Josie – *Jojo* – avait un fils. Il espérait sacrément qu'aucun salaud ne leur avait fait du mal. L'idée que Jojo et son fils souffrent fit bouillonner son sang.

En suivant Bullet dans la cuisine, il essaya de se souvenir de ce dont il avait appris sur Jojo toutes ces années auparavant. Il se souvenait d'avoir senti qu'ils avaient beaucoup en commun et qu'elle avait été la première fille à comprendre ce qu'il avait traversé. Alors qu'il se remémorait ses souvenirs de leur conversation, il se figura qu'elle n'avait dit que des généralités.

La vie est belle, maintenant. Je sais tout ce qu'il y a à savoir sur les alcooliques. Certaines personnes ne devraient pas avoir d'enfants. Pendant qu'elle avait tenté de lui extorquer des informations, il avait été trop fasciné par son attention, sa beauté et sa personnalité profonde et prévenante pour lui poser beaucoup de questions sur *elle*.

Merde. Cela faisait-il de lui un vrai salaud ?

Il s'assurerait d'y remédier. Il n'était plus un jeune homme perturbé de vingt-trois ans. À vingt-huit ans, il avait les idées claires. Il avait deux emplois stables et il économisait en partageant un appartement au-dessus du garage avec son ami Quincy, tout en cherchant à acheter une maison. Heureusement, il n'avait jamais été du genre à beaucoup boire ou à se droguer. Sa ruine avait été de prendre soin de sa famille de toutes les manières possibles, ce qui l'avait généralement placé du mauvais côté de la loi. Il fallait bien avouer qu'il était du bon côté depuis un bon moment maintenant ; il ne retournerait plus jamais à cette vie horrible.

Les membres des Dark Knights se rassemblèrent dans la cuisine pendant que leurs amis et leurs familles restaient dans le salon. Jed redressa les épaules en voyant Biggs debout à côté de Bullet, ses bras burinés et tatoués croisés sur son gilet en cuir, sa canne posée contre le plan de travail. À cause d'un AVC, Biggs était désormais incapable de faire de la moto, mais ce serait toujours un biker. Il avait cela dans le sang et il avait inculqué la même loyauté envers son mode de vie à ses enfants. Ces derniers étaient tous des durs à cuire et ses fils étaient des membres des Dark Knights.

— Nous avons beaucoup de choses à célébrer, ce soir, dit Biggs d'une voix lente, un effet persistant de l'AVC.

Sa moustache et sa barbe sauvages, épaisses et grisonnantes

cachaient le léger affaissement de son visage et une canne l'aidait à faire face aux faiblesses musculaires dues à son accident. Même avec sa canne et sa manière de parler lente et parfois pâteuse, sa présence rustre et virile demeurait sacrément intimidante. C'était un homme bien et qui était devenu comme un père pour Jed.

— Et nous devons nous occuper de quelque chose de nouveau, poursuivit Biggs. Nous devons nous assurer que la sœur de Sarah et de Scott est protégée. Ils ne savent rien sur la dernière décennie de la vie de Josie et nous ignorons si elle fuit quelqu'un ou si elle n'a tout simplement pas eu de chance.

— Elle est en sécurité au refuge, ajouta Bones.

En tant que médecin, Bones était le plus soigné des Whiskey, mais il était tout aussi dangereux quand c'était nécessaire.

— Nous nous sentirions bien mieux si quelqu'un faisait attention à elle. Elle est entrée en contact avec nous, mais de toute évidence, elle n'est pas prête à accepter de l'aide de Sarah ou de Scott, ce qui signifie qu'elle n'en acceptera probablement pas de moi non plus.

— Je vais le faire, proposa Jed.

Même s'il n'était pas certain que Josie soit Jojo, il était sacrément sûr de vouloir le découvrir. Il ne souhaitait pas en parler avant d'en être certain.

— J'apprendrai à la connaître, je m'assurerai qu'elle trouve un bon travail et un endroit où vivre avec son enfant. Je n'ai pas beaucoup de temps entre le travail au garage et au bar, mais j'en trouverai.

Bear lui donna une tape dans le dos :

— Ça, c'est se comporter en homme, Propect. Je peux faire plus d'heures au garage si nécessaire.

— Non, objecta Biggs. Crystal et toi venez de vous marier et vous attendez un bébé. Diesel est de retour en ville et il a besoin d'un emploi. Il peut travailler au bar le soir. Tex Sharpe a besoin de travailler quelques heures pendant l'hiver, il pourra travailler au garage si nous avons besoin de lui. Nous allons trouver une solution.

Diesel et Tex étaient deux membres des Dark Knights, même si Diesel était un nomade, ce qui signifiait qu'il ne prêtait pas d'allégeance particulière à un chapitre ou à un territoire du club.

— Diesel ? Bon sang, P'pa ! Il est plus effrayant que Bullet ! siffla Bear.

Bullet frappa le sommet de la tête de Bear.

— Il nous faut des hommes qui intimident la racaille. Dieu sait que tu ne peux pas le faire.

Bear rit.

— Va te faire voir. Personne ne me cherche des problèmes.

— *Les garçons*, à propos de quoi est-ce que vous pouvez bien vous disputer à Noël ? demanda leur mère, Wren « Red » Whiskey, en entrant dans la cuisine.

La plupart des gens pensaient qu'elle tenait son surnom de ses cheveux flamboyants, une caractéristique que Dixie partageait avec elle, mais ce n'était pas le cas. Quand Bear avait été enfant, il avait entendu quelqu'un l'appeler « Wren » et avait pensé que cette personne avait dit « Red ». Le nom était resté. Red était dure comme de l'acier, mais elle avait aussi une facette plus douce et maternelle. Une facette qui donnait à Jed envie d'être près d'elle, de la protéger et de s'imprégner d'autant d'amour maternel qu'elle était prête à lui en donner.

Bear et Bullet marmonnèrent :

— Désolé, Maman.

— Hum hum, sermonna-t-elle. Puisque vous parlez des

affaires du club et que vous êtes tous dans la même pièce sans être distraits par vos jolies femmes et vos beaux bébés, je veux dire quelque chose. J'ai parlé à Sarah et à Dixie. Puisque nous avons deux bébés de plus dans la famille, et que nous en attendons deux autres, je crois qu'il est temps d'engager une autre serveuse pour le bar. J'aimerais passer plus de temps à gâter mon mari et mes petits-enfants et moins de temps à faire du baby-sitting avec les hommes du bar.

Bones, Bear et Bullet rirent.

— Tu devrais donner des leçons d'éducation à des enfants, Red, la complimenta Jed. J'aurais donné n'importe quoi pour avoir une mère comme toi.

Elle avança vers lui, posa une main sur sa joue avec, sur le visage, l'air le plus maternel qu'il ait jamais vu, et affirma :

— Je suis là, maintenant, chéri. Tu fais autant partie de la famille que Truman, Gemma, Quincy, leurs bébés et le reste de nos enfants par procuration.

Bear s'était lié d'amitié avec Truman Gritt et son petit frère, Quincy, à l'adolescence. Leur mère avait été toxicomane et Bear avait pris Truman sous son aile et lui avait appris comment travailler sur des voitures. Malheureusement, Truman était allé en prison pour un crime que Quincy avait commis quand il n'avait que quatorze ans. Il avait été libéré et avait découvert que sa mère était décédée d'une overdose, que Quincy se droguait et que deux petits frère et sœur qu'il ne connaissait pas, vivaient dans une maison de crack. À présent, Quincy était clean et Truman et sa femme, Gemma, élevaient les deux enfants, Kennedy et Lincoln, comme s'ils étaient les leurs.

— Merci, Red. Ça compte beaucoup pour moi.

— Et si l'on proposait à Josie de travailler au bar ? lança Biggs.

— Ça ne fonctionnera pas, déplora Red. Je l'ai proposé à Sarah, mais elle a dit que Josie commençait seulement à envisager l'idée de reprendre contact. Elle craint que Josie ne prenne peur ou qu'elle se sente sous pression si nous essayons de l'amener dans notre monde trop vite et qu'elle s'enfuie. Mais l'amie de Sarah a besoin d'un emploi.

— Je ne sais pas. Tracey est adorable, et elle est toute fine en plus, réfléchit Bones. Je ne suis pas sûre qu'elle puisse gérer une clientèle aussi rustre.

— Si Fin peut s'en sortir, je suis sûr que cette adorable fille peut le faire aussi, car personne n'est aussi *adorable* que ma femme, affirma Bullet.

— Sarah est sûre que Tracey peut y arriver, les rassura Red. Personne n'embête Izzy avec Jed et Bullet dans les parages.

Isabel Ryder était serveuse au *Whiskey's*.

Bear prit une bière dans le réfrigérateur :

— Un homme doit vouloir mourir pour s'en prendre aux filles ou causer des problèmes avec Desmond « Diesel » Black dans les parages. Où est-ce qu'il était, au fait ?

Bear désigna l'entrée de la cuisine et s'éclaircit la gorge, attirant l'attention de tout le monde vers Kennedy, l'adorable petite fille de quatre ans qui portait une robe légère de princesse rouge et vert et qui tenait la main de Bradley, le fils de trois ans de Sarah.

— Papa Biggs ? demanda Kennedy. Est-ce que tu peux finir maintenant, s'il te plaît ?

Tout le monde étouffa un rire tandis que Biggs saisissait sa canne et boitait jusqu'aux enfants qui avaient le cran de faire ce qu'aucun adulte, mis à part Red, ne ferait : interrompre l'une des réunions de Biggs.

Kennedy et Bradley levèrent le menton et Biggs baissa ses

yeux sombres vers eux, l'air sérieux. Il les questionna :

— Que se passe-t-il ? Est-ce que quelqu'un vous embête là-bas ?

Ils secouèrent la tête.

Kennedy joua avec le ruban de sa robe et minauda :

— Tata Dixie dit que le seul moyen pour que tu laisses Oncle Beah jouer avec nous, c'est de te distraire. Est-ce que je peux ?

Tout le monde rit, même Biggs.

— Oui, chérie. Je crois que tu peux.

Il posa ses yeux sombres sur Dixie, qui lui envoya un baiser.

— Venez par ici.

Bear souleva un enfant sous chaque bras, contre les côtés, les portant jusqu'au salon comme des ballons de football (sauf que ces derniers couinaient et gloussaient).

Biggs posa une main sur l'épaule de Jed :

— Tu es sûr que tu peux gérer ça, fiston ?

— Absolument, Biggs. Je ne vais pas te décevoir.

Si Josie était sa Jojo, et il avait le pressentiment que c'était le cas, il n'allait pas laisser la fille qu'il n'avait jamais oubliée lui échapper encore. Il avait été prévenu de rester loin d'elle une fois, et le bâtard qui l'avait fait, ferait mieux d'espérer ne pas être la raison pour laquelle elle était au refuge, ou il aurait affaire à Jed.

CHAPITRE DEUX

— HAIL, S'IL TE plaît, ne mets pas ta pelleteuse dans le glaçage ! cria Josie l'après-midi suivant en empêchant les petits doigts furtifs de son fils d'enfoncer le seau de sa pelleteuse dans le bol de glaçage blanc qu'ils utilisaient pour décorer les maisons en pain d'épices.

Hail lui sourit gentiment, ce à quoi elle ne pouvait jamais résister et poussa sa pelleteuse de l'autre côté de la table.

Elle plongea une cuillère dans le glaçage et la lui tendit.

— Les cuillères, c'est bon. Les pelleteuses, c'est pour la terre.

Ses mots tombèrent dans l'oreille d'un sourd lorsqu'il mit la cuillère dans sa bouche et qu'il se tourna vers la petite fille assise à côté de lui et dit :

— Utilise la pelleteuse et tu peux avoir une cuillerée aussi !

— Je ne crois pas, fit Josie en prenant une autre cuillère de glaçage. Mais dire « s'il te plaît » fonctionne, en général.

Elle donna la cuillère à Emily, une petite fille qui vivait au refuge, et elle embrassa le sommet de la tête de Hail.

Ils faisaient des maisons en pain d'épices et des cookies tous les ans à Noël. Le dernier endroit où elle avait pensé qu'ils les feraient le lendemain de Noël, c'était un refuge pour femmes. En effet, elle n'avait jamais imaginé qu'elle perdrait tout ce qu'elle avait connu au cours de la décennie précédente, qu'elle retrouverait son frère et sa sœur ou qu'elle reverrait Moon un jour. Si c'était bien lui. Elle avait des doutes. Elle avait été tellement nerveuse qu'il y avait une bonne chance pour que ses yeux lui aient joué des tours la veille.

— Je crois que j'ai mangé plus de bonbons aujourd'hui qu'à Halloween.

Tracey poussa un bol de boules de gomme vers le milieu de la table.

— Nous pouvons remercier Josie pour ça.

Sunny Yeun, qui aidait sa mère à gérer le refuge, mit un bonbon à la gelée dans sa bouche. Sunny avait les cheveux noirs les plus brillants que Josie ait jamais vus et elle portait des lunettes rondes, comme celles d'Harry Potter, qui étaient étonnamment élégantes sur elle.

Tracey et les trois autres femmes qui vivaient au refuge la remercièrent.

— Oh, arrêtez. Ça m'amuse, tempéra Josie.

La cuisine sentait les épices et le bonheur, et la musique festive rendait la scène encore plus douce.

— Je le ferais tous les jours si je pouvais.

À une époque, peu après qu'elle avait emménagé avec Brian, quand elle faisait des gâteaux tous les jours, quand elle enviait les maisons en pain d'épices et leurs mondes enrobés de sucre et décorés de glaçage, elle avait rêvé d'une vie heureuse entre ces murs délicieux, où elle se réveillerait sans couvertures cousues de peur. Une vie dans laquelle ses frères et sœurs étaient en sécurité et où ses parents étaient tellement loin qu'ils ne pourraient plus jamais les toucher. Elle avait fini par apprendre à faire confiance et, avec le temps, elle s'était aperçue que ses rêves d'une vie sécurisée et heureuse n'étaient plus des rêves, et qu'ils étaient devenus réalité.

— Je vais les faire avec toi tous les jours ! cria Hail, la ramenant dans le moment présent.

Elle écarta sa frange de ses yeux et l'embrassa sur le front, jurant silencieusement d'améliorer les choses pour l'année suivante.

— Et que diraient tes professeurs après les vacances d'hiver si tu n'allais pas à l'école parce que tu étais trop occupé à faire des maisons en pain d'épices ?

Il rit, haussa les épaules et recommença à décorer sa maison.

— Ça me semble être une vie plutôt sympa, souligna Tracey en mettant une pastille à la menthe dans le glaçage sur le toit de la maison en pain d'épices.

Josie se leva pour sortir un plateau de cookies au pain d'épices du four. Elle avait dû abandonner un grand nombre de ses biens personnels quand ils avaient été expulsés, mais elle avait gardé son matériel de cuisine. Une grande partie avait appartenu à la grand-mère de Brian, qui lui avait appris à faire des gâteaux.

Elle posa le plateau et commença à passer les cookies sur la plaque de refroidissement.

— Je pensais que tu étais enthousiaste à l'idée de travailler au Whiskey's après avoir parlé à Sarah ce matin ?

Elle avait senti une pointe de déception quand Sarah avait téléphoné pour parler avec Tracey et pas avec elle. Sarah avait demandé à Tracey de lui dire qu'elle donnait de l'espace à Josie pour qu'elle décide quand elles pourraient se parler à nouveau. Josie en était reconnaissante. Elle voulait faire un autre pas vers la réconciliation, mais après avoir presque perdu la tête la veille, elle savait qu'elle ne pouvait pas le faire si Hail était avec elle. Elle espérait réessayer la semaine suivante, quand il retournerait à l'école.

— Je *suis* enthousiaste, assura Tracey. J'ai un peu peur aussi. Tu es sûre que *tu* ne veux pas le faire ? Tu as travaillé dans un bar.

— Oui, et ça a *super* bien fini pour moi, lui rappela Josie.

Elle avait perdu son emploi quand la grippe de Hail avait duré deux semaines et qu'elle n'avait pas pu aller travailler.

— De plus, si je peux y arriver, je veux travailler pendant la journée pour pouvoir être avec Hail le soir.

— Je comprends. J'ai été serveuse, mais que se passera-t-il si je foire ? demanda Tracey. Je ne veux pas décevoir Bones ou Sarah. Ils ont été tellement gentils avec moi.

Sunny déposa une autre pastille de menthe sur le toit de la maison en pain d'épices de Tracey :

— Tu ne peux pas les décevoir parce qu'ils ne sont pas du genre à juger.

— Tu ne le sais pas, énonça Tracey.

— En réalité, si. Mon père est un Dark Knight. J'ai passé des années à m'attirer des problèmes et à me rebeller avec force contre le fait d'être protégée. Je dois ma vie à Bones et mes parents lui doivent probablement leur santé mentale.

Sunny leur raconta comment Bones avait refusé de l'abandonner, même quand elle s'était laissé tomber elle-même. Il était venu aux fêtes auxquelles elle avait assisté pour veiller sur elle, la ramener à la maison et monter la garde devant chez elle le soir, empêchant les gens louches de venir la chercher.

— Bones est *le meilleur*. Je me suis comportée comme une sale gosse avec lui. J'étais narquoise et je l'ai ridiculisé parce qu'il me *gardait comme un bébé*. Mais il n'a jamais cédé. Il était partout où j'étais et il n'essayait pas de m'effrayer en me disant que j'allais me tuer, il n'essayait pas de me tyranniser pour que je me remette dans le rang. Il était tout le temps *là*, il me laissait m'enfoncer et en même temps, il s'assurait que le sol était assez solide pour que je ne creuse pas trop profondément dedans. Finalement, il m'a atteint et j'ai compris que je fuyais la honte de la vie que j'avais créée moi-même. Sans Bones, qui sait où je serais aujourd'hui.

— Mon mari était comme ça, se remémora Josie. Encore plus avant qu'il ne devienne mon mari, car, quand nous nous sommes mariés, j'avais dix-huit ans et bientôt *trente*.

Elle jeta un coup d'œil à Hail et sut qu'elle ne pouvait pas en dire beaucoup devant lui, car il serait pendu à ses lèvres et il creuserait sur le sujet plus tard, attendant de savoir le pourquoi du comment de toute l'histoire. Par conséquent, elle se contenta d'expliquer :

— Il avait le chic pour être toujours présent au bon moment, m'empêchant de commettre des erreurs. Il ne me laissait jamais me manquer de respect d'une quelconque manière. C'est pour ça qu'à l'adolescence, quand j'étais attirée par lui et que j'essayais de le séduire et que j'échouais, c'était *très* frustrant.

— Quand tu travaillais au bar, est-ce que les mecs avaient les mains baladeuses ? C'est mon autre inquiétude, avoua Tracey.

— Les mecs draguent les filles au magasin et à la station-service, dit Josie. La vie est comme ça. C'est à nous de les remettre à leur place.

Sunny prit un cookie dans une assiette au milieu de la table :

— Les mecs qui travaillent au *Whiskey's* ne laisseront personne t'embêter. Crois-moi. Dixie non plus, d'ailleurs. C'est la sœur de Bones et elle déch…

Elle jeta un coup d'œil à Hail et Emily avant de reformuler :

— C'est une biker dure à cuire. Elle te plaira. De plus, ça ne te ferait pas de mal de t'endurcir, Tracey. Peut-être qu'ensuite, tu ne laisseras plus personne te faire du mal.

La sonnette retentit, indiquant que quelqu'un était à la porte d'entrée. Sunny se leva d'un bond :

— Je reviens tout de suite.

Lorsqu'elle sortit de la pièce, Josie voulut savoir :

— J'espère que tu ne te sens pas obligée d'accepter l'emploi au bar à cause de Sarah ou moi.

— J'ai envoyé des candidatures en ligne pour des magasins du coin depuis que je suis arrivée, il y a quelques semaines, expliqua Tracey et je n'ai *toujours* rien trouvé.

— Ne m'en parle pas. J'ai fait la même chose.

— Je suis reconnaissante d'avoir cette opportunité et je veux la saisir. Je ne veux pas avoir à éviter des mecs qui me pelotent. On dirait que les Whiskey essaient de contrôler ça.

Qu'est-ce qui pourrait arriver de pire ? Si je ne suis pas à l'aise, je démissionnerai.

Sunny entra dans la cuisine :

— Josie, Jed est là pour te voir.

— Je ne connais pas de Jed.

— C'est un ami des Whiskey, expliqua Sunny. Il dit qu'il vient de la part des Dark Knights. On dirait que Bones t'a mise sous leur protection.

Josie leva les yeux au ciel.

— Je n'ai pas besoin de leur protection. Ils en ont assez fait en envoyant Bullet après nous. Ce type m'a terrifiée. Si sa femme, Finlay, n'avait pas été là, j'aurais appelé la police. Je vais me débarrasser de ce type. Je reviens dans une seconde.

Elle se pencha à côté de Hail.

— Tu crois que tu peux être sage quelques minutes, mon chéri ?

Il hocha la tête. Son visage était couvert de glaçage et ses lèvres étaient collantes à cause des éclats de sucre acidulé.

Josie se lava les mains et partit à la recherche de l'homme qui était sur le point de se faire virer du bâtiment à coups de pied aux fesses. Elle se fichait de savoir à quel point les Whiskey étaient gentils. Elle n'était pas une propriété ayant besoin d'être protégée. Tandis qu'elle entrait dans le couloir qui menait au hall, elle vit l'homme debout dos à elle, les mains dans les poches de sa veste en cuir noire. Il était penché en avant, lisant quelque chose sur le tableau d'affichage, et elle ne put s'empêcher de remarquer que son jean moulait ses cuisses et ses fesses. *Bon sang, quand me suis-je transformée en l'une de ces filles ? Ridicule !*

Elle croisa les bras et se présenta :

— Salut. Je suis Josie.

Il se retourna et son regard croisa le sien : ce fut une décharge de mille volts, la faisant taire. Sa bouche devint sèche et son pouls accéléra. C'était Moon et il était encore plus robuste, plus beau que dans ses souvenirs. C'étaient surtout ses yeux bleu-gris vifs, fougueux et curieusement perçants qui l'attirèrent comme un vieil ami. Ils se fixèrent pendant un long moment silencieux, chaque seconde interminable palpitant de désir. Elle avait une étrange envie de s'élancer vers lui et il avait dû le ressentir, car ses yeux s'assombrirent du feu interne sauvage dont elle se souvenait.

Elle parvint enfin à dire « Moon » au moment même où il dit « Jojo » et le cœur de Josie loupa un battement.

— Je n'étais pas sûr de ne pas t'avoir imaginée, hier soir, dit-il en faisant un pas en avant.

Il était encore plus grand de près, son buste était plus large, ses traits plus saisissants. La cicatrice sur sa joue attira l'attention de Josie. Combien de fois l'avait-elle touchée cette nuit-là ? La nuit qui avait semblé durer un mois.

— Pourquoi est-ce que tu es là ? demanda-t-elle trop brusquement, ne pouvant pas s'en empêcher.

Elle était confuse, surprise, *bouleversée*. Elle était tombée amoureuse de Brian sur une période de semaines, de mois, d'*années*. Il s'était occupé d'elle, l'avait protégée et il s'était assuré qu'elle ait une vie merveilleuse. Mais il ne l'avait pas touchée avant qu'elle ait dix-huit ans, en dépit de ses efforts pour le séduire quand elle avait quinze, seize, dix-sept ans… C'était un homme *bon* et *intelligent* qui voulait ce qu'il y avait de mieux pour elle. Avec Moon, les choses avaient été ainsi : une attirance *électrique* depuis le moment où elle l'avait vu pour la première fois. Elle ne lui avait parlé que quelques jours avant son dix-huitième anniversaire, quand elle avait réessayé de provoquer Brian et qu'il l'avait rejetée gentiment et désespérément… une fois de plus.

— Je voulais m'en assurer.

Il lui adressa le sourire enfantin dont elle se souvenait, qui apaisait sa rudesse. Elle lui avait dit cela toutes ces années auparavant, quand elle était allée à la fête pour rendre Brian jaloux et elle n'avait *pas* regardé ailleurs quand Moon l'avait accrochée avec ce regard.

— Maintenant, tu sais, dit-elle nerveusement, luttant contre ses désirs contradictoires de lui dire de partir et le sentiment déroutant d'avoir retrouvé un vieil ami de confiance. Un ami qu'elle avait un jour connu intimement. Comment l'air entre eux pouvait-il encore s'enflammer tant d'années plus tard ?

Il sortit ses mains de ses poches et en glissa une sur sa nuque, la frottant comme si celle-ci était douloureuse.

— J'arrive à peine à y croire. Tu m'as dit que tu t'appelais Joanne. Je ne savais pas que tu étais la sœur de Sarah. Elle te cherche depuis des mois.

— Je sais. Désolée d'avoir créé des problèmes.

Elle regarda autour d'eux, ravie que personne ne soit témoin de leur rencontre gênante et tout aussi séduisante.

— Joanne était le nom que j'utilisais pour que mes parents ne me trouvent pas.

Le visage de Jed devint sérieux.

— Jojo, est-ce que ça va ? Sarah a dit que tu avais un fils. Est-ce qu'il va bien ?

— Oui, on va bien. Merci.

— Mais tu vis au refuge. Est-ce que quelqu'un t'a fait du mal ?

Il redressa les épaules avant d'ajouter :

— Je les tuerai s'ils t'ont fait du mal.

Un rire nerveux lui échappa et un air déconcerté apparut sur le visage de Jed, comme s'il pensait qu'elle ne croyait pas qu'il pourrait faire du mal à qui que ce soit, ce qui était fou. Son T-shirt collait à ses pectoraux musclés et sa veste en cuir ne faisait rien pour cacher ses bras puissants. Elle baissa les yeux, regardant involontairement ses cuisses épaisses. Ce fut une erreur, car ensuite, ses yeux s'attardèrent plus bas.

Elle regarda ailleurs dans la seconde et le rire grave de Jed la poussa à le regarder dans les yeux de nouveau.

Ils souriaient tous les deux. C'était ainsi que tout avait commencé ce soir-là. Un *regard*, un *commentaire* et un instant plus tard, ils s'éloignaient du feu de camp, de la fête, en direction de la crique. Ils avaient parlé pendant des heures, à tel point qu'elle avait eu l'impression de le connaître depuis toujours.

Elle s'efforça de repousser ce souvenir et se souvint de la dernière chose qu'il avait dite. Ah oui, il avait dit qu'il tuerait quelqu'un s'ils lui faisaient du mal.

— Personne ne m'a fait du mal. Du moins, pas exprès. Je vais bien.

— D'accord. Bien. J'aimerais t'aider. Est-ce que tu veux aller quelque part et parler ?

Elle l'envisagea un court instant. *À quoi est-ce que je pense ? Je dois reprendre possession de ma vie.*

— Je ne te connais même pas et je ne sais pas ce que tu as fait pendant toutes ces années.

— Parlons. Je vais te mettre au courant.

Il désigna les canapés dans la salle d'attente.

— Je ne peux pas, dit-elle rapidement. Je décore des maisons en pain d'épices avec mon fils, Hail. Il est dans la cuisine avec les autres.

— Bien, je lui ai apporté quelque chose.

Il sortit un petit coffret cadeau rectangulaire de sa poche.

— Ce n'est pas vrai, Moon.

C'était tellement attentionné.

— Tu n'étais pas obligé de faire ça.

— C'est un enfant. C'est Noël.

Il haussa les épaules.

— Ça me semblait la bonne chose à faire.

Il regarda en direction du couloir :

— Tu sais, je n'ai jamais décoré de maisons en pain d'épices. Ça t'ennuie si je me joins à vous ?

— Oui.

Cette réponse sortit de sa bouche avant qu'elle n'ait le temps de réfléchir.

Elle ne voulait pas lui demander de partir : elle pensait que c'était ce qu'elle devait faire. C'était un inconnu, pas vrai ? Même s'ils avaient été intimes une fois auparavant.

Il arqua un sourcil.

— Sérieusement ? Tu me volerais ma première expérience de décoration d'une maison en pain d'épices ?

— Ce… C'est probablement contraire au règlement.

Un sourire arrogant et sacrément sexy étira les lèvres de Jed.

— J'aime enfreindre les règles. De plus, j'ai un cadeau à livrer à ton gamin. Enfin, à moins que tu veuilles me voler cette expérience aussi.

La voilà, cette combinaison douce et sexy qui avait causé sa perte la première fois.

— Peut-être que j'ai besoin d'être protégée de *toi*, dit-elle en riant.

— Crois-moi, Jojo, ce n'est pas le cas. Maintenant, en ce qui concerne ces maisons…

Il se plaça à côté d'elle, posant sa main dans le bas de son dos et l'emmenant au bout du couloir avec lui en disant :

— Est-ce que la cuisine est par-là ? Parce que ça sent très bon.

JED SE DIT qu'il insistait parce qu'il ne voulait pas décevoir Sarah, Scott, Biggs et les autres membres du club ; après tout, il n'était qu'un Prospect. Tous ses mouvements seraient jugés par les membres jusqu'à ce qu'ils décident s'il pouvait devenir l'un des leurs. Mais tandis qu'ils avançaient vers la cuisine et que Josie continuait de parler de la réglementation du refuge, il sut qu'il se mentait *partiellement* à lui-même. Il voulait prouver à tout le monde qu'il méritait leur confiance, et il voulait faire ses preuves auprès de Jojo, la fille qui lui avait donné un aperçu de ce qu'il avait raté toutes ces années auparavant.

Elle cessa de marcher, inquiète :

— Moon, les femmes dans la cuisine viennent ici pour être en sécurité, pour trouver un *sanctuaire*. Certaines ont échappé à la maltraitance et d'autres sont juste dans une situation difficile. Je ne sais pas si c'est acceptable ou pas. Je devrais demander à Sunny. Tu pourrais leur faire peur. Est-ce que les hommes sont autorisés à venir ici ?

— Ce n'est rien. Je sais tout ça. Le refuge a été créé par la famille d'un des Dark Knights. Biggs m'a assuré que ce ne serait pas un problème, sinon je ne serais pas venu.

— Biggs ? On dirait que tu inventes des noms pour arriver à tes fins.

Il rit, ce qui la fit sourire, et lui donna envie de rire à nouveau, juste pour qu'il puisse voir son beau visage s'illuminer encore une fois.

— Biggs Whiskey est le père du fiancé de Sarah et le président des Dark Knights. Sa famille patrouille dans Peaceful Harbor depuis des générations et ils veillent sur le refuge depuis qu'il est ouvert. Si Sunny me dit de partir, je le ferai. Sans poser de questions.

— D'accord, dit-elle dans un murmure.

Puis, d'une voix plus forte :

— Ne fais peur à personne, c'est tout. Et ne pense pas que tu me connais juste parce que nous avons couché ensemble *une fois*, il y a une éternité.

Elle était tellement adorable, de la taille d'un lutin, mais autoritaire et responsable. Il aimait savoir que cette facette d'elle n'avait pas changé.

— Je crois que je sais qui tu *étais* et que nous avions beaucoup en commun, mais je ne suis pas dupe. Je ne te connais pas autant que je le voudrais.

Elle lui accorda un hochement de tête sec et se dirigea vers la cuisine.

Il la suivit et l'espace entre eux chauffa. Elle pinça les lèvres. Il réprima un sourire au moment même où elle lui adressa un coup d'œil et elle lui jeta un regard noir.

— Efface cet air suffisant de ton visage.

— Ce n'est pas un air suffisant. C'est un air…

Heureux ? Cela semblait nul, il dit donc :

— Allez, Jojo. Tu ne peux pas nier qu'il y a encore une de l'attirance entre nous.

— La ferme ! Nous n'allons pas parler de ça ou je te mets à la porte à coups de pied aux fesses, peu importe ce que les autres veulent.

— Voilà la fille fougueuse que j'ai connue !

Les plans de travail de la cuisine étaient couverts de plateaux de bonshommes en pain d'épices, de grandes plaques de pain d'épices et de bols contenant différents types de bonbons, de bretzels et de glaçages colorés. Trois femmes étaient assises à une table, à décorer des cookies et des maisons. Sunny et une autre femme brune aux cheveux courts étaient assises à une autre table avec un petit garçon aux cheveux ébouriffés et une adorable petite fille rousse. Leur table était également couverte de créations festives. Sur la table à côté du petit garçon se trouvait un trésor de camions de construction en plastique.

Il n'avait amené qu'un seul cadeau et il ne voulait pas faire de peine à la petite fille, il le remit donc dans sa poche.

— Jed ? s'étonna Sunny.

Tous les yeux se tournèrent vers lui. Le silence s'abattit dans la pièce tandis que Sunny s'approchait de lui, adressant un regard interrogateur à Josie.

— Je vois que tu as charmé Josie.

— Nah, c'est elle qui m'a charmé.

Il adressa un clin d'œil à Josie.

Cette dernière leva les yeux au ciel.

— Je ne savais pas s'il avait le droit de venir ici ou pas.

— Jed est inoffensif, à moins que tu essaies de faire du mal à quelqu'un qu'il aime. Dans ce cas, j'ai entendu dire qu'il t'écrase comme une fourmi. Pourquoi tu crois qu'il essaie de devenir un Dark Knight ? Parce qu'il est comme les autres, faisant plus de bien que de mal dans ce monde de fous.

— Du moins, ces temps-ci, tempéra Jed. J'ai eu ma dose d'ennuis.

Il avait fait plusieurs passages en prison pour mineurs, et lorsqu'il avait atteint l'âge adulte, il avait passé plusieurs mois là-bas, mais il n'avait pas l'intention de parler de cela. Tout ce qui comptait, c'était qu'il vivait à présent une vie rangée et honnête. Il retira sa veste en cuir et le désir dans les yeux de Josie était évident. *Bon sang.* Il aimait voir cela probablement plus qu'il ne le devrait : ils venaient seulement de se retrouver.

— Il n'est pas trop désagréable à regarder non plus, avoua Sunny avant de tourner son attention vers les autres femmes de la pièce. Si quelqu'un est gêné, Jed peut partir.

Ils entendirent quelques murmures : « Non, tout va bien ». « Ça va ».

Josie marmonna quelque chose, mais ses joues roses trahirent son intérêt.

— Bon Dieu, s'échappa de ses lèvres comme un secret tandis qu'elle s'asseyait à côté de la jolie brune avec une coupe à la garçonne.

— J'*espère* que Dieu ressemble à ça, supplia la brune.

Josie lui adressa un regard noir comme si c'était lui qui avait fait quelque chose de mal. Elle désigna son amie :

— Moon, je te présente Tracey.

Elle fit un geste de la main vers les enfants.

— Lui, c'est mon fils, Hail, et voici son amie, Emily, la fille de Jenna.

Elle pointa du doigt l'autre côté de la pièce, en direction d'une femme rousse assise à l'autre table.

Celle-ci lui adressa un signe de la main timide.

Bones avait téléphoné plus tôt pour l'informer que Sarah avait parlé à Tracey et qu'elle lui avait proposé l'emploi. Les yeux de Tracey passèrent curieusement de Jed à Josie. Il se demanda si Josie lui avait parlé de lui.

— Tracey, tu es l'amie de Sarah ? Celle à qui les Whiskey ont proposé l'emploi de serveuse ?

— C'est bien moi !

— Je travaille là-bas aussi. Je pense que ça va te plaire. Il y a une bonne clientèle. Et ne t'inquiète pas, nous allons tous veiller sur toi.

— Tu travailles là-bas ?

Tracey jeta un coup d'œil à Josie.

Il était sûr qu'une sorte de code secret entre filles avait été instauré entre elles, même s'il ignorait comment le déchiffrer.

Sunny le présenta aux femmes qui se trouvaient autour de l'autre table, puis elle désigna la chaise vide à côté de Hail et l'invita :

— Tu peux prendre ma chaise. Je vais m'asseoir ici.

— D'accord.

Il s'assit à côté de Hail.

— Salut. Je m'appelle Jed. J'ai entendu dire que tu aimais les voitures et les camions.

Hail hocha la tête.

— Surtout les camions.

— Je vois ça.

Jed tendit la main au-dessus de la table et prit la pelleteuse.

— Une boule de glaçage ?

Hail gloussa et secoua la tête, faisant danser sa frange devant ses yeux.

— Maman a dit que je ne pouvais pas mettre les camions dans le glaçage.

Jed grimaça.

— Au temps pour moi. Je dois apprendre les règles.

Il articula silencieusement « désolé » à l'attention de Josie.

Elle sourit et secoua la tête, se détendant un peu.

— Alors, Hail, c'est une première fois pour moi, dit Jed. Tu crois que tu pourrais me montrer par où commencer avec une maison en pain d'épices ?

— Hum hum. D'abord, tu dois aider Maman à te construire une maison, trancha Hail en prenant un M&M dans un bol avant de le mettre dans sa bouche. C'est la meilleure pour construire des maisons en pain d'épices. Mon papa était le meilleur pour construire de *vraies* maisons.

Le père de Jed avait été tué par un chauffard ivre quand il avait onze ans, et s'il avait su que le père de Hail ne pouvait plus faire partie de sa vie pour tout un tas de raisons, le fait qu'il utilise le passé pour en parler serra la poitrine de Jed.

— Mon chéri, tu as oublié de lui dire que tu es le meilleur décorateur de maisons, rappela Josie en se levant et en se dirigeant vers le plan de travail. Emily a le coup de main pour décorer aussi. Et puis il a Tracey, qui mange plus de bonbons qu'elle n'en met sur sa maison.

Elle s'efforçait tellement de changer de sujet que Jed sentait sa gêne. Il promit à Hail qu'il reviendrait immédiatement et s'approcha de Josie devant le plan de travail, où elle était occupée à couper des plaques de pain d'épices.

— C'est vraiment facile, dit-elle en coupant, les yeux fixés sur le pain. La clé, c'est d'être sûr que les morceaux de chaque côté sont de la même taille. Avant, j'utilisais des patrons, mais…

Il la fit taire en posant sa main droite sur les siennes, attirant ainsi son regard.

— Il a dit que son père *était* le meilleur. Est-ce qu'il fait encore partie de sa vie ? Est-ce que tu le fuis ? demanda-t-il à voix basse.

— Non, et *non*.

— Tu n'as pas à être évasive. S'il t'a fait du mal, nous nous en occuperons immédiatement. Je ne le laisserai pas s'approcher de Hail.

Elle retira brusquement sa main et le fusilla du regard. Puis, elle jeta un coup d'œil à Hail et ses épaules s'affaissèrent. Elles se *dégonflèrent*. Il essaya d'attendre patiemment une explication, mais son satané cœur battait la chamade. Ses poings se serrèrent et tandis qu'il commençait à poser à nouveau la question, elle leva les yeux vers lui :

— Son père ne nous ferait jamais de mal. Jamais de la vie.

— Bien. Je suis désolé. C'est juste que…

Son soulagement fut de courte durée quand il réalisa quel devait être le revers de la médaille.

— Il avait une cardiopathie congénitale dont nous ignorions l'existence, expliqua-t-elle tristement. Il est décédé il y a un peu plus de deux ans.

— Je suis tellement désolé.

— Merci. Est-ce que nous pouvons ne *pas* parler de ça, s'il te plaît ?

Elle jeta un autre coup d'œil à Hail.

— Lui et moi, nous avons enfin tourné la page sur le pire et j'aimerais que les choses restent légères.

— Bien entendu. Mais…

Il mit sa main dans le bas de son dos et elle ferma les yeux une seconde. Pendant cette seconde, il se rendit compte qu'il ne savait rien sur les femmes. Était-ce un signe de soulagement parce qu'elle comptait pour quelqu'un, ou Josie était-elle en train de réprimer l'envie de lui dire de ne pas la toucher ? Dans le doute, il préféra l'option la plus sûre. Il retira sa main et quand elle ouvrit les yeux, il croisa son regard, voyant la douleur derrière l'ombre de sa force d'acier.

Il ne savait pas vraiment comment gérer cette situation, mais il voulait qu'elle lui fasse confiance et la vérité vint facilement.

— Tu es la seule personne de cette planète qui connaît la plupart de mes secrets.

Elle haussa les sourcils de surprise.

— Je sais, mais c'est vrai. Ma relation la plus longue a duré entre huit et dix heures, avec une fille pendant une fête en plein air.

Elle resta bouche bée.

— Impossible.

Il leva deux doigts :

— Parole de scout.

Elle tendit la main et libéra un troisième doigt.

— Je n'ai pas été scout, mais tu peux quand même me faire confiance pour garder tes secrets.

Elle rit.

— Un mec qui ne peut pas retenir une femme veut que je vide mon sac ? Je ne crois pas.

— Je suppose que je ne peux pas t'en vouloir. Mais tu devrais savoir que ce n'est pas moi qui ne peux pas retenir une femme. Je veux dire… regarde-moi.

Il afficha un sourire arrogant, gagnant ainsi un regard amusé. Il prit un bloc de pain d'épices :

— Je n'ai pas encore trouvé celle avec laquelle je veux construire une maison.

— Ouah. C'est tout ou rien avec toi, hein ?

Il n'avait jamais pensé être du genre à vouloir tout ou rien, mais maintenant qu'elle en parlait, il se demanda si c'était vrai.

— Tu vas me montrer comment faire ça ou quoi ?

— Je pensais que tes petits amis bikers t'avaient envoyé pour me *protéger*, pas pour fabriquer des maisons en pain d'épices.

La jeune femme en aligna deux morceaux et posa la main de Jed dessus, la maintenant en place alors qu'elle prenait une poche de glaçage.

Il rit quand elle dit « petits amis ».

— En réalité, je me suis proposé, avoua-t-il.

Elle pinça les lèvres, examinant son visage.

— *Hum.* Intéressant.

Son visage s'adoucit et elle fit couler le glaçage le long des bords des deux murs de pain d'épices. Puis, elle mit un autre mur en place.

— Est-ce que tu peux tenir ça ?

Il le fit et elle les colla avec du glaçage. Elle travailla méticuleusement *et* silencieusement jusqu'à ce qu'ils aient créé toute la maison.

Elle posa ses mains sur ses hanches :

— C'est comme ça que tu construis une maison. Mais il y a tout un univers entre une maison et un foyer. Et d'après ce que j'entends…

Elle nota son tatouage de loup déguisé en brebis sur son avant-bras et son estomac se tordit.

— Les grands méchants loups savent les détruire plus qu'ils ne savent les consolider.

Elle désigna la maison et, avec un air de défi dans les yeux, dit :

— Il faut laisser reposer une journée avant de pouvoir la décorer. Ces choses-là prennent du temps.

— On dirait que j'ai beaucoup à apprendre.

Il la suivit vers la table.

— Où est ta maison, Moon ? demanda Hail lorsque Jed s'assit à côté de lui.

— Eh bien, mon pote, on dirait que la mienne ne sera pas prête à être décorée avant demain. Tu peux m'appeler Jed, au fait.

Hail montra sa petite dent tordue et inclina la tête sur le côté, ce qui le fit ressembler à Josie quand elle l'avait examiné.

— Maman t'appelle Moon. Est-ce que je peux t'appeler Moon aussi ?

Tracey fit battre ses longs cils noirs et d'un ton malicieux, elle demanda :

— Est-ce que je peux t'appeler Moon aussi ?

Josie leva les yeux au ciel de nouveau. Jed avait l'impression de l'avoir souvent vue faire ça, mais elle souriait et il accepterait le fait qu'elle lève les yeux au ciel, qu'elle se moque et toutes les autres choses qu'elle faisait pour protéger son cœur. Maintenant qu'il savait qu'elle avait perdu son… *petit ami ? Son mari ?* Il l'ignorait, mais cela n'avait pas d'importance. Elle avait perdu quelqu'un de spécial et son fils avait perdu son père. Jed ne savait que trop bien ce que perdre un parent faisait à un enfant, sans parler de la femme qu'un homme laissait derrière.

Il se pencha vers Hail et dit en baissant la voix :

— Tu peux m'appeler Moon, mon pote.

L'homme poursuivit :

— Mais je pense que notre amie Tracey va devoir m'appeler Jed, car « Moon » est réservé aux vieilles amies et à leurs enfants.

Jed tendit la main par-dessus la table, réquisitionnant un bol de caramels foncés et clairs. Il en tint un clair devant Hail :

— Regarde, petit. Il est de la même couleur que tes cheveux. Je parie que tu ne savais pas que j'avais travaillé comme maçon un été.

— Je sais une chose ou deux sur la construction de maisons, mais sur le fait de créer un foyer ? Pour ça, il faut de toutes autres compétences.

— C'est quoi, un maçon ? demanda Hail en prenant une poignée de caramels.

— Quelqu'un qui construit des choses avec des pierres. Je vais te montrer.

Jed prit un autre caramel et le tint entre son doigt et son pouce.

— Imagine que c'est une brique.

Il peignit tout le caramel de glaçage sauf deux côtés et il le posa contre le mur de la maison en pain d'épices de Hail.

— Le glaçage est le mortier qui colle les briques les unes aux autres, dit-il tout en prenant un autre caramel, en le peignant entièrement hormis un côté et en le collant à côté du premier. Nous construisons une cheminée en briques. Aide-moi, mon pote.

Hail prit un caramel et quand il saisit le couteau en plastique, Jed suggéra :

— Et si nous peignions avec ton doigt ? Comme ça.

Il prit un bol de glaçage et Hail cria :

— Non ! Ma maman a dit de ne pas utiliser mes doigts. Nous devons tous partager le bol.

Il grimaça à nouveau et tourna ce qu'il espérait être un regard confus vers Josie.

— Désolé. Je n'arrête pas de mettre dans le mille aujourd'hui.

Tracey rit.

— J'aime les hommes qui assument la responsabilité de leurs actes.

— C'est bon, mon chéri, rassura Josie. Tu peux le faire, cette fois.

— Tu as une maman plutôt cool, fit Jed en posant le bol de glaçage devant Hail, croisant le regard de Josie, qui était un peu plus rêveur qu'avant.

Ou peut-être que ce n'était qu'une douce illusion.

— Je veux utiliser mes doigts aussi ! intervint Emily, attirant l'attention de sa mère.

Jed s'adressa à cette dernière :

— Je m'excuse de ne pas être une bonne influence, mais est-ce que ça vous dérange s'ils partagent le bol de glaçage et s'ils utilisent leurs doigts ?

— Il y a plus de microbes dans la cour de récréation. Allez-y.

Les enfants applaudirent.

Il sentit la chaleur du regard de Josie tandis qu'il aidait les enfants à construire une cheminée en caramel.

Ils passèrent la plus grande partie de l'après-midi à fabriquer des maisons en pain d'épices élaborées et un concours s'ensuivit : Tracey et Josie contre Jed et les enfants. La maison de Josie et Tracey avait des barrières en bretzels, des arbres en glaçage vert, des bonbons à la gelée qui étaient éparpillés comme des pierres sur tous les murs, et des jardins méticuleusement décorés. La maison de Jed et des enfants était une pagaille sans nom de glaçage étalé au doigt et de bonbons. Des bâtonnets à la menthe sortaient de l'extrémité de leur cheminée à trois couches et il n'y avait pas un centimètre de pain d'épices qui n'avait pas été touché par des petits doigts. Jed n'avait jamais imaginé faire quelque chose comme ça, mais l'après-midi amusant avait été encore meilleur grâce à toutes les fois où il avait surpris Josie en train de le regarder. Parfois, elle donnait l'impression de vouloir monter sur la table et l'embrasser et il avait été impossible de cacher le reproche silencieux dans ses yeux quand il avait cassé le toit et qu'il avait juré accidentellement.

Les règles des enfants. Il est temps que je les apprenne.

Quand ils eurent terminé, il y avait plus de glaçage et de bonbons collants sur les enfants et la table que sur la maison. Il proposa d'aider à nettoyer, mais Josie plaisanta en disant qu'il en avait assez fait. Il mit sa veste et s'aperçut qu'il avait oublié de donner son cadeau à Hail.

Pendant qu'Emily était occupée à se laver avec sa mère, il s'agenouilla à côté de Hail :

— Merci de m'avoir montré les ficelles. Joyeux Noël, mon pote.

Jed sortit le cadeau de sa poche. Hail poussa un petit cri, mais au lieu de prendre le cadeau, il regarda Josie avec de grands yeux pleins d'espoir. Son visage et ses mains étaient couverts de bonbons collants et de glaçage, tout comme ses vêtements. Il y avait même du glaçage blanc dans ses cheveux, s'accrochant aux mèches ébouriffées. Si Jed était à la place de Josie, il serait incapable de refuser quoi que ce soit à ces yeux suppliants.

— C'est bon dit sa mère en tournant un visage chaleureux vers le bienfaiteur.

Hail prit le cadeau et arracha l'emballage.

— Maman ! Une voiture !

Il souleva le petit 4x4 vert pour qu'elle le voie.

— Ouah ! C'est un cadeau très attentionné. Tu devrais dire…

Ses mots furent noyés quand son fils se jeta sur Jed, qui était encore agenouillé. Il enroula ses bras autour de son cou et s'exclama :

— Merci !

Ses mains collantes s'appuyèrent sur la nuque de Jed. Ce dernier sut que quand Hail s'écarterait de lui, il serait couvert de restes de sucre. Il n'y accordait pas d'importance, car le petit garçon de Josie était accroché à lui comme un singe et elle le regardait comme s'il venait de décrocher la lune.

Hail se trémoussa dans ses bras et se retourna pour sortir de la cuisine en courant. Josie l'attrapa par la taille à temps :

— Tu es trop collant pour sortir. Nous devons te laver d'abord.

Elle déposa un baiser sur sa joue.

— Maman, arrête ! Je veux jouer !

Il se libéra en se tortillant, puis il partit en courant.

Jed l'attrapa quand il passa devant lui et il le leva à deux mains pour qu'il touche presque le plafond.

— Eh, petit. Qu'est-ce que t'a dit ta mère ?

Hail gloussa.

— De me laver.

— Et où est-ce que tu allais ? demanda-t-il au garçon.

Hail ne sembla pas avoir d'autres réponses que des gloussements, ce qui toucha une corde sensible.

— Si je te pose, est-ce que tu vas t'enfuir ?

— Oui !

Il s'esclaffa, faisant rire Jed aussi.

— Au moins, tu connais la valeur de l'honnêteté.

Josie couvrit son rire de la main :

— Rire l'encourage à faire ce qu'il ne faut *pas*.

Jed fronça les sourcils :

— C'est vrai, petit ?

Il le mit sur ses pieds et lui prit la main.

— Pas étonnant que je m'attirais autant de problèmes quand j'étais enfant.

Il mit la main de Hail dans celle de Josie.

— J'ai entendu dire que tu avais besoin d'un emploi.

Elle s'accroupit à côté de Hail et dit :

— Chéri, est-ce que tu peux aller dans la cuisine et mettre le tabouret à côté de l'évier ? J'arrive dans un instant pour t'aider à te laver.

Hail alla dans la cuisine, mais au lieu de se diriger vers l'évier, il s'agenouilla et commença à pousser sa nouvelle voiture sur le sol.

Jed rit.

— Je crois que tu vas devoir le laver au tuyau d'arrosage.

— Les enfants et la saleté vont ensemble comme les spaghettis et les boulettes de viande.

— Alors… Est-ce que tu cherches du travail ?

— Je cherche depuis un moment, mais personne n'engage. Je n'ai pas beaucoup travaillé avant qu'on perde Brian. Et après, eh bien, ça a été difficile. Il n'avait pas d'assurance-vie et nous avons perdu la maison. J'ai trouvé un travail et un endroit où vivre, mais j'ai perdu les deux quand Hail est tombé malade et que je ne pouvais pas travailler. J'essaie de garder nos têtes hors de l'eau. Elle soupira :

— J'ai passé la région au peigne fin et il n'y a rien. J'essaie de trouver quoi faire.

Elle avait bien vécu un enfer.

— Est-ce que tu as pensé à chercher du travail à Peaceful Harbor ? Ça te rapprocherait de Sarah et de Scott.

— J'y ai pensé. Je dois penser à *beaucoup* de choses.

— Oui, j'en suis sûr. Je travaille demain, mais je peux passer et t'emmener au port jeudi pour que tu déposes ta candidature dans quelques endroits. Dans notre ville, c'est plus une question de connaissances que de nombre de candidatures en ligne que tu envoies.

— Merci, mais je ne peux pas.

— Tu ne peux pas ou tu ne veux pas ?

Elle regarda son fils, puis elle baissa la voix :

— Je te remercie pour cette proposition et pour le cadeau que tu as offert à Hail, mais je ne peux pas donner mes candidatures en personne avant qu'il ne retourne à l'école après les vacances d'hiver.

— Oh, tu l'as inscrit ? C'est une bonne chose.

— Il était tellement enthousiaste à l'idée de commencer la maternelle que j'ai supposé que ça lui donnerait un peu de stabilité. Ça lui plaît, pour l'instant. Mais je n'exclus pas l'idée d'être plus proche de Sarah et Scott. Nous avons beaucoup de chemin à parcourir, mais nous finirons peut-être par vouloir vivre du même côté du pont.

— Cool.

Il sortit son téléphone :

— Donne-moi ton numéro et je t'appellerai demain.

— Pas de portable. Désolée.

Il se demanda si c'était vrai ou si c'était sa manière de le rejeter.

— Écoute, je n'essaie pas de prendre le contrôle de ta vie. J'ai été dans la même situation que toi, sauf que je n'avais pas d'endroit comme celui-là ou de famille qui se mobilisait pour moi. Je n'avais pas non plus de petit garçon adorable qui comptait sur moi pour rendre ma vie meilleure.

Cela lui fit gagner un doux sourire.

— J'ai passé des années à dormir où je pouvais : dans mon pick-up, sur les canapés de mes amis, à essayer de m'en sortir. Tu as le droit de demander et d'accepter de l'aide, parfois. J'essaie juste d'être un ami. Je ne suis pas sûr d'avoir su écouter quand nous nous sommes rencontrés pour la première fois, mais j'ai grandi et j'ai beaucoup appris. Je sais écouter, maintenant.

Il espérait qu'elle n'allait pas lui jeter au visage qu'il n'avait pas écouté plus tôt quand il avait insisté pour passer du temps avec elle. Elle ouvrit la bouche pour parler et il l'interrompit :

— Je *peux* écouter. Je peux aussi être insistant, mais mes intentions sont bonnes.

Elle ferma les yeux une seconde, comme elle l'avait fait auparavant, inhalant profondément. Quand elle ouvrit les yeux, une partie de l'irritation qu'il pensait avoir sentie se dissipa.

— Je suis désolée, Moon. J'ai beaucoup de choses en tête. Je viens seulement de parler à Sarah et je veux travailler là-dessus. Alors, peut-être que je regarderai les opportunités qu'il y a autour de Peaceful Harbor. Mais je ne peux rien faire tant que Hail ne retourne pas à l'école. Il y va mercredi prochain.

Cela était bien plus gentil que « Casse-toi ».

— Je vais laisser mon numéro à la réception au cas où tu aurais besoin de quelque chose, et je passerai prendre de tes nouvelles bientôt.

Il commença à marcher en direction de l'entrée, mais il sentait ses yeux sur lui et regarda par-dessus son épaule.

Elle n'avait pas bougé. Un sourire se dessina sur ses lèvres et elle leva la main, agitant les doigts d'un geste hésitant qui lui donna envie de rester.

— Merci de m'avoir laissé passer du temps avec Hail et toi aujourd'hui. Bonne chance pour le laver.

— Bonne chance pour laver ta veste.

Il remarqua le glaçage étalé sur le cuir noir. Cela avait été une très bonne journée, et avec un peu de chance, ils en auraient beaucoup d'autres.

CHAPITRE TROIS

JOSIE S'ASSIT, les yeux rivés sur le site Internet des Dark Knights, le jeudi matin. Elle avait écumé le site depuis que Tracey était revenue de son entretien au *Whiskey's* l'après-midi précédent, s'extasiant à propos des Whiskey et des Dark Knights. Elle avait vu plusieurs photographies de Jed. Il y en avait une de lui, chevauchant une moto noire et brillante, l'air robuste et nerveux, ainsi qu'une photographie de lui prise sur le vif alors qu'il était en train de rire avec une bière à la main, son autre main dans la poche de son jean à taille basse. Sur certaines photographies, il avait un visage plus doux et elle les examina avec curiosité en lisant les légendes et en se posant des questions sur la relation qu'il avait avec ces gens. Comme la photographie où il parlait avec Red Whiskey, la femme du président des Dark Knights, et une de sa sœur, Crystal, qui avait étonnamment les cheveux noir de jais. Et il y avait un cliché de lui et deux frères nommés Quincy et Truman Gritt. Sur ces photographies, Jed ressemblait au jeune homme dur à cuire et malicieux de vingt-trois ans qu'elle avait rencontré à une fête en plein air des années auparavant. Il était devenu un homme encore plus beau et attentionné qu'elle ne l'aurait imaginé. Le voir avec Hail le mardi matin l'avait fait se sentir bien et avait fait monter un peu de culpabilité. Elle n'avait été attirée par personne depuis qu'elle avait été avec Brian.

Elle cliqua sur la page des articles, lisant à nouveau l'un de ceux qu'elle avait vus plus tôt et qui lui avaient fait monter les larmes aux yeux. Elle avait dû retourner aux photographies de Jed pour essayer de ressentir à nouveau de la joie. Elle s'obligea à lire tout l'article, qui parlait d'un rassemblement et d'une collecte de fonds que le club de bikers avait organisés pour aider à financer les frais médicaux de Sarah et de Scotty lorsqu'ils avaient eu un accident l'été précédent. La voix teintée de peur de Sarah lui revint à l'esprit, suivie par la vague de panique déchirante et paralysante qui avait consumé Josie quand elle l'avait vue à l'hôpital.

De nouvelles larmes remplirent ses yeux tandis qu'elle s'efforçait d'examiner les photographies de Scotty en fauteuil roulant avec des broches dans une jambe, l'autre dans un plâtre et Sarah debout à ses côtés, enceinte et souriant avec sa petite fille dans les bras. Bones était à côté d'elle, tenant Bradley. La culpabilité enveloppa Josie comme un châle d'hiver, lourd et étouffant. Elle toucha l'écran, souhaitant ne pas s'être enfuie de l'hôpital ou plus tard, quand elle avait vu Sarah au refuge.

Le pardon, se rappela-t-elle.

Brian lui disait toujours que tout le monde faisait des choses dont ils n'étaient pas fiers, mais même si la plupart des gens pensaient que c'était le pardon d'autrui qui comptait le plus, il croyait que c'était celui de soi-même et de ses propres défauts qui faisait la différence non seulement pour son propre avenir, mais aussi pour l'avenir des autres. Elle devait se souvenir de cela plus que jamais. Si elle pouvait se pardonner suffisamment pour ne pas avoir fait un pas de plus à Noël avec Sarah et Scotty et faire un effort à présent, peut-être que Hail pourrait enfin avoir une famille élargie. Elle avait été seule avec Brian et Hail pendant tant d'années qu'elle avait presque oublié ce que c'était que d'avoir des frère et sœur. Mais à présent, elle désirait se rapprocher d'eux.

— Tu fantasmes encore sur les photos de Jed ?

Tracey se glissa sur la chaise à côté d'elle.

— Non, dit-elle, ravie d'être passée à une autre fenêtre.

Elle avait eu beaucoup de temps pour penser à Jed depuis et elle s'était aperçue que dans un monde où elle avait tout perdu sauf son fils, il était bon d'avoir un ami qui l'avait connue avant qu'elle ne s'enfuie de la maison de ses parents et avant que son monde ne s'écroule. Et effectivement, il n'était pas désagréable à regarder et affolait son coeur, ce qui lui provoquait toute une série d'émotions contradictoires, mais elle essayait de ne pas trop y penser.

— C'est super que Jed essaie de devenir un Dark Knight, tu ne crois pas ? demanda Tracey.

— Il y avait tout un article sur le fait que Jed était devenu un *Prospect*.

Elle avait appris que cela signifiait qu'il essayait de devenir membre du club de bikers et qu'il était dans une période d'évaluation. Les photographies des anciens rassemblements et des anciennes collectes de fonds des Dark Knights décrivaient un groupe plutôt intimidant d'hommes et de femmes couverts de cuir et de tatouages. Certains hommes étaient menaçants, avec des barbes touffues ou des crânes rasés, alors que d'autres étaient soignés et ne ressemblaient pas du tout à des bikers. Mais elle avait lu que les Dark Knights étaient un *club* de bikers, pas un *gang*, et elle avait appris les différences qui existaient entre les deux. Elle avait aussi lu de nombreux articles à propos du bien que le club avait fait pour la communauté au fil des ans, ce qui lui permettait de mieux comprendre le dicton : « L'habit ne fait pas le moine ».

— C'est super, dit-elle. Et je suis ravie que tout le monde veille sur Sarah et Scott.

Tracey lui adressa un regard pince-sans-rire.

— Où est le reste de cette phrase ? La partie où tu dis que tu es ravie qu'ils aient envoyé Jed pour veiller sur toi et Hail aussi ?

— Jed s'est porté *volontaire*, insista Josie.

C'était vraiment bon de le savoir.

— Vraiment ? Je suppose qu'il a aimé ce qu'il a vu à travers la porte de la maison de Sarah, hein ?

Josie n'avait pas parlé à Tracey de son passé avec Jed. Elle n'avait jamais eu d'amies auparavant et elle n'était pas sûre de ce qu'elle ressentait à l'idée de partager quelque chose d'aussi intime. Brian l'avait encouragée à se faire des amies, mais elle avait aimé vivre dans son joyeux petit monde avec Brian et Hail. Maintenant que Brian était décédé et que son monde avait changé, elle comprenait pourquoi il lui avait toujours dit qu'avoir des amies serait complètement différent que de l'avoir dans sa vie. Il avait eu ses intérêts à cœur, ce qui n'était qu'une des raisons pour lesquelles elle l'aimait tant. Elle n'était pas sûre de savoir ce qu'elle voulait révéler à Tracey, mais elle voulait qu'elle sache qu'il y avait quelque chose de plus entre Jed et elle, qu'elle ne l'avait pas seulement vu la veille.

— Je connaissais Jed quand j'étais adolescente.

Elle agita les sourcils.

— Tu le connaissais, genre, *vraiment* ? Ou genre « Salut, comment ça va ? » ?

— Arrête !

Josie lui donna un petit coup d'épaule et rit, même si elle sentait ses joues brûler.

Tracey désigna l'homme aux cheveux sombres sur l'écran :

— Lui, c'est Bear, celui qui construit des motos. Tu ne trouves pas qu'il est *sexy* ? Il est marié avec Crystal, la sœur de Jed. Elle déchire et elle est enceinte. Et, *oh, mon Dieu*, Josie. Je veux être comme Dixie quand je serai grande. Je suis sûre que personne ne l'embête jamais pour rien. Elle est…

— La rousse tatouée qui gère les affaires du bar et du garage. Je sais. J'ai presque mémorisé tout le site. Je ne peux pas arrêter de penser combien j'ai été stupide. J'ai évité les deux seules personnes au monde qui étaient là pour moi avant Brian.

— Alors, fais le pas suivant, l'encouragea Tracey. Appelle Sarah. Organise un déjeuner ou quelque chose avec Scott et elle, et arrange les choses. Ils ont laissé la balle dans ton camp. Si j'étais à ta place, je sauterais sur l'occasion, même en sachant que ce sera bizarre au début. Je peux y aller avec toi si tu es trop nerveuse.

Josie se tourna vers Hail et Emily, qui coloriaient sur la table basse.

— Tu donnes l'impression que c'est tellement facile. La semaine prochaine peut-être, quand Hail ira à l'école. Comme ça, il n'aura pas à me voir émotive.

— Tu t'inquiètes trop. Les mamans sont censées être émotives. Si tu ne l'étais pas, je serais inquiète pour toi.

L'esprit de Josie se rendit dans un endroit obscur qu'elle abandonnait rarement : la vie qu'elle avait eue avec ses parents. Sa mère avait été cruelle, insensible, colérique et *méchante*. Pour des raisons que Josie ne connaîtrait jamais, elle n'avait pas autant souffert que Sarah et Scotty. Sarah avait été une belle adolescente, même si elle ne l'avait jamais montré ; leur mère s'était assurée qu'elle ne veuille jamais le faire, la traitant de *salope*, de *traînée* et même pire. Et le pauvre Scotty avait été traité de choses auxquelles Josie ne voulait même pas penser.

— Laisse-moi y réfléchir, dit-elle enfin. La dernière chose que je veux, c'est me dégonfler de nouveau. Je ne peux le faire qu'un certain nombre de fois avant qu'ils ne pensent que je suis folle.

— Trop tard, fit Jed en lui adressant un clin d'œil lorsqu'il entra dans la salle de jeux avec le sosie de Zooey Deschanel, dont les cheveux couleur noisette tombaient en vagues sur ses épaules.

La femme à côté de lui n'était pas juste jolie comme une fille du coin, non. Elle était très élégante dans un jean moulant sous des bottes à fourrure qui lui arrivaient aux genoux et une parka blanche. L'écharpe bleu roi qu'elle portait rendait ses yeux d'un bleu vif encore plus brillants.

Josie se leva nerveusement.

— Moon ? Qu'est-ce que tu fais là ?

Et qui est ta copine ? Cette idée fit naître une pointe de jalousie qu'elle n'avait jamais ressentie auparavant et elle n'aimait pas la manière dont celle-ci s'agrippait à sa poitrine.

— Tu as dit que tu ne pouvais pas passer des entretiens en personne avant la semaine prochaine.

Il haussa les épaules :

— Alors je t'ai apporté un entretien. Je te présente mon amie Penny Wilson. Elle possède *Luscious Licks*, le glacier de Peaceful Harbor, et il s'avère qu'elle a besoin d'aide au magasin.

Penny tendit la main.

— Bonjour, Josie. Ravie de te rencontrer.

— Euh… Moi aussi.

Elle serra la main de Penny, surprise que Jed se soit donné autant de mal pour elle.

— Tu n'étais pas obligée de venir jusqu'ici.

Tracey bondit :

— Ce qu'elle veut dire, c'est *merci* d'être venue jusqu'à Parkvale. Je m'appelle Tracey, je suis l'amie de Josie.

— Oui, désolée, s'excusa Josie. Merci. Je ne m'y attendais pas, c'est tout.

— C'est tout Jed, souligna Penny. Son colocataire, Quincy, et lui peuvent être un peu insistants. Est-ce que ça te convient ? Est-ce que tu *aimerais* que je te fasse passer un entretien d'embauche ?

— Oh, oui, s'il te plaît. Et merci à tous les deux.

Elle baissa les yeux vers son sweat-shirt et son jean, touchant ses cheveux distraitement.

— Je me serais habillée pour l'occasion si j'avais su que tu venais.

— Tu es ravissante, Jojo, complimenta Jed avec une étincelle de désir dans les yeux qui libéra une nuée de papillons dans l'estomac de Josie.

Tracey poussa Josie du coude de nouveau :

— Josie… et si Penny et toi alliez discuter dans l'autre pièce ? Je vais rester avec Hail et Jed.

— Oh, mince, évidemment. Merci.

Elle devait se reprendre avant de rater l'occasion de trouver du travail, mais comment pouvait-elle le faire alors que Jed venait de la surprendre ?

— Je dois avoir l'air d'une imbécile empotée, geignit-elle tandis que Penny et elle avançaient dans le couloir. Je ne savais pas que Jed allait venir, encore moins qu'il allait venir avec toi, même si je suis reconnaissante.

— Ne t'inquiète pas. Tu n'es pas empotée et tu n'as vraiment pas l'air d'une idiote, dit Penny lorsqu'elles entrèrent dans le salon. Quand Jed a une idée en tête, il agit. Il a dit que vous étiez amis quand vous étiez plus jeunes, alors tu sais probablement qu'il a un passé plutôt difficile. Il a vraiment changé les choses. C'est l'un de mes meilleurs amis. Si tu penses que Jed est insistant, attends de connaître Quincy. Cet homme…

Penny secoua la tête en retirant son manteau et elles s'assirent sur le canapé.

Josie voyait bien à quel point Penny les aimait tous les deux, mais elle parla de Quincy avec une inflexion dans la voix qui lui indiqua qu'il lui plaisait particulièrement.

— Merci de me l'avoir dit. Je n'arrive toujours pas à croire qu'il ait fait ça, mais par où est-ce qu'on commence ? Je n'ai pas passé beaucoup d'entretiens d'embauche et je n'ai pas beaucoup d'expérience. Avant de perdre mon mari, je restais à la maison avec mon fils à plein temps. Il a cinq ans et il va à la maternelle, alors je peux travailler pendant ces heures-là.

— Je n'étais pas au courant pour ton mari. Je suis vraiment désolée.

Josie fut surprise que Jed ne le lui ait pas fait savoir s'ils étaient aussi proches de Penny qu'elle le disait, mais elle était reconnaissante qu'il lui ait laissé la possibilité de prendre cette décision.

— Merci. C'était il y a plus de deux ans. Les premiers mois ont été plutôt horribles, mais nous nous en sommes sortis. Hail et moi allons mieux, émotionnellement parlant. Heureusement, nous avions quelques économies, alors j'ai pu me concentrer sur Hail pendant la pire période. Depuis, j'ai travaillé par intermittence là où je pouvais trouver du travail et quelqu'un pour garder Hail. J'ai travaillé à Dairy Queen, au centre commercial, pendant trois ou quatre mois, mais j'ai perdu mon emploi quand ma baby-sitter est partie à l'université. Ensuite, j'ai travaillé dans une supérette sur la septième rue pendant environ six mois, jusqu'à ce qu'ils se fassent cambrioler. Ça m'a fait peur, j'ai démissionné ce soir-là. Ensuite, j'ai été serveuse dans un bar vraiment horrible, mais j'ai perdu cet emploi quand Hail a attrapé une grippe qui a duré presque deux semaines et que je n'ai pas pu travailler. Pour être honnête, entre le fait que j'ai démissionné le soir du cambriolage et que j'ai perdu ce dernier emploi, je doute que mes *références* soient très bonnes. Je te promets que tant que Hail ira à l'école, j'irai travailler et je ferai tout ce que tu me demanderas. Je dois juste me remettre sur pied pour que nous trouvions un endroit stable où vivre et pour aller de l'avant.

La compassion embua les yeux de Penny :

— Les choses arrivent et je comprends la question des enfants malades. Heureusement, tu n'auras pas à t'inquiéter pour les cambriolages à Peaceful Harbor autant qu'à Parkvale. Les Dark Knights sont très présents là-bas et les Whiskey passent toujours au magasin. Ils ne laisseraient jamais quelque chose arriver.

— Je lisais sur le club de bikers juste avant que vous n'arriviez. Je ne savais pas que les ancêtres des Whiskey avaient lancé les Dark Knights et qu'ils veillaient sur la communauté depuis des décennies.

— Ma sœur, Finlay, est mariée à Bullet Whiskey…

— Vraiment ? Je connais Finlay. C'est grâce à elle que j'ai fini ici, au refuge.

Penny avait probablement entendu parler de la *manière* dont elle avait rencontré Finlay. Il n'y avait pas de raison de le cacher.

— Je suis sûre que tu connais ma sœur et mon frère, Sarah et Scott Beckley ? Et que tu sais comment Bullet et Finlay nous ont trouvés, Hail et moi, quand j'ai fui Sarah ?

— Oui, dit doucement Penny. Je ne voulais pas te mettre mal à l'aise en le mentionnant, mais Sarah et Scott sont mes amis.

— On dirait qu'ils connaissent tout le monde !

Elle fut réconfortée de savoir qu'ils avaient tant d'amis.

— Je ne veux pas que tu penses que je suis là parce que Scott ou Sarah m'ont demandé de venir. Ils ne l'ont pas fait. Je suis là parce que Jed a dit qu'il avait une amie qui n'avait pas beaucoup de chance et qui avait besoin d'un emploi. Il a dit que tu avais un petit garçon et que tu voulais travailler pendant qu'il était à l'école. Je gère le glacier moi-même et j'aurais bien besoin d'aide.

Elle marqua une pause :

— J'étais chez Bones et Sarah le soir de Noël, quand tu es passée. Je n'ai jamais vu Sarah et Scott aussi heureux.

Les larmes montèrent et Josie se détourna rapidement pour les essuyer, essayant de reprendre le contrôle de ses émotions.

— Je suis désolée. Savoir qu'ils sont heureux me rend émotive. *Fiou*, dit-elle en riant. C'était encore plus inattendu que le fait que vous veniez. Je te promets que si tu m'engages, je ne pleurerai pas quand tu parleras du bonheur de mes frère et sœur.

— J'ai l'impression que ça pourrait arriver pendant longtemps, même si tu te prépares. Ce n'est rien. J'ai une sœur. Je comprends. Maintenant, ce qui concerne le poste…

Josie fut soulagée de sa compréhension *et* par le changement de sujet. Penny lui expliqua à quoi elle pouvait s'attendre si elle acceptait le poste au glacier, ce qui incluait des choses comme des enfants qui changeaient d'avis une douzaine de fois à propos de la glace qu'ils voulaient, aider avec l'inventaire et au cours des premières semaines, des poignets douloureux à force de faire des boules de glace. Elle dit que le magasin était très fréquenté quand il y avait des événements dans la communauté comme des parades et des festivals et qu'en hiver, elle avait une clientèle régulière, même si les clients n'étaient pas aussi nombreux qu'en été. Elles parlèrent si longtemps que Josie oublia qu'il s'agissait d'un entretien et qu'elle eut l'impression qu'elle discutait avec une amie.

— Si ça t'intéresse, passe avec Hail demain. Je te montrerai la boutique et nous pourrons élaborer un emploi du temps.

— Je suis très intéressée, mais est-ce que tu es sûre que ça ne te dérange pas que j'amène Hail ?

— Pas du tout. Je veux le rencontrer, et c'est un magasin de glaces, après tout. Il n'est pas allergique au lactose, n'est-ce pas ?

— Non, il n'a pas d'allergies alimentaires.

Sarah avait toute sorte d'allergies. À cause de cela, Josie avait fait tester Hail quand il était plus jeune. Heureusement, il n'était allergique à rien.

— Super. Prends quelques jouets pour lui et nous verrons comment ça se passe.

— Merci beaucoup, Penny. Tu ne sais pas à quel point ça compte pour moi.

— Ça compte beaucoup pour moi que tu l'envisages *et* que Jed me fasse assez confiance pour me le demander. C'était plutôt évident que tu étais importante pour lui quand il a dû faire un arrêt d'urgence à la librairie où Quincy travaille. Tu as vu le sac qu'il porte ?

— Le sac ?

Elle avait été tellement distraite par les regards torrides que Jed lui avait adressés et par le fait qu'il avait amené Penny qu'elle n'avait pas remarqué le sac.

— Ce grand dadais a acheté trois livres pour enfants sur les camions de construction, dit-elle alors qu'elles retournaient dans le couloir. Il a dit que Hail les adorait et qu'il pourrait peut-être lui apprendre une chose ou deux.

— Il va avoir une surprise. Mon fils en sait plus sur les camions de construction que tu en sais probablement sur la glace.

Ils trouvèrent Hail et Emily au milieu de la salle de jeu, les mains sur les yeux, en train de compter à voix haute. Tracey était assise sur le canapé, feuilletant un des livres que Jed avait achetés et Jed se cachait derrière le canapé, un doigt sur les lèvres, leur indiquant de ne pas faire de bruit. Il était tellement adorable de voir cet homme gigantesque derrière le canapé, les yeux les suppliant de ne pas le trahir, que le cœur de Josie eut à nouveau un raté.

— Neuf… dix ! crièrent les enfants.

Puis, ils commencèrent à chercher derrière tous les meubles jusqu'à ce qu'ils trouvent Jed et ils sautèrent sur lui en riant et en couinant.

— J'ai attrapé les singes sauvages !

Jed se leva avec un enfant en train de se trémousser sous chaque bras. Il les souleva, murmurant quelque chose à l'oreille de chacun d'eux, puis il les posa de chaque côté de Tracey et dit :

— Bataille de chatouilles !

— Je dois en faire partie !

Penny s'élança dans la pièce et commença à chatouiller les enfants.

Pendant que ces derniers étaient occupés à chatouiller Tracey et que Penny les chatouillait, Jed se dirigea vers Josie, son regard glissant avidement le long de son corps. Le cœur de Josie accéléra tandis qu'elle regardait son corps musclé bouger avec autant de grâce que d'assurance. Son propre corps se délectait de cette vue avec une admiration évidente, chauffant et fourmillant sous l'effet de désirs qu'elle pensait disparus depuis longtemps, pendant qu'une autre partie d'elle s'inquiétait. Elle avait beaucoup de chemin à parcourir avant que Hail et elle ne puissent se remettre sur pied et elle n'avait pas besoin de ce genre de complications. Mais les choses s'étaient passées comme cela avant et elle avait l'impression que rien n'allait changer.

Il s'approcha, ne laissant que quelques centimètres entre eux. Il avait une odeur délicieusement sauvage et curieusement familière. Elle avait beau ne pas avoir besoin de ce genre de complications, elle en avait envie.

JED NE POUVAIT pas détourner le regard de la bouche de Josie. C'était peut-être à cause de la manière dont elle se léchait les lèvres, les yeux rivés sur son torse comme si elle avait envie de le toucher. *Ou de le lécher.* Son membre frémit. Elle avait les traits les plus délicats qu'il connaisse – un nez légèrement retroussé, de petits yeux vraiment beaux, des pommettes hautes – comme si chaque trait avait été méticuleusement sculpté. Et puis, il y avait sa bouche pulpeuse et séduisante et l'adorable petit grain de beauté sous le coin gauche de sa bouche. Il avait encore plus fantasmé sa bouche sur la sienne – *sur lui* – au cours des deux dernières nuits qu'au cours des dernières années. Quand elle leva les yeux vers lui, ce fut comme deux cœurs qui battaient au même rythme.

Absolument perdu en elle, il se pencha en avant, voulant l'embrasser. Le son de la respiration irrégulière de Josie le fit sortir de son fantasme quelques secondes avant qu'il ne commette cette erreur. Il changea de direction, comme s'il avait eu l'intention de s'appuyer sur le cadre de la porte :

— Comment ça s'est passé ?

Elle ouvrit la bouche. Aucun mot n'en sortit. Elle jeta un œil dans le salon où Hail donnait une leçon à Penny sur les véhicules de construction :

— Bien. Je n'arrive pas à croire que tu te sois donné autant de mal. Merci. Et Penny a dit que tu avais acheté des cadeaux pour Hail ? Tu n'as pas à lui acheter quoi que ce soit. Il n'a pas l'habitude de recevoir autant de cadeaux.

— Je croyais que je pourrais lui apprendre quelque chose, mais ton fils est comme un savant des véhicules de construction.

Il ne voulait pas la mettre mal à l'aise devant Penny ou Tracey, il fit donc un signe de la tête en direction du couloir.

— Est-ce que je peux te parler en privé une seconde ?

Elle le suivit à quelques pas de là et il sortit de sa poche un téléphone prépayé qu'il avait acheté pour elle.

— Moon…

Elle secoua la tête.

— Je ne peux pas accepter ça.

— Bien sûr que si. Pour Hail. Son école doit avoir un moyen de te joindre où que tu sois. Si tu es dans la voiture, au travail, n'importe où. Il est prépayé pour trois mois.

Elle soupira, fronçant ses beaux sourcils. Elle était encore menue, comme elle l'avait été à l'adolescence, mais ses hanches fines étaient maintenant rondes au niveau de la taille et ses petits seins étaient légèrement plus ronds, lui donnant une silhouette encore plus sexy.

— Tu n'es pas obligé de faire tout ça pour nous.

— Tout le monde a besoin d'un coup de main de temps en temps. Si je ne le fais pas, qui le fera ? Tu as des projets pour ce soir ?

— Euh… Je serai avec Hail…

— Mon colocataire, Quincy, et moi allons faire un feu de

camp. Je crois me souvenir qu'une certaine personne m'a dit qu'elle avait un faible pour les sandwiches à la guimauve.

Il se pencha vers elle et murmura :

— J'ai du chocolat et j'espère qu'il te reste du pain d'épices, ce qui est bien meilleur que des biscuits complets.

La surprise fit scintiller ses yeux.

— Comment est-ce que tu peux te souvenir que j'aime les sandwiches à la guimauve ?

— Est-ce que ça signifie que tu ne te souviens pas de beaucoup de choses à propos de moi ?

Il arqua un sourcil face à la gêne dans les yeux de Josie.

— Je me souviens de bien plus que ça aussi. Qu'est-ce que tu en dis ? Viens traîner avec les deux mecs les plus cool de Peaceful Harbor. Penny sera probablement là, et le frère de Quincy, Truman, et sa femme et ses enfants pourraient passer. Tu peux amener Tracey si tu veux.

Elle passa nerveusement d'un pied à l'autre.

— Je… euh… Je n'ai pas reparlé à Sarah et à Scott. Je veux le faire, mais pas dans un grand groupe comme ça, alors s'ils viennent…

— S'ils venaient, je te l'aurais dit. Je ne te mettrais jamais volontairement dans une situation embarrassante.

Il mit le téléphone dans sa main, enroula la sienne autour et dit :

— J'ai enregistré mon numéro et mon adresse dans le téléphone. Viens si tu veux. Pas de pression, mais je pense que Hail s'amusera beaucoup. Il passa son pouce sur le dos de la main de Josie :

— Sa maman pourrait bien avoir du bon temps aussi.

CHAPITRE QUATRE

JOSIE INSTALLA HAIL dans son son réhausseur et ferma la portière de la voiture, à la limite de vomir ou s'évanouir. Ou *les deux*. Elle ne pouvait même pas en vouloir à Tracey ou Sunny d'avoir insisté pour qu'elle aille au feu de camp de Jed. Personne n'avait eu à insister. La vie de Josie et de Hail avait été tellement centrée sur le fait de joindre les deux bouts au cours de derniers mois qu'un peu d'amusement avec de nouveaux amis semblait être exactement ce dont ils avaient besoin. Ce serait également une bonne occasion pour Josie de mieux connaître Penny. En fait, elle voulait voir Jed et ce qu'il y avait derrière leur connexion électrique.

Son estomac se retourna et elle s'appuya sur la voiture.

— Tu es sûr que tu es la même fille qui est montée dans une voiture avec un mec qu'elle connaissait à peine et qui est allée de Floride jusque dans le Maryland ? lui demanda Tracey depuis l'autre côté de la voiture. Tu as mauvaise mine et nous sommes sur le point de nous amuser.

— À cette époque, c'était une question de vie ou de mort. Je n'avais pas le temps d'avoir peur de ce qui m'attendait, car je savais ce qu'il y avait à la maison.

Elle n'avait jamais été nerveuse à ce point avec Brian, pas même la première fois qu'elle était montée en voiture avec lui.

Elle avait été tellement terrifiée pendant tant d'années qu'elle s'était délectée de sa gentillesse. Alors, pourquoi était-elle aussi nerveuse avec Jed ? Il était aussi gentil que Brian. Mais il était également *sexy* et *intéressé*.

Voilà la différence.

Quand elle avait quitté la Floride à treize ans, elle s'était concentrée sur sa survie et sur le fait d'échapper à une vie infernale. Et Brian ne l'avait pas regardée comme Jed la regardait à présent. En tout cas, pas avant des années.

— Je suis un peu nerveuse, dit-elle enfin.

Comme le prouve mon besoin de changer six fois de tenue. Elle s'était finalement décidée pour son jean préféré et un pull-over noir. Non pas que cela ait de l'importance. Elle porterait sa parka toute la soirée, de toute façon. Cela faisait tellement longtemps qu'elle n'avait pas accordé d'importance au fait d'être jolie qu'il avait été agréable de se pomponner un peu.

—À propos de Jed ? Nous pouvions sentir les étincelles voler entre vous depuis l'autre côté de la pièce.

Tracey lui adressa un sourire complice.

— Si tu veux être seule avec lui, je te couvre. Je vais distraire ton petit homme.

— Je ne vais *pas* coucher avec lui.

— Je voulais dire pour *parler* ! rit Tracey.

— C'est ça, oui.

Josie souriait en s'installant sur le siège conducteur. Hail jouait avec le 4x4 que Jed lui avait offert.

Le trajet vers Peaceful Harbor fut rapide, bien qu'il parut prendre une éternité tandis qu'elle repensait à la sensation de la main de Jed tenant la sienne, à la caresse de son pouce et, ce qui était probablement plus séduisant, à la joie pure dans son regard quand il avait joué avec Hail. Elle avait ignoré que quelque chose comme cela pouvait être aussi bon et aussi *différent*. Hail était un enfant plutôt facile comparé à d'autres. Il était aimé par les femmes du refuge, par ses professeurs et par les autres enfants, il ne devrait donc pas être étonnant que Jed l'apprécie aussi. Et cela ne devrait probablement pas lui sembler différent. Mais c'était le cas. Cela lui semblait important.

Tandis qu'ils traversaient le pont menant à Peaceful Harbor, ses nerfs fourmillèrent.

— C'est cette route.

Tracey désigna l'entrée de Whiskey Automobile.

— Sarah a dit que Jed et Quincy vivent au-dessus du garage.

Tandis que Josie tournait, elle dit :

— Tu as parlé à Sarah ?

— Elle a téléphoné pour savoir si l'entretien m'avait plu. Mais ne t'inquiète pas, Bones et elle dînent avec sa famille ce soir, alors ils ne seront pas là.

Josie se détendit un peu, mais elle détestait aussi le fait de craindre qu'elle tombe sur Sarah ou Scott. Elle devait surmonter la gêne de la distance qu'il y avait entre eux et réapprendre à connaître son frère et sa sœur.

Les flammes du feu de camp apparurent ainsi que plusieurs silhouettes sombres, écartant les pensées sur Sarah et Scott. Le feu de camp était au milieu du terrain situé derrière le garage, lui rappelant la nuit où elle avait rencontré Jed pour la première fois. Le terrain avait été à côté d'un parking pour caravanes ; celui-ci était bordé d'arbres à droite et du garage à gauche. Le garage était sombre, mais les lumières de l'appartement situé au-dessus projetaient une douce lueur sur le panneau « Whiskey Automobile ».

— Maman, regarde ! dit Hail avec enthousiasme. Est-ce que c'est le feu de camp ?

— Oui. Tu te souviens des règles ?

Elle lui avait fait un long discours sur la sécurité aux alentours d'un feu pendant le dîner.

Il poussa sa voiture sur ses jambes et signala :

— On ne court pas près du feu. On ne met *jamais* la main dans le feu, même si la guimauve tombe dedans. Si je vois une étincelle par terre, je ne la touche pas.

Il couina :

— Maintenant, est-ce que je peux faire de la guimauve ?

Ils sortirent de la voiture et Josie prit la boîte de pain d'épices qu'elle avait amenée sur le siège arrière.

— Moon !

Hail fit un signe de la main à Jed tandis que celui-ci avançait vers eux.

Les nerfs de Josie lâchèrent lorsqu'il couvrit la distance entre eux. Elle était extrêmement consciente de tout : ses pas déterminés, les contours forts de ses épaules étirant sa veste en cuir noir et l'expression secrète dans ses yeux sombres.

Il ébouriffa les cheveux de Hail.

— Salut, mon pote.

Puis, il posa ses yeux bleu-gris sur Josie :

— Je suis ravi que tu aies pu venir.

— Viens, Hail.

Tracey lui prit la main et dit :

— Allons voir ce feu de camp.

Josie savait que Hail était en sécurité avec Tracey, mais elle dit quand même :

— Soyez prudents, s'il vous plaît.

— Toujours, cria Tracey en s'éloignant.

— Je n'étais pas sûr que tu viendrais.

Jed s'approcha davantage et dit :

— Je suis content que tu l'aies fait.

Des réponses volèrent dans l'esprit de Josie. *Je n'étais pas sûre que nous viendrions non plus. Hail avait besoin de sortir du refuge.* Même le mensonge : *Tracey m'a convaincue.* Mais quand elle ouvrit la bouche, elle dit :

— Moi aussi.

— Tu es nerveuse.

— Tu ne sais pas que tu n'es pas censé faire remarquer ça aux filles ?

Elle se balança sur ses pieds.

Un grand sourire apparut sur les lèvres de Jed.

— Je te l'ai dit que je ne savais rien sur ces trucs-là. Viens, je vais te présenter aux autres.

Il posa une main sur son dos tandis qu'ils traversaient l'herbe et dit :

— Est-ce que c'est mon pain d'épices ?

— Il se pourrait que tu doives lutter contre Hail pour l'avoir.

Le regard de Jed croisa le sien à nouveau et une décharge électrique passa entre eux. Elle avait aimé Brian presque toute sa vie. Cependant, une telle chaleur n'avait jamais traversé ses veines de cette façon. C'était brut et primaire. Peut-être que cela devrait l'effrayer, mais rien chez Jed ne lui faisait peur.

— Maman ! Penny est là ! cria Hail, transperçant le brouillard de son désir.

— Viens, Jojo. Donnons à ton fils l'occasion de s'amuser.

Ne savait-il pas à quel point il était important pour elle qu'il fasse passer le bonheur de Hail avant tout ? Elle essaya de se concentrer sur les personnes présentes autour du feu de camp plutôt que sur la façon dont cela la touchait profondément. Tracey était assise sur une chaise entre Hail et une adorable petite fille qui portait une robe brillante à frous-frous sous son manteau. Elle reconnut l'homme costaud et barbu assis à côté avec un petit garçon sur les genoux et le bras autour d'une jolie femme. Il s'agissait de Truman Gritt, l'homme que Josie avait vu sur les photographies du rassemblement pour la collecte de fonds sur le site Internet des Dark Knights. L'homme imposant à côté de lui, avec des cheveux plus longs et plus clairs et sans barbe, était son frère, Quincy.

Penny se leva et serra Josie dans ses bras.

— Je suis tellement heureuse que tu sois venue. Hail a dit que tu avais amené du pain d'épices, ce qui s'avère être l'une de mes gourmandises préférées. Je peux ?

Elle prit la boîte des mains de Josie.

— Bien sûr.

Josie la lui tendit.

— Nous l'avons fait il y a quelques jours, alors ce n'est probablement pas le meilleur. Désolée.

Penny avait déjà un morceau dans la bouche.

— Délicieux !

Jed mit la main dans la boîte et prit un morceau, adressant un clin d'œil à Josie.

— J'en veux !

La petite fille dans la robe fantaisie courut dans ses chaussures blanches et brillantes. Ses longs cheveux bruns étaient maintenus par un bandeau rose et ses yeux s'illuminèrent quand Penny s'agenouilla à côté d'elle pour qu'elle puisse choisir un morceau.

— Je te présente Kennedy, la fille de Tru et Gemma.

Penny désigna le couple qui s'approchait pour les accueillir.

Kennedy parla avec la bouche pleine de pain d'épices.

— Coucou ! Je suis une princesse de l'hiver.

— Une jolie princesse de l'hiver, dit Josie. Je m'appelle Josie, je suis la maman de Hail.

Kennedy hocha la tête et prit un autre morceau de pain d'épices.

— Je vais donner celui-là à Hail.

Elle sautilla joyeusement, dépassant ses parents, en direction de Tracey et de Hail, qui faisaient griller des guimauves.

Jed garda une main sur le dos de Josie et dit :

— Je te présente mon colocataire, Quincy…

— Son *super* colocataire, interrompit Quincy. Ravi de te rencontrer.

— Moi aussi, dit Josie.

— Et voici le frère de Quincy, Truman – *Tru* – et sa femme, Gemma, présenta Jed. Les amis, je vous présente Jojo – *Josie* – la sœur de Sarah et Scott. Je crois que vous avez déjà rencontré son fils, Hail.

Il chatouilla le menton de l'adorable garçon aux cheveux auburn dans les bras de Truman.

— Et ce petit gars est leur fils, Lincoln.

Lincoln enfouit son visage dans le cou de Truman.

— Salut, dit Josie. Vos enfants sont adorables.

— Ton fils l'est aussi, dit Gemma.

Elle était menue, comme Josie, avec des yeux couleur émeraude, et elle portait un joli bonnet gris sur ses cheveux sombres.

— Ravie de pouvoir enfin te rencontrer.

Kennedy attira Hail vers la couverture sur l'herbe, là où le grand chat tricolore était allongé à côté d'un tas de jouets, et elle cria :

— Nous allons jouer avec Big Mama ! Et Hail veut aller au Musée tactile !

— Big Mama est l'un des chats qui vivent au garage, expliqua Truman. Kennedy est un peu autoritaire. N'hésite pas à intervenir.

Truman était plus grand et plus large que Jed et un peu menaçant. Ses mains et ses doigts étaient couverts de tatouages et d'autres décoraient son cou. Josie aurait parié que le reste de son corps en était couvert aussi. Mais il avait des yeux enfoncés et gentils et quand il déposa un baiser sur la joue de Lincoln, cela apaisa le côté effrayant.

— Ce n'est rien, dit Josie tandis qu'ils rejoignaient Tracey à côté du feu. Hail passe beaucoup de temps avec moi. Il est habitué aux femmes autoritaires.

Elle s'assit et Jed prit place à côté d'elle.

— Je suppose que Kennedy adore le Musée tactile ? Je n'y suis pas encore allé avec Hail. C'est à une heure d'ici, non ?

— Juste un peu moins d'une heure. Nous y avons emmené les enfants le week-end dernier, dit Truman. Elle n'arrête pas d'en parler.

— Je ne sais rien sur le Musée tactile, juste que ça donne l'impression que c'est pornographique, taquina Tracey. Mais ça, c'est super. Je ne suis jamais allée à un feu de camp auparavant. Merci de m'avoir invitée.

— Nous sommes ravis que tu sois venue, fit Jed en glissant sa jambe contre celle de Josie.

L'obscurité dans ses yeux fit faire un saut périlleux à l'estomac de Josie.

Josie regarda Hail, qui était occupé à faire faire un tour aux poupées de Kennedy sur le 4x4 que Jed lui avait offert. La petite fille était assise avec sa robe gonflée autour d'elle, en train de bercer une poupée.

— La robe de Kennedy est vraiment jolie. Ça doit être amusant d'avoir une enfant qui aime se déguiser. Hail se fiche des vêtements, mais donnez-lui de la terre dans laquelle creuser et il est ravi.

— Kennedy *adore* se déguiser. Je jurerais qu'elle pense être une princesse, dit Gemma. La femme de Bear, Crystal, lui a cousu cette robe. Nous gérons la boutique *Princesse d'un jour* en ville et nous organisons des fêtes d'anniversaire et des événements pour les enfants. Tu devrais passer, un jour. Nous avons beaucoup de costumes pour garçons aussi.

— Je veux y aller, intervint Tracey.

— Ça me semble amusant. Merci.

— Vous auriez dû voir les mecs à Halloween.

Penny mit un morceau de guimauve sur un bâton tout en racontant :

— Kennedy voulait être une joueuse de football américain et elle a convaincu tous les hommes de se déguiser en pom-pom girls avec leurs pompons. C'était hilarant de voir tous ces mecs musclés et tatoués avec leurs jambes poilues et leurs bottes de motard.

Tout le monde rit, puis ils commencèrent à faire griller de la guimauve.

— Est-ce que tu t'es déguisé en pom-pom girl aussi ? demanda Josie à Jed.

Jed passa une main sur son menton.

— Tu as vu à quel point Kennedy est adorable ? Il y a peu de choses que je ne ferais pas pour cette enfant, alors oui, je l'ai fait.

Elle rit.

— Je paierais pour voir ça.

— Eh, au moins, j'ai de belles jambes, argua Jed.

— Kennedy mène tout le monde par le bout du nez depuis que Tru l'a ramenée à la maison, expliqua Gemma.

— Ramenée d'où ? demanda Tracey.

Truman embrassa Lincoln sur la joue et dit :

— Ce petit gars est notre petit frère, à Quincy et moi, et Kennedy est notre sœur. Mais Gemma et moi les élevons comme s'ils étaient nos enfants.

— Ouah, s'extasia Josie. C'est incroyable.

— C'est la *famille*, conclut Truman.

— Notre mère était une droguée, expliqua Quincy.

Il posa ses coudes sur ses cuisses, tenant sa guimauve au-dessus des flammes. Ses cheveux tombaient de chaque côté de son visage et il les écarta du menton en parlant à Josie.

— Je suis un ancien drogué. Mais à l'époque, j'étais une épave. Tru ne savait même pas que les enfants existaient avant la nuit où notre mère a fait une overdose.

Il tourna un visage émerveillé vers Truman :

— Mais il les a sauvés. Il nous a tous sauvés.

Josie eut un pincement au cœur en voyant l'expression dans ses yeux et l'émotion qui tourbillonnait entre Truman et lui.

— Eh, nous nous sommes tous sauvés les uns les autres, dit Truman. Gemma et moi nous sommes rencontrés ce soir-là et Dieu sait qu'elle m'a sauvé de cent manières différentes. C'est arrivé après que Bear et sa famille m'ont donné un emploi et un endroit où vivre.

Il hocha la tête en direction du garage.

— Je vivais à l'étage avant que Quincy et Jed n'emménagent.

— Ils m'ont aidé aussi, ajouta Jed en tournant un regard attentionné vers Josie. Les Whiskey m'ont donné un emploi au bar et au garage et un endroit où vivre. Tout comme le reste de nos amis, ils m'ont offert une famille.

Gemma prit la main de Truman. Puis, elle prit la main de

Penny et dit :

— Ils ont ouvert une porte vers leur famille et nous en sommes *tous* devenus une partie.

— Et Sarah et Scott, dit Josie, sur le point de pleurer. Ils en font partie aussi.

Jed lui prit la main et elle fut reconnaissante de pouvoir s'accrocher à quelque chose.

— Nous sommes tous là pour toi aussi, Jojo. Et quand tu seras prête, tu retrouveras le chemin vers ta famille.

— Est-ce que quelqu'un d'autre a envie de pleurer, de se faire un câlin ou quelque chose comme ça ? demanda Penny.

Quincy la mit sur pied et la serra fermement dans ses bras.

— Je te tiens, bébé.

Il fit glisser sa main sur ses fesses et les serra.

— Eh ! Ne touche pas à la marchandise, espèce de rat de bibliothèque, fit Penny, les faisant tous rire.

Elle se tourna vers Josie en s'asseyant et dit :

— Je te jure, ce mec croit qu'il me possède.

— Un jour, dit Quincy avec un sourire impertinent.

Leurs conversations passèrent à des sujets plus légers. Penny dit aux autres qu'elle espérait engager Josie, ce qui mena à une conversation sur sa boutique et sur ses glaces délicieuses. Gemma dit à Josie et à Tracey comment Truman et elle s'étaient rencontrés à Walmart. C'était une histoire adorable et elle mena à d'autres récits racontant comment chacun de leurs amis les plus proches avait rencontré sa moitié. Bien que chaque histoire ait une signification particulière et soit spéciale, il y avait une facette sombre chez eux à laquelle Josie ne s'était pas attendue. Plusieurs de ces personnes, qui étaient incroyablement chaleureuses et focalisées sur la famille, mais aussi leurs amis avaient *vécu* un enfer avant de trouver le bonheur. Même

Gemma, dont la famille était riche et dont l'éducation avait été remplie de voyages spéciaux et de fêtes élaborées, avait perdu son père quand il s'était suicidé et avait une mère peu aimante.

Plusieurs heures plus tard, après que Truman et Gemma étaient rentrés chez eux et que Hail était profondément endormi sur les genoux de Josie, cette dernière intégrait encore tout cela.

— TU VEUX ALLER chercher une pizza ? demanda Tracey à Josie pour la deuxième fois.

Elle regardait le feu se consumer comme si elle était perdue dans ses pensées. Jed lui toucha le bras, la faisant sursauter.

— Désolé. Ils vont chercher de la pizza et ont demandé si tu voulais te joindre à eux.

— Non, merci. Je ferais mieux de ramener Hail à la maison.

Elle s'avança sur sa chaise pour se lever et Jed posa une main sur son bras.

— Attends une seconde.

Il se tourna vers les autres :

— Allez-y. Je veux m'assurer que Jojo rentre chez elle sans problème.

— Tu es sûre que ça ne te dérange pas si j'y vais ? demanda Tracey. Ils peuvent me ramener au refuge, mais je peux rester avec toi si tu préfères.

— Je vais bien, assura Josie. Va t'amuser.

Quand ils s'en allèrent, Jed demanda, soucieux :

— Est-ce que ça va ? Tu t'es un peu mise à regarder dans le vide.

— Je repensais à tout ce qu'ils ont dit. Est-ce que toutes ces histoires sont vraies ? Quincy qui tue le dealer de leur mère, Truman qui va en prison et Crystal qui a été violée… ?

— Malheureusement, oui. Il y a une chose que tu vas apprendre sur mes amis : il n'y a pas de place pour les conneries. Nous disons tous les choses telles qu'elles sont.

— Leurs vies sont *tellement* sombres. J'ai été choquée quand j'ai lu l'histoire de Sarah. Même après ce que j'ai traversé à cause de mes parents, entendre leurs histoires m'a fait comprendre que j'ai vécu une vie plutôt protégée, du moins jusqu'à ces dernières années. Je suis désolée pour ta sœur. Est-ce qu'elle va bien ?

— Oui, elle va bien maintenant.

— Et Penny ? Elle semble être la seule à ne pas avoir vécu un passé douloureux, mais elle ne ressemble pas du tout aux gens que je connaissais en Floride. Je ne sais pas ce qu'ils savaient à propos de ce qui se passait chez nous, mais je pense que la plupart d'entre eux avaient une petite idée, et au lieu de nous aider, ils nous traitaient comme si la méchanceté de nos parents était contagieuse. Je me souviens avoir souhaité pouvoir parler de ce que nous vivions à quelqu'un, mais j'avais peur que personne ne me croie et je craignais d'empirer les choses. Penny n'a peur de rien, apparemment.

Jed voulait lui poser des questions sur son passé, mais avec Hail endormi sur les genoux de Josie, il hésita avant d'articuler :

— Penny est très *vraie*. Elle a perdu son père, il y a deux ans. Elle sait que la vie n'est pas un long fleuve tranquille.

Josie embrassa la tête de Hail et passa une main sur sa joue.

— Je n'aurais jamais imaginé être dans cette situation, dans un refuge avec Hail. Non pas que ce soit la fin du monde, mais je ne veux pas le décevoir en tant que mère.

— Ce qui fait de toi une bonne mère.

— Ce qui fait de moi une bonne mère, c'est de savoir comment ne pas en être une mauvaise. Crois-moi, j'ai vu assez de mauvais parents pour savoir ce que je ne dois pas faire. C'est juste une malchance de merde qui nous a mis dans cette situation. Le refuge, c'est temporaire. Hail est aimé et je crois qu'il va au lit tous les soirs en se sentant en sécurité. C'est ce qui compte le plus. Les maisons et les choses matérielles… Ce ne sont que des biens.

Elle regarda le feu et il attendit qu'elle ajoute quelque chose. Il voulait lui poser tant de questions sur sa vie : où était-elle allée ? Qu'avait-elle subi ? Comment était-elle arrivée dans le Maryland ? Mais au lieu de le faire, il posa sa main sur la sienne :

— Est-ce que tu vas bien ?

Les lèvres de Josie s'étirèrent et elle caressa le dos de Hail.

— Oui, dit-elle doucement. Je vais bien. Nous allons bien.

Elle resta silencieuse une ou deux minutes de plus avant d'ajouter :

— Sarah et Scott t'ont tout dit sur mon passé, pas vrai ?

— Je sais que Scott et Sarah étaient maltraités par vos parents, physiquement et psychologiquement. Je sais aussi que quand ils vivaient là-bas, vos parents ne t'ont pas frappée. Scott a dit qu'il avait fui en laissant de l'argent pour que Sarah et toi puissiez partir. Il a dit qu'il voulait vous emmener, mais que ton père a dit qu'il appellerait la police s'il s'approchait de vous.

— Tout ça est vrai. La maltraitance, c'est comme un cancer. Ça envahit les vies de tout le monde aux alentours. Mon père a été physiquement violent avec Scotty et Sarah et ils m'ont tous les deux protégée de toutes les manières possibles. Mais j'étais *terrifiée* pour leurs vies chaque minute de la journée et de la nuit. Avant que Scotty ne parte, mon père et lui se sont battus et j'étais sûre que l'un d'eux allait mourir. J'ai même espéré que

Scotty tue notre père. C'est horrible, mais c'est vrai.

Jed posa une main sur la sienne, son cœur se brisant pour elle.

— Ce n'est pas horrible ; c'est de la survie.

— Je suppose. Toute la situation était terrible. Quand Scotty est parti, les choses se sont améliorées un moment, puis mon père a tourné sa colère vers moi.

Les entrailles de Jed se serrèrent.

— Au début, ce n'étaient que des attaques verbales, mais c'était un homme effrayant. Le simple fait d'entendre sa voix me poussait à me recroqueviller dans un coin, les bras autour de ma tête au cas où il me frapperait. Je savais de quoi il était capable et je savais aussi que sous peu, il déchaînerait sa vraie rage sur moi.

Tous les muscles du corps de Jed se contractèrent jusqu'à être douloureux. Il serra la mâchoire pour empêcher sa colère de sortir tandis qu'elle continuait de lui raconter son histoire.

— Le jour avant que Sarah s'en aille, ma mère est passée me chercher à l'école. Elle a dit que Sarah attendait à la maison et que nous allions aller la chercher et quitter mon père. Ma mère ne nous avait jamais frappés, mais elle était horrible de bien d'autres manières. Elle insultait Sarah et Scotty et les humiliait. Cependant, je pensais que si nous quittions mon père, elle serait peut-être plus gentille. Je suis partie avec elle, mais elle n'est pas allée chercher Sarah. Elle a conduit encore et encore. Je ne sais même pas où nous sommes allées, mais elle continuait d'avancer. Parfois, on aurait dit que nous faisions des allers-retours sur l'autoroute. J'avais treize ans, j'avais peur, j'avais faim et j'étais tellement inquiète pour Sarah que je me souviens avoir pleuré et l'avoir suppliée de faire demi-tour. Elle ne voulait pas. Ensuite, j'ai pensé que Sarah était peut-être morte, dit-elle d'une voix à peine plus forte qu'un murmure. Que mon père l'avait tuée et que ma mère ne voulait pas que je le sache.

— Tu as dû être terrifiée.

Jojo hocha la tête.

— Quand nous sommes enfin rentrées à la maison le lendemain soir, la chambre de Sarah était sens dessus dessous. Sarah écrivait dans des cahiers et ils étaient en lambeaux sur le sol. Il y avait du sang sur les draps et j'étais sûre que mon père l'avait tuée.

— Putain, bébé…

Il passa un bras autour d'elle et de Hail, sentant les larmes de Josie sur sa propre joue. Il la serra un long moment et quand elle recommença à parler, il recula pour mieux voir son visage.

— Sarah et moi avions une cachette derrière la pompe à chaleur sur le côté de la maison où nous nous déposions des petits mots. Elle en avait laissé un ainsi qu'une partie de l'argent que Scotty avait gardée pour nous et elle avait promis qu'elle reviendrait me chercher. J'ai attendu, mais après huit jours, mon père a déversé toute sa rage sur moi et…

Elle posa sa joue sur la tête de Hail et ferma les yeux.

Il voulait trouver ses parents et les faire payer pour la souffrance qu'ils avaient causée, mais la vengeance devrait attendre, car il voulait davantage mettre Josie sur ses genoux et la serrer dans ses bras. La protéger de ces souvenirs douloureux. Il essuya ses larmes. Puis, il passa un bras autour d'elle, l'attirant contre lui aussi fort que possible avec les chaises et Hail entre eux.

— Tout va bien, Jojo. Ils ne peuvent plus vous toucher, maintenant.

— Je sais, dit-il en reniflant. Ils sont morts.

Le soulagement le traversa, même s'il aurait aimé torturer ces enflures.

— Ils sont *morts* ? Je ne crois pas que Sarah et Scott le savent.

— Brian l'a découvert quelques mois après que nous avons quitté la ville, mais il ne me l'a dit que plusieurs années plus tard. Il avait peur de la manière dont je le prendrais. J'étais tellement jeune qu'il avait probablement raison de s'inquiéter, mais quand je suis tombée enceinte, j'ai paniqué à l'idée que mes parents essaient de voir notre enfant. C'est à ce moment-là qu'il m'a dit qu'ils étaient morts dans un incendie. C'était un soulagement. C'est horrible à dire, mais ils étaient mauvais. Je ne sais même pas comment les gens deviennent comme ça.

— Certaines personnes naissent probablement comme ça.

Puis, pensant à sa mère, il ajouta :

— Mais d'autres sont probablement dirigés par le chagrin, par la drogue ou par l'alcool. La *vie*.

— Je me souviens que tu as dit que ta mère est devenue alcoolique après la mort de ton père et que c'est à cause de ça que tu as commencé à voler et à t'attirer des ennuis. Pour mettre à manger sur la table et t'assurer que ta sœur avait des vête-ments, des livres et tout ce dont elle avait besoin.

— Je n'arrive pas à croire que tu te souviennes de ça.

— Je me souviens de toute cette nuit-là, Moon. Tu te don-nais l'air tellement fort, mais quand nous parlions, tu étais aussi doux et gentil. Il était tellement évident que tu aimais ta famille. Ton père te manquait tellement que tu avais les larmes aux yeux quand tu parlais de lui. Je me souviens que tu donnais l'impression de détester ta mère pour ce qu'elle était devenue. Mais tu avais le même regard dans les yeux que lorsque tu parlais de ton père. Et je connaissais tellement bien cette sensation, Moon, parce que je détestais mes parents jusqu'à la moelle, mais en même temps, je les aimais. Je ne sais même pas comment c'est possible, étant donné tout ce qu'ils ont fait. Je me rappelle avoir pensé que toi et moi étions tellement similaires que nous étions destinés à nous rencontrer.

La gorge de Jed se noua sous l'émotion quand elle confirma ce qu'il ressentait aussi.

— Qu'est-il arrivé à ta mère ? demanda-t-elle doucement.

— Ce n'est pas une belle histoire, admit-il en essayant de sortir des souvenirs de la nuit où ils s'étaient rencontrés. Elle est encore noyée dans l'alcool. J'ai appris que Crystal avait été violée, il y a seulement quelques mois. C'est alors que j'ai découvert que ma mère lui avait donné l'impression que c'était *sa* faute. Après tout ce que j'ai fait pour garder ma mère en vie, elle a foutu en l'air sa propre fille. Je n'arrivais pas à y croire. Crystal et moi l'avons laissée s'apitoyer sur son sort et nous sommes allés de l'avant. Enfin, elle est allée de l'avant. J'ai essayé, mais c'est difficile de partir. J'y vais encore parfois et je laisse de la nourriture ou de l'argent dans un sac devant la porte. En revanche, je ne peux pas me résoudre à la voir, pas après ce qu'elle a fait à Chrissy. Ça me tue de savoir que je n'étais pas là pour ma sœur quand elle en avait le plus besoin. Je pensais qu'elle était hors de danger à l'université, loin de notre mère…

Elle lui toucha la main :

— S'il y a une chose que j'ai apprise, c'est qu'être dans une terrible situation brouille notre vision de tout le reste. Tu étais un homme bien à l'époque, et visiblement, tu l'es encore, Moon. *Jed.* Mince, c'est bizarre de dire ton prénom. Tu as toujours été Moon dans ma tête.

— Alors, appelle-moi Moon.

Il passa son pouce sur la main de Josie, se demandant comment il pouvait se sentir aussi proche d'elle, comme si le temps ne s'était pas arrêté, alors qu'une éternité s'était écoulée.

— Tu sais, je n'ai jamais parlé à personne des choses que je t'ai dites jusqu'à récemment, quand je les ai admises à Crystal.

— J'ai toujours eu l'impression que ce que nous avions partagé ce soir-là signifiait quelque chose, dit-elle tendrement. Comme si cela avait pu être le début de quelque chose si je n'avais pas été amoureuse de Brian. Je ne sais pas si je te l'ai dit à l'époque, mais je suis allée à cette fête pour le rendre jaloux.

— Je l'ai deviné quand je suis allé te voir le lendemain et qu'il m'a dit de partir. Ce type était prêt à tuer pour te protéger. Jojo, tu m'as dit que tu avais *dix-huit* ans et tu agissais comme si tu en avais vingt. Comment est-ce qu'une fille de dix-sept ans a pu voir au-delà du voleur et du coureur de jupons que j'étais devenu pour voir le vrai *moi* ?

— D'abord, ce n'était que quelques jours avant mon dix-huitième anniversaire. Deuxièmement, vu comment j'avais grandi, j'avais l'impression d'avoir trente ans. Et troisièmement, comment ça, il t'a dit de partir ? Je ne savais pas que tu étais passé.

— Parce que tu étais à l'*école*. Est-ce que tu sais ce que j'ai ressenti quand j'ai su que j'avais couché avec une fille de dix-sept ans ? Une lycéenne ? J'avais *vingt-trois* ans. J'étais déjà un raté. Je pensais que nous étions au début de quelque chose aussi et je me suis torturé pour ça pendant tellement longtemps. Je pensais que j'aurais dû être plus avisé et je croyais être un connard parce que je n'avais pas pu te résister, même si je l'avais voulu.

Elle baissa les yeux :

— Je suis désolée. Je sais que j'ai eu tort de mentir, mais j'étais une adolescente stupide qui avait été rejetée chaque fois que j'avais essayé de séduire l'homme que j'avais appris à aimer. J'étais frustrée, en colère et blessée. Et puis, tu es arrivé, le type sexy que j'avais vu aux fêtes en plein air. Quand nous avons parlé, j'ai ressenti une connexion instantanée avec toi. Je voulais mieux te connaître, être ton amie. Personne ne savait ce que j'avais subi, à part Brian et sa grand-mère, et je n'avais jamais rencontré quelqu'un qui avait vécu quelque chose de similaire. Et soudain, voilà que je parle à un homme dont le père a perdu son travail et dont la famille a perdu sa maison et qui a fini par vivre sur un parking pour caravanes. Quand tu m'as dit que ton père était mort et que tu m'as raconté ce qui s'est passé avec ta mère et ce que tu as été obligé de faire pour survivre, j'ai eu l'impression que nous étions destinés à nous rencontrer. Pendant ces quelques heures, je ne pensais pas à Brian. C'était comme si toi et moi étions les seuls êtres qui existaient en ce monde. Et puis, tu m'as embrassée, et *mon Dieu… Moon…*

Elle rougit et elle poursuivit :

— À ce jour, je n'ai jamais été embrassée comme ça. Je crois que j'ai rejoué cette nuit un million de fois dans ma tête.

— Je suis sûr que ça a plu à Brian, lâcha-t-il avec sarcasme.

— Ce n'était pas comme ça. J'*aimais* Brian. J'étais heureuse avec lui. Nous n'avions presque rien, mais nous avions une vie heureuse. Il n'y avait pas d'étincelles et de feux d'artifice, comme quand toi et moi avons été ensemble cette nuit-là.

Elle marqua une brève pause :

— Ou maintenant, quand tu touches ma main et que tu me regardes comme *ça.*

— C'est bon de savoir que tu le sens aussi.

— Tu plaisantes ? *Tracey* l'a senti, murmura-t-elle. Ce que Brian et moi avions était sûr et agréable ! C'était un très bon père et un très bon mari, et pour une fille qui n'était pas sûre d'être aimée un jour, je me considérais comme chanceuse.

— Est-ce qu'il était au courant pour nous ? demanda-t-il.

— Si c'était le cas, il n'a jamais rien dit. Je n'ai été qu'avec deux hommes au cours de ma vie. Brian et toi. Et je ne regrette aucun des deux. Mais je regrette de t'avoir menti.

Un sourire joueur apparut lorsqu'elle dit :

— En quelque sorte. Je ne pense pas que tu m'aurais parlé si tu avais su que j'avais dix-sept ans et la nuit où je t'ai parlé est l'une des nuits que je chéris le plus. Et puis, tu m'as parlé de ta sœur. Tu l'appelais *Chrissy* à l'époque. Ton amour pour elle semblait tellement fort.

— Elle sera toujours Chrissy ou *crevette* pour moi.

— Je comprends. Scott sera toujours Scotty pour moi. Il déteste probablement ça. Cet amour fraternel que tu ressentais pour elle, c'est ce qui *m*'a permis de tenir le coup jour après jour quand j'étais jeune. Mon amour pour Scotty et Sarah. Je n'avais pas d'amis en Floride, mais je les avais, *eux*. Quand ils sont partis, quand mon père s'en est pris à moi, ce n'était pas du tout aussi dur que quand il les frappait. Pourtant, c'était tellement douloureux. Je ne sais pas comment ils ont enduré ça jour après jour, année après année. Je te jure que j'ai senti chaque gifle, chaque coup, chaque fois qu'il me tirait les cheveux, bien après que ce soit fini. Il m'a battu deux fois en une soirée et le lendemain matin, je pensais vraiment que j'allais mourir.

Jed serra la mâchoire pendant que la haine montait en lui.

— Brian était ouvrier sur un chantier à quelques pâtés de maisons de chez moi. Je l'ai souvent vu en allant à l'école et sur le chemin du retour au cours des mois avant que mon père ne me frappe. Parfois, je manquais l'école et je me contentais de marcher pendant des heures. Les premières fois, il m'a dit que je ne devrais pas marcher seule et que je devais être prudente parce qu'il y avait des gens mauvais dans le monde. Eh bien, je vivais avec deux des pires, alors l'avertissement n'a servi à rien. Et puis, un jour, j'ai manqué l'école et quand je suis rentrée à la maison plusieurs heures plus tard, il était assis à côté du chantier. C'était bien après que les autres hommes étaient retournés chez eux et je savais qu'il s'assurait que j'étais bien rentrée, mais il n'a rien dit.

— Quel âge avait-il à l'époque ?

— Il avait dix-neuf ans. Je sais ce que tu penses. Il n'a jamais essayé quoi que ce soit avec moi. Pas une seule fois. Il n'était pas comme ça. Quoi qu'il en soit, nous avons parlé plusieurs fois et je lui ai dit comment étaient mes parents. Il voulait aller voir la police, mais j'avais peur. Quand Sarah est partie, j'ai supposé qu'elle avait quitté la ville et qu'elle ne reviendrait jamais et je n'avais personne pour confirmer mon histoire. Le jour avant que mon père ne me frappe, Brian m'a dit qu'il allait quitter la Floride le lendemain. Sa grand-mère l'avait élevé et elle vivait dans le Maryland. Elle était tombée et elle s'était cassé la hanche ; il allait retourner chez lui pour prendre soin d'elle. C'était comme si Dieu avait envoyé Brian pour me sauver, car ce soir-là, mon père m'a battue et le lendemain matin, il attendait dans sa voiture sur le chemin de l'école. Nous sommes partis sans jamais nous retourner. Quand il a vu mes bleus, il s'est arrêté. Il était tellement en colère que je pensais qu'il allait tuer mon père sans attendre. Donc, je l'ai supplié de *conduire* aussi vite et aussi loin que possible.

— Et vous êtes venus ici ? Dans le Maryland ?

Elle hocha la tête.

— Chez sa grand-mère. J'ai eu quatorze ans deux semaines plus tard. Il m'a préparé un gâteau et m'a trouvé une fausse carte d'identité, que j'ai utilisée pour m'inscrire à l'école. J'ai essayé de le convaincre de me laisser rester à la maison, mais il était déterminé à s'assurer que j'aie une éducation et il a fait tout ce qu'il fallait. Je sais que c'est difficile à croire, mais il n'a jamais essayé de m'embrasser, de me toucher de façon inappropriée, ni rien de tout ça. Il était comme un cadeau tombé du ciel.

— Tu as eu de la chance, j'en suis ravi. Est-ce que tu sais combien de filles n'ont pas cette chance ?

Il passa sa main sur le dos de Hail, posant ses doigts sur ceux de Josie, réalisant ce qu'il venait de dire.

— Oublie ça. N'y pense pas. Je n'aurais pas dû dire ça.

Elle leva les yeux vers lui, les joues rougies. Les lèvres de Josie s'entrouvrirent, mais ce fut ce regard qui lui demandait de l'embrasser qui fit vibrer de désir le corps de Jed, en dépit de toute l'horreur qu'ils avaient racontée. *Tout comme pour notre première fois.* Tout ce qu'il avait à faire, c'était se pencher en avant et prendre ce baiser. Il savait qu'ils le désiraient tous les deux, mais il savait aussi qu'il devrait être prudent. Cependant, il ne pouvait pas s'éloigner, il ne pouvait pas cesser de penser qu'il voulait la protéger, qu'il voulait être celui qui lui donnerait la sensation d'être en sécurité, cette fois.

— Qu'est-ce qu'il y a chez nous ? dit-elle avec un rire nerveux. On se réunit autour de feux de camp et dans des champs et l'un de nous vide son sac.

Ils rirent, mais il ne pouvait pas s'empêcher de se demander si c'était le destin qui les avait réunis à nouveau.

— Tu te souviens de la pierre ? demanda-t-elle.

Il hocha la tête, se souvenant qu'ils avaient trouvé une pierre en forme de cœur dans le champ. Josie avait dit que c'était un signe que de bonnes choses arriveraient et ils avaient utilisé une pierre plus petite pour graver leurs noms et la date dessus.

Elle sourit à nouveau et fronça les sourcils en disant :

— C'est vraiment facile de te parler, Moon. Merci d'avoir écouté l'histoire de ma vie compliquée. Je suis désolée si je t'ai torturé la première fois que nous nous sommes rencontrés.

Il avait envie de parler avec elle pendant des heures, de lui dire qu'être avec elle n'avait pas été pénible du tout. Seules les conséquences l'avaient été. Elle venait de partager tellement de choses avec lui et elle devait mettre son fils au lit, il déclara donc :

— Un peu de torture, c'est bon pour l'âme.

CHAPITRE CINQ

LE WHISKEY AUTOMOBILE était plein le vendredi matin, ce qui faisait que le temps passait rapidement pour Jed. Il aimait tenir le bar du *Whiskey's*, mais il était toujours sur le qui-vive, s'assurant que personne ne devenait incontrôlable. Le garage lui offrait du réconfort, lui permettant de se perdre dans le travail. Il aimait travailler avec ses mains et sentir qu'il faisait la différence, mais il avait l'impression que rien ne pourrait l'empêcher de penser à Josie et à Hail ce jour-là, ni au fait qu'il devait dire à Bear que Josie et lui avaient un passé commun. Il avait voulu la suivre au refuge la veille pour s'assurer qu'elle y arrivait en sécurité, mais elle avait refusé. Il avait accepté qu'elle lui envoie un message pour lui dire qu'elle était bien arrivée. Elle lui avait écrit presque une heure plus tard : *Hail est bien bordé au lit. Merci pour ce soir. Comment est-il possible que te parler m'ait manqué après toutes ces années ? Ne réponds pas. J'ai une grosse journée demain et j'ai besoin de dormir.*

Il lui avait fallu faire appel à toute sa volonté pour ne pas répondre à sa question, mais il avait finalement répondu et écrit : *tu m'as manqué aussi. Je verrai ton visage quand je fermerai les yeux ce soir. Bonne nuit, ma belle.*

La réponse de Josie était arrivée quelques secondes plus tard sous forme de smiley aux yeux écarquillés avec le commentaire :

Oui, ça aide, lol. Merci pour la super soirée.

Il essuya ses mains sur un torchon et le posa à côté de la voiture sur laquelle il travaillait. Puis, il traversa le garage pour rejoindre Bear, qui travaillait sur une moto. Jed avait passé des années à essayer de joindre les deux bouts, passant un emploi merdique à un autre sans autre but que de prendre soin de sa mère ivre, s'assurant qu'elle restait en vie et qu'elle se souvenait de manger. Il avait commencé à changer sa vie avant de rencontrer les Whiskey et ils lui avaient rappelé à quoi les familles pouvaient et devaient ressembler : elles devaient être loyales, aimantes et sacrément *bonnes*. Non seulement Bear était son beau-frère, son ami et son patron, mais il était aussi le parrain de Jed pour que ce dernier devienne un Dark Knight, ce qui signifiait qu'il se portait garant pour lui. Jed n'allait pas tout gâcher en gardant des secrets.

Un air taquin apparut dans les yeux de Bear :

— Tu es perdu ? Ta zone est là-bas.

— J'ai entendu dire qu'une femme bien peut te faire perdre l'esprit, songea Truman en faisant un clin d'œil, debout quelques dizaines de centimètres derrière Bear, où il prenait un outil de l'établi. Josie et toi sembliez terriblement proches hier soir.

— Oui, c'est de ça que je veux parler à Bear.

Ce dernier recommença à travailler et questionna :

— Tu sais si elle est en danger ?

— Oui. Elle ne l'est pas et elle n'est pas en fuite. En réalité, elle a eu une vie plutôt agréable. Ce n'est pas à moi de raconter l'histoire, je veux l'aider à se remettre sur pied. Je l'ai mise en contact avec Penny. Elle a un entretien d'embauche avec elle aujourd'hui, alors au moins, elle aura un emploi si tout va bien. Et tout ira bien. Elles se sont bien entendues. Tu sais comment sont les filles. Je crois qu'elle va bien s'en sortir là-bas. Et son fils est inscrit à l'école. Il y retourne la semaine prochaine, alors elle gère ça.

— Bien. Tu l'as dit à Bones ? demanda Bear. Je suis sûr que Sarah sera soulagée de l'entendre.

— Pas encore, mais je pense que c'est à Josie de donner les détails de sa vie quand elle sera prête, tu ne crois pas ?

Bear et Truman échangèrent un regard.

Truman haussa les épaules.

— Je crois qu'il a raison.

— Est-ce qu'elle sait que tu essaies de devenir un Dark Knight ? demanda Bear. Si c'est le cas, elle sait probablement que Sarah sera au courant.

— Oui, elle sait aussi que je me suis proposé pour veiller sur elle. J'enverrai un message à Bones et lui dirai qu'elle n'est pas en danger. Bear, Josie et moi avons un passé. Je vous l'aurais dit le soir de Noël, mais je n'étais pas certain que *Josie* soit *Jojo*, la fille que j'avais rencontrée à une fête en plein air, il y a plusieurs années. Nous avons… passé une nuit ensemble.

— *Passé une nuit ensemble* ? demanda Bear. Tu veux dire que tu as couché avec elle ?

— Oui. Que dirais-tu de garder ça entre nous ? Si c'est un problème pour que je fasse partie des Dark Knights, étant donné que je veille sur elle, dis-le.

Bear se redressa et son visage devint sérieux.

— Et si c'est le cas ?

Était-il prêt à renoncer aux Dark Knights pour Josie ? Jed n'avait pas l'intention de l'abandonner.

— Je n'ai pas de réponse à ça. Du moins, je n'ai pas de réponse que tu seras ravi d'entendre.

Bear croisa les bras :

— Mets-moi au défi.

— Bon sang, Bear.

Jed fit les cent pas :

— Je tiens à elle, mec. Je ne sais pas quoi te dire. Je ne sais même pas comment ça peut arriver aussi rapidement après tout ce temps, mais c'est le cas. Je te jure que j'ai été renvoyé à ce champ hier soir quand elle était là. Josie n'a plus dix-sept ans et je ne suis plus un imbécile de voleur sans but. Alors, est-ce que je veux devenir membre des Dark Knights ? Bien sûr que oui. Mais si ça signifie qu'un autre mec va veiller sur Jojo, alors merde. Je ne vais pas laisser qui que ce soit intervenir pour faire ce que je suis enfin parfaitement capable de faire.

Truman rit. Bear se moqua de lui.

— Je ne peux pas m'en empêcher.

Truman désigna Jed :

— Il est tout musclé, tatoué et tout, mais il se ramollit pour une fille et son fils. Ça arrive même aux meilleurs, mec.

Jed gonfla la poitrine en disait :

— Je ne me suis pas ramolli. J'ai dit que je n'allais pas laisser un autre mec prendre ma place. Elle n'a pas besoin qu'un inconnu rôde autour d'elle. Elle est forte et intelligente et elle a les idées claires. Elle a besoin de quelqu'un qui tient à elle pour l'aider à trouver sa voie afin de trouver un travail et un endroit où vivre sans qu'on profite d'elle.

— Et tu penses que tu peux t'en sortir mieux que, disons, Bullet ? le défia Bear. Ou Diesel ? Personne ne s'en prendra à elle s'il est dans les parages.

— Non, je ne pense pas que je ferai mieux.

Jed couvrit la distance qui les séparait, croisant le regard de Bear de ses yeux plus sombres, plus agressifs, et dit :

— Je *sais* que je ferai mieux.

— Ouah. Qu'est-ce qui se passe ici ? dit Dixie en sortant du bureau.

Ses bottes claquèrent sur le sol en ciment lorsqu'elle les rejoignit à côté des motos. Elle portait sa tenue hivernale habituelle : un jean moulant enfoncé dans des bottes noires qui lui arrivaient aux genoux et un T-shirt « Whiskey Automobile ». Dixie se chargeait de la comptabilité du garage et du *Whiskey's* et elle était également serveuse au bar.

Cette dernière s'amusa :

— Est-ce que vous piquez une *crise* ? Vous avez besoin d'un arbitre ou vous voulez prendre une chambre ?

Jed et Bear lui jetèrent un regard noir.

Truman rit.

Ignorant sa remarque désobligeante, Bear adressa un regard sérieux à Jed. Puis, le coin de sa bouche s'étira en un sourire et il frappa fermement le bras de Jed en disant :

— C'est exactement ce que les Knights font, mec. Ils veillent sur les gens auxquels ils tiennent. Continue de faire ce que tu fais. Souviens-toi : si tu espères quelque chose de plus de la part de Josie et que tu ne lui plais pas, tu gardes tes mains pour toi.

Jed renâcla.

— Pour qui me prends-tu ? Un connard ?

— Un *homme*, dit Dixie. J'allais te poser des questions sur Josie et toi. J'ai entendu dire que vous aviez passé un moment torride ensemble hier soir.

— Bon sang, Tru. Tu as une grande gueule, dit sèchement Jed.

Car oui, il était certain qu'ils avaient l'air plutôt torrides ensemble, étant donné les étincelles qui sautaient chaque fois qu'ils étaient près l'un de l'autre. Parler à Josie avait été tout aussi génial que la première fois. Il aurait souhaité avoir un endroit à offrir à Hail et elle pour qu'ils sortent du refuge, ce qui provoqua plusieurs autres pensées. La plus importante étant qu'il devait se bouger et trouver un endroit pour lui-même.

Truman leva les mains.

— Je n'ai rien fait, mec.

— Ce n'est pas *Tru* qui me l'a dit.

Dixie fit claquer son chewing-gum, laissant Jed dans le flou un long moment avant de dire :

— Ce sont Gemma et Crystal qui me l'ont dit.

— Satanés ragots ! Crystal n'était même pas là. Il n'y a plus rien entre Jojo et moi. Enfin, rien de plus que de l'amitié. Alors, ne lui faites pas peur avec vos conneries de papotages entre filles.

Dixie afficha un sourire en coin.

— S'il ne se passait rien entre vous, tu n'aurais pas été sur le point de tuer Bear il y a une minute.

— Laisse tomber, Dixie.

Jed retourna à grands pas vers la voiture sur laquelle il avait travaillé.

— Je laisserai tomber si tu t'inscris pour la vente aux enchères de célibataires de la collecte de fonds, suggéra Dixie.

Elle le harcelait pour qu'il accepte de faire partie de la vente aux enchères depuis des semaines.

— Aucune chance !

En particulier maintenant qu'il avait repris contact avec Josie.

Dixie avança, ses longs cheveux roux rebondissant sur ses épaules.

— Allez ! C'est pour la bonne cause. Les fonds récoltés pendant la vente aux enchères iront au refuge pour sans-abri de Parkvale.

— Pourquoi est-ce que tu t'occupes de ça ? demanda Truman.

— L'événement est organisé par une entreprise différente tous les ans, expliqua Dixie. Les Braden ont organisé les deux dernières ventes aux enchères. C'est notre tour et j'ai besoin d'hommes célibataires.

Bear lui jeta un regard noir.

— Ne formulons pas ça comme ça, d'accord, Dix ?

— Tu sais quoi ? souffla Dixie. Non seulement je vais le formuler comme ça, mais je vais aussi l'exploiter dans le monde entier jusqu'à ce que je trouve assez de célibataires pour récolter plus d'argent que n'importe quelle autre vente aux enchères.

Elle partit en trombe vers le bureau et Bear sortit son téléphone.

— Qui est-ce que tu appelles ? demanda Truman.

— Bullet, dit Bear. Quelqu'un doit le prévenir que Dixie est sur le sentier de la guerre pour trouver des mecs célibataires. Je connais quelques types qui feront tout ce qu'elle veut dans l'espoir d'obtenir quelque chose en échange.

Les hommes de la famille Whiskey étaient protecteurs envers tout le monde, mais quand il s'agissait de leur sœur, ils étaient comme une meute de loups prêts à déchiqueter tous les intrus.

Jed savait ce que c'était de vouloir protéger sa famille avec autant de véhémence. Il sortit son téléphone de sa poche pour envoyer un message à Josie et lui souhaiter bonne chance pour son entretien avec Penny.

Pendant qu'il écrivait le message, il pensa : *je suppose que la véhémence va au-delà de la famille, maintenant.*

JOSIE SE GARA près du glacier, aussi nerveuse qu'enthousiaste de passer du temps avec Penny, mais les jeunes enfants sont un peu comme des pneus. On ne sait jamais quand ils vont perdre leur air et faire perdre l'équilibre à toute la structure. Elle s'était assurée d'apporter beaucoup de jouets, de livres de coloriages et d'encas pour que Hail soit occupé et elle espérait que tout se passerait bien. Elle avait déjà décidé de lui acheter un bol de glace dès qu'ils arriveraient : quel enfant pouvait rester assis dans une boutique de glaces et ne pas en demander une ?

— Tu te souviens de ce que j'ai dit, mon chéri ? demanda Josie.

— Oui, dit-il en descendant de son siège. Dire « excuse-moi » quand je veux quelque chose.

— Exactement. Et ce n'est pas un problème si tu as besoin de moi, mais dire « excuse-moi » est plus gentil que de crier mon nom, d'accord ?

Il hocha la tête et sa mère écarta sa longue frange de son front pour y déposer un baiser. Elle saisit son sac de jouets, puis lui prit la main, pensant au message que Jed lui avait envoyé la veille et à celui qu'elle avait reçu plus tôt : *Bonne chance pour aujourd'hui. Je sais que tu seras super. Amuse-toi avec Penny et dis bonjour à Hail de ma part.*

— Maman, regarde !

Hail désigna le glacier, un bâtiment couleur pistache avec deux gigantesques sculptures de cônes glacés à l'entrée.

— Je parie que c'est un endroit amusant pour travailler.

Tandis qu'ils se dirigeaient vers la boutique de Penny, Josie pensa qu'il serait agréable que quelqu'un lui accorde de l'importance de nouveau, même si c'était un peu effrayant parce que ses sentiments pour Jed étaient très intenses. Elle avait passé une grande partie de la veille à revivre leur conversation. Elle pouvait encore sentir sa main sur la sienne et voir la colère dans ses yeux quand elle lui avait raconté ce qui s'était passé après la fuite de Sarah et Scott. Enfin, elle avait surtout pensé au plaisir qu'elle avait pris à lui reparler. Elle s'était endormie en se sentant plus heureuse et plus stable qu'elle ne l'avait été depuis des mois.

Elle ouvrit la porte. Les murs rose vif et l'odeur sucrée de bonbons arrachèrent un cri excité de Hail quand ils entrèrent. Un comptoir était installé le long de la boutique, avec des congélateurs de chaque côté qui exposaient des gâteaux d'anniversaire et plusieurs sandwiches glacés ainsi que d'autres nouveautés. Des cônes recouverts de bonbons et des récipients en plastique remplis de garnitures colorées étaient posés sur le comptoir. Placée en angle droit par rapport au long comptoir se trouvait une zone où les clients pouvaient voir les bacs à glace qui semblaient délicieux. Il y avait plusieurs tables près des fenêtres et trois chandeliers en verre rose, vert, jaune et orange pendaient au plafond.

— Salut, copine, dit Penny en faisant le tour du comptoir. Coucou p'tit gars. Je suis ravie que vous ayez pu venir.

Ses cheveux étaient attachés au-dessus de sa tête en un chignon ébouriffé et étaient maintenus en place par une pince scintillante.

— Merci. Je suis contente d'être là. Ta boutique est vraiment lumineuse et joyeuse.

Penny siffla et dit :

— Tu es bien une mère ! On dirait qu'une bouteille de

Pepto Bismol[1] a été renversée ici. Je vais tout rénover sous peu. La personne à qui j'ai acheté le magasin était comme Finlay ; elle adorait le rose. J'espère ne pas revoir quoi que ce soit de cette couleur de sitôt.

Elle cacha sa bouche de Hail et murmura :

— Est-ce qu'il peut en manger ?

Elle fit un signe de tête en direction de la glace.

— J'allais justement lui en acheter un bol.

Penny agita la main.

— Tu ne vas rien acheter du tout. C'est pour moi.

Elle se pencha vers Hail et dit :

— Quel est ton parfum préféré au monde ?

— Menthe-chocolat.

— Oh, chéri ! Penny n'a peut-être pas ce parfum, dit Josie. Chocolat, ce sera parfait. Il a eu une glace menthe-chocolat, un jour et il ne l'a jamais oubliée.

— Comment pourrait-il l'oublier ? dit Penny d'une voix théâtrale. Heureusement pour toi, j'ai la glace au chocolat la plus incroyable et...

Elle passa derrière le comptoir et en prenant quelque chose en dessous, elle dit :

— J'ai ça !

Elle posa un énorme bocal de bonbons à la menthe sur le comptoir. Elle plia un doigt, indiquant à Hail de s'approcher, et elle baissa la voix.

— J'ai une masse en caoutchouc à l'arrière. Tu crois que tu peux m'aider à écraser la menthe ?

Il hocha la tête avec enthousiasme :

---

[1] Médicament utilisé aux USA et au Canada. La bouteille est de couleur rose majoritairement et jaune.

— C'est quoi, une masse ?

Penny et Josie rirent.

Josie posa une main sur son épaule, l'attirant contre sa jambe.

— C'est comme un marteau, mais en caoutchouc.

— Je reviens dans un rien de temps.

Penny disparut par une porte à l'arrière et revint avec une masse, une lourde planche à découper, un sac en plastique et une serviette. Tandis qu'elle remplissait le sac de bonbons à la menthe, elle dit :

— Pourquoi est-ce que tu ne poses pas tes affaires sur la table, à côté de la fenêtre ?

Josie posa les jouets de Hail sur la table pendant que Penny mettait la planche à découper par terre. Hail et elle s'accroupirent à côté et elle dit :

— On couvre le sac de bonbons à la menthe avec une serviette, comme ça, et on donne de grands coups dessus.

Elle donna un coup sur la bosse sous la serviette à l'aide de la masse, puis elle souleva la serviette pour qu'il puisse voir les bonbons en morceaux.

— Tu vois ? À ton tour.

Hail se concentra en frappant la boule sous la serviette.

— Plus fort ! Encouragea Penny.

L'enfant donna un autre coup.

— Bien joué.

Dix minutes plus tard, Hail était debout sur un tabouret derrière le comptoir et il aidait Penny à verser les morceaux de bonbons à la menthe dans son bol de glace au chocolat, heureux comme un poisson dans l'eau.

— Je crois que je vais devoir en faire un nouveau parfum. Qu'est-ce que tu en penses ? demanda Penny en posant le bol sur la table avec ses jouets.

Il hocha la tête en enfournant une cuillerée de glace dans sa bouche.

— Nous l'appellerons *Tempête de grêle à la menthe*, décida-t-elle en lui adressant un grand sourire.

— Tu n'étais pas obligée de te donner autant de mal, dit Josie.

Cependant, elle eut secrètement l'impression d'avoir rencontré une âme sœur. Quand ils avaient eu leur propre maison, elle avait toujours fait des petites choses spéciales pour Hail.

— Tu appelles ça « se donner du mal » ?

Penny lui prit la main et l'attira vers le comptoir. Elle désigna un énorme tableau noir sur le mur.

— C'est la liste de nos parfums. Qu'est-ce que tu feras quand tu devras préparer une glace spéciale anti-mauvaise journée ou une coupe « Il ne vaut pas un clou » ? Ou une coupe « La meilleure des journées » ? Ou un milk-shake « Délice scandaleusement machiavélique » ?

— Ouah, dit Josie en lisant les autres options qu'elle proposait, comme le sundae « Je fonds d'amour » ou le milk-shake « Samedi festif ». Je crois que je vais adorer travailler ici.

— Tu as raison ! La glace est le moyen idéal de faire la fête *ou* de compatir. C'est comme de la tequila pour tous les âges, sans risque de gueule de bois. Nous pouvons en servir des douzaines tous les jours.

Pendant que Hail mangeait sa glace et jouait, Penny fit visiter la boutique à Josie, lui expliquant tout en détail : comment faire des boules de glace sans se faire mal au poignet, la bonne manière de ranger, l'étiquette pour s'occuper des clients, les procédures d'inventaire. Elle s'occupa des clients quand ils entrèrent et présenta Josie à quelques habitués.

Après la visite et les leçons, Penny avança :

— Si ça te plaît, je peux te montrer comment préparer des gâteaux à la crème glacée et d'autres nouveautés.

— Ça me paraît merveilleux.

Josie était déjà en train d'essayer d'imaginer de nouvelles idées amusantes pour des sundaes et des glaces spéciales. Non pas que Penny les utiliserait, mais cela faisait si longtemps qu'elle n'avait pas laissé libre cours à son imagination qu'elle se laissa aller.

— Pour les ruptures ou les moments difficiles, nous avons une vitrine pour les coups durs destinée aux clients qui ont plus de vingt et un ans.

Penny posa un doigt sur ses lèvres et la guida derrière le comptoir en direction d'une grande vitrine. À l'intérieur se trouvaient des bouteilles d'alcool et de brandy.

— Pas plus de cinq pour cent d'alcool et nous demandons les cartes d'identité.

— Tu as pensé à tout. Si tu es sûre que ce n'est pas un problème que je travaille ici pendant que Hail est à l'école, j'adorerais accepter l'emploi, Penny.

— J'espérais que tu dirais ça. Quand veux-tu commencer ?

Elles tombèrent d'accord pour que Josie commence le jeudi suivant, car Hail retournait à l'école le mercredi. Elle travaillerait de dix heures à quatorze heures du lundi au vendredi, ce qui allait avec l'emploi du temps scolaire de Hail. Penny dit qu'elle pourrait probablement lui donner plus d'heures au printemps et en été si elle trouvait une baby-sitter. Tandis que Josie rassemblait les jouets de Hail, elle calcula mentalement ses revenus. Il lui faudrait un moment avant de pouvoir se permettre un appartement, mais au moins elle serait avec Hail quand il n'était pas à l'école. Elle finirait peut-être par trouver quelqu'un en qui elle aurait confiance pour garder son fils et elle pourrait travailler plus d'heures. En tout cas, pour l'instant, c'était absolument parfait.

Hail remercia Penny pour la glace et Josie dit :

— Penny, je ne sais pas comment te remercier. J'ai vraiment hâte de travailler avec toi.

— Moi aussi. Est-ce que je te verrai à la fête du Nouvel An des Whiskey ?

— Euh… Je ne suis pas au courant de ça, mais j'aurai Hail, alors si tu parles de leur bar, *non*. Je ne le laisse pas pour aller boire.

— Oh, non, je ne pensais pas que tu le faisais ! rit Penny. Je pensais que Jed t'avait invitée. Les Whiskey ferment le bar et les Dark Knights organisent une fête pour la famille et les amis. C'est vraiment amusant.

— Oh. Il n'en a pas parlé. Ce n'est rien. J'ai beaucoup de choses à faire, de toute façon. Merci encore. On se voit la semaine prochaine.

Lorsqu'ils sortirent du magasin, elle se demanda pourquoi Jed n'en avait pas parlé. En dépit de ce qu'elle ressentait pour lui, elle avait un enfant et la fête de Nouvel An était pour les gens qui sortaient ensemble et qui s'embrassaient à minuit, pas pour les mères célibataires qui vivaient dans un refuge.

— Où on va maintenant, Maman ? demanda Hail.

Elle baissa les yeux vers lui, et aperçut une femme enceinte qui sortait d'un salon de l'autre côté de la rue. Le cœur de Josie se mit à battre plus fort quand elle vit qu'il s'agissait de Sarah. Elle tint fermement la main de Hail :

— On traverse la rue.

CHAPITRE SIX

LA CHAIR DE poule monta sur les bras de Josie tandis que Hail et elle se dépêchaient de traverser la rue. Sarah se dirigeait dans la direction opposée. Elle était tellement nerveuse qu'elle était sûre que Hail pouvait le sentir, mais elle n'avait pas l'intention de se dégonfler de nouveau et elle s'obligea à crier :

— Sarah...

Sarah se retourna, joliment habillée d'un manteau bleu marine et d'un jean. La confusion dans ses yeux se transforma en choc.

— Josie ?

Quand Josie et Hail montèrent sur le trottoir, la gorge de cette dernière lui donna l'impression de se fermer. Elle ne savait pas quoi dire, mais elle voulait essayer de combler l'écart qui s'était créé entre elles.

— Salut, dit-elle d'une voix coincée et douce, comme s'il s'agissait d'une question.

— Salut, répéta Sarah.

Ses yeux marron se dirigèrent vers Hail, puis se tournèrent à nouveau vers Josie, avec une supplication si forte que les larmes lui montèrent aux yeux. Elle avait toujours été la sœur la plus forte, mais aussi la plus émotive.

— Hail, chéri, articula Josie d'une voix tremblante, je te

présente ta tante, Sarah, la sœur de Maman.

Hail leva les yeux vers Josie à travers sa frange :

— Je croyais qu'elle vivait loin ?

C'était ce qu'elle lui avait dit, car elle ne savait pas si elle reverrait Scotty ou Sarah.

— C'était le cas, mais aujourd'hui elle vit tout près.

— Salut, dit-il à Sarah. J'ai donné mon nom à une glace. Où est-ce que tu vis ?

— C'est chouette d'avoir une glace à ton nom. Je ne vis pas loin, près de l'eau.

Sarah désigna le salon :

— Et je travaille ici. Je coupe des cheveux.

— Maman va travailler avec Penny dans le magasin de glaces ! s'exclama Hail.

— Vraiment ? demanda Sarah. J'ai entendu dire qu'elle était venue te voir. Penny est vraiment gentille. Je sais que tu vas adorer, mais c'est plutôt loin de Parkvale.

Josie hocha la tête.

— Je commence la semaine prochaine, quand Hail retournera à l'école. Il y a du chemin, mais il n'y a pas de travail de l'autre côté du pont.

Elles discutaient pour remplir le vide gênant et Josie voulait désespérément trouver un moyen d'aller au-delà.

— Sarah…, dit Josie au moment même où Sarah dit « Josie… »

Elles sourirent.

— Je viens de sortir du travail. Bones a emmené les enfants à la librairie pour l'heure de lecture. Est-ce que tu veux venir ? demanda Sarah. Scott y est aussi.

— À l'heure de lecture ?

Elle avait encore en tête l'image de son frère furieux et protecteur de dix-sept ans. Il était difficile de l'imaginer assister à quelque chose comme une heure de lecture.

— Scott dit qu'il va aider Bones parce que Lila aime se promener et que Bradley s'agite, expliqua Sarah. Bones dit qu'il y va parce que Quincy Gritt se charge de la lecture et que *beaucoup* de mères célibataires vont le voir. Je pense que Scott utilise mes enfants comme partenaires de drague.

Elles rirent d'un air un peu gêné.

— L'heure de lecture est pour tous les âges et nous pouvons nous asseoir et parler au café dans la librairie si tu veux, suggéra Sarah.

— Est-ce qu'on peut y aller, Maman ? demanda Hail avec espoir.

Josie avait peur d'être une épave, mais au moins, ainsi, Hail serait occupé à écouter l'histoire et il ne la regarderait pas pleurer.

— Bien sûr.

Un silence gênant s'abattit sur toutes les deux, tandis qu'elles marchaient jusqu'à la librairie.

— Nous avons rencontré Quincy au feu de camp de Moon – *Jed.* Il a l'air gentil. Je ne savais pas qu'il travaillait dans une librairie.

— Il y travaille depuis un moment. Les enfants l'adorent. Il gère aussi les réunions des Narcotiques anonymes et il aide les adolescents à problèmes. C'est un bon parti. Je ne peux pas vraiment en vouloir aux femmes célibataires de Peaceful Harbor de vouloir passer une heure en sa compagnie.

— On aurait dit que Penny lui plaisait au feu de camp, lança Josie lorsqu'elles tournèrent au coin et que l'auvent vert au-dessus de l'entrée de Downtown Books apparut.

— C'est le cas. Les Whiskey prennent les paris au bar pour

deviner quand ils s'embrasseront enfin. Bear, le frère de Bones, a choisi Noël. Tu aurais dû le voir les suivre avec du gui.

Un léger rire lui échappa. Sarah lui avait tellement manqué que le simple fait de lui parler remplissait pleinement son cœur qu'il en devint douloureux. Elle examina sa sœur. Elle avait été certaine qu'elle l'avait abandonnée dix ans auparavant et un éclair de douleur la traversa. Elle devait demander à Sarah pourquoi elle n'était pas revenue la chercher comme elle avait promis de le faire, mais pas encore. À ce moment-là, elle avait besoin de *cela*, d'être près d'elle, de sentir qu'elle n'avait pas envie de fuir.

Josie ouvrit la porte et la tint pour Hail et Sarah. Cette dernière s'arrêta à mi-chemin et murmura :

— Tu m'as tellement manqué.

Les larmes coulèrent des yeux de Josie. Elle inclina la tête et les essuya en entrant pour que Hail ne les voie pas, puis elle prit une profonde inspiration.

— Ils lisent là-bas, dans la section pour enfants.

Sarah montra l'autre côté du magasin.

Josie la suivit vers une zone couverte de moquette verte où un certain nombre d'enfants étaient assis sur le sol et écoutaient Quincy, qui était assis sur une chaise et lisait à voix haute. Il était encore plus séduisant à la lumière du jour, avec des yeux bleu clair et une barbe de trois jours couvrant sa mâchoire carrée. Aux yeux de Josie, il ressemblait à un Brad Pitt à longs cheveux.

Quincy leva les yeux et leur adressa un clin d'œil. Sarah lui fit un signe de la main. Josie était trop concentrée sur le fait de ne pas laisser ses larmes couler pour faire autre chose que rester droite.

Plusieurs femmes étaient assises avec les enfants sur la moquette alors que d'autres étaient assises sur des chaises et se tenaient debout à proximité. Il était facile de voir qui était célibataire et qui ne l'était pas en voyant la différence dans leur maquillage parfaitement appliqué, les cheveux bien coiffés et les choix vestimentaires sexy.

Josie vit Bones assis sur une chaise avec l'adorable petite fille de Sarah sur les genoux. *Lila.* Elle reconnut Lila pour l'avoir vue sur la brochure « De la misère à la joie ». Elle avait des cheveux blond roux fins et clairsemés, un ton plus clair que ceux de Sarah, et elle tenait fermement la main de Bones. À côté d'eux se trouvait Scotty, en train de parler avec une jolie blonde et avec un petit garçon aux cheveux blond roux que Josie reconnut comme étant Bradley. Les larmes lui brûlèrent les yeux. Quand Scotty croisa son regard, ses jambes cédèrent presque.

Le visage de Scotty pâlit et il dit quelque chose à Bones. Les yeux de Bones passèrent de Sarah à Josie tandis que Scotty posait Bradley sur les genoux de Bones, à côté de Lila.

Scotty se leva et le cœur de Josie cogna plus fort.

À treize ans, elle avait été plus petite que la plupart des filles de son âge et Scotty avait semblé énorme, mais elle savait que c'était la perspective d'une petite fille, amplifiée par des années sans le voir. Peu importe ce dont elle se souvenait, cela n'avait rien à voir avec l'homme qui se trouvait devant elle à ce moment-là. Il était plus grand, plus musclé, plus large et il avait une robustesse d'un autre type. Quand elle avait été adolescente, il avait toujours semblé prêt à frapper, comme une panthère. À présent, il exsudait l'assurance d'un homme qui en avait trop vu dans la vie et qui n'avait pas peur d'y faire face. Ses cheveux blond roux étaient plus longs qu'avant, coiffés en arrière pour dégager son visage et il avait une barbe épaisse, un peu plus sombre que ses cheveux. Elle reconnut un air de famille avec leur père au niveau des pommettes et de la forme de sa mâchoire, mais cet air de famille disparut instantanément quand elle vit l'amour dans ses yeux légèrement tombants et familiers.

— C'est Scott, murmura Sarah tandis qu'il s'approchait.

Bradley se leva des genoux de Bones et courut vers Scotty. Il jeta ses bras autour des jambes de Sarah.

— Salut, Maman ! dit-il à haute voix.

Josie baissa les yeux vers lui, mais ses yeux furent attirés de nouveau vers Scotty qui avançait en boitant vers elles. Tout autour d'elle se transforma en bruit de fond tandis que son frère approchait. La nuit de leur accident lui revint à toute vitesse à l'esprit et elle eut du mal à respirer. Sarah avait écrit sur les blessures et le rétablissement de Scotty. Il avait une plaque et des broches permanentes dans l'une de ses jambes. Il avait dû tellement souffrir quand c'était arrivé.

Et je me suis enfuie.

Elle prit conscience de Hail qui lui tirait la main. À ce moment-là, elle s'aperçut que Hail lui avait parlé parce que Bradley, Sarah et lui la regardaient avec impatience. Bones était debout à côté de Sarah, Lila dans ses bras, et Josie ne l'avait même pas vu venir. Mais ce qui la surprit davantage fut qu'elle s'agrippait à la main de Sarah comme à une corde de sécurité, et elle ne pouvait pas la lâcher.

— Je peux, Maman ?

Les yeux de Hail la supplièrent.

— Est-ce que je peux aller m'asseoir avec Bradley et écouter l'histoire ?

Bradley. Il était adorable aussi et il avait un petit air à Hail, avec des cheveux plus courts et plus clairs et un visage tout aussi doux.

— Je suis sûre que Bones pourrait le surveiller pour que

nous puissions parler, affirma Sarah à voix basse.

Josie s'obligea à penser autant que possible tout en tenant les mains de Hail et de Sarah. Elle se pencha pour parler à Hail.

— Est-ce que tu te souviens du docteur Whiskey du refuge ?

Hail hocha la tête.

— Il a dit que je pouvais l'appeler Bones. Est-ce que je peux encore l'appeler comme ça ?

Elle jeta un coup d'œil à Bones, qui hocha la tête et articula silencieusement « Bien sûr ».

— Oui. Je veux parler à Tante Sarah, dit-elle, omettant délibérément la présentation de Scotty par crainte de s'effondrer. Mais je veux que tu restes avec Bones, d'accord, mon chéri ? Si tu as besoin de moi, tu peux demander à Bones de t'accompagner pour venir me chercher.

Il hocha la tête et elle l'embrassa sur le front.

— Je t'aime. Amuse-toi bien.

Elle les regarda, Bradley et lui, aller s'asseoir sur la moquette. Même si elle savait que Sarah avait des enfants, les voir dans la vraie vie lui fit un choc.

— Je m'occupe de lui, Josie, dit Bones en lui touchant délicatement le bras. Ne t'inquiète pas.

— Merci, parvint à dire Josie.

Bones alla s'asseoir avec les enfants et Scott vint à ses côtés, ses grands yeux marron scintillant quand il les baissa vers elle. Il ne dit pas un mot lorsqu'il enroula ses bras forts autour d'elle, la serrant si fort qu'elle pouvait à peine bouger. Sarah se joignit à leur étreinte et quand Scotty dit, « Bon sang, tu m'as manqué », les larmes de Josie coulèrent à flot.

— Je ne peux pas…

Elle s'efforça de reprendre sa respiration entre ses larmes et sentit Scotty s'immobiliser. Elle dit rapidement :

— Je ne peux pas faire ça, ici. Près de Hail. Est-ce que nous pouvons aller ailleurs ?

Le bras de Scotty se déplaça de manière protectrice autour de ses épaules et Sarah lui prit la main tandis qu'ils la guidaient loin des enfants. C'était une bonne chose qu'ils soient de chaque côté d'elle, car elle tremblait tellement qu'elle se serait probablement effondrée s'ils l'avaient laissée seule. Scott dit quelque chose à une femme derrière un bureau et celle-ci se hâta de les emmener dans une pièce privée.

— Prenez votre temps, répondit la femme en fermant la porte derrière elle et en les laissant seuls.

— Je suis désolée, dit Josie, en s'accrochant à eux tandis que leurs bras s'enroulaient à nouveau autour d'elle. Ça a été tellement horrible de ma part de quitter l'hôpital ce soir-là et de fuir Sarah au refuge.

— Ce n'est rien, dit Sarah à travers ses larmes.

— Nous t'aimons, Josie, dit Scotty, faisant ainsi couler ses larmes plus vite. Tu en es là, maintenant. C'est tout ce qui importe.

Ils se serrèrent les uns les autres pendant ce qui ressembla à une éternité et pas assez longtemps à la fois. Ils finirent par se séparer et Josie était sûre que ses yeux étaient aussi bouffis et que son nez était aussi rose que ceux de Sarah. Même Scotty pleurait, mais il s'éclaircit la gorge et il s'essuya les yeux, reprenant son sang-froid plus facilement et plus rapidement que ses sœurs.

— Asseyons-nous et parlons, dit-il en tirant deux chaises pour eux autour de la petite table.

Il prit une boîte de mouchoirs sur un bureau de l'autre côté de la pièce et il la posa sur la table alors que Josie et Sarah retiraient leurs manteaux et les posaient sur une autre chaise.

Josie et Sarah n'arrêtaient pas de se sourire, de rire un peu, puis d'essuyer leurs larmes incessantes.

— C'est tellement bizarre, dit enfin Josie en essuyant ses yeux.

Scotty s'assit à côté d'elle et lui prit la main, la tenant fermement.

— Jed a dit que tu n'étais pas en danger. Est-ce que c'est vrai ?

— Tu lui as parlé de moi ? demanda Josie.

— C'est un bon ami, pour nous deux.

Il jeta un coup d'œil à Sarah, qui hocha la tête.

— Je savais qu'il allait te voir et, Josie, j'ai gardé mes distances parce que j'avais l'impression que c'était ce dont tu avais besoin, mais je devais savoir si tu étais en sécurité. Il ne m'a rien dit d'autre. Il a dit que ce n'était pas son rôle de parler de ta vie.

De nouvelles larmes coulèrent le long de ses joues et « Moon – *Jed* » sortit de sa bouche d'une voix remplie de gratitude.

— Je l'ai rencontré, il y a longtemps. Nous nous sommes connus juste avant que je ne fête mes dix-huit ans. Je l'aimais beaucoup à l'époque et c'est encore le cas. Je suis contente qu'il soit votre ami et je suis reconnaissante qu'il n'ait rien dit de plus.

— Sarah et moi étions inquiets pour toi, révéla Scotty. Si tu ne veux pas parler de ce qui s'est passé entre le moment où nous sommes partis et maintenant, ce n'est rien.

Josie baissa les yeux et la question qu'elle avait voulu poser pendant si longtemps sortit de ses lèvres d'une voix à peine plus forte qu'un murmure.

— Pourquoi est-ce que vous n'êtes pas revenus me chercher ?

— Je ne me pardonnerai jamais le fait de vous avoir abandonnées cette nuit-là.

Scotty lui serra la main et dit :

— Je ne m'attends pas à ce que tu me pardonnes. Je suis allé travailler sur une plateforme pétrolière et j'ai essayé de gagner assez d'argent pour vous sauver. Je ne sais pas si tu t'en souviens, mais la nuit où je suis parti, Papa m'a dit qu'il me mettrait en prison si je m'approchais de vous.

— Je m'en souviens, dit doucement Josie.

Tandis qu'elle parlait à Sarah, la douleur revint.

— Mais je *t*'ai attendue presque deux semaines et tu n'es jamais venue. J'avais tellement peur et je n'avais jamais été seule avant ça…

— Je *suis* revenue, affirma Sarah, ses yeux larmoyants implorant Josie de la croire. Deux semaines après mon départ, je suis revenue et une fille de ton école a dit qu'elle t'avait vue partir avec un type dans une voiture bleue ou grise et qu'elle ne t'avait pas vue depuis. Je t'ai cherchée partout pendant *des semaines*. Puis, la fille avec qui je vivais a eu peur d'avoir des ennuis.

Sarah continua d'expliquer les détails de son horrible vie après avoir quitté la maison. Josie en avait lu une partie dans la brochure. Sa sœur avait pris un emploi de shampooineuse dans une autre ville. Ensuite, elle avait déménagé à Baltimore et elle avait travaillé comme strip-teaseuse pour pouvoir aller dans une école d'esthétique. C'est là qu'elle avait rencontré l'homme qui était le père de ses enfants. Malheureusement, peu après, il avait eu un accident et était devenu dépendant de la drogue, faisant à nouveau de la vie de Sarah un enfer. Elle était enceinte et devait s'occuper de ses deux jeunes enfants, elle n'avait ni argent ni voiture pour échapper à sa colère. Une nuit, cet homme infâme l'avait vendue pour acheter de la drogue avec l'argent, et plusieurs hommes l'avaient violée. Cette nuit-là, Sarah avait pris ses enfants, avait volé une voiture et s'était enfuie pour sauver sa peau, une dernière fois.

Il était tellement douloureux d'entendre son histoire, de voir la souffrance dans ses yeux. Josie tendit le bras vers elle, sanglotant en disant d'une voix brisée :

— Je suis désolée, Sarah. Tellement désolée.

— Je ne t'aurais jamais abandonnée, dit Sarah en pleurant. Je devais d'abord trouver un endroit où nous pourrions vivre. Et ensuite, j'ai dû demander à quelqu'un de me ramener jusqu'à toi. Je suis tellement désolée.

— Dans mon cœur, je savais que tu ne le ferais pas, mais j'avais treize ans et chaque jour sans vous ressemblait à un mois. Et ensuite…

Scott semblait vouloir tuer quelqu'un et pendant un moment, Josie pensa mentir, leur dire que leur père ne l'avait jamais touchée. Mais elle avait déjà fait tellement de tort à son frère et à sa sœur. S'ils découvraient qu'elle mentait, même pour les protéger, ils pourraient penser qu'ils ne pouvaient pas lui faire confiance.

Sarah recula, les larmes aux yeux, et dit :

— Est-ce qu'il… ? Est-ce qu'ils t'ont fait du *mal* ?

Josie hocha la tête, mais elle ne parvint pas à le dire à voix haute comme avec Jed.

— Putain ! rugit Scotty.

Il se leva brusquement et serra les poings.

— Tout ça, c'est ma faute. Je n'aurais jamais dû vous abandonner.

— Scott, nous en avons déjà parlé. Tu n'aurais pas pu l'arrêter et tu aurais fini en prison, si tu l'avais tué.

— Je pense que Brian pourrait bien s'être occupé de ça, dit

doucement Josie.

— *Brian* ?

Scott croisa les bras.

— Qui est Brian ?

— C'était mon mari, le père de Hail. C'est l'homme dont cette fille a parlé à Sarah. Il conduisait une vieille Chevrolet bleue à l'époque.

Elle leur raconta comment elle avait rencontré Brian et tout ce qu'elle avait dit à Jed.

— Il était tellement gentil avec moi et il nous aimait tellement, Hail et moi. Nous étions toute sa vie. Ensuite, comme si Dieu voulait me rappeler que la vie ne pouvait pas être aussi géniale, Brian était en train de chasser un chien du jardin, un jour, parce qu'il craignait qu'il ne morde Hail, et il s'est effondré. Il est mort sur le coup, avant que l'ambulance n'arrive. Ils ont dit qu'il avait une malformation cardiaque non détectée. Bien entendu, j'ai fait tester Hail immédiatement après ça et il va bien. C'est à ce moment-là que nos vies se sont dégradées. Perdre ma maison et recommencer à zéro au refuge ? Ce n'est rien comparé à ce que vous avez subi avec nos parents et à ce que Sarah a vécu …

Les sanglots lui volèrent sa voix.

— Tout va bien.

Sarah la serra fermement dans ses bras, la laissant pleurer. Quand elle n'eut plus de larmes à faire couler, sa sœur lui leva le menton et lui essuya les yeux.

— Nous allons bien et Bones et ses frères se sont occupés de l'homme qui m'a fait du mal. Il ne nous touchera plus jamais. Josie, je veux que tu me parles de Brian et de ta vie. Je suis tellement heureuse que tu aies été aimée. Tu as appelé ton fils « Hail », comme nous le disions quand nous étions jeunes.

Notre pacte sur les noms de nos enfants.

— Des prénoms qui proviennent de la nature, parce que la nature est synonyme de force et de liberté. Rien ne peut arrêter une tempête de grêles, dit Josie. Mais tu n'as pas donné de noms de la nature à Bradley ou à Lila.

Sarah secoua la tête.

— Je ne pouvais pas. Quand ils sont nés, je ne voulais pas que mon passé influe sur leurs vies.

— Je comprends.

— Comment se fait-il que je ne sache pas que vous aviez fait un pacte ? demanda Scotty.

— Parce que tu es un mec et si tu savais que tes sœurs pensaient à leurs futurs enfants, ton esprit d'homme nous aurait immédiatement imaginées être dépucelées par un type et tu aurais voulu nous donner des ceintures de chasteté, le taquina Sarah, les faisant rire.

— Exactement, dit Scotty.

Il était toujours tellement protecteur envers elles. Josie aurait pu parier qu'il ne se pardonnerait jamais de ne pas avoir pu les protéger de leur père.

— J'ai presque changé mon nom quand je me suis mariée, mais c'était mon dernier lien avec vous, alors je l'ai gardé.

Sarah s'appuya contre le dossier de sa chaise, passant une main sur son ventre rond, et dit :

— Comment était ta vie quand tu as emménagé ici ?

— Je ne sais pas. Une grande partie est brouillée, mais je me souviens que j'étais tellement soulagée d'être loin de nos parents que j'ai dormi pour ce qui m'a semblé être la première fois. J'avais toujours si peur de dormir à la maison.

— Nous en avions tous peur, dit Scotty.

— Tu te sentais en sécurité avec Brian ? demanda Sarah.

— Toujours. Nous avons vécu avec sa grand-mère jusqu'à ce qu'elle meure et ils ont fait tout ce qu'ils pouvaient pour que je me sente en sécurité. J'étais terrifiée à l'idée que sa grand-mère me renvoie à la maison, mais elle a dit qu'elle était *de la vieille école*. Elle croyait que certaines personnes n'étaient pas faites pour être parents et, heureusement pour moi, elle ne croyait pas au système de placement familial. Je ne sais pas comment, mais Brian s'est procuré une fausse carte d'identité au cas où nos parents nous chercheraient. Je m'appelais Joanne August. Il travaillait dans le bâtiment, j'allais à l'école et nous nous occupions de sa grand-mère, Helen. Nous l'avons perdue un an avant la naissance de Hail. Je l'aimais beaucoup. Elle m'a enseigné tout ce que Maman ne m'a jamais appris : comment cuisiner, faire des gâteaux et s'occuper d'un jardin. Comment aimer et être aimée. Vous m'avez manqué tous les jours, mais j'étais heureuse et je me sens un peu coupable pour ça.

— Je suis désolé que tu les aies perdus, dit Scott. On dirait que Brian était un homme bien. Heureusement que tu les avais, Helen et lui. Ne te sens *jamais* coupable d'être heureuse, Josie. C'est ce que nous voulions pour toi.

— Il a raison.

Sarah serra la main de Josie.

— Je suis désolée que tu aies perdu Brian. Tu dois être tellement triste.

— J'ai été une épave pendant un moment, et bien entendu, Hail aussi. Il faut dire que nous n'avons pas eu beaucoup de temps pour nous apitoyer sur notre sort, ce qui était peut-être une bonne chose. Brian n'avait pas d'assurance-vie. Nous avons vécu de nos économies pendant un moment, ce qui nous a permis de traverser une partie de notre chagrin, mais ensuite, j'ai dû travailler pour joindre les deux bouts.

Elle leur parla des emplois qu'elle avait eus.

— Quand vous appeliez au bar pour essayer de me convaincre de vous voir avant votre accident, j'y arrivais à peine. Nous avions perdu la maison parce que je n'arrivais pas à payer le loyer et nous avons dû abandonner la plupart de nos possessions. La nuit de l'accident, Hail était malade et j'étais sur le point de perdre mon emploi. Je pensais que je pourrais gérer le fait de vous voir, mais quand je suis arrivée à l'hôpital, c'était trop. Je n'avais pas dormi et quand j'ai vu la terreur dans tes yeux et les bleus et que tu m'as dit dans quel état étaient Scotty et les enfants, j'ai perdu le contrôle de moi. C'était comme si ma tête était retournée à cette époque horrible quand je ne pouvais pas vous sauver des coups. Je suis tellement désolée.

— Arrête. Tu ne peux pas te torturer comme ça, Josie, dit gentiment Sarah. C'était difficile pour nous tous et ça n'a jamais été *ton* rôle de nous sauver.

— Tu étais une enfant, Josie.

Le regard tempétueux de Scott plongea en elle.

— Tu n'aurais rien pu faire.

— Oui, eh bien, peut-être que c'était vrai à l'époque. Récemment, j'étais triste d'avoir été abandonnée, ce qui n'était pas le cas, et j'ai tourné les talons et vous ai abandonnés. Ce n'était pas juste, je m'en excuse. Et le jour où Sarah m'a vue près du refuge et où je me suis enfuie, je venais de perdre mon emploi quelques semaines plus tôt et nous avions été expulsés de notre appartement merdique. Nous vivions dans cet hôtel miteux où l'on paie à la journée. J'ai décidé d'essayer d'économiser le peu d'argent qui nous restait pour l'essence, pour pouvoir chercher un travail et j'ai fini par céder et par aller au refuge. Après, tu étais là, splendide, enceinte, et ma vie était hors de contrôle. Je pensais que tu avais une vie parfaite et j'étais blessée parce que tu m'avais abandonnée il y a toutes ces années en arrière, même si je ne le croyais pas au fond de moi. J'étais tellement bouleversée par ce que j'avais laissé arriver à Hail et moi que je n'avais pas les idées claires. C'est pour ça que je me suis enfuie.

Elle baissa les yeux, se sentant honteuse.

— Ensuite, Bones m'a donné la brochure que j'avais refusé de lire.

Elle leva les yeux, croisant le regard compatissant de Sarah, et dit :

— Et il t'aime tellement, Sarah. Il est la raison pour laquelle j'ai fini par la lire. Et je suis ravie de l'avoir fait. Je suis tellement désolée.

Sarah enroula ses bras autour de Josie et Scotty se joignit à elles. Ils lui assurèrent que tout irait bien à présent. Ils parlèrent un peu plus longtemps que prévu, vérifiant l'heure avec inquiétude, comme si c'est tout ce qu'ils pourraient avoir.

— Qu'est-ce que tu as voulu dire quand tu as dit que Brian aurait pu s'occuper de tuer notre père ? demanda Scotty.

— J'avais oublié que j'avais dit ça, admit Josie. J'ai paniqué, disant que je ne voulais pas qu'ils s'approchent de notre enfant quand je suis tombée enceinte. C'est à ce moment-là qu'il m'a annoncé que nos parents étaient morts dans un incendie quelques mois après que nous avions quitté la Floride. Je me suis toujours demandé s'il leur avait fait quelque chose, parce qu'il était retourné en Floride un long week-end une fois, mais s'il l'a fait, il n'a jamais rien dit. Je ne le saurai jamais.

Un silence s'abattit sur eux alors qu'ils étaient tous les trois perdus dans leurs pensées.

— D'accord, je vais le dire, décida Scotty avec véhémence. S'il l'a vraiment fait, c'était un homme encore meilleur que je ne le pensais déjà.

Il posa sa main sur celle de Josie et dit :

— Il est temps d'aller de l'avant, pour nous tous. J'ai une maison en ville et deux chambres au premier étage, là où Sarah vivait. Maintenant qu'elle vit avec Bones, elles sont à toi. Viens vivre avec moi. Laisse-moi apprendre à vous connaître, mon neveu et toi. Tu y seras plus en sécurité. Je ne bois pas beaucoup. Je ne fume pas.

Des larmes coulèrent à nouveau sur les joues de Josie. Il était incroyable qu'il lui en reste encore.

— Pourquoi est-ce que tu pleures de nouveau ? demanda Scotty.

— Parce que j'avais tellement peur que tu me détestes pour être aussi méchante, et là, tu m'ouvres ta maison.

— Tu es ma petite sœur, souligna Scotty en lui serrant la main. Je t'aime trop pour te détester un jour.

APRÈS AVOIR TRAVAILLÉ pendant le dernier quart avec Isabel et Diesel, Jed avait hâte de parler à Josie. Elle lui avait écrit plus tôt, mais il n'avait pas eu une seconde à lui de la soirée. Tracey et Dixie avaient fait le service et étaient parties environ une heure plus tôt, mais Isabel mettait une éternité à sortir des toilettes.

— Bouge tes petites fesses, Iz, avant que je te les botte.

Il avait essayé de trouver où Josie pourrait trouver un appartement bon marché dans une zone sûre, mais rien ne lui était venu à l'esprit. Il avait eu l'intention de parler à Isabel pour voir si elle avait besoin d'une colocataire, mais il n'était pas sûr qu'elle aimerait avoir un enfant dans les parages tout le temps, il s'était donc abstenu.

Diesel marcha à grands pas vers la porte, une montagne de muscles qui grognait, sacrément effrayante en dépit de la casquette de baseball noire qu'il portait à l'envers tous les jours. Il avait ce qu'Isabel appelait « des yeux de tueur » et elle ne le disait pas de dans le sens sexy du terme. Le type était gigantesque, brut, il n'avait aucune capacité pour les relations humaines, ce qui faisait de lui la personne idéale pour monter la garde dans le bar en l'absence de Bullet. Jed n'avait pas honte d'admettre que Diesel avait dix niveaux d'agressivité de plus que lui. Ce type donnait même du fil à retordre à Bullet.

— Tu as déjà revendiqué celle-là ? demanda Diesel d'une voix aussi rustre que ses bras de la taille d'un tronc d'arbre.

— *Izzy ?* Non, mec, on est juste amis.

Isabel était belle, avec des cheveux noirs coupés au carré, de grands yeux en forme d'amande couleur noisette et un nez retroussé, sans parler de son petit corps sexy. Mais même si Jed et elle flirtaient et plaisantaient, elle n'avait jamais allumé un feu dans ses veines comme Josie le faisait. Bon sang, personne ne l'avait fait.

Diesel leva le menton avec un grognement indiscernable, puis il sortit d'un pas lourd par la porte sans ajouter un mot.

Ravi de discuter avec toi aussi.

Isabel sortit à toute vitesse des toilettes, un jean et un T-shirt sous son bras et vêtue d'une minirobe rouge et des talons.

— Désolée ! Je devais me changer.

— Tu vas draguer ce soir ? la taquina-t-il.

Elle grimaça.

— Tu es jaloux ? demanda-t-elle en mettant son manteau.

— Pas vraiment, mais fais attention à toi.

Il lui tint la porte.

— Avec qui tu sors, habillée comme ça ? demanda-t-il en verrouillant les portes.

— Tu aimerais le savoir, hein ?

Elle afficha un sourire narquois tandis qu'il descendait les escaliers derrière elle.

— Je ne t'ai jamais vu filer d'ici aussi vite. Je suppose que les rumeurs sont vraies et que tu en pinces pour la sœur de Sarah.

— Qui t'a dit ça ?

— Les gens parlent.

Elle jeta son sac et ses vêtements à l'arrière de sa voiture.

— Peu importe. Où est-ce que tu vas, Iz ? Tu sais que tu es habillée pour t'attirer des ennuis.

— J'espère bien, dit-elle. Je retrouve une amie qui ne vit pas en ville pour boire un verre.

— À une heure du matin ?

Il secoua la tête.

— Si tu joues à cette connerie de Tinder, je vais tordre le cou au mec en question. Tu n'es pas ce genre de fille.

— Non, mais parfois, j'aimerais l'être.

Elle monta dans sa voiture :

— Est-ce qu'ils laissent les hommes entrer dans le refuge pour femmes si tard ou est-ce que tu y vas en secret en passant par la fenêtre ?

Il rit.

— Tu es une imbécile.

— Et *pourtant*, tu m'aimes quand même.

— Écris-moi si tu as besoin de quelque chose. Sois prudente.

Elle lui envoya un baiser et ferma la portière. Tandis qu'elle s'éloignait en voiture, il sortit son téléphone et relut le message que Josie lui avait envoyé plus tôt. *Je te dois un GRAND merci !*

J'ai passé une super journée et si tu ne m'avais pas présentée à Penny, ce ne serait jamais arrivé. Appelle-moi !

Il lui avait écrit plus tôt pour lui dire qu'il travaillerait tard et à présent, il lui envoya un autre message rapide. *Je viens de sortir du travail. Tu es encore debout ?*

Elle répondit immédiatement. Il lut le message en montant dans son pick-up. *Oui !* Il envoya un autre message. *Tu veux éteindre ta sonnerie et je t'appelle ou est-ce que ça réveillera Hail ?*

Son téléphone vibra quelques secondes plus tard. *C'est bon, j'ai éteint la sonnerie. Je vais aller dans le salon pour parler.* Il démarra le moteur, augmenta le chauffage et l'appela.

— Salut ! dit-elle à voix basse, mais avec enthousiasme. Je mourais d'envie de te parler. Est-ce que tu as passé une bonne soirée au travail ?

Il fut surpris de voir à quel point il aimait avoir quelqu'un à appeler après le travail, même s'il aurait préféré avoir son corps chaud dans ses bras. Il ne savait pas à quel point il devait être honnête à propos de ses sentiments pour elle, mais il était plutôt nul pour mentir, aussi lui dit-il :

— Oui, mais c'est passé trop lentement. Je voulais t'appeler, mais je n'ai pas eu un moment à moi.

— Je sais. Quand Tracey est arrivée à la maison, elle a dit que c'était de la folie.

— Elle a bien travaillé ce soir. Pourquoi est-ce que tu es aussi excitée à une heure du matin ? Je suppose que les choses se sont bien passées avec Penny ?

— Plus que bien. Elle est tellement amusante et j'ai hâte de travailler avec elle. Elle a donné le nom de Hail à une glace et il l'a raconté à toutes les personnes qu'il a vues depuis.

Il rit, imaginant le regard enthousiaste de son petit garçon derrière sa longue frange tandis qu'il racontait l'histoire.

— Il a bien fait ! Il faut se vanter quand on le peut. Je suis ravi que les choses se passent bien.

— Moon, tout était génial, mais quand nous sommes sortis du magasin de Penny, nous avons vu Sarah. Je lui ai parlé et à Scotty aussi et nous, euh…

Elle ne termina pas sa phrase et il l'entendit renifler.

— Eh, ça va ? Est-ce qu'ils laissent les visiteurs entrer si tard ? Je vais passer.

— Non. Je vais bien, vraiment.

Mais il l'entendit renifler de nouveau et sa poitrine se serra.

— Nous avons eu une bonne conversation. Scotty m'a proposé que Hail et moi allions vivre avec lui.

Jed ferma les yeux et il pencha la tête de soulagement.

— C'est super, Jojo. Je suis tellement heureux pour toi. Est-ce que tu vas accepter ?

— Probablement. Je ne suis pas sûre. Je lui ai dit que je passerais mercredi, quand Hail sera à l'école. Qu'est-ce que tu en penses ?

— Moi ?

Il était surpris qu'elle lui demande son opinion.

— Oui. Est-ce que tu crois que je devrais accepter ?

— C'est ton frère et c'est un type bien, alors, bien sûr que oui. Pourquoi est-ce que tu hésites ?

— Je ne veux pas être un fardeau pour lui.

— Bébé, laissa-t-il échapper avant de pouvoir s'en empêcher. Scott t'aime. Je ne crois pas que tu pourrais être un fardeau pour lui. Si tu hésites, nous pouvons en parler quand je passerai vous prendre demain, Hail et toi.

— Demain ?

Il entendit la joie dans sa voix et continua :

— J'ai un jour de congé. J'ai pensé que nous pourrions

emmener Hail au Musée tactile. Il avait l'air de vouloir y aller.

— Moon, le fait que tu essaies de devenir membre des Dark Knights ne veut pas dire que tu dois passer *tout* ton temps libre avec nous.

Il renâcla.

— C'est ce que tu penses ? Que je t'emmène quelque part parce que *j'essaie de devenir un Dark Knight* ?

— Je ne sais pas quoi penser.

Si, tu le sais. Il garda cette pensée pour lui, car même si elle avait dit qu'elle sentait autant que lui que leur connexion était forte au feu de camp, elle aurait pu parler de leur amitié. Il protégea donc ses arrières.

— Je ne sais pas ce qui est approprié quand une femme a perdu son mari, mais, Jojo, je ne demande pas à te voir parce que je me sens obligé. Je *veux* te voir. Je veux passer du temps avec Hail et toi. Si c'est trop tôt ou que tu ne préférais ne pas passer de temps avec moi, pas de problème. Je comprends.

— Non. Je préfère ça. Tu n'as pas une petite amie ou quelqu'un que tu devrais couvrir d'attention ?

— Est-ce que tu as oublié ce que je t'ai dit l'autre jour à propos de ma relation la plus longue ?

— Non, mais *regarde*-toi. Tu es un type super, tu sais écouter et tu as un grand cœur. Il est impossible que ton carnet de rendez-vous ne soit pas plein.

Elle l'avait vu pour la personne qu'il était à une époque où personne d'autre n'avait essayé et voilà que des années plus tard, elle recommençait.

— C'est vrai, Jojo. Je n'ai jamais été du genre à avoir des relations, mais si je dépasse les limites ou que tu te sens sous pression, je reculerai.

Elle resta silencieuse si longtemps qu'il vérifia son téléphone pour s'assurer qu'il n'avait pas perdu l'appel.

— Tu es encore là ?

— Oui.

— C'est bon, Jojo. C'est trop pour toi et ça va trop vite…

— Ne recule pas, Moon. C'est juste que… J'ai eu une grosse journée et je ne m'attendais pas à ce que tu ressentes *vraiment* ce que je ressens.

Il brandit le poing, riant en voyant qu'il agissait comme un satané adolescent qui obtenait un rencard pour le bal de fin d'année.

— Dans ce cas, je passerai te prendre à neuf heures, ma belle. Et dis à Hail que je veux tout savoir sur la glace qui porte son nom.

CHAPITRE SEPT

LE MUSÉE TACTILE était situé à Echo Beach, une petite ville en bord de mer à environ une heure de Peaceful Harbor. Pendant le trajet, Josie avait vu des plages splendides et des rangées de petits cottages colorés qui avaient probablement été là depuis toujours. La rue principale était adorable, avec des magasins aux façades peintes, des lampadaires démodés et un parc avec un énorme belvédère blanc. Les magasins, les lampadaires et même les arbres étaient illuminés par des décorations de Noël, donnant un air festif à la journée grise d'hiver. Les noms des rues étaient tout aussi charmants que le reste de la ville et ils incluaient tous un nom de fleurs : Peony[1] Way, Daffodil[2] Drive, Black-Eyed Susan[3] Lane…

Ils exploraient le musée de trois étages depuis deux heures et Hail était comme un enfant surexcité, courant d'une exposition à l'autre, discutant et posant des questions sans arrêt. Josie ne pouvait pas lui en vouloir, elle était tout aussi enthousiaste et Jed l'était aussi, visiblement. Elle n'avait jamais été dans un endroit aussi coloré et plein d'énergie. Chaque pièce était décorée en fonction de l'exposition interactive qu'elle contenait.

---

[1] Pivoine

[2] Narcisse

[3] Rudbeckie hérissée (sorte de marguerite jaune)

Dans la pièce dédiée au système solaire, des planètes pendaient au plafond et des étoiles étaient peintes sur les murs. Jed, Josie et Hail lancèrent des fusées à mousse à travers de grandes glissières en plastique, les faisant voler vers le ciel. Hail et une poignée d'autres enfants ramassaient les fusées quand elles atterrissaient, imitant des bruits de moteurs tandis qu'elles volaient dans l'énorme pièce.

Josie observa son fils courir dans tous les sens, riant avec les autres enfants, et cela lui rappela à quel point il avait été heureux la veille, quand ils étaient restés à la librairie avec Scott, Sarah et les enfants. Essayer de convaincre Hail de partir lui avait donné l'impression de l'arracher à ses meilleurs amis. Elle avait dû lui promettre de les réunir tous sous peu, ce qu'elle espérait faire de toute façon. C'était la meilleure sensation du monde.

Enfin, peut-être à égalité avec la sensation du torse de Jed appuyé contre l'arrière de son épaule et sa main sur sa taille lorsqu'il se pencha pour dire :

— C'est un enfant génial, Jojo.

Son haleine mentholée réchauffa la joue de Josie. Il avait fait cela toute la journée : rester près d'elle et de Hail, ses yeux ne regardant jamais les jolies femmes qui passaient devant eux. Mais elle ne pouvait pas s'empêcher de se demander pourquoi il ne l'avait pas invitée à la fête de Nouvel An dont Penny lui avait parlé.

— Oui. Je crois que je vais aller l'aider, dit-elle en scrutant le visage séduisant de Jed.

— Tu avais quel âge quand il est né ? Dix-huit ans ? Comment c'était ?

— C'était comme recevoir le cadeau le plus génial et le plus terrifiant du monde. Soudain, ce petit bébé *dépendait* de moi.

— Et quand tu as appris que tu étais enceinte ? Est-ce que

tu avais peur ? À dix-huit ans, j'aurais paniqué.

— J'étais trop choquée pour être apeurée ou ravie au début. Quand le choc s'est estompé, je me suis demandé si je serais méchante, comme ma mère l'a été. Mais honnêtement, j'avais été avec Brian et sa grand-mère depuis si longtemps quand c'est arrivé que mon passé ressemblait presque à un mauvais rêve ou une autre vie. Je n'avais plus l'impression d'avoir mes parents en moi ; je ne sais pas si ça a du sens. Hail était le fruit de l'amour et au moment même où je l'ai tenu dans mes bras, pour la première fois, je l'ai aimé plus que je n'ai jamais aimé quoi que ce soit ou qui que ce soit au cours de ma vie. Je n'ai jamais regretté d'être tombée enceinte et Brian a été incroyable dès l'instant où nous l'avons appris.

— Tu m'as dit que tu étais venu à la fête le soir où nous nous sommes rencontrés pour le rendre jaloux et que tu avais essayé de le séduire. Je ne suis pas vraiment sûr de vouloir connaître la réponse à cette question, mais comment est-ce que ça a changé pour vous deux ?

— En fait, j'ai *souvent* essayé de le séduire. Des douzaines de fois quand j'avais quinze, seize, dix-sept ans... Il ne voulait même pas m'embrasser, le sournois. Contre toute attente, le jour de mon dix-huitième anniversaire, il m'a donné des fleurs, nous nous sommes bien habillés et nous sommes allés dans un restaurant chic, ce que nous ne faisions jamais. Nous n'avions pas beaucoup d'argent, mais...

— Maman ! Moon ! Regardez ! cria Hail en lançant une fusée à travers un cerceau en plastique.

— Super, mon pote ! cria Jed en retour.

Elle adora la manière dont il répondit immédiatement à Hail. Son fils s'était mis entre eux, tenant leurs mains tandis qu'ils marchaient d'une exposition à l'autre depuis qu'ils étaient entrés au musée, comme si Jed faisait partie de la famille. Jed n'avait pas remis en cause l'affection de Hail et il avait semblé à l'aise. D'ailleurs, il lui avait même prêté plus d'attention. Tout comme il prêtait plus d'attention à Josie à ce moment-là, attendant qu'elle en dise davantage.

— Quoi qu'il en soit, quand nous sommes rentrés, il m'a déclaré son amour. Il a dit qu'il n'avait pas voulu précipiter les choses et que me repousser avait été un enfer, mais qu'il était tellement plus âgé qu'il voulait que *je* sois sûre avant que nous couchions ensemble.

Elle remarqua que Jed semblait tendu ; cela devait être difficile à entendre pour lui.

— Tu sais que tu as été le premier homme avec qui j'ai couché.

Elle se souvenait qu'il avait été prudent au début et qu'elle avait eu un peu mal, mais elle s'était tellement perdue en lui que la douleur était devenue une partie de son plaisir. Elle avait attendu ce mélange exquis de douleur et de plaisir chaque fois qu'elle avait fait l'amour avec Brian. Ce n'était jamais arrivé. Jed avait été tout aussi perdu en elle et elle n'avait jamais oublié la manière dont ses mains rugueuses étaient passées sur chaque centimètre de son corps, appuyant si fort sur la chair qu'elle l'avait senti des heures plus tard.

Le simple fait de penser à cette nuit la faisait fantasmer sur Jed. Elle essaya d'éteindre les flammes, mais la sensation de sa main sur sa hanche et la manière dont ses yeux la transperçaient allumèrent des curiosités plus sombres : *que ressentirais-je en sentant tes mains sur mon corps après toutes ces années ? Est-ce que ta bouche provoquerait les mêmes sensations sur mes seins, ma peau, mes lèvres ? Est-ce que tu me sucerais et me mordillerais, me prenant fortement et sauvagement, ou est-ce que tu serais prudent et tendre ?*

— Est-ce qu'il a dit quelque chose quand vous… ? demanda Jed, ramenant Sarah à leur conversation. Est-ce qu'il a vu que… ?

Gênée par la rougeur de ses joues, elle détourna le regard :

— Je me suis posé la question, mais s'il l'a remarqué, il n'a jamais rien dit.

La peur que Brian découvre qu'elle avait couché avec Jed l'avait bloquée si fort cette nuit-là qu'elle avait presque pleuré pendant sa première fois avec Brian et il avait interprété cela comme un signe qu'il devrait faire plus attention avec elle. Elle n'avait pas dit à Jed à quel point il était différent d'être allongée sous Brian et d'être allongé sous lui. À quel point *elle* avait été différente. Brian avait agi lentement. Même après des semaines, il avait été prudent et tendre, si différent de la passion incontrôlable qui avait explosé entre Jed et elle. Elle s'était sentie coupable à ce propos pendant un moment, mais elle avait supposé que l'alchimie provenait de son imagination, se disant qu'elle avait transformé leur nuit en un fantasme irréalisable. Elle s'était convaincue qu'elle n'avait pas pu être aussi sauvage et libre avec Jed la toute première fois où elle avait fait l'amour. Mais à présent, elle en doutait. Si sa simple présence lui donnait l'impression que sa peau était en feu, peut-être qu'elle n'avait pas imaginé l'alchimie brûlante entre eux, après tout.

— Depuis ce jour-là, Brian et moi avons été ensemble, et quand nous avons découvert que j'étais enceinte, nous nous sommes mariés.

Jed se pencha vers elle, lui parlant directement à l'oreille d'une voix grave et sexy.

— Je parie que tu étais une belle mariée.

— Nous nous sommes mariés au tribunal et je n'étais pas

très belle.

— Tu ne peux pas t'empêcher d'être splendide. Brian a eu de la chance d'être l'homme qui a gagné ton cœur.

Elle fondit, non seulement à ses mots, mais aussi face au désir dans ses yeux, et elle s'ordonna de ne pas se laisser emporter.

— Tu as gagné mon cœur aussi pendant la nuit que nous avons passée ensemble.

Les commissures des lèvres de Jed s'étirèrent en un sourire et quand il ouvrit la bouche pour répondre, Hail les dépassa en courant en hurlant :

— Je veux voler jusqu'à Pluton !

Il se dirigea vers la console de contrôle de mission colorée avec trois autres enfants et commença à appuyer sur des boutons, à remuer des leviers et à imiter beaucoup de sons de moteurs.

Hail courut à nouveau vers eux et prit la main de Josie. Puis, il prit celle de Moon et s'interrogea :

— Est-ce qu'on peut aller voir la salle du pays des Merveilles maintenant ? Kennedy a dit que le pays des Merveilles, c'était le meilleur !

Sa tête se tourna d'un côté, puis de l'autre, les suppliant tous les deux.

— Je parie que Bradley et Lila l'aimeraient aussi ! Kennedy a dit qu'il y avait des labyrinthes et des miroirs qui te donnent l'impression d'être bizarre et des fleurs qui changent de couleur...

Josie et Jed rirent tandis que Hail décrivait avec enthousiasme tout ce que Kennedy lui avait dit à propos de l'exposition.

— J'ai hâte d'aller au pays des Merveilles, acquiesça Josie

lorsqu'ils sortirent de la salle du système solaire.

— Moi aussi, dit Jed avec une lueur malicieuse dans les yeux.

Puis, il commença à fredonner « Your Body Is a Wonderland » de John Mayer.

Après l'exposition sur le pays des Merveilles, ils déjeunèrent dans le café au premier étage et Hail ralentit à peine suffisamment pour manger. Ils explorèrent et profitèrent de tout ce que le musée avait à offrir, y compris le carrousel. Jed insista pour que Josie monte dessus avec eux. Dans la boutique de souvenirs, il acheta un ballon et un lapin en peluche pour Hail, en dépit des protestations de Josie. Il dit que le lapin lui rappelait celui qu'il avait eu étant enfant. Elle était heureuse de connaître ce petit secret à propos de lui.

— Est-ce qu'on peut manger une pizza pour le dîner ? demanda Hail lorsqu'ils sortirent du parking.

Josie grimaça intérieurement. Jed avait tout payé et elle se sentait mal, mais il avait refusé qu'elle dépense le moindre centime. Elle avait l'impression que le dîner ne serait pas différent et elle ne voulait pas qu'il se sente obligé de continuer à leur acheter des choses.

— Je peux préparer des spaghettis quand nous rentrerons.

— D'accord, dit Hail, même si sa déception était évidente au vu de son visage triste.

Néanmoins, Josie fut ravie qu'il n'insiste pas.

JED REGARDA DANS le rétroviseur et vit Hail jouer joyeusement avec son lapin en peluche, son ballon flottant à côté de lui. Il réprima l'envie de dire qu'il les emmènerait manger de la pizza. Il savait que Josie était inquiète pour l'argent, mais il en avait beaucoup et il *voulait* le dépenser pour eux. Il tendit la main par-dessus le siège avant du pick-up et lui prit la main, attirant ses beaux yeux vers lui. Ils ressentirent un éclair torride d'électricité et, comme c'était arrivé chaque fois qu'ils avaient été ensemble, il lui fallut un moment pour aller au-delà de cette chaleur et trouver sa voix.

— Je peux acheter une p-i-z-z-a, dit-il à voix basse. Je ne suis pas riche, mais je gagne bien ma vie.

— Tu en as déjà tellement fait. Je ne veux pas que tu aies l'impression de devoir nous acheter des choses tout le temps.

— Ce n'est pas le cas et je ne veux pas non plus que cette journée se termine.

Il lui serra la main et dit :

— Je ne me souviens pas d'avoir passé une aussi bonne journée. Laisse-moi vous emmener manger cette *chose ronde et délicieuse* dont nous ne parlons pas.

Elle sourit et illumina ainsi tout le pick-up.

— Tu es sûr ?

— Absolument sûr.

Elle jeta un coup d'œil à Hail.

— D'accord, merci.

Il eut l'impression d'avoir gagné à la loterie.

— Eh, petit, changement de plan. Nous allons aller manger de la pizza.

— Hourra !

La joie de Hail frappa Jed en pleine poitrine.

Ils allèrent dans un restaurant pittoresque qui préparait des pizzas au four à bois et s'assirent à un comptoir d'où Hail pouvait les regarder les préparer. Il posa un million de questions et entre deux réponses, Jed et Josie parlaient. C'était comme avoir une conversation-gruyère, pleine de trous, et il en adora chaque seconde.

Le soleil se couchait quand ils sortirent du restaurant et lorsqu'ils atteignirent l'autoroute, Hail était endormi sur le siège arrière, sa petite tête inclinée sur le côté. Josie regardait par la fenêtre. Ils avaient beaucoup ri ce jour-là et il avait semblé naturel de tenir la main de Hail et de jeter des regards torrides en douce à Josie. Il avait lutté si souvent contre l'envie de l'embrasser qu'il s'amusait de son incapacité à se souvenir de ne pas le faire.

Il avait envie de l'embrasser plus que jamais. Sceller cette journée incroyable avec la promesse d'en avoir davantage. Il se concentra sur la route, pensant à Hail et au fait qu'il était amusant. Il avait dit qu'il n'aimait pas les champignons. Jed lui en avait proposé un quand même et l'avait convaincu de le goûter. Hail avait grimacé en le mangeant. Puis, il avait écarquillé les yeux et il avait demandé à Jed d'échanger sa part de pizza aux pepperonis contre une part aux champignons. Il y avait tant de moments comme celui-là, de premières découvertes, pour Hail, Josie et lui. C'était le début de quelque chose dont il ne pourrait jamais se défaire. Sa partie préférée de la journée avait été le carrousel. Josie et Hail n'avaient jamais fait un tour dessus et la joie sur leurs visages, le rire mélodieux de Josie et les gloussements insouciants de Hail lui donnaient envie d'explorer toutes les autres premières fois avec eux.

— Pourquoi est-ce que tu souris ? demanda Josie.

— Pour tout.

Dans le rétroviseur, Jed vit que Hail était profondément endormi.

— Et si tu te glissais jusqu'ici pour qu'on ne le réveille pas ?

Il tapota le siège à côté de lui.

Jo défit sa ceinture et se glissa sur le siège.

— Est-ce que tu viens d'utiliser mon enfant comme subterfuge pour me convaincre de me rapprocher ?

— Je suis un mec, les enfants, on les appelle des *partenaires de drague*.

— C'est mal.

Elle posa une main sur la jambe de Jed :

— Je suis ravie que tu l'aies fait.

— Oh oui. Tu veux une partie de moi, hein ?

Il agita les sourcils et elle enfonça son doigt dans ses côtes.

— Eh !

Elle rit, puis son amusement se transforma en une expression plus sérieuse et elle retira sa main de sa jambe. L'air changea, devint plus froid.

— Bébé ? Je suis désolé si j'ai été trop présomptueux.

— Ce n'est pas le cas.

— Eh bien, c'était *trop*… quelque chose.

Voyant qu'elle ne répondait pas, il précisa :

— Je ne lis pas dans les pensées et je suis vraiment nul quand j'essaie de le faire. Alors, est-ce que tu peux m'expliquer ce qui vient de se passer ?

Elle soupira :

— Je suis inquiète à propos de quelque chose qui ne me regarde pas vraiment.

— Vide ton sac, Jojo. Je n'ai rien à cacher.

— D'accord. Le truc, c'est que je n'ai pas l'habitude d'être blessée par un mec, mais je ne suis pas non plus immunisée contre ça.

— Et tu penses que je vais te blesser ?

Merde. À cause d'un seul commentaire ?

— Non, mais… peut-être ? Je devrais me taire, parce que si je le dis, tu vas penser que je suis jalouse.

— J'adorais savoir de quoi tu pourrais bien être jalouse. Je n'ai pensé qu'à toi et à Hail depuis que je t'ai vue debout sur le porche de Bones le soir de Noël.

— Vraiment ?

Elle posa la question avec tant d'innocence qu'il ne put s'empêcher de l'attirer contre son flanc et de déposer un baiser sur sa tempe.

— *Vraiment.* Crois-moi, Jojo, tu ne veux pas savoir à quel point j'ai pensé à toi.

Un rire doux, léger et gêné lui échappa.

— Dans ce cas, j'analyse sans doute trop tout ça, mais Penny a évoqué une fête que les Whiskey organisent demain soir. Elle croyait que tu m'avais invitée. J'ai supposé que tu avais probablement un rencard ou quelque chose comme ça.

— C'est *ça* qui t'inquiète ?

— Oui. Est-ce que c'est bizarre ?

— Pas du tout. La seule raison pour laquelle je ne t'ai pas invitée, c'est que je pensais que j'avais eu de la chance quand tu m'as dit de ne pas me retenir, et que je ne voulais pas t'étouffer pour autant. J'essaie de trouver un moyen de t'inviter sans te donner l'impression que c'est un rendez-vous, pour ne pas te faire peur.

— Je me sens bête.

— Non. C'est tellement mieux que le fait que je te dise que ce serait cool si tu venais à la fête et que je mentionnais avec désinvolture que je voulais passer te chercher et te ramener parce qu'il y a trop d'ivrognes sur la route pendant les fêtes.

— En quoi est-ce que c'est différent de m'inviter à un rendez-vous ?

— Tu vois ? C'est le problème. Dans tous les cas, je le dis, c'est un rendez-vous.

— D'accord, facilitons les choses. « Ne te retiens pas » signifie que tu peux m'inviter à des rendez-vous, m'écrire, tout ce que tu veux. Si tu vois d'autres filles que moi, je dois le savoir pour gérer les attentes de Hail.

— Les attentes de *Hail* ? demanda-t-il d'un air taquin.

— *Oui.* Ce n'est qu'un petit garçon. Il pourrait s'attacher au fait que tu lui tiennes la main et…

— Aux regards torrides que j'adresse à sa mère ?

Elle lui donna un petit coup d'épaule.

— Ou peut-être qu'il s'attache à la sensation cachée qu'il a chaque fois que nous sommes ensemble ? Ou à la manière dont mon corps prend feu quand tu lèches tes lèvres ? Oui, j'imagine que ça pourrait être addictif.

— Arrête, rétorqua-t-elle d'une voix légère. Je suis sérieuse. Aucun de nous deux ne peut se permettre d'être blessé, mais ça ne veut pas dire que je te demande une relation.

— Oh, je vois. Tu veux m'*utiliser*, la taquina-t-il. Me faire passer du temps avec toi, te sentir désirée…

Elle resta bouche bée.

— Non, bien sûr que non !

Il sortit de l'autoroute et s'arrêta sur un parking. Il gara le pick-up et un rapide coup d'œil au siège arrière lui indiqua que Hail était encore profondément endormi.

— Qu'est-ce que tu fais ? demanda-t-elle dans un murmure précipité.

— Je te montre à quel point tu monopolises mes pensées depuis presque une semaine.

Il emmêla ses doigts dans ses cheveux et dit :

— Et si nous étions seuls, je te montrerais à quel point tu les as monopolisées depuis plusieurs années.

Il posa lentement ses lèvres sur les siennes, s'assurant qu'elle était sur la même longueur d'onde. Les lèvres de Josie étaient chaudes et douces et, oui, cette femme était sur la même longueur d'onde que lui. Sa langue passa impatiemment sur la sienne, douce et délicieusement désireuse. Il approfondit le baiser et elle prit son visage dans ses mains, l'attirant plus près, l'embrassant plus fort. Il en fit de même, prenant et donnant à parts égales. Il avait embrassé beaucoup de femmes, mais de simples baisers ne l'avaient jamais allumé comme un feu d'artifice. Elle émit un son immoral et son membre devint douloureusement dur sous sa braguette. Jed n'avait pas omis que son fils était sur la plage arrière, ce qui lui donna l'impression que la pulsation dans son pantalon n'avait pas d'importance. Il fit glisser une main sur sa joue, tenant tendrement son visage tandis qu'il passait son pouce sur la peau chaude et il atténua ses efforts. Jo gémit et il ne put s'empêcher d'en prendre davantage. Ils finirent tous les deux haletants.

— Demain soir.

Il déposa un autre baiser sur ses lèvres.

— Toi, moi et Hail allons passer Nouvel An ensemble. Je passerai te chercher à vingt heures.

— Est-ce que la fête sera chic ? demanda-t-elle d'une voix hésitante.

— Non. Si jamais c'était le cas, quoi que tu portes, tu serais la femme la plus belle de la pièce.

Il lui donna un autre long baiser sensuel et la main de Josie tomba sur sa cuisse, la serrant fermement. *Meeerde.* L'image de sa main enroulée autour de son sexe lui vint à l'esprit et il s'obligea à mettre de l'espace entre eux.

— Désolée. La nervosité.

Elle posa sa main sur ses propres genoux.

Il enlaça ses doigts entre les siens et reposa sa main sur sa cuisse.

— Prends l'habitude d'être nerveuse, bébé, j'*aime* sentir tes mains sur moi.

Il l'embrassa une fois de plus, longuement et profondément, et c'était certain, il allait avoir besoin d'une douche froide ce soir-là.

Le pick-up à nouveau sur la route, elle soupira et dit :

— Bon sang, Moon. *Ces baisers…*

CHAPITRE HUIT

— TU PRÉPARES TON prochain meurtre ou tu écris une lettre d'amour à Jed l'appétissant ? demanda Tracey en s'affalant à côté de Josie sur le canapé dans la salle de jeu.

— *Jed l'appétissant ?*

Josie ferma son cahier.

Elle n'écrivait pas vraiment une lettre d'amour, mais elle écrivait quelque chose de privé. Elle avait commencé à écrire des lettres à Brian quelques mois après sa mort. Au début, elle avait écrit parce qu'il lui manquait tellement qu'ainsi, elle avait eu l'impression d'être plus proche de lui. Toutefois, après plusieurs mois, ces lettres déchirantes s'étaient transformées en des nouvelles sur la vie de Hail et la sienne, un compte-rendu écrit de leurs vies : ils allaient de l'avant. Elle n'était pas vraiment sûre de savoir quand les larmes avaient cessé de couler ou quand ces nouvelles s'étaient transformées en journal intime plutôt qu'en lettres. Ce matin-là, elle écrivait sur le fait de retrouver Jed et sur le fait que les choses étaient différentes avec lui en comparaison avec Brian. Elle avait pensé à commencer un nouveau journal plutôt que d'écrire ce qu'elle pensait dans celui de Brian, mais elle voulait que tout soit au même endroit, car, même si elle avait des sentiments pour Jed, Brian serait toujours dans son cœur.

— Après la manière dont tu as décrit ses baisers, je pense que le reste doit être sacrément délicieux aussi.

Josie regarda Hail, qui était occupé à construire un garage avec des cubes. Il était tellement à l'aise avec Jed. Il avait parlé de lui toute la matinée et il avait hâte d'aller à la fête avec lui ce soir-là. D'un autre côté, Josie était enthousiaste *et* nerveuse, ce qui commençait à être son état habituel. Elle ne pouvait pas s'empêcher de penser à leurs baisers torrides et au fait qu'elle aurait souhaité qu'ils soient seuls pour pouvoir aller plus loin. C'étaient ces pensées qui l'avaient maintenue éveillée toute la nuit, luttant contre la culpabilité et le désir. Cependant… Elle ne savait pas si elle *devrait* se sentir coupable. Brian n'aurait pas voulu qu'elle cesse de vivre. Elle ignorait si elle passait à autre chose trop vite ou pas, même si elle savait qu'en ce qui concernait Jed, elle était incapable de ralentir. Il y avait quelque chose chez lui qui la faisait *vouloir* et *désirer* quelque chose comme jamais et ces émotions s'étaient renforcées dernièrement.

— Disons que je prépare un meurtre, supposa Josie, souhaitant avoir gardé les détails juteux de sa soirée pour elle. Tu t'occuperas de Hail pendant que je serai en prison, pas vrai ?

— Je te couvre. Je t'amènerai même un gâteau avec une lime à ongles dedans.

Elle se pencha par-dessus l'épaule de Josie :

— Tu prévois le meurtre de qui ?

Josie dit avec un sourire suffisant :

— Le tien, si tu continues de penser que Moon est *appétissant*.

— Ah ! Quelqu'un est *jalouse*… ?

— Je ne sais pas ce que je suis. Je n'étais jamais jalouse concernant Brian. Mais il n'y a pas un code entre filles pour ces choses-là ? *Jed l'appétissant* ! J'ai l'impression que tu parles d'un *hamburger* !

— Hum, un Jedburger.

Josie frappa son bras.

— Code de filles !

— Désolée. Je ne connais pas cette histoire de code. Je n'ai jamais eu beaucoup d'amies. J'ai hâte que tu rencontres Izzy. Elle est super drôle et elle ne se laisse embêter par personne. C'est une bonne amie de Jed cela dit, alors sois prête à les voir se taquiner.

— Après la nuit dernière, je sais exactement ce qu'il ressent pour moi. En ce qui concerne Izzy, je suppose que Jed drague et taquine beaucoup de filles, parce que c'*est* un barman. C'est son travail et il a ce genre de personnalité.

Elle posa son cahier sur la table et dit :

— Tu sais ce qui est bizarre ? J'ai l'impression que j'ai eu deux vies différentes et que je m'embarque dans une *troisième*. Personne ici n'a connu mes parents à part Sarah et Scotty, et aucun de vous ne connaissait Brian. C'est comme si cette étape de ma vie ne faisait pas partie de la personne que je suis maintenant. Pas Brian, bien entendu. Il sera toujours une énorme partie de mon cœur.

Elle baissa la voix :

— Mais même si les premiers mois après sa mort ont été terribles, nos vies n'ont pas cessé d'avancer. Après la première année, je me sentais différente, comme si j'étais devenue plus forte, et maintenant, c'est comme si j'avais pris du recul ou quelque chose comme ça. Il ne me manque plus comme avant. Est-ce que c'est mal ? Est-ce que tu penses que je suis une mauvaise personne parce que je suis attirée par Moon deux ans après avoir perdu Brian ?

— Non, tu n'es pas une mauvaise personne. Je sais que tous

les mariages sont sacrés, mais tu étais tellement jeune. Tu n'as pas cherché un remplaçant. Je crois que c'est le destin. Je veux dire, quelle est la probabilité que tu retrouves le *seul* type qui comptait pour toi, il y a tant d'années ?

— Je n'arrête pas de me poser cette question et puis je me sens coupable. Pourquoi est-ce que j'ai eu autant de chance alors que Sarah en a eu si peu ? Je me sens tellement coupable d'avoir été heureuse pendant toutes ces années, sachant que Sarah était malheureuse.

— C'est parce que tu es une bonne personne. Je crois que beaucoup de gens s'estimeraient heureux et fermeraient les yeux sur ce que Sarah a vécu.

— Je ne sais pas ce que Scotty a subi, mais je sais qu'il se sent très coupable de nous avoir abandonnées quand il s'est enfui. C'est un homme, il n'a donc probablement pas été blessé physiquement par quelqu'un comme Sarah. Mais il y a d'autres types de douleur, et s'il avait été seul pendant tout ce temps ? C'est tout aussi grave, pas vrai ?

— Peut-être, mais d'après ce que Sarah et toi avez dit, il a eu la vie tellement dure avec vos parents qu'être seul a pu être salvateur. Est-ce que tu vas emménager avec lui ?

— Je ne suis pas sûre. J'en ai envie. Je veux dire, c'est mon frère et il m'a tellement manqué. Je ne veux pas le déranger et nous ne nous sommes pas vus depuis des années. Ce serait agréable d'apprendre à nous connaître en tant qu'adultes. Je vais voir comment je me sens mercredi, quand il va me montrer sa maison.

— C'est une bonne idée, mais si tu n'emménages pas avec lui, dis-lui qu'un grand frère protecteur me serait utile.

— Oh, Tracey. Il a deux chambres. Peut-être que Hail et moi pouvons en prendre une et que tu pourrais prendre l'autre ?

— Je pense demander à Izzy si elle a besoin d'une colocataire si le travail au bar se passe bien. Finlay a dit qu'Izzy a repris la location de la maison qu'elle louait avant qu'elle n'épouse Bullet et qu'Izzy a des chambres en plus.

— Si vous vous entendez bien, c'est une bonne idée.

Tracey prit le cahier et Josie le lui arracha des mains.

— Allez, la supplia Tracey. De toute évidence, c'est un mot d'amour.

Josie serra le cahier contre sa poitrine :

— Ce n'est pas un mot d'amour, mais désolée copine, tu ne peux pas le lire.

Tracey la suivit dans sa chambre. Josie mit le cahier dans le tiroir de sa commode.

— Qu'est-ce que tu as écrit ? demanda Tracey.

— C'est privé.

— Il devrait y avoir un code de filles pour ça. *Doit révéler ses secrets.*

Tracey prit le pull-over cache-cœur gris qui était accroché sur la poignée de l'armoire.

— Tu vas porter ça ce soir ?

— Oui, avec un jean noir et des bottes. Qu'est-ce que tu vas porter ?

— Je ne suis pas sûre. Probablement un jean et un pull-over. J'ai dit à Red que j'arriverais en avance pour aider à tout installer. Tu vas l'adorer. C'est la maman de tout le monde. Ce n'est pas étonnant que Dixie ne se laisse embêter par personne. Red est dure comme l'acier. Un type me draguait et cet énorme mec dont je t'ai parlé, Diesel, était en train de faire le tour du bar pour s'approcher. Red a levé une main et a arrêté Diesel dans son élan. Il a grogné, ce qui a attiré l'attention de tous les clients des tables voisines. Je veux dire, il a plissé les yeux, fermé la bouche et ce grognement sourd est sorti de lui. Ce mec est un satané mur de briques et Red l'a arrêté rien qu'en levant la paume.

Tracey leva la main et rit.

— Ensuite, elle s'est tournée vers Tex, le mec qui me draguait, et elle a dit : « Garde ces commentaires pour toi si tu ne veux pas sentir mon pied au cul. Compris ? ».

— Oh mon Dieu.

Josie rit.

— Est-ce que les clients dépassent les bornes ?

— Non. Tex est leur ami et il est *vraiment* dragueur. Izzy dit qu'il travaille pour eux au garage parfois, pendant l'hiver. Il est vraiment sexy, couvert de tatouages. Mais Red n'accepte rien de tout ça. Et Diesel ? Je l'ai vu suivre Tex à l'extérieur du bar et il est revenu *dix minutes* plus tard.

Tracey murmura :

— Je ne veux pas savoir ce qu'il a dit à Tex. Il me fait très peur.

— Je suis un peu nerveuse à l'idée d'aller à la fête. Sarah et Scotty seront là. J'espère que la situation ne sera pas gênante, mais ça pourrait l'être de les voir avec tous leurs amis. Je veux dire, et si Moon essayait de m'embrasser ? Et s'ils pensaient que je suis une mauvaise personne parce que je lui rends son baiser ? Et si Hail me voyait l'embrasser ? Bon sang, je ne peux pas l'embrasser devant Hail. Ce serait déroutant pour lui.

— Écoute ton cœur, à la fois en ce qui concerne ta famille et *Jed l'appétissant*. De plus, je serai là et si les choses deviennent bizarres, nous pourrons partir. Ça te va ?

— Tu es vraiment une bonne amie, Tracey. Merci.

Quand elles retournèrent dans la salle de jeux, le téléphone de Josie sonna, lui indiquant qu'elle avait reçu un message.

— C'est Jed ?

— Oui. Tu ne trouves pas ça mignon ? Il dit qu'il a demandé à sa sœur de le faire.

Elle montra à Tracey la photographie qu'il avait envoyée d'un T-shirt de baseball gris avec des manches noires et une image de pick-up vert comme celui qu'il conduisait. « Bonne année » était écrit en lettre dorée à côté du pick-up.

— Ouah. Ce type vous aime vraiment, Hail et toi.

— Oui.

Et elle avait hâte qu'il soit en elle à nouveau.

La vache. Elle ne devrait pas penser à cela !

— Pourquoi est-ce que tu rougis ? demanda Tracey.

— Aucune idée, mentit-elle. Il me faut un verre d'eau. De l'eau glacée.

LE WHISKEY'S était situé juste derrière le pont qui menait à Peaceful Harbor. Le vieux bâtiment en bois avait des fenêtres sombres et des piliers grossièrement taillés. On aurait dit un tripot, le genre d'endroit que Josie aurait dépassé habituellement sans y jeter un deuxième coup d'œil. Elle n'arrivait pas à croire que Tracey y travaillait, mais elle ne cessait de faire l'éloge de cet endroit. Elle jeta un coup d'œil au profil fort de Jed lorsqu'il tourna sur le parking et elle essaya de l'imaginer derrière le bar. Il était facile de l'imaginer veiller sur les serveuses. Au musée, elle avait remarqué qu'il n'était pas le genre d'homme qui avait besoin de jouer les durs devant les autres. Il irradiait une force et une assurance innées, même quand il plaisantait. Josie se sentait toujours en sécurité avec lui.

Il se gara derrière le bar, devant un autre bâtiment délabré.

Alors que Josie sortait du pick-up, elle dit :

— Est-ce que ça fait partie du bar ? Ils devraient l'égayer un peu, ajouter des pots de fleurs, peut-être un jardin à l'avant. Ce serait mignon.

— C'est un bar de bikers, bébé. On ne cherche pas à ce que ce soit mignon. Et ça, c'est le club-house des Dark Knights.

Jed sortit Hail du pick-up et le posa à terre, à côté de lui, lui prenant immédiatement la main.

— Je sais que ça n'a pas l'air d'être grand-chose, mais la fraternité entre ces types est tout ce qui compte. Je suis fier d'en faire partie.

Ils n'avaient pas parlé du fait qu'il essayait de devenir un Dark Knight et Josie était curieuse à propos des tenants et des aboutissants de ce que cela signifiait.

— C'est quoi, un Dark Knight ? demanda Hail comme s'il avait lu dans ses pensées.

Il prit la main de Josie, tenant à la fois la sienne et celle de Jed, comme il l'avait fait au musée. Il adorait le T-shirt que Jed lui avait offert, presque autant que Jed semblait aimer le pull-over de Josie avec un décolleté plongeant.

— Les Dark Knights forment un club de motards, expliqua Jed. Un groupe d'hommes qui aiment faire de la moto et passer du temps ensemble, s'entraider et aussi protéger la communauté.

— Est-ce que tu fais de la moto ? demanda Hail.

— Oui, répondit-il. Quand tu seras plus grand, si ta maman est d'accord, je t'emmènerai faire un tour. Mais ce sera dans plusieurs années.

— Genre, quand tu auras *trente* ans !

Jed lui adressa un clin d'œil, soutenant son regard assez

longtemps pour faire accélérer son cœur. L'expression de son visage devint sérieuse :

— Écoute, mon pote. Il se pourrait qu'il y ait des types imposants à l'intérieur, avec des barbes, des tatouages et des vestes en cuir. Ils pourraient avoir l'air un peu effrayants, mais je te promets qu'ils sont gentils, d'accord ?

À présent, le cœur de Josie accéléra pour une tout autre raison. Elle adorait qu'il veuille s'assurer que Hail sache à quoi s'attendre et qu'il se sente en sécurité.

Hail hocha la tête.

— Tu as une veste en cuir et des tatouages et tu es gentil.

— Exactement.

Il ébouriffa les cheveux de Hail avant de dire :

— Allons nous amuser.

Tandis qu'ils faisaient le tour du bâtiment vers l'avant du bar, Josie aperçut une maison au loin.

— Qui vit là ?

— C'est l'ancien garage. Le frère de Biggs a démarré l'entreprise et quand elle est devenue trop grande, il a acheté le bâtiment au bout de la rue. Cet endroit est vide depuis une éternité.

Plusieurs hommes à l'air dur et portant des vestes en cuir discutaient devant le bar. Josie serra davantage la main de Hail dans la sienne.

— Comment ça va, Jed ? demanda l'un des hommes.

— Super, merci.

Il s'arrêta :

— Jojo, je te présente Crow Burke, Court Sharpe et le frère de Court, Tex. Ils font partie des Dark Knights. Les gars, je vous présente Josie et son fils, Hail. Josie est la sœur de Sarah.

Crow était le plus mince des trois. Il avait des traits angulaires et des cheveux noirs. Il leva le menton et dit :

— Ravi de te rencontrer.

— Comment ça va ? dit Tex.

Il avait une chevelure sombre, une barbe négligée et un visage amical. Il était facile de l'imaginer en train de draguer Tracey.

— Vous avez des drôles de noms, dit Hail.

Les hommes rirent et Court fit un pas en avant et s'agenouilla devant Hail. C'était un homme imposant au torse large dont les cheveux et la barbe étaient rasés en une fine couche noire. Il avait un regard sérieux, mais amical :

— Ce sont nos noms de bikers. Mon vrai nom est Charlie. Je suis avocat et je passe beaucoup de temps au tribunal, alors ils m'appellent Court. Le vrai prénom de mon frère, Tex, est Thomas. Tu as un nom cool. Est-ce que Hail est ton nom de biker ?

Hail secoua la tête.

— Maman m'a donné un nom de la nature parce que je suis fort.

Il leva un bras et fit gonfler son muscle.

Court passa son doigt et son pouce autour du bras de Hail et fit semblant de ne pas pouvoir le serrer.

— Tu es un petit gars dur à cuire. Peut-être qu'un jour, tu voudras protéger Peaceful Harbor et te joindre aux Dark Knights aussi. Josie, je suis ravi que tu sois là. Si je peux faire quoi que ce soit pour toi, dis-le à Moon.

— Merci.

Sarah lui avait dit que les Dark Knights avaient tous participé et l'avait aidée à les chercher la nuit où elle avait fui Sarah au refuge. Elle était un peu gênée par cela, mais elle ne pouvait pas y faire grand-chose à présent, sauf l'accepter et aller de l'avant.

Tandis qu'ils montaient sur le porche, Josie nota :

— Il t'a appelé Moon. Je croyais que tout le monde t'appelait Jed.

— La plupart des gens m'appellent Jed.

Il se pencha en avant, lui parlant à l'oreille :

— Chaque fois qu'il le dit, je pense à toi. Puis, comme si le père Noël savait que je pensais souvent à toi, il t'a laissé tomber sur mes genoux à Noël.

Il ouvrit la porte et Josie essaya de ne pas penser à la douceur de Jed Moon.

Ils traversèrent un océan de vestes en cuir noires et furent accueillis par les odeurs de testostérone, de cuir et de camaraderie. La musique et les rires remplissaient l'atmosphère. Josie tenait fermement la main de Hail tout en intégrant tout ce qu'elle voyait. Un bar rustique du côté gauche de la pièce et parmi la foule, elle vit des tables couvertes de nourriture et des gens qui jouaient au billard à leur droite. La foule était un mélange d'hommes soignés et baraqués, barbus et tatoués et de femmes habillées à la dernière mode, portant des jeans et des tatouages. Elle fut surprise de voir le nombre d'enfants gloussant qui couraient dans tous les sens. Les murs étaient couverts de photographies de motards et de signes lumineux de marques de bière. Des lumières clignotantes sur le thème de Noël décoraient la pièce, donnant au bar un air chaleureux et festif.

— Maman ! Bradley et Bones sont là ! Est-ce que je peux aller leur dire bonjour ?

Josie regarda autour d'elle et les vit dans la foule, debout à côté de Truman et de quelques hommes qu'elle reconnut parce qu'elle les avait vus sur le site Internet des Dark Knights. Avant qu'elle puisse dire un mot, elle entendit Sarah l'appeler.

Cette dernière se précipita vers elle avec Lila dans les bras et des femmes souriantes sur les talons. Elle en reconnaissait certaines, comme Finlay et Penny. Lila s'agrippait à un hérisson en peluche et portait un nœud brillant dans ses fins cheveux blonds.

Jed se pencha en avant :

— Et si j'emmenais Hail voir Bradley et que je te retrouvais quand tu auras vu Sarah ?

— Tu es sûr ? Je ne veux pas me décharger sur toi. Il pourrait se sentir effrayé et perdu. Il y a tant de monde ici.

— Je ne permettrais jamais qu'il lui arrive quelque chose et tu ne te détarges pas sur moi, si je le propose, d'accord ? Va t'amuser et laisse-moi présenter Hail aux mecs.

Il lui adressa un clin d'œil et tourna son attention vers son fils avant de dire :

— Viens, p'tit gars. Allons nous faire des amis.

Hail ne regarda pas une seule fois derrière lui tandis qu'ils s'éloignaient, ce qui était une sensation étrange, mais aussi un soulagement, car elle savait qu'il se sentait en sécurité avec Jed.

— Salut, dit Sarah en serrant Josie maladroitement dans ses bras malgré son ventre rond. Je suis ravie que tu aies pu venir. Retire ton manteau. Nous allons l'accrocher avec les nôtres à l'arrière.

Josie retira son manteau.

— Je m'en charge. Super pull-over. Ma belle, tu es *sexy*.

Penny prit son manteau et disparut dans la foule.

— Mamama, balbutia Lila.

Elle était adorable dans une jupe noire à volants et un T-shirt à longues manches rose sur lequel était écrit « La Princesse du Nouvel An » en paillettes argentées.

— Lila est tellement mignonne.

Josie caressa la joue de Lila.

— Salut, ma jolie.

— C'est un peu stressant. Je ne m'attendais pas à ce qu'il y ait autant de monde.

Elle se pencha sur le côté, essayant de voir à travers la foule.

— J'aimerais pouvoir voir Hail.

— Je sais. J'étais bouleversée aussi au début, mais tu t'y habitueras. Tout le monde ici est comme une grande famille. Tout le monde veille sur tout le monde. Regarde.

Sarah la poussa vers la droite et désigna deux groupes de personnes.

Josie aperçut Hail sur les genoux de Biggs. Le motard plus âgé et barbu était exactement comme sur les photographies du site web : grand, rustre et un peu intimidant. Le cœur de Josie accéléra.

— Tu es sûr qu'il est gentil ?

— Biggs est le père de Bones, informa Sarah. Il est rustre à l'extérieur, mais c'est un nounours. Red et lui aiment mes enfants comme s'ils étaient de leur propre sang.

— Si tu le dis.

Josie était encore nerveuse, mais Hail souriait. C'était une bonne chose. Et Jed était debout comme un garde du corps qui veillait sur lui.

— Salut. Je suis Crystal, la sœur de Jed, dit une femme derrière Sarah en faisant un pas en avant.

Elle avait des cheveux noirs et lisses qui lui arrivaient aux épaules et les mêmes yeux bleu clair que Jed. Elle était sexy dans une minirobe noire et moulante et des bottes noires à hauts talons.

— Je suis tellement ravie d'enfin te rencontrer. Tu n'as pas à t'inquiéter de quoi que ce soit pour Hail et les personnes présentes. La seule chose pour laquelle tu devrais te faire du souci, c'est que ton fils va vouloir passer *plus* de temps avec les mecs.

La nervosité de Josie s'accentua quand elle rencontra la sœur que Jed avait passé des années à protéger.

— Salut. Je m'appelle Josie.

— Je sais.

Crystal jeta ses bras autour d'elle, la surprenant en la serrant contre elle.

— Nous sommes tous enthousiastes à l'idée de te rencontrer. J'ignorais que tu connaissais mon frère à l'époque où c'était un fauteur de troubles.

— Brièvement, clarifia Josie, se demandant si Crystal savait qu'ils avaient couché ensemble.

Elle voulait dire qu'il n'était pas un fauteur de troubles, mais qu'il s'était attiré des problèmes en s'assurant que sa sœur avait tout ce dont elle avait besoin pour survivre.

— Eh bien, je suppose que ça a beau avoir été court, ça a eu un impact, car tu lui plais beaucoup.

Crystal désigna Penny qui traversait la foule et Finlay, la jolie petite blonde qu'elle avait rencontrée avec Bullet :

— Tu connais Finlay et Penny.

Finlay avança et la prit dans ses bras.

— Je suis tellement heureuse que tu sois là.

— Moi aussi.

Josie essaya de calmer sa nervosité.

Une grande femme rousse et mince portant un jean moulant et un T-shirt à manches courtes se joignit à eux avec une bouteille de bière à la main.

— Salut. Tu es Josie, pas vrai ? Je m'appelle Dixie. Bienvenue à la fête.

Des tatouages colorés serpentaient sur ses bras et son maquillage était parfait. Des ondes coriaces émanaient de Dixie, mais quand elle souriait, le sourire atteignit ses yeux, adoucissant la rudesse. Elle mesurait au moins quinze centimètres de plus que Josie et elle dut se pencher en avant pour la serrer dans ses bras.

— J'ai rencontré ton adorable petit garçon. Il s'amuse beaucoup avec Bradley. Ils sont assis sur les genoux de mon père et font semblant de conduire.

— Laisse-moi deviner. Hail fait semblant de conduire un camion de construction !

— Non. Un pick-up.

Dixie but une gorgée de sa bière.

— Il a dit qu'il était vert comme celui de Jed, mais il l'appelle *Moon*, ce qui est la chose la plus adorable du *monde*.

Elle rit légèrement en pensant à son petit homme.

— C'est ma faute. C'est comme ça que j'appelais Jed quand nous nous sommes rencontrés il y a longtemps et c'est resté.

— Oh, tu le connaissais avant ?

Les yeux de Dixie s'illuminèrent.

— Alors, c'est une sorte de seconde chance pour vous deux ?

Sarah avait dû voir la gêne dans les yeux de Josie, car elle passa un bras autour de ses épaules :

— Et si nous laissions Josie aller chercher un verre et peut-être un peu de nourriture avant que vous ne lui soutiriez des informations ?

Elles traversèrent la foule en groupe, parlant et apprenant à se connaître. Elles présentèrent Josie à tant de personnes en chemin qu'elle ne se souviendrait jamais du nom de tout le monde. Les tables de buffet étaient couvertes d'assez de nourriture pour nourrir une armée. Il y avait une dinde avec toutes les garnitures, deux poulets rôtis, des plateaux de sandwichs, d'ailes de poulet et de biscuits. Il y avait des cookies en forme de petites vestes en cuir, plusieurs gâteaux et des tartes.

Josie était trop nerveuse pour manger, alors elle sirota un verre de soda. Elle était tellement habituée à une vie tranquille que cela avait beau être merveilleux, c'était aussi bouleversant. Elle chercha Jed et Hail des yeux et vit que le premier montrait au second comment tenir une queue de billard. Il leva les yeux, croisant son regard, faisant accélérer son cœur. Il souriait tandis que ses yeux se posaient sur son petit garçon. Il était tellement gentil avec lui. Le son de Sarah et des filles en train de parler et de rire la rendait heureuse, mais le fait d'être là, serrée dans les bras de tant de gens était trop pour elle. Elle fut soulagée quand elle vit Tracey se diriger vers elle.

— J'attendais que tu arrives, dit Tracey. Est-ce que ça va ?

— En quelque sorte. Je suis en train de tout intégrer. Et toi ?

— Je vais bien, sauf qu'Izzy n'est pas là, alors il faut que *tu* me dises si je perds la tête.

Elle se déplaça sur le côté et fit deux mouvements rapides vers le bar.

— Tu vois le mammouth à côté du bar ?

— Diesel, dit Dixie en se glissant vers elles. Qu'est-ce qu'il y a ? Tu lui plais beaucoup.

L'inquiétude parut gagner Tracey.

— Je lui *plais*, genre il veut m'arracher la peau et me laisser pour morte, ou je lui plais, genre… Tu sais ?

Dixie lança sa tête en arrière en riant bruyamment.

— Il veut t'arracher quelque chose, mais ce n'est certainement pas ta peau et, bébé, le seul genre de « mort » dans lequel Diesel laisse les femmes, c'est l'orgasme mortel. Je donnerais mon bras gauche pour être avec lui.

— Sérieusement ? Il ne te fait pas peur ? demanda Tracey.

— Seulement de la meilleure manière. Le problème, quand tu es une femme de la famille Whiskey, c'est que n'importe quel homme qui veut s'approcher de moi doit passer par *eux*.

Dixie désigna Bullet et Bones qui se trouvaient à quelques mètres de là et qui parlaient avec Bear. Josie le reconnaissait aussi parce qu'elle l'avait vu sur le site web.

— Diesel pourrait les manger pour le petit-déjeuner, dit Josie.

— Il peut me manger pour le petit-déjeuner.

— Écoute, Diesel est comme Bullet. Ils sont sacrément intimidants pour une raison et ça ne va pas changer. Tu vas devoir t'y faire. Ils portent leurs démons à l'extérieur comme des peintures de guerre. À l'intérieur, ce sont deux des meilleures personnes que j'aie jamais connues.

Dixie rejoignit ses frères et Tracey avoua :

— Il me fait peur quand même.

— Oui, à moi aussi.

Josie sirota sa boisson.

— Nous allons prendre une table. Vous vous joignez à nous ?

— D'accord, approuva Tracey.

Je reviens dans une seconde. Je veux trouver les toilettes des femmes, dit Josie.

— C'est là-bas.

Tracey désigna une porte de l'autre côté de la pièce.

— Tu veux que je vienne avec toi ?

— Non. Ça ira. Ça ne prendra qu'une minute. Elle voulait aussi s'assurer que Hail allait bien pour que Jed puisse aller passer du temps avec ses amis, mais d'abord, elle devait ralentir le rythme de son cœur. Elle se dirigea vers les toilettes et fut soulagée de les trouver vides. Elle ferma les yeux et appuya son dos contre le mur.

La porte s'ouvrit et Josie ouvrit brusquement les yeux.

— Salut, chérie. Je suis Red Whiskey. Est-ce que tu vas bien ?

Josie déglutit difficilement. L'attitude amicale de Red aurait dû calmer Josie, mais elle n'était pas aussi forte que certaines de ces femmes. Elle était totalement en dehors de son élément et, pour une raison ou une autre, elle fut soudain complètement rongée par l'angoisse. Alors *non*, elle n'allait pas vraiment bien, mais elle voulait que ce soit le cas. Elle appréciait les personnes qu'elle avait rencontrées et il s'agissait des amis de Jed. Elle savait à quel point ils étaient importants pour lui.

— J'essaie, dit-elle honnêtement. Tout le monde est tellement gentil.

Red tendit le bras et passa les cheveux de Josie derrière son oreille, comme une mère le ferait. Pas la mère de Josie, mais elle avait vu les mères d'autres filles leur faire la même chose et elle avait désiré ce genre d'affection.

— Mais il y a beaucoup de choses à intégrer, dit Red avec empathie.

— Un peu.

— Je comprends. Je ne sais pas si tu sais qui je suis. Biggs, le type à l'air ratatiné avec la canne et la barbe fournie est mon mari. Bullet, Bones, Bear et Dixie sont mes enfants.

— Je sais. J'ai lu tout ce qu'il y avait sur ta famille sur le site web des Dark Knights.

— Tu as fait tes devoirs. C'est une bonne chose. Nous sommes nombreux et nous sommes des durs à cuire, mais nous sommes aussi des gens bons, honnêtes et gentils.

— C'est ce que tout le monde me dit, dit-elle nerveusement.

— Josie, chérie, nous aimons Scott, Sarah et les enfants de Sarah. Ils sont comme des membres de la famille pour nous ; ils l'étaient même avant que Sarah et Bones se mettent en couple. C'est mon aîné, Brandon – *Bullet* – qui les a sauvés de l'accident de voiture. Dès ce moment-là, ils sont devenus une partie de la famille Whiskey, et par extension, ils ont fait partie des Dark Knights.

Red s'approcha, ses yeux verts examinant le visage de Josie, cherchant une trace de compréhension.

— Cela signifie que Hail et toi êtes aussi entrés dans notre cercle familial. Je suis tellement désolée pour ton mari. Nous nous sommes tous inquiétés pour Hail et toi et je suis vraiment ravie que tu sois venue ce soir. J'ai hâte d'apprendre à beaucoup mieux vous connaître, Hail et toi.

— Merci, dit Josie d'une voix à peine plus forte qu'un murmure, les émotions montant en elle. Ça compte beaucoup pour moi.

— La famille, c'est tout ce qui compte pour les Whiskey et les Dark Knights. Chacune des personnes là-bas est membre des Dark Knights, de leurs familles ou de leurs plus proches amis. Si tu as besoin de quoi que ce soit, nous sommes *tous* là pour toi.

Josie eut les larmes aux yeux. Elle cligna rapidement des paupières, essayant de reprendre le contrôle d'elle-même.

Red ouvrit les bras et agita les doigts :

— Viens-là, chérie. Laisse sortir tout ça pour que nous puissions entrer.

Elle entra dans l'étreinte chaleureuse de Red et comme si sa gentillesse avait rompu un barrage, les larmes coulèrent le long des joues de Josie. Red caressa son dos, tout comme la grand-mère de Brian l'avait fait et cela poussa Josie à pleurer encore plus fort.

— Tout va bien, chérie, dit gentiment Red. Tu as été seule trop longtemps, mais tu ne le seras plus jamais.

LA MUSIQUE S'ENTENDAIT à peine par-dessus les rires et les conversations entre amis alors que Nouvel An approchait. Jed ne pouvait pas imaginer que son cœur soit plus rempli qu'à ce moment-là, avec les petites mains de Josie et Hail dans les siennes. Quand il avait vu Josie se précipiter vers la salle de bains quelques heures plus tôt, il avait été prêt à les prendre, Hail et elle, et à les emmener dans un endroit calme pour célébrer l'occasion. Il l'avait suivie, mais Red l'avait arrêté devant la porte des toilettes et lui avait demandé de lui donner une minute seule à seule avec Josie. Un peu plus tard, l'une des meilleures amies de Red, Chicki, une autre mère poule des Dark Knights, était allée dans la salle de bain avec son sac à la main comme si elle avait une mission à accomplir. Elles étaient sorties toutes les trois des toilettes quelques minutes plus tard, Josie nichée sous le bras de Red. Elle souriait, elle avait une fraîche couche de maquillage sur le visage et quand leurs regards se croisèrent, il sut qu'elle irait bien.

Au cours des dernières heures, Hail et elle avaient fait la connaissance de tout le monde. Elle avait appelé quelques personnes par le mauvais nom et elle était surprise de ne pas flancher face à la gêne. Hail s'entendait très bien avec les autres enfants, courant dans tous les sens, jouant et s'amusant énormément. Il suivait même l'exemple de Kennedy, parlant des Whiskey et de leurs moitiés comme des oncles et des tantes.

À présent, Josie était occupée à parler avec Dixie comme si

elles étaient de vieilles amies.

— Il faudra que tu viennes au Whispers avec nous un jour, suggéra Dixie.

Jon Butterscotch afficha son sourire à faire fondre une culotte quand il se plaça entre Dixie et Josie et qu'il dit :

— Je garantis qu'on s'amuse bien au Whispers.

Jon était médecin et il venait souvent au bar. Il aimait faire de la moto, il était bronzé toute l'année, avait des cheveux blonds mi-longs et il était accro à l'adrénaline. Il était connu pour être un coureur de jupons, mais Jed ne l'avait jamais vu regarder qui que ce soit comme il regardait Dixie.

— Je voulais parler d'une soirée *entre filles*, dit sèchement Dixie. Tu crois que Jed veut que tes fesses excitées s'approchent de sa copine ?

— Tu es fougueuse.

Dixie leva les yeux au ciel.

— Quoi qu'il en soit, Josie, je suis sûre que ça ne dérangerait pas Red de garder Hail. Nous espérons aussi nous réunir pour organiser la fête prénatale de Sarah dans quelques semaines. C'est un secret, alors ne dis rien, mais il *faut* que tu sois là.

— Je n'ai jamais fait de soirées entre filles, mais j'adorerais aider à organiser la fête prénatale.

— Tu devrais sortir avec les filles, un de ces jours, dit Jed en lui serrant la main. Je garderai Hail.

Il jeta un coup d'œil à Jon et dit :

— Il faudra juste maintenir *cinquante nuances de miel* loin de toi.

Crow, Bear et Crystal se joignirent à eux juste à temps pour voir Jon jeter un regard noir à Jed.

— Qu'est-ce qui lui a cassé les pieds ? demanda Crystal.

— Rien, dit Jon.

Puis, il adressa un sourire enjôleur à Dixie.

— J'ai entendu dire que tu dirigeais la vente aux enchères de célibataires du printemps. Comment ça se fait que tu ne m'aies pas encore demandé de participer ?

— Aucune femme de Peaceful Harbor ne va payer pour quelque chose qu'elle a déjà gratuitement, dit sèchement Dixie. C'est une *collecte de fonds*, ce qui veut dire que nous voulons que les femmes *fassent des offres* pour les hommes. J'aimerais pouvoir convaincre Jed de le faire, mais il a refusé catégoriquement.

— Sacrément, oui.

Jed se pencha vers Josie et murmura :

— Si Jon et elle étaient enfermés ensemble dans une pièce, tu penses qu'ils s'arracheraient leurs vêtements ou qu'ils se tueraient l'un l'autre ?

Josie nicha son visage dans le creux du torse de Jed et étouffa son rire. Il adorait le fait qu'elle se sente assez à l'aise pour faire cela.

Crow passa un bras autour des épaules de Dixie :

— Je vais le faire, Dix, mais seulement si tu fais une offre pour moi.

Elle adressa un regard mortel à Crow.

Bear repoussa le bras de Crow des épaules de Dixie.

— Dans tes rêves, mec, dit-il tandis que Biggs montait sur l'estrade et s'éclaircissait la voix, faisant taire la foule.

— Salut, Papa Biggs ! cria Hail, faisant rire tout le monde et faisant rougir Josie à la fois.

Biggs se redressa, comme un grand-père fier, et dit :

— Monte, Hail.

Hail leva les yeux vers Jed, comme s'il lui demandait la permission, et Jed regarda Josie : il savait bien qu'au début, il aurait été impossible qu'elle soit à l'aise à l'idée que Hail s'éloigne d'eux, mais que maintenant qu'elle connaissait tout le monde, il était presque certain qu'elle n'y verrait pas d'inconvénient. Elle hocha doucement la tête et Hail courut vers Papa Biggs. Ses petits bras se levèrent vers Biggs pour qu'il le soulève et Bullet se plaça à côté de son père pour prendre Hail dans ses propres bras forts.

— Je le tiens pour toi, P'pa, dit Bullet.

Hail enroula un bras autour du cou épais de Bullet et salua la foule, provoquant un autre éclat de rire.

— Quelqu'un d'autre veut se joindre à nous ? demanda Biggs.

Les enfants crièrent avec enthousiasme. Truman et Bones portèrent Kennedy et Bradley sur l'estrade et une poignée d'autres enfants suivirent. Lila était profondément endormie dans un couffin à côté de la chaise de Sarah.

— Oh, mon Dieu.

Josie leva les yeux vers Jed :

— Est-ce que mon fils vient de gâcher le moment de Biggs ?

— Non, bébé. Il vient de rendre la soirée encore plus inoubliable.

Il se pencha vers elle pour l'embrasser, s'arrêtant un instant avant de le faire quand il se rendit compte que Hail pourrait être en train de les observer. Ils s'étaient volé quelques baisers quand Hail avait été occupé à jouer, mais il avait l'impression de goûter son plat préféré avant que quelqu'un ne le lui retire. Ce n'était pas du tout suffisant. Elle lui caressa la joue d'un air entendu, se mit sur la pointe des pieds et embrassa l'endroit qu'elle venait de toucher.

— Vous savez que je ne suis pas doué pour faire des discours, dit Biggs, attirant ainsi leur attention. Je vais donc faire court. Dans quelques minutes, nous dirons adieu à une autre bonne année qui s'est écoulée trop vite. Nous avons eu la chance d'accueillir de nombreux nouveaux membres dans la famille.

Son regard chaleureux passa lentement des enfants aux adultes, marquant une pause sur Finlay, Tracey, Scott, Sarah et enfin, Jojo.

— De vieux amis ont retrouvé le chemin de la maison.

Il hocha la tête en direction de Diesel.

— Des petits enfants que nous n'ont pas encore rencontrés.

Il adressa un clin d'œil à Crystal et Sarah.

— J'ai plus de cheveux gris, mais je ne pourrais pas être plus heureux ou plus fier de notre famille des Dark Knights.

Red se joignit à lui sur scène et lui tendit une bouteille de bière.

Il appuya sa canne contre sa jambe et passa son bras autour de Red tout en levant la bouteille :

— Trinquons à une nouvelle année fantastique.

Il y eut un murmure dans la foule, puis tous les Dark Knights se joignirent à lui en récitant le credo du club :

— Amour, loyauté et respect pour tous.

Ce n'était pas juste un credo. C'était la manière dont les Dark Knights vivaient leur vie et c'était la manière dont Jed avait l'intention de vivre la sienne.

Biggs but une gorgée du breuvage et tout le monde applaudit.

Quand le décompte avant minuit commença, alors que Hail était en sécurité contre le torse de Bullet, suivant le compte à rebours à partir de dix avec le reste de la foule et la main de Josie dans la sienne, Jed était au septième ciel. Il attira Josie dans ses bras et la regarda pendant qu'ils comptaient les trois dernières secondes ensemble. Quand les applaudissements retentirent et que les confettis furent jetés dans les airs, ses lèvres souriantes trouvèrent les siennes.

Il la souleva du sol, l'embrassant fortement et profondément, et quand leurs lèvres se séparèrent, il dit :

— C'est déjà la meilleure année de ma vie.

CHAPITRE NEUF

LES POINGS DE Jed se serrèrent tandis qu'il passait à travers la barrière en maillon de chaîne rouillée qui entourait le parking de caravanes où il avait passé trop d'horribles années au cours de sa vie. Ils avaient déménagé sur le parking de caravanes quand il avait onze ans, quand son père avait perdu son emploi, ce qui les avait amenés à perdre leur maison. Pendant un bref moment, ses deux parents avaient trouvé le réconfort dans l'alcool. Son père avait rapidement cessé de boire grâce à Chrissy, qui, à huit ans lui avait dit qu'il ne sentait plus comme son papa. Leur père s'était repris en main et pendant un moment, la situation n'avait pas été si mauvaise. Néanmoins, dix mois plus tard, après avoir découvert que leur mère avait une liaison, leur père lui avait donné un ultimatum : elle se reprenait en main ou il partait avec les enfants. Le jour où il était allé chercher un endroit à louer à Peaceful Harbor, il avait été tué par un conducteur ivre et leur mère était tombée dans un cercle vicieux d'alcoolisme et de déni. Elle était devenue amère et méchante, mais dans l'esprit de Jed, elle était juste sacrément *faible*. Sa faiblesse avait obligé Jed à être plus fort qu'il ne l'avait cru possible et à onze ans, il était devenu l'homme de la maison.

Enfin garé devant la caravane délavée de sa mère, il remercia le ciel que Josie soit aussi forte. Après tout ce qu'elle avait traversé, elle aurait pu finir comme sa mère, ou pire. Il ne voulait pas imaginer Hail en train de subir quelque chose de similaire à ce qu'il avait vécu. Il se souvint de leurs visages heureux et enthousiastes quand il les avait surpris et qu'il était arrivé avec des beignets ce matin. Ils étaient en train de peindre leurs paumes et de laisser leurs empreintes sur des feuilles de papier. Hail avait insisté pour que Jed le fasse aussi et celui-ci devait admettre que voir l'empreinte de sa main avec les leurs lui avait semblé plutôt agréable. Il regarda ses mains teintées de bleu. Il avait eu horreur de les quitter, mais c'était Nouvel An et il s'était promis qu'il essaierait une fois de plus de nouer un lien avec sa mère.

Il descendit de son pick-up, observant la petite parcelle de terrain mal entretenu et envahi par les mauvaises herbes qui avait un jour arboré un petit jardin devant la caravane. Crystal et leur père s'étaient religieusement occupés de ce jardin. L'auvent vert sur le côté de la caravane était cassé d'un côté et pendant en diagonale, s'appuyant sur le dossier de deux chaises en métal, comme une dent qui pend par ses racines. Luttant contre un sentiment familier d'obligation, il dépassa la vieille voiture de sa mère, dont deux pneus étaient à plat et qui était tellement couverte de poussière qu'on aurait dit qu'elle l'avait déterrée d'un marais. Oh et puis, ce n'était pas son problème. C'était une alcoolique qui fonctionnait, comme Superman, mais avec de l'alcool. Elle pouvait boire un pack de douze bières et quand même toucher un salaire. Dieu seul savait comment elle était parvenue à garder son emploi dans une supérette.

Il maintint son regard rivé vers le sol, essayant de réprimer des années de colère et de dégoût. L'odeur de cigarette le frappa avant même qu'il atteigne le tapis moisi d'intérieur et d'extérieur sous l'auvent. La porte était ouverte, en dépit du froid. Il regarda à travers la moustiquaire, voyant une multitude de bouteilles de bière vides sur la table basse, des cendriers remplis de mégots de cigarette et de la vaisselle sale sur toutes les surfaces.

— Maman ? appela-t-il en entrant.

Il balaya du regard les murs en bois sombre, le canapé en tartan taché et les rideaux rances vert et jaune. N'ayant que le silence pour toute réponse, il jeta un œil dans le couloir étroit en direction de la porte de la chambre, qui était entrouverte, et il se demanda s'il s'agissait du jour où il trouverait le cadavre de sa mère. Il vivait avec cette peur depuis si longtemps qu'il y était presque habitué. *Ce serait presque une bénédiction.*

Qu'est-ce qui ne va pas chez moi ?

Il repoussa ces terribles pensées. Jed n'était pas un connard au cœur de pierre. Il aimait sa mère, en dépit du merdier dans lequel elle s'était embarquée. Certes, il avait toujours détesté la manière dont elle avait poussé Crystal à se sentir et la manière dégradante dont elle le traitait, mais il ne voulait pas qu'elle *meure*. Il prenait soin d'elle depuis qu'il avait onze ans. Malheureusement, cela faisait autant partie de sa vie que l'air qu'il respirait.

Il remplit ses poumons de la puanteur d'une vie gâchée, se préparant à la possibilité de trouver son corps sans vie, et il ouvrit la porte. Pamela Moon était assise sur le bord de son lit défait, portant un legging noir, de hauts talons et un pull-over rouge qui passait en diagonale sur une de ses épaules. Une cigarette tachée de rouge à lèvres pendait entre ses lèvres et elle chancelait un peu. Une bouteille vide de whisky était posée sur la petite table basse.

Elle leva un regard vitreux vers Jed, tellement différent de celui de la mère qui lui empaquetait son déjeuner dans un sac en papier et qui allait le chercher à l'arrêt de bus avec laquelle il avait grandi à Peaceful Harbor.

— Jeddy, dit-elle de la voix rauque d'une grosse fumeuse. Qu'est-ce que tu fais là ? T'as ramené des clopes ?

Les mêmes questions, peu importe le jour. Il ne passait plus la voir très souvent, mais une fois à intervalle de plusieurs semaines était suffisant. Elle se leva, chancela et il lui agrippa le bras pour la stabiliser.

— Bon sang, Maman.

Il serra la mâchoire. Généralement, elle n'était pas aussi démunie.

Elle frappa ses mains, parlant avec sa cigarette dans la bouche tandis qu'elle le dépassait et qu'elle traversait le couloir.

— T'as des clopes ?

— Non, je ne t'ai pas acheté de cigarettes. Tu as besoin d'une raison pour sortir de la bouteille assez longtemps pour te souvenir qu'il y a un monde, là dehors.

— Alors, qu'est-ce que tu veux ? dit-elle sèchement en posant une bouilloire d'eau sur la cuisinière. T'as perdu ton travail ? T'as besoin d'un endroit où pioncer ?

— Non, et si c'était le cas, ce serait le dernier endroit où je viendrais.

Il commença à ramasser la vaisselle sale.

— Cet endroit est une porcherie. Comment tu peux vivre comme ça ?

Elle grogna quelque chose d'inaudible et versa du café moulu dans une tasse. Puis, elle agita la main et dit :

— J'ai *reçu* hier soir.

— Oh, c'est vrai. Bonne année. Est-ce que tu travailles encore ?

Il était presque sûr qu'elle couchait avec le propriétaire. Il ne pouvait pas imaginer une autre raison pour laquelle cet homme ne la renvoyait pas.

Elle écrasa sa cigarette et en alluma une autre.

— Qu'est-ce que ça peut te faire ?

Il mit la vaisselle dans l'évier et la regarda. Ses joues creuses et sa peau blême provoquèrent en lui une vague de tristesse. Elle le regardait d'un œil noir, comme s'il était un connard, écartant ces sentiments plus tendres.

— Tu es ma mère. Évidemment que ça m'importe. Est-ce que tu sais ce que ça fait que de me demander si tu rentres bien à ta caravane tous les soirs ? Ou si tu es en vie ou morte ?

Elle renâcla tandis que la bouilloire sifflait et elle la saisit d'une main tremblante. Jed la poussa sur le côté.

— Assieds-toi pour que tu puisses dessaouler.

Il versa l'eau dans sa tasse et la posa sur la table.

Elle prit une bouteille d'alcool sur le plan de travail et le versa dans le café, lui jetant un regard noir comme une adolescente rebelle. Il n'avait pas l'intention d'être embarqué dans une dispute. Il s'appuya contre le plan de travail et croisa les bras, attendant qu'elle s'assoie avant de lui dire ce qu'il avait à lui dire.

Une fois qu'elle fut assise, il déclara :

— Tu dois contrôler cette merde.

— Je n'ai pas de merde dans ma vie à part toi qui passes par ma porte.

Elle sirota son café et croisa les jambes, agitant un talon de haut en bas.

— Tout comme ton père, toujours en train d'essayer de me dire quoi faire.

— Papa t'aimait, même après ta liaison.

— C'était un menteur, comme toi, bouillonna-t-elle. Il m'a

promis une bonne vie et au lieu de ça, il m'a trouvé ce taudis.

Elle comparait toujours Jed à son père. Le fait qu'il lui ressemble autant n'aidait sûrement pas. Jed admirait son père. Il avait beau avoir déraillé pendant une courte période, il avait été un homme bon qui aurait fait n'importe quoi pour ses enfants. Et d'après ce dont Jed se souvenait, il avait été gentil avec leur mère aussi.

— Tu t'es fait ça à *toi-même*. Il t'a donné une chance de dessaouler et d'améliorer les choses et tu as choisi de ne pas le faire.

Il n'oublierait jamais la manière dont son père avait assumé la responsabilité pour elle et sa liaison. Il l'avait suppliée de ne pas abandonner leur famille.

Elle avala sa boisson et cracha :

— C'était que des conneries. Il est allé se tuer et m'a laissée élever deux enfants toute seule.

— Eh bien, on peut dire que tu lui as montré que tu en étais capable, hein ? dit-il d'un ton sarcastique.

Elle prit une longue bouffée de sa cigarette.

— Oh, je t'ai élevé, mais tu t'es transformé en voleur et l'autre est devenue une femmelette qui ne peut même pas satisfaire un homme.

Un feu explosa dans les entrailles de Jed. Il posa ses deux mains sur la table, lui jetant un regard noir tandis qu'il parlait à travers sa mâchoire serrée.

— Ne parle plus *jamais* de Chrissy comme ça. Elle a été *violée*. Tu ne peux pas te rentrer ça dans la tête ? Ou tu t'en fiches ? Si je n'avais pas volé pour mettre de la satanée nourriture sur la table, nous serions tous morts de faim !

Il s'écarta de la table et fit les cent pas, agacé parce qu'il s'était laissé embarqué dans une autre dispute. Il était impossible de discuter avec une ivrogne. *Tant pis.* Il mit la main dans sa poche arrière et jeta la brochure d'un centre de désintoxication sur la table. C'était le même endroit où Quincy avait été pour son traitement et il espérait vraiment que sa mère saisirait cette chance de faire ce qu'il fallait.

— Chrissy est enceinte.

Pendant une demi-seconde, il pensa voir quelque chose d'autre que du venin dans les yeux de sa mère, mais il devait l'avoir imaginé, car une seconde plus tard, la lueur avait disparu.

— Son enfant n'a pas de grand-père maternel et il ne mérite certainement pas de t'avoir pour grand-mère. Du moins, pas la personne qui est assise devant moi. Autrefois, dit-il sèchement, il y a longtemps, tu étais une bonne personne, une bonne *mère.* Tu étais une personne dont j'étais fier et dont je souhaitais la présence. Papa t'a donné une chance et tu as tout gâché. Maintenant, c'est mon tour.

Il fit glisser la brochure sur la table et dit :

— Pour une fois dans ta putain de vie, fais ce qu'il faut pour ta fille. Je vais t'y emmener, payer ton traitement et je te rendrai visite aussi dès qu'ils le permettront. Ou je garderai mes distances, tout ce qu'il faudra.

Elle trembla en examinant la brochure.

— Fais-le pour Chrissy et je m'assurerai que tu sortes de ce parking pour caravanes.

Il ignorait comment il en était arrivé là, mais même si Crystal donnait l'impression de ne pas avoir de problème à l'idée de ne pas voir leur mère et qu'elle ne fasse pas partie de la vie de son bébé quand il serait né, il savait qu'il n'en était pas ainsi. Toutes les femmes voulaient une mère qui les aimait et qui était aux petits soins pour leurs enfants. Il pensa à Josie et Hail et il eut mal au cœur pour eux aussi. Josie n'avait jamais eu une mère aimante, mais au moins, elle avait eu la grand-mère de Brian pendant une courte période. En dépit du fait que Hail n'avait pas de grands-parents biologiques, il savait que Biggs et Red prendraient leur place et que Chicki et leurs amis suivraient leur exemple. Crystal avait une mère qui avait un jour su comment traiter ses enfants, allant les chercher à l'école avec des cookies fraîchement sortis du four, les serrant souvent dans ses bras, préparant leurs déjeuners pour l'école et des dîners de famille.

Avec un peu de chance, Jed pourrait la retrouver pour sa sœur.

Sa mère repoussa la brochure et se leva, utilisant la table pour garder l'équilibre.

— La désintox, c'est pour les gens qui ont des problèmes. Le seul problème que j'ai, c'est *toi*.

Elle but le reste de sa boisson et agita la main vers un carton à côté de la porte.

— Ramène cette merde à Chrissy.

— Comment est-ce que tu peux lui tourner le dos ? dit-il entre ses dents en soulevant la boîte.

Elle agrippa la bouteille d'alcool sur la table et se dirigea d'un pas traînant vers la chambre.

— Je ne vais pas continuer à faire ça, prévint-il.

— Si, Jeddy. Ramène des cigarettes la prochaine fois.

— Merde, dit-il entre ses dents avant de se diriger vers la porte, agacé par le fait qu'elle ait raison.

SUR LE CHEMIN du retour, Jed quitta la route principale et se dirigea vers le chalet en pierres et en cèdre de Bear et Crystal.

Il suivit les routes de montagne étroites et tourna dans leur allée. Leur chalet avait vue sur un lac, protégé du reste du monde par des hectares de forêt. Il sortit de son pick-up et prit la boîte, s'apercevant que ses paumes étaient tintées de bleu. Il se délecta du souvenir des petites mains de Hail appuyant sur le dos des siennes quand il *enseignait* à Jed comment laisser son empreinte sur le papier.

Bear était dans le garage et travaillait sur une moto. Il se leva lorsque Jed s'approcha et posa ses outils sur le banc.

— Qu'est-ce qu'il y a dans la boîte ?

— Aucune idée. Ma mère a dit que c'était pour Crystal, alors j'ai pensé que je devais l'amener. Est-ce qu'elle est là ?

— Elle fait une sieste. La grossesse l'exténue. Pose-la sur le banc.

Il désigna un de ses bancs de travail.

— Crystal ne sait pas que tu continues d'aller là-bas.

— Si, elle le sait, dit-il en posant la boîte. Même si elle fait comme si ce n'était pas le cas. Elle sait que je ne peux pas laisser notre mère mourir seule.

— Je comprends, mec. Les liens du sang. Comment va-t-elle ?

— Les mêmes conneries que les autres jours. J'ai essayé de la faire aller à un centre de désintoxication, pour Chrissy, tu sais.

Il s'appuya sur le banc de travail :

— Je ne comprends pas. Comment est-ce qu'un parent peut tourner le dos à son enfant comme ça ? Je ne connais Hail que depuis une semaine et ce n'est même pas mon fils, mais je ferais quand même n'importe quoi pour lui. Pareil pour Kennedy, Lincoln, Bradley et Lila.

— Je ne sais pas, mec, c'est un sujet douloureux avec ta sœur. Alors, peut-être que je vais ranger cette boîte un moment.

— Pas de problème. Je veux te parler d'autre chose. Tu sais que je cherche un endroit où vivre seul. Je me demandais ce qui se passait avec le vieux garage derrière le *Whiskey's*. Il est vide depuis une éternité. Tu crois que Biggs envisagerait de le vendre ?

Bear sortit une bière du réfrigérateur et en offrit une à Jed.

— Non, merci. Je ne peux rien boire après avoir vu ma mère.

Il suivit Bear le long du chemin paillis menant au jardin. Ils s'assirent sur deux chaises près de l'eau.

— Mon oncle Axel était un homme bien. Nous l'avons perdu trop tôt.

L'oncle de Bear était mort d'un cancer du poumon quand Bear avait une vingtaine d'années.

— Il me manque tous les jours. Il m'a enseigné tout ce que je sais de la mécanique et un tas d'autres trucs. Mon grand-père et lui ont construit cet endroit.

— Je sais. Crys me l'a dit.

— Cet endroit derrière le bar est vraiment spécial pour Biggs. Axel et mon grand-père l'ont construit. C'est là qu'Axel a lancé son entreprise. Quand Axel est mort, Biggs l'a mal vécu, il s'est refermé sur lui-même et il n'a jamais plus laissé quelqu'un d'autre entrer dans cette maison. Je sais qu'il y va parfois. Il a d'autres frère et sœur et ils sont plutôt proches. Ma tante Reba vit à Cape Cod et mon oncle Tiny est dans le Colorado. Mais c'est lui qui était le plus proche d'Axel.

— Je ne savais pas tout ça. Merci de me l'avoir dit. Je n'en parlerai plus. Jojo m'a posé une question dessus hier soir et ça m'a fait réfléchir. C'est près du garage et près du bar, il y a beaucoup d'espace, alors je n'aurais pas eu de voisins dans les parages.

— Mon père t'aime et te respecte. Ça vaut la peine de demander. La maison est vide depuis plus d'une décennie.

— Non, Biggs n'a pas besoin que je le mette dans la situation gênante de devoir me dire non.

— Biggs adore dire non aux gens, dit Bear avec un sourire narquois.

Ils rirent tous les deux.

— Alors, Josie et toi, hein ?

Il but une gorgée de sa bière.

— Ça devient sérieux, ou… ?

Jed se pencha en avant, posa ses coudes sur ses genoux et regarda le reflet du soleil scintillant sur l'eau sombre.

— C'est bizarre, mec.

Il pencha la tête en parlant à son ami de confiance et mentor.

— Quand nous nous sommes rencontrés pour la première fois, nous avons passé des heures à parler et ensuite, nous avons passé des heures à coucher. Ce n'était pas juste *parler* et ce n'était pas juste *coucher*. Tu crois qu'il est possible d'avoir une histoire sérieuse après une seule nuit ? C'est vrai, si le type avec qui elle vivait et qui est devenu son mari, ne m'avait pas dit qu'elle n'était pas majeure et ne m'avait pas chassé, je crois que j'aurais changé ma vie pour elle à l'époque.

— Et maintenant ?

— C'est comme si les années qui se sont écoulées n'avaient rien changé. Tu sais que je ne suis pas du genre à beaucoup parler, mais avec Jojo ? Mec, je ne veux jamais arrêter. L'idée que Hail n'ait pas la meilleure vie qu'un enfant puisse avoir ?

Il frappa son cœur de son poing :

— Ça me fait mal. Et le reste ? De zéro à cent à l'heure en sept secondes.

Il secoua la tête.

— Et on n'a fait que s'embrasser. Je n'ai plus besoin de changer de vie, mais il me faut vraiment ma propre maison. Elle a tout perdu et elle mérite tout ce qu'il y a de meilleur.

— Dans ce cas, je crois que tu connais déjà la réponse. Mais elle a perdu un mari. Tu devras peut-être être prudent.

— Je sais. Je ne lui déclare pas mon amour. Je reviens à la réalité. Je m'assure que je n'ai pas perdu la tête.

Bear émit un petit rire.

— Oh, tu as bien perdu la tête. Mais comme dit Tru, ça arrive même aux meilleurs d'entre nous.

CHAPITRE DIX

LE MERCREDI ARRIVA avec un soleil aveuglant, leur offrant une journée anormalement chaude. Josie avait été tellement occupée à s'assurer qu'elle avait assez de tenues pour le travail, à habituer Hail à l'idée qu'il devait retourner à l'école et à essayer de maintenir ses sentiments pour Jed sous contrôle que les deux derniers jours étaient passés à toute vitesse.

Tout en conduisant jusqu'à la maison de Scott, elle parlait à Sarah sur le haut-parleur. La gêne initiale s'était rapidement apaisée et quelques minutes plus tard, elles discutaient comme de vieilles amies.

— Tout le monde était ravi de vous rencontrer à la fête, Hail et toi, déclara Sarah.

Elle lui raconta comment Red l'avait aidée à se calmer et comment Chicki l'avait rapidement relookée.

— Chicki est la reine du relookage.

Elles rirent des enfants et parlèrent de la proposition de Scotty pour que Josie et Hail emménagent avec lui. Puis, Sarah l'interrogea sur Jed. Josie lui dit qu'ils étaient devenus très proches et que Hail avait accroché l'image de leurs empreintes au-dessus de son lit.

— Je ne l'ai pas vu depuis lundi après-midi et même si nous nous sommes écrits et que nous avons parlé au téléphone plusieurs fois, il me manque.

Jed lui avait parlé de sa visite chez sa mère et elle était inquiète à propos de la façon dont il avait balayé cela d'un revers de la main. Il avait des réunions avec les Dark Knights tous les lundis soir. Ils les surnommaient la *messe*, ce qui était bizarre, mais apparemment, c'était du jargon de bikers. Elle savait à quel point faire partie des Dark Knights était important pour lui et elle supposait qu'il avait assez de choses en tête sans qu'elle insiste pour qu'il parle de sa mère.

— Et tu sais quoi, Sarah ? Scotty et toi me manquez aussi, encore plus que je me suis autorisée à le réaliser, au fil des ans.

— Tu nous as manqué aussi. *Si* fort. Tu devrais accepter sa proposition, Josie. En ce qui concerne Jed, je ne pourrais pas être plus heureuse pour toi.

Josie poussa un soupir de soulagement.

— Merci. Je galère depuis tellement longtemps et quand je suis avec lui, je n'ai pas l'impression d'être une mère qui a du mal à trouver son chemin. Tu sais, jamais je ne souhaiterais que Hail ne soit pas là, mais avec Jed, en plus d'être la mère de Hail, je suis aussi une femme de vingt-quatre ans normale qui rit, embrasse et se souvient que la vie est plus grande et meilleure que le bref contretemps.

— Je comprends, dit gentiment Sarah. Tu m'appelleras quand tu auras décidé ?

— Oui. Merci.

Josie se sentait bien en se dirigeant vers la maison de Scotty. Quand il ouvrit la porte de sa maison de style Rambler[1] et qu'il enroula ses bras chauds autour d'elle, elle sut qu'il était impossible qu'elle passe la journée sans pleurer. Sa chemise en

---

[1] Maison typiquement américaine rappelant le style ranch

flanelle bleu et gris était tellement douce qu'elle se demanda s'il s'agissait d'une de ses vieilles chemises préférées. Il portait un simple T-shirt blanc en dessous ainsi qu'un jean, tout comme il l'avait généralement fait à l'adolescence. Il était étrange de voir à quel point les choses changeaient et restaient les mêmes en une décennie.

— C'est bon de te voir. Entre.

Scott lui tint la porte.

— Tu es encore tellement petite que c'est difficile de ne pas te voir comme une enfant.

— Je ne suis pas sûre d'avoir été une enfant un jour, dit-elle sur un ton badin, même s'ils savaient tous les deux qu'il ne s'agissait pas d'un sujet léger.

Il lui prit son manteau et tandis qu'il l'accrochait à côté de la porte, elle admira sa maison. Elle était vraiment accueillante, avec un canapé qui semblait confortable, deux fauteuils et une table basse. Une tasse de café et quelques magazines sur les bateaux et les voitures étaient posés sur la table. Un seau de jouets était posé à côté de la télévision, dans le coin de la pièce, et des voitures miniatures étaient alignées sur le rebord de la fenêtre.

— Comment ça a été avec Hail ? demanda Scott. Est-ce que sa rentrée s'est bien passée ?

— Oui. Il adore l'école et je crois qu'il a demandé une douzaine de fois s'il y verrait Kennedy et Bradley.

— Ça doit être étrange pour lui de réaliser qu'il a des cousins. Tu veux du café ? Un muffin ? Je suis passé par la boulangerie de mon amie Cassie hier et j'en ai acheté de différentes sortes.

Scotty se dirigea vers la cuisine, qui était séparée du salon par une demi-paroi et Josie alla regarder les livres sur ses étagères.

— Non, merci. Je crois que c'est différent pour les enfants. Ils voient les cousins comme des amis, alors que pour nous, nous retrouver est bouleversant. Ça l'est pour lui aussi, mais il est trop jeune pour le comprendre.

Elle passa ses doigts sur le dos des livres et souffla :

— Est-ce que tu avais imaginé qu'on se retrouverait ?

— Je l'espérais. Je vous ai cherchées, mais j'étais un enfant sans argent, alors je ne pouvais pas faire grand-chose.

Elle se tourna pour lui faire face :

— Mais ensuite, tu as eu les moyens de chercher et tu as repris contact. Je regretterai toujours d'avoir été aussi mauvaise avec toi quand tu m'as contactée.

Il passa un bras autour des épaules de Josie et l'attira contre lui.

— J'ai assez de culpabilité et de regrets pour nous tous. Laisse tomber, d'accord ? Il est temps pour nous tous d'aller de l'avant.

Il l'embrassa sur le sommet de la tête :

— Viens. Je vais te montrer ta chambre.

— Ma chambre ? dit-elle tandis qu'ils descendaient le couloir.

— Une pour toi, une pour Hail. Tu crois que je vais te laisser rester au refuge ? Je t'ai donné de l'espace, maintenant, il est temps d'être en famille.

Il lui montra deux belles chambres l'une en face de l'autre, avec de grands lits et des meubles assortis. Il y avait une salle de bains au bout du couloir. Sa générosité fit monter les larmes aux yeux de Josie.

— Scotty, je ne sais pas si l'on peut faire irruption dans ta vie comme ça.

— S'il te plaît, ne pleure pas. J'ai vu assez de larmes pour toute une vie.

— Mais *regarde* tout ce que tu nous offres. Où est ta chambre ? Je ne veux pas prendre ta chambre.

— J'ai une chambre, une salle de bains et un salon au sous-sol, alors tout ça est pour toi. Et je sais que tu es adulte et que tu vois Jed. C'est un bon ami à moi. Quincy, lui et moi passons beaucoup de temps ensemble.

— Le club des mecs célibataires ? se moqua-t-elle.

— Quelque chose comme ça. Je ne vois pas de problème à ce que tu l'invites.

— Nous ne couch…

— Ouah !

Il secoua les mains.

— Arrête-toi tout de suite. Cette maison est en zone militaire. On suit une politique de discrétion.

Ils rirent tous les deux.

— Tu m'as tellement manqué.

Elle enserra la taille de Scotty.

— Merci. Ça compte beaucoup pour moi. Mais Hail pourrait te rendre fou et te réveiller très tôt.

— Il va nous falloir à tous un peu de temps pour nous habituer, je n'en doute pas, concéda-t-il. Sarah et moi avons trouvé des solutions et je suis sûr que toi et moi en trouverons aussi. Je m'en sors très bien pour garder les enfants.

— Oui, j'ai entendu dire que tu utilises les enfants comme compagnons de drague.

— Oh, mince. Elle a dévoilé tous mes secrets. Viens, je vais te montrer le reste de la maison.

Le reste de la maison était tout aussi merveilleux. Sarah avait cousu des rideaux ornés d'écureuils pour la cuisine et Scotty gardait des jouets à disposition pour les enfants, quand ils lui rendaient visite. Il prenait à cœur son rôle d'oncle et cela fit plaisir à Josie. Ils décidèrent qu'elle emménagerait le samedi, pour que Hail ne soit pas à l'école, et ils appelèrent Sarah pour lui annoncer la nouvelle et les inviter, sa famille et elle, à dîner avec eux le samedi soir.

Quand Josie fut prête à partir, elle se demanda pourquoi elle avait été aussi nerveuse au début.

— Merci, Scotty. Je ne sais pas comment je pourrai te remercier un jour.

— Savoir que mes sœurs et leurs familles sont en sécurité, c'est tout ce que je veux.

Elle le serra dans ses bras :

— Je sais que c'est une zone militaire et tout ça, mais est-ce que tu as une petite amie ?

Il glissa une main dans la poche avant de son jean.

— Je suis trop intense pour une seule femme.

— C'est bon de voir que ton ego n'a pas été brisé par tout ce que nous avons traversé. Tu sais, Tracey est célibataire et elle a dit qu'Izzy l'était aussi. Oh, et Dixie !

— Je sais très bien qui sont les femmes célibataires de cette ville. Et si nous nous concentrions sur le fait de remettre ta vie sur les rails. J'imagine que ça signifiera que je serai occupé à garder ton fils pour que tu puisses te souvenir ce qu'est la vie d'une femme célibataire.

— Une femme avec un enfant n'est jamais vraiment célibataire.

Elle ne pensait pas avoir *un jour* été une femme célibataire. Et après avoir été aussi heureuse avec Brian et avoir repris le contact et avoir des sentiments aussi forts pour Jed, elle ne pouvait pas imaginer qu'être célibataire soit vraiment intéressant.

Elle décida de surprendre Jed pour le déjeuner. Il avait fait tellement de choses pour elle et elle était trop enthousiaste pour simplement retourner au refuge. Elle s'arrêta au café *Jazzy Joe's* et acheta des sandwiches pour Jed et elle, ainsi qu'un cookie pour Hail qu'elle lui donnerait après l'école. Puis, elle conduisit jusqu'au garage pour faire une surprise à Jed.

Quand elle arriva au garage, elle songea qu'elle aurait probablement dû téléphoner d'abord. Ils étaient occupés et elle ne savait même pas si Jed prenait une pause pour le déjeuner, encore moins s'il travaillait là ou au bar ce jour-là. Elle regarda les postes de travail ouverts, mais elle ne le vit pas. Elle remarqua des jambes vêtues de jean qui dépassaient sous une voiture dans le premier poste de travail, elle alla donc dans cette direction avec le sac de Jazzy Joe's.

Truman sortit d'en dessous de la voiture lorsqu'elle s'approcha.

— Salut, Josie. Tu cherches Jed ?

— Oui. J'ai pensé que je pourrais lui apporter à déjeuner. Je ne vais pas rester et je ne vais pas déranger.

— Pas de problème.

Il se leva et désigna des escaliers à côté du bureau.

— Il est dans son appartement. Il ne va pas travailler au bar avant quinze heures. Monte. Je suis sûr qu'il sera ravi de te voir.

— Merci.

Elle se dirigea vers l'escalier et vit Tex examiner un moteur sous le capot d'une voiture.

— Salut, dit-elle en passant à côté de lui.

— Salut. Josie, c'est ça ?

Big Mama, le gros chat tricolore qu'elle avait vu au feu de camp, se frotta contre ses jambes. Elle se pencha pour le caresser.

— Oui. Ravi de te revoir.

— C'était une sacrée soirée, hein ?

— C'était amusant. Je vais juste monter voir Moon – *Jed*.

Tex lui adressa un clin d'œil.

— Amuse-toi bien.

Tandis qu'elle montait les escaliers, elle repensa à ce clin d'œil, se demandant si Tex était habitué à voir des femmes monter dans l'appartement de Jed au milieu de la journée. Sur le palier, en haut des marches, elle frappa à la porte, essayant d'ignorer le tourbillon dans son estomac. Elle attendit ce qui lui sembla être une éternité, mais en réalité, il ne s'écoula probablement qu'une minute. Puis, elle frappa à nouveau. Elle l'entendit dire quelque chose qui ressemblait à « entrez ». Par conséquent, elle tourna la poignée et regarda à l'intérieur, examinant rapidement l'appartement de type loft masculin. Du parquet usé passait sous un canapé moelleux marron, un fauteuil orange et une lourde table basse en bois. Il y avait une petite cuisine ouverte et des portes vitrées qui menaient à une terrasse en bois.

— Moon ? appela-t-elle.

— Ici, entendit-elle depuis une porte entrouverte.

Elle ferma la porte derrière elle et tandis qu'elle traversait la pièce, elle dit :

— Je viens de voir Scotty et…

Il ouvrit la porte et elle perdit sa voix. Ses cheveux étaient mouillés et ébouriffés, son torse nu était humide à cause de la douche et, nom de nom, il était nu sous une serviette attachée autour de ses hanches.

— Et… ? demanda-t-il en faisant un pas vers elle.

Elle essaya de parler, mais sa bouche était sèche. Un sourire malicieux s'étira sur le visage de Jed.

Le voilà. Le grand méchant loup.

Ce n'était pas la seule chose qui était grande chez lui.

Le regard de Josie se baissa vers la bosse considérable sous la serviette. Le désir la submergea comme un cyclone, se frayant violemment un chemin jusqu'à son entrejambe, dans sa poitrine et le long de ses membres. Son sexe se contracta et ses tétons brûlèrent. Il lui releva le menton et ce sourire dragueur se transforma en une faim séduisante et dévorante.

— Et... ? murmura-t-il contre ses lèvres, faisant sortir un gémissement de désir des poumons de Josie. Est-ce que je t'ai manqué, Petit Chaperon Rouge ?

Le sac lui tomba des mains et elle se mit sur la pointe des pieds. La bouche de Jed réclamait la sienne, dure et insistante. Il lui arracha sa veste, rendant leur baiser incroyablement plus profond, plus *dur*, anéantissant tout sur son passage. Son corps frémit et trembla tandis qu'il soulevait son T-shirt et qu'il lui retirait rapidement son soutien-gorge. Ses mains rugueuses étaient sur tout son corps en même temps, saisissant ses fesses et ses seins, s'emmêlant dans ses cheveux. Oh, elle adorait son avidité ! Il empoigna ses cheveux, les maintenant fermement, envoyant dans tout son corps des secousses de douleur et de plaisir exquis qu'elle pensait avoir imaginées il y a des années. À présent, elle le savait. Elles avaient été aussi vraies que l'accès de désir qu'elle ressentait chaque fois qu'elle le voyait.

Il passa un pouce sur son sein et elle s'entendit gémir à nouveau. Elle n'avait jamais été bruyante au lit, mis à part avec Jed. Quand il pinça son téton entre son doigt et son pouce, elle n'essaya pas de se retenir. Elle cria son nom et il suça son sein, durement et fortement, envoyant des rivières des plus délicieuses sensations en elle. Elle agrippa sa tête, maintenant sa bouche contre son sein tandis qu'il le suçait et le mordillait, la poussant à la limite de la folie. Un flux de sons indiscernables sortit des poumons de Josie, lui donnant l'impression d'être *libre* et *vivante*. C'était tellement agréable qu'elle pouvait à peine se tenir debout.

Il s'écarta d'elle, se redressant avec une lueur prédatrice dans les yeux qui lui donna encore plus envie de lui.

— Dis-moi d'arrêter, haleta-t-il, parce que je ne peux pas le faire seul.

Il était si bon, si *dur*, qu'il était impossible d'empêcher les mains avides de Josie de retirer la serviette et d'enrouler ses doigts autour de son sexe épais. Elle le sentit palpiter dans sa main lorsqu'elle dit :

— Ne t'arrête pas, Moon.

— Tu m'as manqué, grogna-t-il.

Sa bouche s'écrasa sur la sienne, la dévorant bruyamment et avec force. Il défit brusquement le bouton de son jean et se hâta de le lui retirer, tout en lui ôtant sa culotte. Ses doigts jouèrent sur son sexe pendant qu'il dévorait sa bouche. Elle se balança contre sa main tandis que ses doigts épais se glissaient entre ses lèvres sensibles et en elle. Elle enfonça ses ongles dans ses bras, l'utilisant pour stabiliser ses jambes qui faiblissaient tandis qu'il caressait l'endroit magique qui la fit monter sur la pointe de ses pieds. Sa tête tomba en arrière tandis qu'il l'emmenait de plus en plus haut vers le septième ciel. Il enfonça ses dents dans son cou et frotta son pouce contre ses replis intimes.

— Oh, mon Dieu. *N'arrête pas*, le supplia-t-elle.

Il la suça plus fort, bougea ses doigts plus vite, et quand il saisit ses fesses dans son autre main, faisant glisser ses doigts entre elles comme il l'avait fait si longtemps auparavant, elle crut qu'elle allait s'évanouir de plaisir. Elle ne parvenait pas à réfléchir ; il la faisait s'envoler de manière magistrale. Il sentait si bon, ce qu'il lui faisait était si bon, qu'elle était absolument perdue en lui. Elle se remplit d'un sentiment d'urgence et d'impuissance en même temps, comme si elle était sur le bord d'un ravin et qu'elle devait arriver jusqu'en haut. Chaque caresse de ses doigts l'en approchait un peu plus. Puis, sa bouche se posa à nouveau sur la sienne, sa langue bougeant au rythme de ses doigts, plus bas, la catapultant dans un monde d'extase pur et renversant.

JED ÉTAIT MORT et était allé au paradis. C'était la seule explication possible quant à la manière dont il se sentait, le front de Josie se posait sur son torse. Il la prit dans ses bras et la porta jusqu'au lit. Il lui retira ses chaussures et le reste de ses vêtements, puis il monta sur le lit à côté d'elle. Il lui semblait irréel que cette belle créature, dont il avait rêvé pendant tant d'années, puisse être allongée nue dans son lit. Elle tendit les bras vers lui et il se plaça sur elle, l'embrassant profondément tandis qu'ils alignaient leurs corps. Elle était tellement menue et délicate et pourtant, tellement forte. Son gland effleura sa moiteur, faisant rugir le désir en lui et lui rappelant d'être responsable. Il s'écarta de sa bouche incroyable et frôla sa joue de ses lèvres.

— Est-ce que tu prends un contraceptif ?

— Oui, dit-elle impatiemment. Attends. Tu es clean ?

— À une seule exception, j'ai toujours mis un préservatif.

Il déposa un baiser sur ses lèvres et les souvenirs de la nuit qu'ils avaient passée ensemble tant d'années auparavant lui revinrent à l'esprit. Elle l'avait embrassé jusqu'à ce qu'il soit dur comme la roche et elle l'avait touché comme si elle avait su exactement quoi faire. Il n'avait pas su qu'elle était vierge quand il lui avait fait un cunnilingus. Elle avait eu si bon goût et elle lui avait tiré les cheveux, se cabrant sauvagement contre sa bouche comme si elle l'avait déjà fait. Ce n'était que lorsqu'il était entré dans ses replis étroits et moites qu'il avait presque perdu la tête. Il lui avait fallu un moment pour réaliser qu'il se sentait très chaud et mouillé quelques secondes après l'avoir pénétrée. C'était à ce moment-là qu'elle lui avait dit qu'il s'agissait de sa première fois et elle lui avait demandé de ne pas mettre de préservatif et de se retirer. Il ne l'avait jamais fait auparavant. Une fois qu'il avait su qu'elle était vierge, il avait voulu lui donner l'expérience la plus passionnée et la plus inoubliable de sa vie. Il avait éjaculé sur son ventre et à ce jour, il avait encore l'impression que c'était l'une des choses les plus intimes qu'il ait faites.

— Tu es *sûr* que c'était la seule fois ? demanda-t-elle avec une pointe de taquinerie dans la voix.

— Je ne te mentirai jamais, Jojo. Ni sur ça, ni sur quoi que ce soit d'autre.

Il l'embrassa à nouveau.

— Bien, parce que je veux sentir *tout* de toi.

Il posa sa bouche sur la sienne ; leurs corps s'unissaient, l'intensité de leur connexion lui fit tourner la tête. Quand il fut complètement enfoncé en elle, elle mit ses jambes autour de ses hanches, les inclinant vers le haut, le prenant incroyablement plus profond. Un accès d'émotions le consuma et tout le reste s'estompa. Il devint complètement conscient du frottement des hanches de Josie, du goût de sa bouche et de la pression de ses cuisses tandis qu'elle serrait les jambes et son entrejambe si fort qu'il lui fallut faire appel à tout ce qu'il lui restait de son contrôle. Une passion brute les emporta à leur propre rythme. Il ne s'était jamais senti aussi *présent*. Chaque fois qu'il s'enfonçait en elle, il gagnait une réaction tout aussi forte, un son à la fois immoral et séducteur, une griffure sur sa peau.

— Oh, mon Dieu, *Moon*, haleta-t-elle entre deux baisers ardents.

Ils prirent et donnèrent avec un abandon irréfléchi, roulant sur le lit tandis que leurs corps, leurs *besoins*, prenaient le contrôle. Tout comme la première fois, ils devinrent tous les deux sauvages, s'agrippant et gémissant, *exigeant* et suppliant. Ils étaient bestiaux. Il agrippa les fesses de Josie à deux mains, la pénétrant fort et vite, et il sentit tout son corps se raidir.

— *Moon !*

Il serra la mâchoire pour réprimer son propre orgasme, la pénétrant tandis qu'elle se cabrait et gémissait. Il était sur le point de jouir, mais il avait rêvé de cela pendant tant d'années qu'il voulait profiter de ce moment pour toujours, enfoui profondément en elle, lui donnant du plaisir.

— Jouis, Moon, le supplia-t-elle. Jouis *avec* moi.

Le son de la voix séduisante et envoûtante qu'il avait entendue dans ses rêves pendant des années le poussa à sa limite et il abandonna tout son contrôle, comme un prisonnier libéré. Il grogna son nom, se délectant d'un monde dont il avait rêvé, à propos duquel il avait fantasmé et qu'il avait désiré. Josie était *là*, dans ses *bras*, dans sa *vie*.

Pendant qu'il revenait sur Terre et qu'il la serrait dans ses bras, tous les morceaux de sa jeunesse chaotique et folle s'assemblèrent, adhérant à la stabilité de la vie qu'il avait créée, jusqu'à ce moment-là. Il était enfin complet.

Ils étaient allongés tous les deux, la tête de Josie reposant sur son torse, sa jambe au-dessus de la sienne et son bras sur son ventre. Si le monde devait s'arrêter ce jour-là, Jed mourrait heureux. Il déposa un baiser sur sa tête, la serrant plus fort.

— Je ne suis pas venue pour coucher avec toi, dit-elle doucement.

Il l'embrassa à nouveau.

— Je sais.

— Ça faisait plus de deux ans que je ne l'avais pas fait.

— Vraiment ? Ça faisait environ six ans pour moi.

Elle inclina son beau visage confus vers le sien. Elle rougit. Ses cheveux étaient emmêlés à cause des mains de Jed et ses lèvres étaient encore roses après leurs baisers frénétiques.

— Je veux dire, depuis que ça a été comme ça, clarifia-t-il. Ça n'a jamais été comme ça, Jojo. Il se passe quelque chose quand nous sommes ensemble. Je n'ai pas été trop brusque, si ?

Elle secoua la tête.

— Je pensais que j'avais imaginé ce qu'il y avait entre nous. Ça n'a jamais été comme ça pour moi non plus. Ce n'est pas la faute de Brian. *Je* n'ai jamais été comme ça. C'est toi, Moon. Tu fais ressortir quelque chose en moi que je n'ai jamais ressenti auparavant, et il ne s'agit pas seulement de sexe. C'était pareil le soir où nous nous sommes rencontrés. Je n'ai pas les bons mots pour l'expliquer, mais j'ai toujours senti que je pouvais être moi-même avec toi, même à l'époque. Ça semble probablement commun, mais pour quelqu'un qui se cache, c'était *très important* pour moi. Et maintenant, c'est encore plus fort. Je crois que nous avons tous les deux subi tellement de choses que nous nous comprenons d'une manière que les gens pourraient ne pas comprendre. Tu ne me fais pas ressasser le passé et tu n'insistes pas pour que je te donne des informations. Tu ne me traites pas comme une victime ou comme si j'avais besoin d'être sauvée. J'avais beau aimer Brian, c'était différent, parce qu'il m'a *vraiment* sauvée. Et cela a toujours été entre nous. Je pense que nous en étions tous les deux conscients.

Elle s'allongea sur le dos et soupira.

— Maintenant, je me sens coupable.

Il se tourna sur le côté et la regarda dans les yeux, l'attirant contre son corps.

— Pourquoi, bébé ? Tu l'aimais. Rien ne changera ça.

— C'est vrai. Je l'aime. Je l'aimerai toujours. Mais qu'est-ce que ça dit de moi, si je ne pouvais jamais lâcher prise avec lui comme je le fais avec toi ?

— Ça dit que tu l'aimais de tout ton cœur, mais que ta connexion avec lui était différente. Il était ton filet de protection. Avec moi, tu n'as pas besoin de filet de protection. Tu es forte, compétente et intelligente. Tu n'as pas *besoin* de moi. Tu me *veux*. Ça change tout. Ce n'est ni mieux ni pire. Je ne te porte pas secours en te présentant Penny ou en t'achetant un téléphone. Je fais ce que n'importe quel bon ami ferait. Cela dit, ça ne veut pas dire que je vais rester les bras croisés et te laisser ramer. Si tu tombes, je serai là pour te rattraper.

— C'est la définition exacte d'un filet de protection, dit-elle avec une pointe d'humour.

— Non. Un filet de protection est installé avec des attentes, sachant qu'il y a une bonne chance que tu tombes. Brian devait faire ça. Tu avais *treize* ans. Tu es adulte désormais. Je ne *m'attends pas* à ce que tu tombes. Je suis le type qui te laisse suivre ton propre chemin et qui court vers toi si je te vois chanceler. Le type qui *tient* à Hail et toi. Pour autant, je ne remplace pas Brian dans ta vie ou dans celle de Hail, car ta vie n'est plus celle que tu avais avec lui.

Elle sembla y réfléchir un moment, son regard balayant le visage de Jed. Elle toucha sa joue.

— Merci de ne pas essayer de dévaloriser ce que j'avais avec lui.

— Le dévaloriser ? Sans Brian, qui sait où tu aurais fini. Il t'a donné une vie et un fils. Il t'aimait. D'après moi, ce ne sont que de bonnes choses.

Il l'embrassa délicatement et le ventre de Josie gronda. Ils sourirent tous les deux en s'embrassant.

— Hum, on dirait que je te donne toujours faim.

— Mets ton ego de côté. J'étais trop nerveuse à l'idée de voir Scotty pour prendre mon petit-déjeuner. Je suis venue pour te faire la surprise en t'apportant à déjeuner et te parler de notre visite, mais ensuite, tu m'as distraite avec ta nudité.

Il rit et enfouit son visage contre son cou.

— Je pourrais te dire que je suis désolé, mais ce n'est pas le cas. J'aimerais te distraire de nouveau et ensuite, j'aimerais te distraire une troisième fois dans la douche. Combien de temps avons-nous ? Car il y a beaucoup d'autres endroits où j'ai aussi envie de te distraire.

Après plusieurs distractions renversantes et une longue douche sensuelle, Josie lui parla de sa visite chez Scotty pendant qu'ils se rhabillaient. Il mit son boxer, se sentant durcir tandis qu'elle se penchait en avant pour ramasser son T-shirt, elle ne portait qu'une culotte bleue sexy et un soutien-gorge assorti.

– Je sens ton regard sur moi, alors mets ces crocs de côté, Grand Méchant Loup, dit-elle dos à lui en passant son T-shirt par-dessus sa tête. Étant donné que je commence à travailler demain, nous allons emménager samedi et ensuite, Sarah, Bones et les enfants viendront dîner. Est-ce que tu peux venir, ou est-ce que tu dois travailler ?

Il se plaça à côté d'elle, déposa un baiser dans son cou.

— Je travaille au garage le matin, mais je peux venir ensuite et nous chargerons mon pick-up, nous t'installerons et nous aurons le reste de la soirée ensemble.

Elle s'appuya contre son torse.

— Tu vois ? Ça semble naturel avec toi. Je ne devrais pas être nerveuse ?

— Tu n'étais pas très nerveuse la première fois que nous avons été ensemble dans le champ. Si tu avais dû être nerveuse, ça aurait été à ce moment-là.

Il la prit dans ses bras et l'embrassa.

— Nous sommes faits l'un pour l'autre, Petit Chaperon Rouge. Et qu'en est-il de l'école de Hail ? Est-ce que tu essaies de le faire rester à Parkvale ou est-ce que tu veux le faire passer à Peaceful Harbor ?

— Parkvale pour le moment, jusqu'à ce que nous soyons sûrs de rester chez Scotty.

— Est-ce que ça t'inquiète ?

— Non.

Les doigts de Josie jouèrent sur le torse de Jed.

— Mais je ne peux pas y rester pour toujours. Scotty ne va pas me faire payer de loyer, alors je vais pouvoir économiser. Il faudra que je voie où je peux trouver un endroit que je peux payer. J'ai certaines choses à envisager à long terme. Avant ça, je pense qu'il vaut mieux qu'il ait la stabilité de rester dans la même école.

— Ça a du sens.

Il posa ses lèvres sur les siennes :

— Tu ferais mieux de mettre un pantalon si tu veux sortir de cette chambre un jour.

Elle mit son jean et s'exclama :

— Oh, mon Dieu, est-ce que c'est ce que je crois ?

Il sortit un jean de l'étagère dans son armoire et dit :

— Un jean ?

— Non.

Elle mit la main dans l'armoire et en sortit sa vieille veste en cuir marron.

— Marron *chocolat*. Je l'adore. Je n'arrive pas à croire que tu l'aies encore. Tu es beaucoup plus fort maintenant.

Elle avait fait un commentaire sur sa veste marron *chocolat* le soir où ils s'étaient rencontrés. L'entendre à nouveau le rendit encore plus heureux de l'avoir gardée.

— C'est pour ça qu'elle est dans l'armoire. Elle est trop étroite au niveau de la poitrine.

Il la souleva et dit :

— Mets-la.

Il l'aida à l'enfiler ; les manches dépassaient de loin ses mains. Elle fit quelques pas comme si elle marchait sur un podium et tournoya en battant des cils.

— Tu es super sexy. J'adore la voir sur toi.

— On peut appeler ça la collection petit copain d'hiver.

Elle mit ses mains dans ses poches.

— Oh, mon Dieu. Est-ce que tu as… ?

Elle sortit de la poche la pierre en forme de cœur qu'ils avaient trouvée dans le champ et passa ses doigts sur leurs noms, qui étaient gravés dessus.

— Je n'arrive pas à croire que tu l'aies gardée pendant tout ce temps.

Il haussa les épaules, un peu gêné par son sentimentalisme.

— Tu devrais garder la veste. Fais-la ajuster pour qu'elle t'aille.

— Quoi ? Non. Elle est à toi.

— Toi aussi, dit-il.

Ils sourirent tous les deux.

— Je veux dire… Bon sang, Jojo. C'est comme ça que je te considère, comme ma petite amie. Est-ce que c'est trop tôt ?

— Non, dit-elle doucement.

Cependant, il y avait quelque chose de troublé dans ses yeux.

— Je n'ai jamais vraiment été la petite amie de personne auparavant. Je suis passée du célibat au mariage en une nuit. Je dois penser à Hail, son bien-être doit passer en premier. Il a subi tellement de choses au cours des deux dernières années. Je ne sais pas comment agir avec toi quand il est là. Je ne sais pas si nous allons l'embrouiller ou le bouleverser parce qu'il a perdu son père. Je dois faire attention à ne pas tout gâcher avec lui, tu sais ?

— Je crois qu'on s'en sort bien avec lui pour l'instant. Il a l'air heureux et il m'aime bien, pas vrai ?

— Il *t'adore*. Mon instinct me dit de laisser les choses se dérouler naturellement avec lui, mais entre nous, tout va très vite et je ne sais pas si ça lui conviendra. Peut-être que Sarah a quelques conseils.

— Je peux parler à Bones aussi, si tu veux.

— Non. Je vais m'en occuper.

Il la prit dans ses bras :

— Je ferais comme tu veux. Tout ce que je sais, c'est que je veux être avec Hail et toi tout le temps que tu le voudras. Si ça signifie que je ne peux pas te tenir la main ou t'embrasser devant lui pendant un temps, je le respecterai.

Elle enroula ses bras autour de son cou et déposa un baiser sur son torse.

— Je le sais. Je me demande juste si je suis assez forte pour résister.

– Ne t'inquiète pas, bébé. Je serai assez fort pour nous deux.

Tandis qu'il posait ses lèvres sur les siennes, elle dit :

— Maintenant, je *sais* que nous avons de gros ennuis.

Il recula et sentit que son visage, tout comme ses émotions, devenait sérieux lorsqu'il dit :

— Ce n'est pas le cas. Je te le promets. Je ne ferai jamais rien pouvant faire du mal à Hail, y compris en allant trop vite avec toi devant lui. Je sais ce que c'est que de perdre un parent et de grandir dans l'instabilité. Quoi qu'il faille pour s'assurer qu'il est en sécurité et à l'aise, je le ferai, pas juste pour lui, mais pour toi aussi. Compris ?

Elle hocha la tête, l'émotion montant dans ses yeux.

— Tu dis et tu fais tout ce qu'il faut. J'ai du mal à croire que tu n'as pas toujours été avec nous.

— Je l'ai été, Jojo. J'ai toujours été avec toi, tout comme tu as toujours été avec moi.

Il tendit le bras, lui montrant le tatouage d'un loup déguisé en brebis et, au-dessus, le Petit Chaperon Rouge aux traits délicats, aux yeux couleur noisette, à la bouche pulpeuse et séduisante, avec un grain de beauté juste en dessous du coin gauche de sa bouche.

CHAPITRE ONZE

POUR UNE FILLE qui n'avait jamais eu beaucoup d'amis, Josie en avait à présent plus qu'elle n'aurait pu l'imaginer. Elle avait commencé à travailler avec Penny le jeudi et on aurait dit que *tout le monde* s'arrêtait au glacier. Penny l'avait présentée à Isla, qui gérait le fleuriste, et à Cassie, qui possédait la boulangerie au coin de la rue. Biggs et Red amenèrent Bradley et Lila le vendredi après-midi, quand ils les gardaient, et Quincy passa le jeudi *et* le vendredi matin pour draguer Penny. Entre son nouveau travail et la préparation du déménagement, elle avait à peine le temps de ralentir et elle avait déjà des projets pour plus tard. Finlay et Crystal lui avaient écrit pour s'assurer qu'elle viendrait chez Red le week-end de la semaine suivante pour aider à organiser la fête prénatale de Sarah. Josie n'aurait jamais imaginé qu'une communauté puisse être aussi soudée. Il était agréable de faire partie de quelque chose de plus grand qu'un groupe de deux ou trois personnes.

C'était samedi et, comme promis, Jed était venu après le travail pour les aider à déménager. Il fut difficile de dire au revoir à Tracey, même si elle savait qu'elles se verraient encore. Sarah, Bones et les enfants avaient été chez Scotty quand ils étaient arrivés et à présent, quelques heures plus tard, elle avait déjà l'impression d'être chez elle.

Alors qu'elle aidait Hail à défaire son sac, elle entendit Jed débattre sur ce qu'ils mangeraient pour le dîner avec Sarah et Scotty dans la cuisine. Bradley et Bones participèrent en suggérant de la pizza et des spaghettis. Elle ne pouvait même pas penser à manger. Scotty était allé à la boulangerie de Cassie au petit matin et avait acheté des muffins, des beignets et d'autres douceurs qui les avaient attendus quand ils étaient arrivés. Hail avait fait une overdose de sucre toute la journée et elle avait été sur une montagne russe émotionnelle. Elle avait passé les quatorze premières années de sa vie dans une seule maison et presque une décennie dans celle de Brian. Au cours des derniers mois, Hail avait vécu dans un appartement au-dessus d'un bar, dans un hôtel miteux, dans un refuge, et à présent, dans la maison de son oncle. Cela la faisait se sentir très mal, mais en même temps, ils étaient en famille à présent et c'était suffisamment bon pour presque passer outre ses émotions négatives. Presque, car elle s'était juré que quand ils déménageraient à nouveau, ce serait la dernière fois avant que Hail ait dix-huit ans et qu'il parte à l'université.

Hail sortit les empreintes de mains qu'ils avaient faites avec Jed d'une des boîtes et demanda :

— Est-ce que je peux l'accrocher à côté de mon lit ?

Tandis que son petit garçon aux cheveux ébouriffés lui adressait un large et adorable sourire, elle fut ravie que ses dix-huit ans semblent loin.

— Bien sûr.

Elle prit une punaise dans la boîte située sur la commode lorsque Jed apparut dans l'encadrement de la porte avec un sac énorme. Il entra dans la pièce et posa une main sur l'épaule de Josie avant de la serrer. Comment quelque chose d'aussi simple pouvait-il sembler si intime ? C'était le secret dans ses yeux. Ils s'embrassaient en secret quand ils n'étaient pas près de Hail ou des autres enfants et elle commençait à y être accro.

— Comment se passe le déballage ?

— Bien ! J'accroche notre image.

Hail posa l'image des empreintes sur le mur à côté de son lit et cria :

— Accroche-la, Maman !

— C'est un très bon endroit, dit Jed tandis que Josie l'épinglait au mur. J'ai trouvé ça dehors et j'ai pensé que c'était peut-être à toi.

Il posa le sac par terre à côté de Hail et adressa un clin d'œil à Josie pendant que le petit garçon fouillait dedans.

— Maman ! Est-ce que c'est Noël de nouveau ? demanda Hail en sortant du sac un édredon avec des camions et des 4x4 colorés. Est-ce que le Père Noël est venu ?

Le cœur de Josie gonfla en voyant la joie dans les yeux de son fils *et* de Jed. Elle avait une petite idée de qui était le *Père Noël*.

— Ce n'est pas Noël, précisa Jed en aidant Hail à étendre l'édredon sur son lit. Mais déménager est un grand événement et je pensais qu'un nouvel édredon en l'honneur de ta nouvelle chambre pourrait te faire plaisir.

— Merci !

Il jeta ses bras autour des jambes de Jed.

— Je l'adore ! Regarde. Il y a un pick-up vert comme le tien.

— C'est vrai, mon pote, exactement comme le nôtre !

— Merci, mais tu n'étais pas obligé de faire ça, dit-elle doucement tandis que Hail clamait le nom de chaque équipement de son édredon.

Jed posa sa main dans le dos de Josie, regardant Hail avec amour, et il dit :

— Peut-être pas, mais regarde-le. Je suis ravi de l'avoir fait.

— Bradley ! cria Hail en se précipitant hors de la chambre. J'ai eu une couverture avec des camions !

Les lèvres de Jed capturèrent celles de Josie. Il lui agrippa les fesses et serra leurs corps l'un contre l'autre. Elle le sentit durcir et il émit un son plein de désir qui envoya des étincelles dans ses veines. Elle entendit le bruit de petits pas courant vers la chambre et Jed recula rapidement avant de poser un regard plein de désir sur elle.

— Bon sang, j'ai envie de toi, dit-il entre ses dents tandis que les enfants se précipitaient dans la chambre.

Il ajusta son T-shirt au-dessus de la bosse incroyable sous sa braguette.

Alors que Hail montrait son nouvel édredon à Bradley, Jed emmena Josie hors de la pièce. Il jeta un œil dans le couloir en direction de la cuisine, puis l'attira dans la chambre de Josie, fermant à moitié la porte derrière eux. Elle adorait le fait qu'il ne puisse pas s'empêcher de la toucher. Il la poussa dos au mur derrière la porte, l'encerclant de son grand corps.

— Je suis fou de toi, Jojo, dit-il en la rendant folle avec une série de petits baisers. Je suis ravi que Hail et toi soyez à Peaceful Harbor, en sécurité, avec votre famille.

Il déplaça ses hanches par petits coups et cercles séduisants, jusqu'à ce qu'elle se sente mouiller. Elle agrippa les boucles de ceinture sur ses hanches et l'attira contre elle.

— Moi aussi.

— J'essaie de trouver une maison rien qu'à moi, dit-il entre deux baisers délicieux. Quand ce sera fait, nous n'aurons plus à nous cacher.

Il l'embrassa à nouveau, puis il la regarda amoureusement d'un air plus sérieux qui fit accélérer le cœur de Josie et il déclara :

— J'ai quelque chose pour toi aussi.

Dans la commode, il prit une petite boîte-cadeau qui n'était pas là quand elle avait défait ses valises et il la lui donna. Elle souleva le couvercle et son amour pour lui grandit à la vue d'une pierre qui avait presque la forme d'un cœur, sur laquelle il avait gravé « Le début de quelque chose de merveilleux ». Elle la souleva et la retourna. Il avait gravé *Moon + Jojo* et la date de la première fois où ils s'étaient revus, sous le porche de Sarah et Bones.

— C'est le soir où tu es revenu dans ma vie. Ce n'est pas grand-chose, mais je veux te la donner.

— C'est *tout*, Moon. C'est *nous*. J'adore ça plus que tu ne pourrais l'imaginer.

Posant ses lèvres sur les siennes, il murmura :

— C'est ce que je ressens pour toi.

Elle pouvait à peine respirer, mais elle n'en avait pas besoin. Il captura à nouveau sa bouche, scellant ses mots avec un autre baiser ardent et insufflant une nouvelle vie dans ses poumons vides.

— Josie ? appela Sarah en descendant le couloir.

Il s'écarta d'elle, mais ses yeux lui indiquèrent qu'ils n'avaient pas fini. Pas du tout.

— Tu crois que ça dérangera Scott si je prends une douche froide ? demanda-t-il en ajustant son pantalon.

Elle ne put s'empêcher de glousser et il l'embrassa à nouveau, vite et fort. Avec un clin d'œil qui détenait toute sorte de promesses inexprimées, il ouvrit la porte et dit :

— Sarah, elle est là en train de défaire ses valises.

Il les laissa seules. Josie posa la pierre sur sa commode et essaya de se souvenir de comment réfléchir.

— Comment se passe le *déballage* ?

Le regard complice de Sarah indiqua à Josie que sa sœur savait ce qu'ils étaient en train de faire. Josie jeta un œil dans le couloir et vit Bradley et Hail se diriger vers le salon. Puis, elle prit la main de Sarah et la mena vers le lit.

— J'ai besoin de conseils, murmura-t-elle à la hâte.

— D'après la rougeur de tes joues, je dirais que tu sais *exactement* ce que tu fais.

Josie couvrit son visage et grogna.

Sarah rit, écartant les mains de Josie.

— Josie, je ne le disais pas dans le mauvais sens du terme. C'est une bonne chose. Jed est fou de toi, on le sait tous, et tu as l'air folle de lui.

— Je sais, mais je ne sais pas comment agir quand Hail est là. Qu'est-ce que Bones et toi avez fait pour les enfants ? Est-ce que vous les avez laissés vous voir vous tenir la main ?

Elle baissa la voix et murmura :

— Vous *embrasser* ?

— Pas au début, mais c'est arrivé plutôt vite. C'était naturel, comme Jed et toi. C'est évident que Hail l'aime beaucoup.

— Je sais. Mais comment puis-je savoir si me voir embrasser Moon va le perturber ? Je ne veux pas qu'il oublie Brian et en même temps, Hail va très bien maintenant. Il ne se demande plus si Brian va revenir et il ne pleure plus quand il lui manque. Comment est-ce que je peux éviter de gâcher ça ?

Sarah posa sa main sur celle de Josie et son regard s'adoucit.

— Il n'y a pas de guide pour ces choses-là. J'imagine que tous les enfants sont différents. Est-ce que tu en as parlé à Jed ?

— Oui. Il est d'accord pour aller doucement. Enfin, nous ne sommes pas doués pour aller doucement. Mes entrailles vibrent encore à cause de nos baisers.

Sarah soupira d'un air rêveur.

— C'est ce qu'il y a de mieux, tu ne crois pas ?

— Oui, mais ce n'était pas comme ça avec Brian.

Elle se leva et fit les cent pas.

— Je ressens un peu de culpabilité à propos de ça et Moon est *tellement* génial à ce sujet. Il n'essaie pas d'agir comme si Brian n'avait jamais existé ou comme s'il n'avait pas eu d'importance pour nous. Ça simplifie les choses, mais… Tu penses vraiment que ce n'est pas un problème de laisser ce qu'il y a entre nous grandir naturellement ? Je te fais confiance, alors dis-le-moi si tu penses je vais perturber Hail, s'il te plaît.

— Je crois que tu ne peux pas te tromper en suivant ton cœur. Beaucoup de mères célibataires ont une vie romantique.

— Pas moi. Je ne sais pas à quoi un *rendez-vous* ressemble. Ce qu'il y a entre Jed et moi, je crois que ça a commencé il y a des années et que ce n'est jamais mort.

— Tu as de la chance. Et tu sauras ce que c'est que de sortir avec quelqu'un. Scott, Bones et moi sommes de super baby-sitters et tu mérites d'avoir une vie qui fait que tu puisses être avec quelqu'un qui t'aime.

— Merci. Il y a deux ans, je pensais que je ne pourrais plus jamais être vraiment heureuse. Mais je suis là, de retour avec Scotty et toi.

Elle désigna la chambre.

— Scotty nous a donné une maison, j'ai un travail que j'adore, c'est incroyable de travailler avec Penny et j'ai trouvé Moon, que je pensais ne plus jamais revoir. Il m'a manqué, Sarah. Même si je ne me suis pas vraiment laissée le reconnaître quand j'étais avec Brian, le revoir m'a tout remis en mémoire.

Elle mit la main dans une boîte et en sortit une photographie de Brian, Hail et elle, puis elle se rassit à côté de Sarah. Elle passa son doigt sur le beau visage de Brian et un pincement au cœur la submergea. Cependant, c'était différent d'il y a un an auparavant, quand elle n'avait pas pu regarder une photographie de lui sans pleurer.

— Est-ce que c'est lui ? Sarah s'approcha davantage.

— Hum hum. C'est mon Brian.

— Il est beau. Il a l'air heureux et gentil.

— Il l'était et il nous aimait tellement, Hail et moi. Tu ne trouves pas que sa peau a l'air aussi douce que celle de Lila ?

— Si. On ne voit pas beaucoup d'hommes au visage de bébé par ici, hein ?

— Il se rasait tous les jours et il n'avait jamais de barbe. Il se coupait les cheveux courts aussi, une coupe militaire. Je lui tondais les cheveux avant.

Elle rit légèrement :

— Je le taquinais et je lui disais que j'allais graver mon nom dans ses cheveux et il me disait : « Vas-y. Fais-le. » Je n'ai jamais eu le cran de le faire. Il n'avait pas de tatouages, il adorait jouer au football américain et au basket et il ne jurait *absolument* jamais.

— Il a l'air merveilleux.

— Il l'était.

Elle se tourna vers Sarah et dit :

— Mais qu'est-ce que je fais avec cette photo ? Est-ce que je l'accroche ? Est-ce qu'elle mettra Moon mal à l'aise ? Est-ce que je devrais la mettre dans la chambre de Hail, ou est-ce que voir son père tous les jours lui rendra les choses plus difficiles ? Je ne veux pas qu'elle reste dans un tiroir quelque part.

La porte s'ouvrit brusquement et Jed entra dans la chambre.

— Les enfants ont faim, alors on s'est dit qu'on pourrait commander une pizza. Vous avez des préférences ?

Il les regarda. Son regard trouva la photographie dans la main de Josie. Ses lèvres s'étirèrent en un sourire :

— C'est Brian, n'est-ce pas ?

Josie hocha la tête et lui tendit la photographie.

— Oui. C'est le mec qui m'a dit que tu avais dix-sept ans et que je devais te laisser tranquille. Il a l'air gentil. Je suis sûr que nous aurions pu être amis.

Il posa le cadre sur la commode, à côté d'une photographie de bébé de Hail et d'une photographie de la grand-mère de Brian avant de réitérer sa question :

— Alors, vous avez des préférences pour la pizza ?

Sarah et Josie échangèrent un regard qui disait : « Je suppose que ça répond à la question sur la photo ». Puis, Josie dit :

— Je pourrais manger n'importe quoi.

CHAPITRE DOUZE

LE MERCREDI, JED TRAVAILLA au *Whiskey's* pendant la journée. C'était la fin du quart de midi. Jed posa le téléphone contre son oreille, écoutant Warren « Buck » Myer, un Dark Knight et banquier, lui expliquer de quoi il avait besoin pour être retenu pour un prêt immobilier. Alors que Buck parlait de documents fiscaux, de fiches de paie et de cotes de crédit, Jed gardait Tracey à l'œil. Elle s'occupait d'un adolescent à une table de l'autre côté de la pièce. Elle posa une assiette de frites et un hamburger devant lui, discutant une minute de plus comme Dixie lui avait appris à le faire avec les clients du déjeuner. Tracey faisait du bon travail, mais l'adolescent dont elle s'occupait n'annonçait rien de bon. Ses cheveux noirs lui tombaient sur les yeux, mais cela n'empêchait pas Jed de voir qu'il agissait de manière étrange. Sa jambe rebondissait sous la table et quand Tracey s'éloigna, il baissa les yeux vers sa nourriture, mais il ne mangea pas.

Tracey s'approchait du bar et Jed demanda :

— Buck, est-ce que tu peux m'envoyer les détails par e-mail ? Je vais réunir ce dont tu as besoin cette semaine. Merci, mec.

Il raccrocha et mit son téléphone dans sa poche.

— Qu'est-ce qui ne va pas avec ce gamin ?

— Rien. Il a l'air gentil, un peu réservé. Est-ce que tu peux me donner du Coca pour lui ?

— Bien sûr.

Jed remplit le verre et jeta un autre coup d'œil à l'adolescent.

— Il ne mange pas.

— Il attend probablement sa boisson. Est-ce que tu examines toujours les gens d'aussi près ?

— Non, mais il ne peut pas avoir plus de seize ou dix-sept ans. Pourquoi est-ce qu'il n'est pas à l'école ?

— Tu veux que je lui pose la question ?

Elle prit le verre :

— Ça ne me dérange pas de jeter mon pourboire par la fenêtre pour satisfaire ta curiosité.

— Petite maligne.

Jed avait vu des gamins comme lui auparavant, des ennuis sur le point d'arriver. Il avait été l'un d'eux.

Isabel servit un homme au fond du bar, puis elle s'approcha de Jed :

— Est-ce que tu peux arrêter de fixer le jeune assez longtemps pour répondre à une question ?

— Bien sûr. Qu'est-ce qui se passe ?

Il prit une serviette et commença à essuyer le bar.

— Tu es encore d'accord pour prendre mon quart samedi après-midi ?

— Pour l'après-midi entre filles pour organiser la fête prénatale ? demanda-t-il en levant les yeux au ciel. Oui, pas de problème. Jojo a demandé à Sarah de garder les enfants pour l'empêcher de tomber sur vous chez Red et Biggs.

— C'était malin. J'ai hâte de rencontrer la fille qui a convaincu le loup solitaire de s'engager dans une relation.

— Ne lui donne pas du fil à retordre, Iz, la prévint-il.

— Je ne ferais jamais ça.

Elle regarda Tracey et dit :

— Elle a déjà assez morflé. Tracey aussi. Je ne peux pas imaginer que quelqu'un frapperait une fille.

— Les hommes qui frappent les femmes sont de sacrés lâches.

Alors qu'Isabel s'éloignait, Jed adressa un dernier coup d'œil à l'adolescent à l'air louche et le vit envelopper la moitié de son hamburger dans une serviette et le mettre dans la poche de son T-shirt. Il enfourna quelques frites dans sa bouche et termina sa boisson.

Jed envoya un message rapide à Josie. *Comment se passe le travail ?* Il sentit son téléphone vibrer alors qu'il servait un autre client, puis il lut sa réponse. *Incroyable. J'ai appris à faire des cornets. Nous avons mangé ceux que j'ai ratés. Je te jure, je vais gagner dix kilos ce mois-ci.* Il lui envoya : *Encore plus de toi à aimer.* Il s'arrêta net, fixant le message des yeux. Son cœur accéléra, ses sentiments étaient *aussi* grands. Tomber fou amoureux de Josie n'avait rien à voir avec le fait d'aller doucement. *Merde.* Il effaça le mot « aimer » et saisit « dévorer ».

Tracey ramassa l'assiette de l'adolescent et lui laissa l'addition. La porte s'ouvrit et un bruyant groupe de motards entra. Jed leur fit signe et posa une question à Isabel, apercevant un mouvement du coin de l'œil. Une assiette se brisa : l'adolescent se précipitait vers la porte.

— Merde ! Iz, prends le relais !

Jed se rua à travers le groupe de motards, provoquant une série de jurons tandis qu'il ouvrait brusquement la porte à la poursuite du déserteur. Il traversa le parking en courant et se lança sur lui, attrapant le dos la chemise en flanelle de l'enfant.

— Qu'est-ce que… ?

— C'est ma réplique.

Jed l'agrippa par le col à deux mains. L'enfant jurait et se débattait pour se libérer. Il mesurait environ quinze centimètres de moins que Jed et il était trop jeune pour ne pas aller à l'école.

— Tu ne vas nulle part, tu ferais mieux de te calmer.

L'adolescent leva un menton parsemé des poils de barbe d'un ado prépubère et il cracha :

— Va te faire foutre.

— Non, merci.

Jed le ramena vers le bar.

— Tu veux me dire pourquoi tu pars sans payer ?

Il serra la mâchoire en jetant un regard noir à Jed.

— Écoute, d'après moi, nous avons deux options. Je peux appeler les flics et tu peux te faire arrêter pour un déjeuner à dix dollars, ou on peut arranger ça entre nous.

La dernière chose que Jed voulait, c'était appeler la police, mais il ne pouvait pas laisser l'adolescent partir. Il se contente-rait de manger sans payer dans un autre endroit.

— Non, mec, n'appelle pas les flics, dit rapidement l'adolescent. S'il te plaît, n'appelle pas les flics. Je ne reviendrai jamais ici, je le promets.

Merde.

— Tu as eu des problèmes avec les forces de l'ordre avant ?

— N'appelle pas les flics. Je vais te rendre la moitié que je n'ai pas mangé.

Il mit la main dans sa poche.

— Laisse tomber, ordonna Jed. Pourquoi est-ce que tu voles ?

Ses cheveux noir de jais cachaient bien ses yeux, mais pas assez. Il évita le regard de Jed :

— J'avais faim.

— Pourquoi n'es-tu pas à l'école ?

— J'ai laissé tomber.

— Merde. D'accord, viens.

Il l'obligea à monter les marches.

— Non, s'il te plaît, supplia-t-il d'une voix tremblante. S'il te plaît, n'appelle pas les flics.

La moto de Bullet rugit sur le parking, attirant l'attention de l'adolescent. Bullet descendit de sa moto et retira son casque. Ses yeux sombres et froids se fixèrent sur eux. Le sang quitta le visage de l'adolescent lorsque Bullet monta les escaliers et baissa les yeux vers lui.

— Qu'est-ce qui se passe avec lui ?

— Il est parti sans payer, expliqua Jed. Tout est maîtrisé.

Bullet plissa les yeux, toujours concentré sur le garçon. Il émit un grognement qui fit reculer l'adolescent. Jed n'avait pas besoin que cet enfant soit encore plus effrayé qu'il ne l'était déjà.

— J'ai dû laisser les filles seules. Tu peux t'assurer qu'elles vont bien ?

Bullet hocha la tête, jetant un regard noir et menaçant à l'adolescent une fois de plus. Ce dernier fit un autre pas en arrière, puis Bullet entra dans le bar. L'air sortit des poumons du garçon.

— Allons-y. Je ne vais pas appeler les flics, mais tu vas laver la vaisselle pour payer ce hamburger et ces frites.

— Pas de flics ? dit-il anxieusement.

Ses yeux imploraient Jed d'être clément.

— Pas de flics *cette fois*. Comment tu t'appelles ?

— Ricardo.

— Où est ton manteau, Ricardo ? Il gèle, dehors.

Il haussa les épaules.

— Je n'en ai pas à ma taille.

— Tu as des parents ?

Il hocha la tête.

— Où sont-ils ?

— Mon vieux est en prison. Ma mère a deux emplois. Je n'ai pas besoin de manteau. Je vais bien. Contente-toi de ne pas appeler les flics. Ma mère n'a pas besoin d'avoir plus d'ennuis.

— Quel âge as-tu ?

— Dix-sept ans.

Bon sang. Cet enfant n'avait pas besoin d'avoir plus d'ennuis non plus et Jed savait bien qu'il s'en attirerait à la minute où il le laisserait partir.

— Et si on passait un accord ? Tu laves la vaisselle pendant une heure et tu me promets que tu vas arrêter de rater l'école. En échange, je n'appellerai pas la police.

— Vraiment ? Tu… Tu me fais confiance ? Tu vas me laisser partir ? Pas de flics ?

— Je ne veux vraiment pas te tenir en laisse, alors je n'ai pas d'autre choix que de te faire confiance. J'ai été à ta place. Tu dois te reprendre ou tu finiras par faire des allers-retours en prison.

— Je vais le faire, mec. Je vais me reprendre.

Jed n'y croyait pas une seconde, mais au moins, pour le moment, il pouvait essayer de lui donner une leçon.

— Est-ce que ta mère s'occupe bien de toi ? Est-ce qu'elle te frappe ? Est-ce qu'elle se drogue ?

— Non. C'est une bonne mère, elle est juste occupée. Elle ne gagne pas beaucoup d'argent.

Le regard de Ricardo indiqua à Jed qu'il disait la vérité.

— Donne-moi son numéro. Je veux lui dire que tu vas bien.

— Elle sait que je vais bien.

— Ce qui signifie qu'elle s'en fiche que tu n'ailles pas à l'école ?

Il baissa les yeux à nouveau, tremblant de froid.

— Non, elle ne s'en fiche pas.

La colère serra la poitrine de Jed. Il avait eu une mère pourrie, les parents de Josie avaient battu leurs enfants et il avait vu pire. Il n'allait pas laisser cet enfant s'en prendre à la santé mentale de sa mère travailleuse. Il resserra son emprise sur la chemise de Ricardo, attirant son visage à quelques centimètres du sien et il dit avec colère :

— Alors pourquoi est-ce que tu fais ça si tu sais qu'elle n'a pas besoin d'avoir plus d'ennuis dans la vie ? Est-ce que tu sais à quel point c'est difficile d'élever des enfants seule ?

— Je suis désolé ! Je déteste l'école. Je ne veux pas y aller, c'est tout.

— Eh bien, dommage, petit. Personne n'aime l'école. Est-ce que quelqu'un te brutalise là-bas ?

Il secoua la tête.

— Tu as de mauvaises notes ?

Il haussa les épaules.

— Si tu continues à faire ces conneries, tu vas finir derrière les barreaux. Tu as une carte scolaire ?

Il hocha la tête.

— Donne-la-moi.

Jed tendit la main. L'adolescent la sortit de sa poche.

— Si tu t'enfuis, je *vais* appeler la police.

Il le lâcha pour prendre une photographie de la carte, puis il la lui rendit.

— Je vais te proposer un marché. Chaque jour où tu vas à l'école, tu viens ici ensuite. Je te donnerai un déjeuner et je te paierai pour laver la vaisselle. Tu crois que tu peux gérer ça ?

Il savait qu'il n'avait pas l'autorité pour passer ce marché, mais il paierait l'adolescent de sa propre poche si nécessaire. Il voulait juste l'empêcher de traîner dans les rues.

— Je vais devoir laver la vaisselle tous les jours ?

— Tu n'es pas obligé de faire quoi que ce soit. Tu peux continuer de faire n'importe quoi. Je te donne juste une chance d'agir autrement. Commence aujourd'hui, travaille pour ce hamburger et ces frites, et si je ne te revois jamais, qu'il en soit ainsi. Mais tu as une occasion de gagner de l'argent pour ne pas avoir à voler. Le reste dépend de toi.

Jed l'agrippa en le faisant traverser le bar et en le menant jusqu'à la cuisine, où Finlay était occupée à préparer un sandwich.

— Salut, Jed, dit-elle joyeusement.

Elle portait un tablier rose vif et ses cheveux blonds étaient attachés en une queue de cheval.

— Qui est ton ami ?

— Finlay, je te présente Ricardo. Il va laver la vaisselle pendant une heure.

— Ça me paraît bien, accorda Finlay. Enchantée, Ricardo.

Jed adressa un regard menaçant à Ricardo :

— Tu te souviens du gros *monstre* barbu que tu viens de voir devant le bar ? C'était Bullet et elle, c'est sa femme, Finlay. Tu vas la traiter avec le plus grand respect ou tu auras affaire à Bullet.

— Oui, monsieur. Bonjour, madame Finlay. Enchanté, dit-il nerveusement.

Finlay adressa un regard interrogateur à Jed.

— Ravie de te rencontrer.

Jed installa Ricardo devant l'évier, puis il s'appuya contre le plan de travail, là où Finlay travaillait, et croisa les bras.

— Il a essayé de partir sans payer, expliqua-t-il à voix basse. J'ai supposé que je pourrais lui apprendre quelque chose.

— Il est tellement jeune, murmura-t-elle.

— Oui. Exactement.

Ricardo travailla sans se plaindre et une heure plus tard, Jed rendit son verdict :

— Bon travail. Tu as remboursé ton déjeuner. Si tu veux sortir d'ici avec dix dollars de plus en poche, tu peux rester et laver la vaisselle une heure de plus.

Finlay dépassa silencieusement Jed et posa une assiette avec un cupcake au glaçage rose sur le plan de travail, à côté de Ricardo, avant de dire :

— Vas-y. C'est pour toi.

Ricardo leva les yeux vers lui, cherchant son approbation.

Jed hocha la tête.

— Dis merci.

— Merci.

Il en mangea la moitié d'une bouchée, posa l'autre sur l'assiette et dit :

— Je vais continuer de laver la vaisselle, mais je dois rentrer chez moi à seize heures.

— Lave donc. Je te ramènerai chez toi quand tu auras fini.

LE MERCREDI SOIR, Josie et Hail étaient enfoncés jusqu'aux coudes dans la préparation du pain d'épices quand elle vit les phares du pick-up de Jed dans l'allée. Son cœur sautilla de joie.

Depuis qu'ils avaient emménagé chez Scotty, il avait passé la plupart de son temps libre avec eux. Le samedi soir, quand ils avaient terminé de défaire leurs bagages et que Hail était allé se coucher, Jed et elle avaient parlé des conseils de Sarah et avaient décidé de laisser leur relation progresser naturellement devant Hail. Puis, ils avaient inauguré la nouvelle chambre de Josie. Cette dernière avait pensé qu'elle aurait été gênée à l'idée d'être intime avec Jed dans la maison de Scotty, mais ce n'était pas le cas. C'était une chose très étrange, mais même cela semblait naturel avec Jed.

Le dimanche, Jed et elle avaient emmené Hail voir un film avec Sarah, Bones, Truman, Gemma et tous les enfants. Hail adorait passer du temps avec ses cousins et ses nouveaux amis, même s'il appelait Kennedy et Lincoln ses cousins aussi.

Elle vit Jed passer devant les fenêtres de l'avant de la maison et Scotty alla ouvrir la porte. La situation avec lui avait été confortable aussi. Généralement, après le dîner, il passait du temps avec Hail, puis il sortait avec des amis ou il descendait au sous-sol.

— Elle est dans une frénésie de gâteaux, dit Scotty en ouvrant la porte.

— Moon !

Hail se précipita hors de la cuisine.

— Mains collantes ! Ne le laisse pas toucher quoi que ce soit…, cria Josie par-dessus la demi-paroi alors même que Hail jetait ses bras autour des jambes de Jed.

Du chocolat et de la pâte collante recouvraient ses vêtements et son visage.

— Désolée !

Jed leva un Hail gloussant en l'air, le tenant à distance de son corps tout en le portant jusqu'à la cuisine.

— Qu'est-ce que tu as fait ? Tu as plongé dans une cuve de farine ?

Il était tellement gentil avec Hail : patient, drôle, aimant. Sachant ce que Sarah, Tracey et les autres femmes du refuge avaient traversé, Josie s'estimait heureuse. Elle savait à quel point elle avait eu de la chance d'avoir trouvé deux hommes incroyables dans sa courte vie.

— Nous faisons *plein* de choses en pain d'épices ! s'exclama Hail. Tu veux aider ? Oncle Scotty aide en mangeant les trucs que Maman trouve ratés.

Scotty décrocha son manteau du crochet de la porte :

— Je fais mon devoir.

— Tu parles si j'ai envie d'aider ! assura Jed en posant Hail.

— Je sors. Ne m'attendez pas.

Scotty leur fit signe et partit.

— Au revoir, Oncle Scotty ! cria Hail en grimpant sur une chaise devant le plan de travail à côté de Josie.

Jed passa une main autour de la taille de Josie :

— Salut, jolie pâtissière.

Il l'embrassa sur la joue et murmura :

— Tu m'as manqué.

— Tu m'as manquée aussi.

Ils avaient commencé à se tenir la main et à échanger de tendres baisers devant Hail. Hail avait commencé à embrasser Jed pour lui souhaiter une bonne nuit et à le serrer plus souvent dans ses bras. Il était même monté sur les genoux de Jed le dimanche soir pour lui demander de lui lire une histoire. Il était incroyable de voir comme les choses se mettaient en place une fois que Josie eut décidé de cesser de se sentir coupable et de s'inquiéter.

— J'ai passé une super journée.

Elle désigna la table où des bols et des tasses en pain d'épices de diverses tailles et des cornets de biscuits au gingembre refroidissaient. Sur le plan de travail, il y avait une autre casserole de ces cornets en biscuits au gingembre ; ceux-ci avaient été trempés dans le chocolat. D'autres cornets avaient été roulés dans des vermicelles. Scotty avait ramené une table d'enfant. Il avait dit qu'ils en avaient besoin pour les soirs où les enfants de Sarah venaient dîner. Ils l'avaient posée près des portes vitrées. Elle était couverte de bonshommes et de friandises en pain d'épices pour qu'ils les décorent.

— La vache, Jojo. Pourquoi est-ce que vous avez fait tout ça ? Est-ce que tout est en pain d'épices ? demanda Jed.

— La plupart des choses. Les cornets sont faits avec des biscuits au gingembre. J'ai *tellement* de choses à te raconter, dit-elle en étalant sa pâte en une couche plus fine. Penny m'a montré comment faire des cornets sans rien aujourd'hui et pendant que nous les trempions dans le chocolat et que nous ajoutions le vermicelle, elle a dit qu'ils avaient beaucoup plus de monde en été. Et j'ai commencé à penser au pain d'épices.

— Est-ce que je peux faire les cercles ? demanda Hail.

— Ouaip.

Elle tendit l'emporte-pièce en plastique en forme de cercle à Hail :

— Fais attention et souviens-toi, les mains restent sur le manche.

— Je sais, dit-il en soupirant comme s'il avait coupé de la pâte toute sa vie.

C'est presque le cas, pensa-t-elle.

Pendant que Hail travaillait, elle dit :

— La grand-mère de Brian m'a appris tout ce que je sais sur la cuisine et la pâtisserie. Elle adorait le pain d'épices et elle m'a montré comment faire des maisons avec, comme celles que nous avons faites à Noël, et *beaucoup* d'autres choses en pain d'épices : des cookies, des gâteaux, des muffins, des diplomates, des caramels crémeux. Tout ce que tu peux imaginer, je peux le faire. Alors, après le travail, j'ai commencé à penser à ces cornets...

— On a essayé de les faire, dit Hail en appuyant tout son poids sur la poignée de l'emporte-pièce. Ça n'a pas marché.

Il désigna une pile de morceaux de pain d'épices.

Jed haussa les sourcils.

— Est-ce qu'on peut les manger ?

— Oui. Prends tout ce que tu veux. Dieu sait que j'en ai déjà mangé un million de trop.

Elle prit l'emporte-pièce de Hail et le posa tandis que Jed se servait.

— Bien, mon chéri. Bon travail. Tu peux décorer les cookies, si tu veux.

— Hourra !

Il alla jusqu'à la table pour enfant afin de décorer les cookies.

— Jojo, ils sont délicieux.

Jed prit une poignée de morceaux.

— Tu ne vas pas les jeter, si ?

— Je suis ravie qu'ils te plaisent. Je pensais que je pourrais faire un chantier en pain d'épices pour Hail et utiliser les morceaux cassés pour faire des monticules de terre. Nous cuisinons depuis que nous sommes rentrés. Je vais amener tout ça au travail demain matin et les montrer à Penny. Qui sait, peut-être que ce genre de nouveauté pourrait aider son entreprise en hiver ? Réfléchis. Des bols en pain d'épices pour les sundaes, des cornets en gâteau au gingembre que nous pouvons tremper dans du chocolat blanc et décorer avec des vermicelles verts, blancs et rouges pendant la période de Noël. Ou les retourner sur une boule de glace et dessiner des visages comme des clowns, de sorte que le cornet soit le chapeau décoré avec des fleurs en chocolat. Elle peut faire tellement de choses !

Elle ouvrit le congélateur qui était rempli de tasses en pain d'épices.

— Ils doivent passer la nuit au congélateur pour garder leur forme. Je vais me réveiller tôt et les mettre au four avant d'emmener Hail à l'école demain, et je collerai les poignées en utilisant du caramel des petites tasses à café. Penny pourrait les remplir de glace, de crème anglaise, de tout ce qu'elle veut, mettre de la crème chantilly au-dessus et les vendre comme des régals d'hiver.

La surprise dans les yeux de Jed lorsqu'il tendit les bras vers elle lui donna l'impression que c'était une mauvaise idée.

— Bébé, c'est *plus* qu'incroyable. Je n'ai jamais rien vu de tel. Pas à la boulangerie, pas avec Finlay…

— Merci. J'espère que l'idée plaira à Penny et qu'elle n'aura pas l'impression que je dépasse les bornes.

— Penny va adorer tout ça.

Josie se mit sur la pointe des pieds et l'embrassa.

— J'espère. Quand j'étais adolescente, je rêvais d'avoir un petit commerce et de vendre toute sorte de choses en pain d'épices. Pendant les vacances, je voulais organiser des fêtes pour fabriquer des maisons en pain d'épices et au printemps, je voulais faire des fleurs en pain d'épices. J'ai même choisi un nom pour l'entreprise. *Ginger All the Days.* J'aimais tellement l'idée que j'ai même pensé à l'apparence de la boutique. Une petite maison en pain d'épices avec un auvent à rayures roses, blanches et marron au-dessus de la porte et tout à l'intérieur serait décoré dans ces couleurs. De beaux rêves !

— Bébé, d'après ce que j'ai vu au cours des dix dernières

minutes, ça ne ressemble pas juste à un rêve. Je suis sûr que Penny va adorer.

— Peut-être. Je l'espère, mais ce sont juste quelques nouveautés pour Penny, pas une boutique.

Elle prit un cornet qu'ils avaient trempé dans le chocolat et le lui tendit.

— Goûte. On va voir si tu aimes. C'est un biscuit au gingembre, c'est comme un cookie croustillant. Le pain d'épices ne devient pas assez croustillant pour en faire un cornet.

Il en prit une bouchée et ferma les yeux.

— Hmm.

Quand il ouvrit les yeux, il se pencha en avant et murmura :

— Je ne peux penser qu'à une chose plus délicieuse, et ce n'est pas à faire entendre aux petites oreilles.

La chaleur se faufila dans l'entrejambe de Josie tandis qu'il posait ses lèvres sur les siennes dans un baiser sucré. Ils n'avaient pas fait l'amour depuis le samedi et elle agissait déjà comme si elle était droguée et qu'elle avait besoin de sa dose.

Jed retira sa veste en cuir et la jeta sur une chaise.

— Comment est-ce que je peux t'aider ?

Pose tes mains sur moi. Ou ta bouche. Oh putain, oui, ta bouche.

Ses joues chauffèrent tandis que les suggestions sexy lui passaient à l'esprit.

— Aide-moi à décorer ! dit Hail, la sauvant de sa plongée dans des pensées coquines.

Dieu merci.

Ils décorèrent les cookies pendant que Josie finissait de cuire les aliments au four. Chaque fois que Jed se levait, il l'effleurait discrètement, passant sa main sur ses fesses ou son torse contre ses seins, déposant des baisers sur ses joues. Chaque contact sensuel augmentait le désir de Josie, mais c'étaient ses murmures coquins qui la firent compter les minutes jusqu'à l'heure du coucher de Hail. *Garde un peu de glaçage pour plus tard. Ce soir, tu vas jouir sur ma langue.*

Jed l'aida à baigner Hail et à le préparer à aller se coucher. Quand Hail demanda à Jed de lui lire une histoire, Josie profita du temps libre et sauta rapidement dans la douche. Pendant que l'eau chaude coulait sur ses seins, elle pensa à la douche qu'elle avait prise avec Jed dans son appartement. Elle s'était douchée avec Brian, mais ce dernier n'était pas aussi sexuel que Jed. Même s'ils avaient essayé une fois de faire l'amour dans la douche, entre leur différence de taille et la gêne, ils avaient abandonné et n'avaient jamais retenté l'expérience. Avec Jed, il n'y avait eu aucune gêne. Il l'avait appuyée contre le mur carrelé avec des baisers affamés, puis avait pris son sein dans sa bouche et l'avait allumée avec sa main. Malgré l'eau coulant sur eux, il l'avait facilement soulevée et l'avait baissée sur son sexe dur comme la roche. Utilisant le mur pour garder l'équilibre, il l'avait pénétrée comme s'il pouvait la retenir pour toujours, et quand ils avaient joui, ils avaient été bruyants et bruts et…

Son corps frémit en y repensant. Alors qu'elle se séchait et qu'elle s'enveloppait dans une serviette, le désir ne se dissipa pas. Elle ouvrit la porte silencieusement et observa la chambre de Hail. Jed était assis avec un livre à la main, son autre main posée sur le dos de son fils endormi. Le lapin en peluche de Hail était écrasé entre son ventre et le matelas. Jed posa le livre sur la table de chevet et descendit du lit. Son regard perçant balaya audacieusement son corps et il couvrit la distance qui les séparait comme un loup affamé avançait vers sa proie. Chaque pas faisait battre le cœur de Josie un peu plus vite. Quand il lui prit la main et qu'il l'emmena dans la chambre, ses tétons brûlaient d'impatience.

Elle entrouvrit la porte de Hail derrière eux et traversa le couloir jusqu'à sa propre chambre. Jed retira son T-shirt avant même de fermer la porte. Il ne s'empara pas de la serviette. Ses doigts glissèrent lentement sur ses épaules et le long de ses bras, la capturant d'un regard sombre.

— Qu'est-ce que tu m'as fait, Jojo ? murmura-t-il en posant sa bouche sur son épaule.

Le premier contact de ses lèvres envoya des frissons de désir en elle. Il l'embrassa si légèrement sur les épaules, au-dessus de la courbe de son bras, qu'elle retint sa respiration pour ne pas en manquer un seul.

—J'ai hâte de te sentir jouir sur ma bouche, dit-il à voix basse.

Les entrailles de Josie vibrèrent de désir. Son sexe était gonflé et avide, et *elle* aussi. Elle tendit les mains vers le bouton du jean de Jed :

— Toi d'abord.

Tandis qu'elle s'occupait de sa braguette, il lui prit le poignet et dit :

— Tu joues avec le feu, Jojo. Ta bouche sur moi va me faire jouir.

Elle libéra son poignet :

— J'espère bien.

Elle baissa son jean et enroula ses doigts sur son sexe.

— Enlève ton jean et laisse-moi faire ce dont j'ai rêvé.

— *Putaaain…*, dit-il en posant sa bouche sur la sienne tout en essayant de retirer ses bottes et son jean.

Il utilisa le mur pour garder l'équilibre et ils finirent par rire.

Quand il fut enfin nu, elle se retourna et le poussa contre le mur. Puis, elle laissa tomber sa serviette et fit quelque chose qu'elle n'avait jamais fait auparavant devant un homme. Elle avait lu toute sorte de choses sur la manière d'exciter un homme au fil des ans, même si elle ne s'était jamais résignée à les essayer avec Brian. Aucune partie d'elle ne voulait se retenir avec Jed et elle savait qu'elle pouvait lui faire confiance. Elle agrippa ses seins et gémit, adorant le désir qui montait dans le regard de Jed. Puis, elle glissa une main entre ses jambes et taquina son sexe, émettant d'autres sons sensuels. Il l'agrippa par les bras et abattit sa bouche sur la sienne jusqu'à ce qu'elle soit appuyée contre son corps, prête à se donner à lui. Cependant, cette fois, elle voulait contrôler la situation. Elle avait passé les derniers jours à penser au plaisir qu'il lui avait donné et elle voulait le lui rendre.

Elle écarta sa bouche de la sienne, les laissant haletants, et elle glissa son doigt humide dans la bouche de Jed. Il le suça avidement, comme elle l'avait espéré.

— Je vais te sucer comme ça, dit-elle, se surprenant elle-même. Je ne veux pas que tu te retiennes.

Ses yeux ne se détournèrent jamais des siens tandis qu'elle tombait à genoux et qu'elle léchait ses bourses. Son membre s'agita et il grogna. C'était le son le plus sexy et le plus masculin qu'elle ait entendu et elle voulait l'entendre encore plus. Elle agrippa ses bourses et posa sa bouche sur l'intérieur de sa cuisse, suçant et léchant jusqu'à ce que tout son corps se tende et que ses hanches se propulsent en avant. Il ferma et les yeux et sa mâchoire se serra. Il était tellement sexy et excité. Savoir qu'elle l'avait fait se sentir ainsi lui donna envie d'être encore plus audacieuse.

— Regarde-moi, dit-elle en passant sa langue sur son sexe.

— Putain, Jojo. Quand tu parles comme ça...

— Je suis à toi, Moon. Fais-moi tienne de toutes les manières possibles.

Elle posa sa bouche sur son sexe, l'excitant avec des caresses de sa main étroitement serrée tandis qu'elle le suçait. Il gémit bruyamment et vite tandis qu'elle accélérait. Il agrippa sa tête et la tint fermement. *Oui ! Oh oui !* Lorsque Josie comprit qu'il la laissait encore mener la danse, elle couvrit ses mains des siennes et l'obligea à bouger sa tête plus vite.

Il donna un coup de hanches, pénétrant sa bouche comme si elle était *sienne* : non seulement elle adorait ça, mais elle le désirait. Il avait libéré une partie d'elle dont elle avait ignoré l'existence. Ou peut-être qu'elle avait su depuis la première fois où ils avaient fait l'amour que quelque chose de sombre et d'érotique vivait en elle, mais elle l'avait nié. Probablement pour ne pas penser à ce qui lui manquait.

— Bon sang, grogna-t-il, plein de désir et d'avidité. *Jojo…*

L'avertissement dans sa voix lui donna encore plus envie de lui. Elle agrippa ses fesses à deux mains, lui faisant savoir qu'elle était à fond. Il la pénétra plus fort, plus vite, plus brutalement, et quand il jouit, elle resta avec lui, prenant tout ce qu'il avait à donner.

Sa tête tomba en arrière contre le mur tandis que les répliques de son orgasme le traversaient, chacune accompagnée par un mouvement brusque de ses hanches. Une bonne minute s'écoula avant que son emprise sur sa tête ne s'apaise et il l'aida à se lever. Il prit tendrement son visage dans ses mains comme s'il voulait dire quelque chose, mais ensuite, les coins de sa bouche s'étirèrent en un sourire et il posa sa bouche sur la sienne, l'embrassant profondément, *totalement*.

Quand leurs lèvres s'écartèrent, elle dit :

— Je n'ai jamais *fini* comme ça auparavant.

Elle ne pouvait pas se résoudre à dire « avaler ». Le mot

semblait sale et ce qu'ils faisaient ne l'était pas. C'était intime et bon et… De l'*amour* ?

Il fronça les sourcils, comme s'il essayait de donner un sens à ce qu'elle avait dit, et elle vit le moment où il comprit. Il écarquilla les yeux de surprise.

— Oh, bébé. Merci… ?

Elle rit et il la prit dans ses bras avec un grognement joueur avant de la jeter sur le lit.

— Pour information, dit-il en la plaçant sur le bord du matelas, embrasser une femme après une fellation est une première pour moi. En fait, je ne peux pas résister à ta bouche.

Il s'agenouilla devant elle, lui offrant un regard de braise :

— Ni à une quelconque partie de toi.

Quand il leva ses jambes par-dessus ses épaules et qu'il s'appuya sur son ventre, l'allongeant à nouveau sur le matelas, elle ferma les yeux. Il lui écarta les jambes de ses mains fortes et le premier contact de sa langue sur le sommet de son sexe envoya des fusées de désir en elle. Sa langue dessina des cercles autour de son clitoris jusqu'à ce qu'elle gémisse et s'agite, balançant les jambes dans un effort de pousser la bouche de Jed là où elle en avait le plus besoin. Quand il céda enfin, il lécha, suça et taquina la boule de nerfs jusqu'à ce que Josie devienne presque folle. Puis, il plongea ses doigts en elle. Josie était tellement prête, tellement sensible, qu'elle cria, posant brusquement sa main sur sa bouche pour ne pas réveiller Hail. Jed ne recula pas. Il caressa cet endroit gonflé et magique jusqu'à ce que des lumières explosent derrière les paupières fermées de Josie. Elle s'arc-bouta et trembla sous la force de son orgasme. Son esprit commençait à s'éclaircir, il changea de position, posant sa bouche sur son sexe et ses mains au-dessus de celui-ci, la faisant chavirer à nouveau. Josie était perdue dans un océan de sensations et elle ne voulait pas être secourue. Son amant l'envoya à nouveau au septième ciel et quand elle jouit enfin, elle eut l'impression de tomber en chute libre dans un monde de plaisirs qu'elle n'avait jamais connus.

Elle ferma les yeux tandis que le dernier orgasme la traversait et elle sentit Jed monter sur le lit à côté d'elle. Il l'attira dans ses bras, la posant sur les oreillers.

— Tu as besoin de te reposer, chérie ?

Il écarta ses cheveux de son visage, l'embrassant délicatement.

— Non. C'était… *ouah*, dit-elle alors que la tête lui tournait.

Jed-Moon guida sa main jusqu'à son érection, l'embrassa à nouveau, plus profondément cette fois. Leurs baisers devinrent vite plus ardents et il se plaça sur elle. Il enlaça leurs mains à côté de la tête de Josie et utilisa ses propres hanches pour guider son sexe jusqu'à son intimité.

— Si je suis trop brusque ou que je dépasse les limites, tu dois me le dire.

— Je te le dirai.

Elle leva les hanches et dit :

— Mais tu ne vas pas le faire. Je te fais confiance de tout mon être.

Alors que leurs corps s'unissaient, il la remplit parfaitement, la tint avec possessivité, puis l'aima totalement, à tel point qu'elle ne voulait pas qu'il la lâche.

ILS RESTÈRENT ALLONGÉS, enlacés, pendant un long

moment après cela. Le temps s'écoulait. C'était la meilleure et la pire partie de la soirée. Jed savait qu'elle devait se lever tôt et qu'elle ne voudrait pas que Hail le trouve dans son lit, mais il avait horreur de l'abandonner. Il voulait faire durer chaque minute.

Elle passa ses doigts sur son ventre :

— Et si nous allions dans la cuisine et que nous mangions ces morceaux cassés ?

— Chaque fois que tu ouvres la bouche, je craque un peu plus pour toi.

Il posa ses lèvres sur les siennes.

Elle se leva avec une étincelle coquine dans les yeux :

— Tu veux dire, quand j'ouvre la bouche et que je te laisse mettre une certaine chose dedans ?

— C'était super sexy.

Il l'attira dans ses bras :

— Je craque pour toi même sans ça. J'ai craqué pour toi toutes ces années et tu ne l'avais pas fait cette nuit-là.

Il ramassa son T-shirt et le passa par-dessus la tête de Josie. Il lui arrivait au milieu des cuisses. Comme elle était sexy ! Après avoir mis son jean, et elle sa culotte, il dit :

— J'adore être avec toi, Jojo. Ce n'est pas qu'une question de sexe.

— Si je ne le savais pas, je ne serais pas avec toi.

Elle se mit sur la pointe des pieds et l'embrassa.

Elle posa son doigt sur ses propres lèvres, lui rappelant de ne pas faire de bruit, et il la suivit dans le couloir. Ils jetèrent un œil à l'intérieur de la chambre de Hail. L'enfant était profondément endormi, serrant son lapin en peluche contre lui. La poitrine de Jed sembla pleine à l'idée qu'ils soient tous les deux en sécurité. Il savait que Scott veillerait sur eux, mais il était de plus en plus dur de partir chaque soir. Il voulait les protéger lui-même, être la première personne qu'ils voyaient le matin, la personne qui voyait leurs sourires endormis et qui apaisaient leurs larmes angoissées. Il avait conscience que le temps passé en famille était important pour eux et il ne voulait pas imposer sa présence dans la vie de Josie trop vite.

Ou plutôt, il en avait envie, mais il était important d'essayer de ne pas le faire.

Dans la cuisine, il souleva Josie sur le plan de travail à côté du récipient rempli de morceaux de pain d'épices et il se plaça entre ses jambes en se donnant mutuellement les friandises sucrées à manger.

— Alors, ma copine veut être pâtissière ?

— J'ai mis ce rêve de côté, il y a longtemps. Et toi, Moon ? Est-ce que tu rêves de faire autre chose ou est-ce que tu aimes travailler au garage et au bar ?

— J'aime les deux emplois pour des raisons différentes. Travailler sur des voitures me donne de la satisfaction. J'aime travailler avec les gars et j'adore travailler avec mes mains.

— *Hum.* Tu sais bien te débrouiller avec tes mains, dit-elle en agitant les sourcils et en mettant un morceau de pain d'épices dans la bouche de Jed.

— Et le bar ?

Il se pencha en avant et l'embrassa.

— Le bar est un tout autre monde. C'est là que les membres des Dark Knight passent du temps et j'adore être avec Bullet, les mecs, Izzy et Finlay. Red diminue ses heures de service, mais Biggs et elle viennent souvent.

— Alors, il s'agit d'avoir un sens de la famille ?

— Je ne l'ai jamais décortiqué comme ça auparavant, mais oui, c'est ça. Ils ont été tellement gentils avec Crystal et moi.

Bon sang, bébé, ils sont gentils avec tout le monde. J'ai des souvenirs de l'époque où ma famille était proche, avant que mon père ne perde son travail et que nous déménagions à Peaceful Harbor. Bon, c'était il y a si longtemps qu'ils s'estompent. Honnêtement, j'avais presque renoncé à la véritable signification de la famille avant qu'ils n'entrent dans ma vie.

Elle passa ses doigts dans les cheveux de Jed, le visage empreint de douceur.

— Je suis ravie que tu n'y aies pas complètement renoncé.

— Moi aussi. Je suis ravi que *tu* ne l'aies pas fait après tout ce que tu as vécu avec tes parents.

— Tu ne peux pas choisir tes parents, mais tu *peux* choisir le genre de parent que tu seras.

— C'est bien vrai. Un adolescent est venu au bar pour le déjeuner aujourd'hui et il a essayé de partir sans payer l'addition. Je l'ai rattrapé sur le parking.

— Qu'est-ce que tu as fait ? Tu as appelé la police ?

— Non. Ce n'est qu'un enfant. Il avait faim et il était effrayé. Je crois qu'il a eu des ennuis avec la loi. Son père est en prison et sa mère a deux emplois. J'ai vécu ça, tu sais. Sans père et avec une mère qui ne pouvait pas joindre les deux bouts. Si ce qu'il a dit est vrai, alors au moins, sa mère tient à lui et fait tout ce qu'elle peut pour lui, pas comme la mienne. Je voulais vraiment l'aider, tu sais ? Appeler la police ne l'aiderait pas à voir pourquoi laisser tomber l'école n'est pas une bonne idée.

Elle l'attira contre elle et l'embrassa.

— Mon Moon au grand cœur.

— Je n'arrête pas de penser à lui. Et si c'était Hail ? Et s'il s'engageait sur le mauvais chemin un jour ? Si nous n'étions pas là pour le guider, nous voudrions que quelqu'un fasse ce qu'il faut.

— J'espère être toujours là pour lui.

— Je sais, bébé, et maintenant il m'a, moi. Il a ta famille et il a les Whiskey. Il n'aura jamais à craindre de ne pas avoir des gens autour de lui qui l'aiment et qui prennent soin de lui. Je ne voulais pas te faire peur. Je voulais juste dire que… La police n'aurait pas réglé les problèmes de ce gamin, Ricardo. Je ne peux pas les régler. Je voulais lui enseigner quelque chose, lui donner un peu d'espoir, un moyen de voir qu'il a un choix dans ce que sa vie peut devenir. Je l'ai amené à l'arrière du bar et je lui ai fait laver la vaisselle pour rembourser sa dette. Ensuite, j'ai réalisé que s'il partait sans rien en poche, il se retrouverait dans la même position demain. Alors je lui ai donné le choix : rester et laver la vaisselle une heure de plus pour gagner dix dollars, ou partir. Il est resté et je l'ai ramené chez lui ensuite.

— J'adore cette idée. Tu as utilisé ton passé pour changer les choses. C'est beau. Est-ce que ça lui a plu ?

— Je crois. Il a dix-sept ans. Il vit dans un appartement en banlieue, pas très loin du bar. Finlay lui a donné un cupcake et il en a emporté la moitié chez lui avec la moitié de son sand-wich. Je suppose que c'est pour sa mère. Je lui ai dit que s'il allait à l'école et qu'il venait au bar ensuite, je le paierai pour laver la vaisselle. Il n'a pas dit grand-chose sur le chemin du retour, il ne m'a pas dit s'il reviendrait. Je me sens mieux en sachant que j'ai essayé.

Elle bâilla et il la serra dans ses bras.

— Je n'ai pas envie de te laisser, mais tu dois te réveiller tôt demain. Tu devrais dormir un peu.

Elle grogna et il posa ses lèvres sur les siennes.

— Je vais travailler au garage demain. Je viendrai ensuite. J'ai promis à Hail que nous irions à la bibliothèque pour emprunter de nouveaux livres. Est-ce qu'il y a *la moindre chose* qu'il ne sache pas sur les camions ?

— Il n'a jamais travaillé sur un moteur, dit-elle tandis qu'il la soulevait du plan de travail et qu'il la posait par terre.

— Bébé, tu viens de me donner une super idée.

Il mit sa veste tandis qu'ils se dirigeaient vers la porte, puis Jed embrassa son amoureuse profondément.

— Je n'ai pas envie de dire au revoir.

— Tu as eu envie de faire *beaucoup* de choses ce soir.

Il agrippa ses fesses :

— Tu es une coquine. Comment est-ce que je suis censé rentrer chez moi en pensant à ça ?

— De la même manière que je suis censée dormir en pensant à toutes ces vilaines choses que tu m'as faites ce soir, sauf que mon lit a encore ton odeur, alors ce sera plus dur pour moi.

— Je suis toujours *dur* pour toi, bébé.

Après plusieurs autres baisers torrides, il sortit et dit :

— Tu ferais mieux de fermer à clé, sinon je vais rentrer à nouveau.

— Des promesses, rien que des promesses…

CHAPITRE TREIZE

JOSIE AVAIT MIS une éternité à s'endormir après le départ de Jed, la veille. Elle s'était levée à cinq heures trente pour finir de préparer les bols en pain d'épices avant d'aller travailler. Elle aurait dû être exténuée, mais alors qu'elle entrait à Luscious Licks, elle se sentait *vive*. Elle avait été nerveuse à l'idée de montrer à Penny ce qu'elle avait préparé, mais quand elle était montée dans sa voiture, elle avait trouvé une pierre sur le siège conducteur sur laquelle était gravé « Je crois en toi ». Comme Jed avait-il su qu'elle avait besoin d'un peu d'assurance supplémentaire ce matin-là ?

Penny était debout sur une échelle derrière le comptoir et elle écrivait les spécialités du jour sur le tableau noir : Tempêtes de grêle à la menthe.

Ses cheveux étaient attachés en un chignon et elle portait un pull-over couleur menthe. Sur l'avant, Josie savait qu'il était écrit « Un coup de langue ? » sur sa poitrine en vert foncé, avec un gros cornet de glace et « Luscious Licks » en dessous.

— Salut, copine, dit Penny en descendant de l'échelle. Regarde ça. La glace de ton fils est la spécialité du jour.

— Il va adorer ça. Je dois prendre une photo pour le lui montrer.

Elle sortit son téléphone et Penny leva les bras en souriant.

— Envoie-la-moi. Je dois la publier sur les réseaux sociaux.

Penny était très douée sur les réseaux sociaux. Le glacier avait plus de vingt mille abonnés. Josie n'avait même pas de compte. Elle ne pouvait pas imaginer ce que les gens partageaient et pourquoi ils le faisaient, mais Penny donnait l'impression que chaque photographie était un événement. Ses publications avaient des centaines de commentaires et les gens venaient toujours en disant qu'ils avaient vu quelque chose sur Instagram ou Facebook.

Elle envoya la photographie à Penny et glissa son téléphone dans sa poche.

— Ne me déteste pas, mais hier soir, j'ai eu une idée à propos des choses que l'on pourrait proposer en hiver.

— Pourquoi est-ce que je te détesterais ? demanda Penny en faisant le tour du comptoir. J'adore les nouvelles idées.

— Je ne veux pas que tu penses que j'ai la prétention ridicule de te dire comment gérer ton entreprise.

Penny rit.

— *Je t'en prie*, si tu as des idées, dis-le-moi.

— D'accord, eh bien…

Elle n'avait rien apporté, au cas où il y aurait du monde ou que Penny ne soit pas intéressée.

— C'est à l'arrière de ma voiture.

Elle désigna son véhicule derrière les portes vitrées, garé contre le trottoir.

— Maintenant, tu as piqué ma curiosité, dit Penny.

Elle prit son manteau et la suivit à l'extérieur.

Josie ouvrit le coffre. Elle n'avait pas vraiment pensé à la quantité qu'elle avait préparée avant ce moment-là, en voyant toute la nourriture étalée devant elle. Il y avait des *douzaines* de friandises et il y en avait d'autres sur le siège passager et la plage arrière.

— Tout est en pain d'épices, sauf les cornets. Ils sont faits avec des biscuits au gingembre, parce que le pain d'épices ne tient pas droit. Je me suis un peu laissé entraîner, mais…

— La vache, Josie ! Tu as préparé tout ça ?

Penny se pencha en avant pour examiner les tasses qu'elle avait terminé de préparer ce matin-là.

— Est-ce que ce sont des *tasses* ? Est-ce que je peux les remplir de glace ?

— Oui, et j'ai utilisé du caramel pour coller les poignées. J'ai pensé que je pourrais aussi faire de la glace au pain d'épices si tu veux, ou de la glace au pain d'épices et à la pêche. Ce serait *trop bon*. Helen, la grand-mère de Brian, et moi faisions toujours tout nous-mêmes. Les bols sont plus réussis que je ne l'espérais et j'ai d'autres idées aussi, dit-elle tandis que Penny sortait son téléphone et commençait à prendre des photographies.

Josie lui parla de son idée de cornets de glace en forme de clown.

— Et pendant les vacances, nous pouvons faire des elfes avec des oreilles en pain d'épice. Pour les fêtes, nous pouvons décorer des gâteaux glacés avec du pain d'épice aussi. Peut-être que nous pouvons même faire un thème de pays des Merveilles avec un petit train en pain d'épices et des boules de glace à la place des voitures ?

— Nom d'un chien ! Finlay va perdre la tête quand elle va entendre que tu peux faire ça. Je vais lui envoyer les photos.

L'estomac de Josie se serra.

— Pourquoi ? Est-ce qu'elle fait du pain d'épices ? Mince ! Je ne veux pas…

— Non ! Elle ne fait *rien* en pain d'épices, genre, *jamais* !

Elle sera enthousiaste.

Penny prit un cornet et le mordit.

— Oh mon Dieu.

Elle ferma les yeux en mâchant.

— Hum.

Elle ouvrit grand les yeux et s'agita :

— Tu es brillante ! Nous devons emmener tout ça à l'intérieur pour en préparer quelques-uns et prendre des photos. Nous allons les publier sur les réseaux sociaux et voir comment ils se vendent. Nous ne sommes vraiment pas censés faire ça, mais ils sont trop bons pour qu'on ne les partage pas. Testons-les.

— Les réseaux sociaux ? Vraiment ?

— Oui. Ça pourrait être énorme, Josie. S'ils se vendent bien, nous pourrons les ajouter au menu ou… oh ! Je sais ! Nous pouvons organiser une semaine annuelle du pain d'épices. Est-ce que tu peux préparer des choses pour l'été aussi ? Peut-être des ballons en pain d'épice sur des bâtonnets pour le printemps ?

— Je peux faire presque n'importe quoi.

Josie lui parla de la grand-mère de Brian et de la manière dont elle avait joué avec des recettes et des idées pendant des années.

Le téléphone de Penny sonna.

— C'est Fin.

Elle décrocha :

— Est-ce que tu as *vu* les photos ? Josie a préparé ça. C'est du pain d'épices. Je te mets sur haut-parleur.

— Ouah, Josie ! s'exclama Finlay. Garde-moi un bol. Je vais passer dès que mon service du déjeuner sera terminé. Est-ce que tu sais à quel point c'est *incroyable* ? C'est une niche que personne n'a creusée par ici.

Josie fut incapable de cacher son étonnement tandis que Finlay et Penny disaient qu'elles avaient manqué le Festival de l'hiver à Peaceful Harbor, mais qu'elles pouvaient faire partie du Festival du printemps.

— Est-ce que je peux t'engager pour m'aider quand je suis embauchée comme traiteur pour des événements ? demanda Finlay.

— Vraiment ?

Josie était trop enthousiaste pour se retenir.

— Oui ! Je veux dire, si ça ne dérange pas Penny. L'argent supplémentaire pourrait m'être utile.

— Absolument. Ma belle, ça va être énorme pour toi !

Au moment où elle disait cela, Sarah tournait au coin de la rue, se dirigeant vers le salon.

— Sarah ! l'appela Penny. Tu ne m'avais pas dit que Josie était championne de pain d'épice !

Alors que Sarah traversait la rue, Finlay dit :

— Je dois vous laisser, mais je vais envoyer ces photos à Cassie, Gemma et Crystal. Je vais les montrer à Izzy aussi. Je vous aime.

Penny raccrocha et naviguation à nouveau sur son téléphone quand Sarah les rejoignit.

— Ta sœur va être la prochaine révélation par ici.

Josie serra Sarah dans ses bras.

— Ne l'écoute pas. Elle a mangé trop de sucre ou quelque chose comme ça.

— Oh, *je t'en prie*. Regarde ce que ta sœur a fait, exulta Penny. Des tasses, des bols et des cookies en pain d'épices et des cornets en gâteau au gingembre. Des *cornets*, Sarah. Elle les a même trempés dans du chocolat et elle a mis des vermicelles dessus. Je l'épouserais si c'était mon truc.

— Tu as fait tout ça, Josie ?

Sarah écarquilla les yeux de surprise en considérant l'arrière de la voiture.

— Hum hum. Je suis plutôt douée pour faire des choses en pain d'épice. La grand-mère de Brian m'a appris à le faire.

Penny donna un cookie au pain d'épices à Sarah :

— Nous allons faire quelques photos alléchantes et les publier sur les réseaux sociaux pour voir si ça se vend. Je vais garder un bol pour Finlay.

Son téléphone vibra et elle lut rapidement le message.

— Crystal et Gemma viennent pendant leur pause-déjeuner. Finlay leur a envoyé les photos.

— Je dois aller travailler, fit Sarah. Est-ce que je peux acheter deux cookies pour les enfants ?

— Ma sœur ne va pas m'*acheter* des cookies. Attends. Je vais aller chercher un sachet.

Josie se précipita à l'intérieur et quand elle revint, elle mit plusieurs cookies dans le sachet et le tendit à Sarah.

— Tu veux qu'on se voie ce week-end avec les enfants ?

— Oui. Ça me plairait.

Sarah la prit dans ses bras.

— Viens dîner. Les enfants pourront jouer et nous pourrons passer du temps ensemble.

Tandis que Sarah traversait la rue vers le salon, Penny dit :

— Aide-moi à emporter tout ça à l'intérieur. J'ai hâte d'entendre tes autres idées.

Son téléphone vibra à nouveau. Elle posa la boîte sur une table à l'intérieur de la boutique et lut le message.

— Cassie a dit qu'elle viendrait plus tard avec Finlay et qu'elle veut te parler.

— Oh, mince. C'est la pâtissière, pas vrai ? Est-ce que je marche sur ses plates-bandes ?

Penny leva les yeux au ciel.

— Premièrement, *non*. Deuxièmement, personne ne marche sur les plates-bandes de personne pour ces choses-là. Nous voulons tous faire la même chose : préparer des desserts délicieux. Nous ne sommes pas en compétition. Aucune de nous n'est comme ça.

Tandis qu'elles sortaient pour prendre d'autres boîtes, Penny l'informa :

— Fin et Cassie préparent beaucoup de choses similaires, mais même *elles*, elles travaillent ensemble sur les gros événements de traiteur. Si ces produits se vendent aussi bien que je le pense, tu vas te retrouver à faire la même chose.

Josie prit une boîte :

— J'ai vécu pendant si longtemps dans un monde composé de trois personnes : Brian, Hail et moi. Avoir autant d'amies pour soutenir tout ce que nous faisons ressemble à un rêve.

— Il va falloir t'y habituer, Josie. Vivre à Peaceful Harbor signifie que tout le monde mettra le nez dans tes affaires tout le temps. Quand tu tombes, il y a beaucoup de mains pour te retenir, et quand tu as quelque chose à fêter, tout le monde est présent pour t'acclamer. C'est plutôt génial.

Quincy passa en voiture devant elles et klaxonna alors qu'elles entraient dans la boutique.

— En parlant de *mettre le nez dans tes affaires*, dit Josie en regardant la rougeur des joues de Penny. Quincy passe tout le temps. Il craque complètement pour toi, alors… ? Quand est-ce que tu vas lui faire goûter autre chose que tes glaces ?

Penny rit.

— Toi *aussi* ? Je devrais peut-être envisager la possibilité de te détester.

— Oublie ce que j'ai dit. Je suis euphorique. Je pensais que ce serait amusant que tu sortes avec lui. Nous pourrions faire une sortie entre couples.

— En d'autres termes, tu es *folle de Moon*, alors tu penses que ce serait amusant si je m'*extasiais sur Gritt*? la taquina Penny. Tu veux que nos petits copains soient meilleurs amis ?

— Oh, mon Dieu. Penny !

Josie se précipita derrière le comptoir tandis qu'une idée lui venait à l'esprit. Elle prit un bloc-notes et un stylo avant de dire :

— Des petits copains qui sont meilleurs amis. C'est fantastique ! Nous pouvons faire des couples en pain d'épice pour les sundaes et les décorer avec différentes couleurs de cheveux, des vestes en cuir, des maillots de football…

— Et des chiens en pain d'épices pour les amoureux des chiens. Ça va être *énorme*, Josie. Nous devons t'imprimer des cartes de visite. Je crois que tu as trouvé ta niche.

Ma niche. Bon sang, elle adorait cette idée.

JED RANGEA SES outils au garage le jeudi après-midi et se dirigea vers le bureau pour parler à Dixie. Il frappa à la porte, puis l'ouvrit.

— Eh. Tu es occupée ?

Elle leva les yeux de l'écran de son ordinateur.

— Non, je regarde juste du porno en buvant de la bière et je traîne ici pour le plaisir.

— Ça a l'air sympa. Comment ça va, Dix ?

Il se laissa tomber sur une chaise de l'autre côté du bureau.

— Pas mal. Ça a été une bonne journée. Tex et Court sont d'accord pour participer à la vente aux enchères de célibataires, même si je pense que je vais repousser la date de quelques semaines. Sarah devrait accoucher le dix-neuf février et elle a dit qu'elle n'avait jamais été à une vente aux enchères de célibataires et qu'elle voulait y assister. Je crois que la fin du printemps ou le début de l'été serait bien. Peut-être en mai.

— Tu vas changer la date pour une personne qui ne va même pas faire une offre ?

Elle leva les yeux au ciel.

— Réfléchis, Jed. Un Dark Knight a un nouveau bébé. La nouvelle petite-fille de Red. Tu ne crois pas que tout le monde va être un peu préoccupé pendant quelques semaines à aider et à aimer ce bébé ? Il faut que les gens fassent des offres pour les célibataires, mais nous voulons aussi faire entrer des fonds pour le refuge d'autres manières. Tout ce que nous gagnerons pendant cette journée et cette soirée ira au refuge. Plus il y a a aura de monde au bar, plus nous vendrons de nourriture et de boissons.

— C'est pour ça que tu t'occupes des chiffres et que je suis mécanicien. Bien pensé. Écoute, j'ai parlé à Buck pour être préqualifié pour un prêt afin d'acheter ma propre maison et j'aurais besoin de copies de mes fiches de paie. Est-ce que tu peux me donner des copies de celles du garage et du bar ?

— Bien sûr. Je peux les imprimer dès maintenant. Est-ce que tu as trouvé un endroit ?

— Non. Je me suis dit que je devrais bien m'organiser d'abord. J'ai posé quelques questions autour de moi, mais la plupart des maisons sont trop chères ou elles ne se situent pas dans une zone assez sûre.

— Je suppose que ta relation avec Josie est plutôt sérieuse, hein ?

— Oui, elle l'est. Et je veux qu'ils fassent partie de ma vie, ce qui signifie qu'il me faut une maison avec assez de place pour que Hail puisse courir et jouer au ballon.

Josie était passée après avoir quitté le travail pour lui dire que Penny avait été enthousiasmée par ses idées. Elle était folle de joie et il *adorait* la voir aussi passionnée.

Son téléphone sonna, il le sortit de sa poche et vit le nom de Bullet s'afficher sur l'écran.

— Qu'est-ce qu'il y a, Bullet ?

— Le gamin d'hier est de retour et il a amené son frère. Qu'est-ce que tu veux que je fasse d'eux ?

— Vraiment ? Peut-être que j'ai fait la différence, après tout. J'arrive tout de suite.

Alors qu'il se levait, Dixie lui tendit les documents :

— Pourquoi est-ce que tu souris ?

— C'était Bullet. Quelqu'un a essayé de partir sans payer hier et…

— Finlay m'a parlé du gamin. Tu as eu de la chance que ce ne soit pas un salaud. Il aurait pu étudier le bar et essayer de nous voler ou quelque chose comme ça plus tard.

— Dix, il avait dix-sept ans et il avait faim, il ne taxait pas des supérettes. Quoi qu'il en soit, il est de retour et il a amené son frère. J'essaie d'aider ce gamin. Ce n'est pas ce que les Dark Knights font ?

— Si, c'est ce qu'ils font. Tant que tu es là-bas, tu devrais demander à Bullet d'annoncer que tu cherches une maison pendant la prochaine messe.

— Merci. Je le ferai.

Dans son pick-up, il envoya un message à Josie. *Je dois*

m'occuper de quelque chose au bar. Je viendrai ensuite. Est-ce que Hail veut encore aller à la bibliothèque ce soir ? Il démarra le moteur et son téléphone sonna quand il reçut la réponse. *Il n'a parlé que de ça depuis que nous sommes rentrés de l'école, mais si tu es fatigué, je peux lui dire que nous le ferons un autre jour.*

Il était fatigué, uniquement parce qu'il n'avait pas pu dormir quand il était rentré chez lui au petit matin. Son lit n'avait pas semblé agréable depuis que Josie l'avait quitté. Sa place était *dedans*, pas à dix minutes au bout de la rue.

Il lui envoya un message : *Je ne suis jamais trop fatigué pour tenir mes promesses. À plus tard.* Ensuite, il se dirigea vers le *Whiskey's.*

CHAPITRE QUATORZE

JED TROUVA BULLET debout devant les portes à l'intérieur du *Whiskey's*, se dressant devant Ricardo et son frère, prêts à s'enfuir.

— Bullet, détends-toi, fit Jed en s'approchant. Merci d'avoir appelé. Je m'occupe d'eux.

Quand Bullet s'écarta, il dit :

— Salut, Ricardo. Est-ce que tout va bien ?

Ricardo adressa un regard nerveux à son frère, qui avait la même peau mate et les mêmes yeux sombres. Ses cheveux étaient plus épais et plus ondulés et son regard n'était pas aussi méfiant que celui de Ricardo. Il y avait une lueur différente en eux. De l'*espoir*, peut-être.

— C'est mon frère, Marco. Si je lave la vaisselle, est-ce que vous lui donnerez à manger ?

Il avait l'impression de parler à une version plus jeune de lui-même, sauf qu'il avait continué de voler. Au moins, Ricardo essayait d'aider son frère en travaillant honnêtement.

— Oui. Pas de problème.

Jed tendit la main à Marco, qui, contrairement à son frère, avait un manteau d'hiver. Ricardo avait la même chemise en flanelle et le même jean déchiré que la veille.

— Marco, je m'appelle Jed. Quel âge as-tu ?

Marco regarda Ricardo et son frère hocha la tête en signe d'approbation. Marco serra la main de Jed.

— J'ai seize ans. Je suis allé à l'école aujourd'hui, ajouta-t-il rapidement, ses yeux sombres se tournant à nouveau vers son frère. Ricky aussi. Je vous le promets.

— Eh bien, c'est super.

Jed croisa le regard de Ricardo :

— Est-ce que tu as mangé aujourd'hui ?

Ricardo mit les mains dans ses poches.

— Je n'ai pas faim.

Isabel servait les clients de l'autre côté de la pièce et Tracey faisait le service. Jed désigna une table :

— Et si vous vous asseyiez ? Je reviens tout de suite.

Les garçons se dirigèrent vers la table et Jed alla parler à Bullet.

Ce dernier posa un verre devant un client, puis se tourna vers Jed :

— On gère une garderie ?

Jed secoua la tête et jeta un coup d'œil à Isabel.

— Izzy, est-ce que tu peux apporter un Coca aux garçons et les tenir à l'œil ? Je dois parler à Bullet une minute.

Jed demanda à Bullet :

— Dans la cuisine ?

Finlay cessa de glacer des pâtisseries lorsqu'ils entrèrent dans la cuisine et son sourire s'estompa.

— Qu'est-ce qui ne va pas ?

— Le gamin est de retour, dit Bullet.

— Ricardo ?

Finlay afficha à nouveau un sourire.

— Il est adorable. Est-ce qu'il veut un sandwich ?

— Oui, s'il te plaît. Deux, si ça ne te dérange pas. Avec des chips.

Bullet plissa les yeux en regardant Jed.

— J'invite, Bullet. Écoute, il n'est pas là pour voler et il ne demande pas l'aumône. Il m'a demandé s'il pouvait faire la vaisselle en échange d'un sandwich pour son frère.

— Oh, c'est la chose la plus adorable que j'ai jamais entendue, dit Finlay en commençant à préparer les sandwiches. Je vais ajouter quelques cookies.

Jed rit.

— Merci.

— Qu'est-ce que tu fais, Jed ? demanda Bullet.

— Je veux proposer un emploi à mi-temps au gamin, le sortir de la rue.

— Tu ne peux pas sauver tous les gamins qui passent par une période difficile, tempéra Bullet. On ne connaît pas ce garçon.

— Vous ne me connaissiez pas non plus, lui rappela Jed. Vous saviez seulement que j'étais le frère de Crystal et que j'essayais de me reprendre en main. Ce n'est pas ce que les Dark Knights font ? Aider autrui ? Protéger la communauté ?

Bullet croisa les bras et baissa le menton, l'examinant silencieusement.

— D'après moi, continua Jed, lui donner du travail l'aidera financièrement et avec un peu de chance, ça l'empêchera de traîner dans les rues.

— Ça me serait utile, dit gentiment Finlay.

— Ce gamin et toi seuls ici ? Et s'il créait des ennuis ?

— Si ça peut te rassurer, tu peux rester derrière lui et le regarder de travers.

Finlay était minuscule comparée à Bullet. Elle posa sa paume sur son torse et dit :

— J'ai confiance en Jed. S'il pense que Ricardo n'est pas dangereux, n'est-ce pas suffisant ?

Le visage de Bullet s'adoucit tandis qu'il enroulait ses bras autour de la taille de sa femme avant de poser ses lèvres sur les siennes dans un doux baiser.

— Je vais le regarder de travers, sois-en sûre.

— Pas trop, d'accord ? On ne veut pas l'effrayer et le faire retourner dans les rues.

— Et son petit frère ? demanda Bullet à Jed.

— Je vais trouver quelque chose.

Jed attendit que Finlay finisse de préparer leurs sandwiches. Puis, il emporta les assiettes dans le bar et trouva Tracey en train de parler avec les garçons, debout à côté de leur table. Elle leur dit quelque chose, puis elle intercepta Jed alors qu'il s'approchait de la table.

— Tout va bien ? demanda-t-il.

— Oui. Ricardo s'est excusé d'avoir essayé de partir sans payer, hier.

— Vraiment ? Bien.

Il leur apporta leur nourriture et s'assit.

— Merci, dirent-ils à l'unisson.

Marco saisit son sandwich et prit une grande bouchée.

Ricardo regarda son assiette.

— Qu'est-ce qui ne va pas ? demanda Jed. Tu n'aimes pas la dinde ?

— Pendant combien d'heures je vais devoir travailler pour rembourser ça ? demanda Ricardo.

— Juste une heure pour l'assiette de Marco. La tienne est pour moi.

Les yeux de Ricardo passèrent de l'assiette à Jed, puis se tournèrent à nouveau vers l'assiette.

— Non. Je vais travailler deux heures pour payer ça et une de plus si vous voulez bien. Pour l'argent du bus.

— Ça marche.

Jed n'avait pas l'intention de ne lui payer qu'une heure de travail, mais il respectait l'honneur de Ricardo.

— Mangez.

Ricardo mangea rapidement et demanda :

— Est-ce que je peux commencer maintenant ?

— Bien sûr. Écoute, Bullet va te surveiller de près quand tu es aux alentours de sa femme.

Ricardo leva les mains, les yeux écarquillés par la peur :

— Je ne vais rien faire. Je le jure. Finlay a été gentille avec moi, et si elle ne l'avait pas été, je ne lui aurais rien fait non plus.

— C'est une femme gentille. Souviens-toi de ça.

Il se tourna vers Marco, qui mangeait encore, et ordonna :

— Tu restes là, d'accord ?

Marco hocha la tête et un sourire apparut sur son visage juvénile.

Jed emmena Ricardo dans la cuisine :

— Salut, Ricardo. Je suis ravie que tu sois de retour, s'enthousiasma Finlay.

— Bonjour. Merci, dit Ricardo.

Bullet ouvrit les portes et la peur s'abattit sur le visage de Ricardo. Il commença à laver la vaisselle.

— Essaie de ne pas trop lui faire peur, d'accord ? dit Jed.

Puis, il retourna à la table pour parler à Marco.

Celui-ci avait presque terminé son sandwich quand Jed s'assit.

— C'est vraiment bon. Merci.

— Je suis ravi que ça te plaise. Parle-moi de tes parents, Marco.

— Ma mère est la meilleure. Elle est drôle, mais elle travaille tout le temps.

— Et ton père ?

Il baissa les yeux vers la table et haussa les épaules.

— Il n'est pas présent.

Jed arqua un sourcil.

— Il est en prison.

Au moins, leurs histoires concordaient.

— Est-ce que ta mère t'achète à manger ? Te prépare le dîner ?

— Non. Généralement, elle travaille. Ricky et moi, on fait les courses. On cuisine aussi.

Il mangea une chips.

— Tu as de la chance. Quand j'avais ton âge, ma mère ne payait pas ma nourriture. Je la volais.

Le regard de Marco se baissa sur son assiette.

— Si elle vous donne de l'argent, pourquoi est-ce que Ricky est venu ici deux jours pour chercher de la nourriture ?

Marco joua avec sa serviette.

— Elle ne vous donne pas d'argent, pas vrai ? demanda prudemment Jed.

— Si. Je le promets.

— Ricky et toi le dépensez pour acheter de la drogue ?

Il secoua la tête.

— De l'alcool ?

Il secoua à nouveau la tête, avec plus de véhémence cette fois, les yeux écarquillés.

Jed espérait vraiment qu'il disait la vérité, mais il craignait que si c'était le cas, le reste de l'histoire puisse être encore pire.

— Alors, quoi ? Où va l'argent des courses ?

Ces yeux sombres se baissèrent à nouveau et Marco haussa

une épaule sans enthousiasme.

— Écoute, Marco. Quoi que ce soit, ça ne peut pas être pire que ce j'ai subi ou ce que j'ai vu.

Il marqua une pause, laissant Marco intégrer ce qu'il avait dit pendant une minute avant d'ajouter :

— Je veux vous aider, mais je ne peux pas le faire si je ne sais pas ce qui se passe.

Marco fixa ses genoux :

— Ricky m'a acheté des chaussures.

Jed jeta un coup d'œil aux Nike de Marco, sous la table. Elles étaient éraflées. Elles n'étaient pas neuves, mais elles n'étaient pas vieilles et usées non plus.

— Celles-là ?

Marco hocha la tête.

— Au magasin d'articles d'occasion. Les enfants à l'école m'en faisaient baver et ça ne plaisait pas à Ricky.

— Pourquoi ils t'en faisaient baver ?

— À cause de mes vêtements, ce genre de trucs.

Jed tendit la main et ouvrit un côté du manteau de Marco. Il avait un T-shirt à la mode et maintenant que Jed l'examinait de plus près, il remarqua que le jean de Marco n'était pas sale et déchiré comme celui de Ricardo. Il était sombre et *neuf*. Le cœur de Jed se serra. Ce n'étaient pas de méchants garçons. Ricardo faisait tout ce qu'il pouvait pour aider son frère.

— Qu'est-ce que tu vas faire pendant qu'il travaille ?

Marco haussa à nouveau les épaules.

— Je ne vais pas rester là. Je vais aller marcher dehors.

Traîner dehors pendant trois heures semblait être le moyen idéal de s'attirer des ennuis.

— Est-ce que tu crois que ta mère vous laisserait travailler tous les deux ? Est-ce qu'elle signerait un permis de travail pour toi ?

Marco hocha la tête.

— Je ne sais pas laver la vaisselle. Ricky repasse toujours derrière moi.

Jed rit.

— Qu'est-ce que tu *sais* faire ?

Marco regarda le bar :

— Je peux débarrasser les tables. Je suis doué avec mes mains, mais pas pour nettoyer des trucs. Je prends des cours de menuiserie à l'école. Ils nous apprennent à construire des choses, à souder. C'est plutôt cool.

— Tu crois que tu aimerais gagner trente dollars ce soir ?

Son visage s'illumina.

— Sacrément, oui.

Une demi-heure plus tard, Marco débarrassait des tables. Jed appela Josie pour lui expliquer pourquoi il arriverait plus tard qu'il ne l'avait pensé.

— Je suis tellement heureuse que tu les aides. Prends ton temps. Hail comprendra.

— Merci, bébé. Dis-lui bien que je serai là, s'il te plaît. Je ne le décevrai pas. Je veux juste parler à Bullet et m'assurer que les garçons vont bien. Ensuite, je passerai vous prendre et nous irons à la bibliothèque. Je passerai ici pour voir comment ça se passe et peut-être ramener les garçons chez eux. À bientôt, et merci de comprendre.

Quand Bullet eut une pause, Marco demanda s'il pouvait faire quelque chose de plus. Tracey dit qu'elle lui montrerait comment laver le sol, essuyer les menus, remplir les porte-serviettes et les bouteilles de condiments. Cela devrait l'occuper.

— C'est toi qui mènes la barque maintenant, Prospect ?

Il était rare de voir de la moquerie dans les yeux de Bullet et

Jed était ravi d'en voir à ce moment-là.

— Non et je paierai leurs salaires aujourd'hui. Est-ce que tu sais *pourquoi* je veux faire partie des Dark Knights ?

— Parce que personne ne nous emmerde ? fit Bullet avec un rire grave.

— En partie, oui, mais ça va plus loin. J'ai été à la place de ces enfants, j'ai dû choisir entre manger et acheter des vêtements. C'est très facile de tomber dans de mauvaises habitudes. Regarde Quincy et moi. Il a trouvé la drogue et je suis devenu un voleur. Nous sommes des gens bien qui avons fait de mauvaises choses à cause de nos vécus. Est-ce que tu sais à quel point nos vies auraient été différentes si nous avions fait partie d'un groupe comme les Dark Knights ? Un groupe où des mecs te couvrent et où on fait des choses bien pour les gens qui ne peuvent pas les faire pour eux-mêmes ? Si nous avions été à notre place quelque part, où nous devions rendre des comptes à des amis, à des frères ?

Ces enfants m'ont fait réfléchir. Toi et moi, nous savons qu'ils ne sont pas les seuls enfants de Peaceful Harbor qui ont besoin qu'on les pousse dans la bonne direction. Et si nous leur donnions un groupe à admirer, dont ils auraient envie de faire partie ? Un endroit où les gens leur accordent de l'importance et où leurs vies ont un sens, un groupe qui exige qu'ils aillent à l'école et qui aurait des réunions hebdomadaires pour qu'ils rendent des comptes ? Plus encore, des réunions hebdomadaires pour donner confiance et le dévouement qu'il faut pour faire partie d'un groupe. Nous pourrions les conseiller, comme un programme de Grands Frères, mais avec les Dark Knights. Nous pourrions peut-être les appeler les Young Knights ou quelque chose comme ça. Les gamins pourraient être candidats pour faire partie des Dark Knights pendant qu'ils sont dans le programme et quand nous penserons qu'ils sont prêts ou quand ils auront dix-huit ans, ou en fonction de leurs notes ou de leurs activités communautaires, ils pourraient devenir les tuteurs des autres enfants qui ont besoin d'être guidés.

— Un programme avec des enfants ?

— Oui. Tous les Dark Knights ne seraient pas obligés d'en faire partie, mais certains pourraient en avoir envie. Quand je pense que Hail pourrait être dans la même situation…

— Il ne sera jamais dans la même situation, assura Bullet avec empathie.

— Je sais, mais c'est de ça que je parle. Jojo a cette assurance, mais ces gamins ? On dirait que leur mère fait tout ce qu'elle peut pour maintenir leur tête hors de l'eau. Tu sais très bien qu'elle ne peut pas les surveiller si elle travaille. Mais Ricardo est *revenu*, Bullet. Il aurait pu continuer à voler, à manger sans payer dans un autre endroit. Pourtant, il a choisi de ravaler sa fierté, de revenir à l'endroit où il avait volé et de faire ce qu'il fallait pour son frère. Ça me dit tout ce que j'ai à savoir sur ces adolescents.

— Je ne sais pas. L'idée me plaît, mais nous ne pouvons pas engager tous les enfants rebelles qui se pointent.

— Je sais, dit Jed. Mais combien de Dark Knights possèdent des entreprises ? Au moins plus de la moitié. Ce n'est pas qu'une question d'emploi. C'est une question de *fraternité*, Bullet. Il s'agit de les conseiller d'une manière qui leur montrera comment prendre de meilleures décisions et qui leur expliquera les raisons pour lesquelles ils devraient les prendre. Peut-être qu'ils n'auront pas tous un emploi, mais certains seront conseillés et on leur enseignera une profession. Ou peut-être qu'ils ont besoin de quelqu'un qui les écoute, qui passe du temps avec eux et qui les aide à traverser des moments difficiles en parlant.

Quelqu'un qui pourrait leur donner une plus grande vision du monde et de la place qu'ils tiennent dedans.

Il fit les cent pas tandis que l'idée s'emparait de lui et devenait importante.

— Les gamins comme Ricardo et Marco essaient de survivre *aujourd'hui*. Ils ne pensent pas à ce qui leur arrivera quand ils finiront le lycée ou quand ils auront vingt-trois ans et qu'ils rencontreront l'amour de leur vie pour soudain réaliser qu'ils ont besoin d'un meilleur plan, sans savoir comment en construire un, et retomber dans leurs vieilles habitudes.

Bordel. Il ne s'était pas attendu à ce que cela sorte. Bullet hochait la tête et Jed prit cela comme un bon signe.

— Une fraternité ? Tu es prêt à aider à gérer un tel programme ? Tu sais ce que ça demande ? Tout comme les Dark Knights, c'est plus compliqué que ça. Les finances, la planification d'événements, la sensibilisation communautaire, trouver qui mérite notre temps et qui ne sera pas sélectionné. Un programme junior devra être géré de la même façon. Il y aura certaines choses en plus. Des réunions avec les écoles, les professeurs, les conseillers. Tu dois t'assurer qu'il y a des plans en place pour quelque chose comme ça. Tu ne peux pas te lancer et construire un programme sans indications. Et même ainsi, tu auras besoin de l'accord des parents. Certains pourraient te dire d'aller te faire voir.

— Rien de tout ça ne me fait peur. Tu as raison, certains parents pourraient ne pas être d'accord. Peut-être que nous pouvons trouver des moyens de les convaincre. Je ne veux pas abandonner l'idée seulement parce que certains parents pourraient me dire d'aller me faire voir. Je peux donner une douzaine de raisons pour lesquelles un enfant devrait faire partie d'un projet comme celui-là. Bullet, je suis l'exemple vivant de la raison pour laquelle cette communauté en a *besoin*.

— Est-ce que tu peux être prêt lundi de la semaine prochaine pour présenter tes idées au groupe à la messe ?

— Sérieusement ?

— Est-ce que je plaisanterais à propos de la messe ?

— Oui, je serai là et je rassemblerai mes idées avant. Merci, Bullet.

— Et qu'est-ce qu'on va faire de Laurel et Hardy là-bas ? C'est quoi ton plan en ce qui les concerne ?

— Diesel devrait arriver dans une heure, non ?

— Ils veulent travailler trois heures. J'ai promis à Hail de l'emmener à la bibliothèque, alors j'espérais que Diesel pourrait les surveiller jusqu'à ce que je revienne. Je les paierai de ma poche. Marco aime travailler avec ses mains, alors j'ai pensé qu'il pourrait me suivre au garage après l'école les après-midi où je travaille, pour l'occuper. Je ne leur ai pas promis un emploi, si c'est ce qui t'inquiète. Si on peut se le permettre, j'aimerais leur donner quelques heures par semaine, en supposant qu'ils peuvent obtenir des permis de travail.

— Ta tête et ton cœur sont bien attentionnés. Mais ce genre de chose peut se retourner contre toi et te mordre les fesses quand un gamin fait tout foirer.

— Ça ne me dérange pas de me faire mordre les fesses de temps en temps, plaisanta Jed en souriant.

Un rire grave sortit de la poitrine de Bullet.

— Tu es un mec sensible. Ta morsure dans les fesses pourrait mener à un cœur brisé quand un petit gars fera tout foirer.

— Ça me fera travailler plus dur.

— Oui, je suppose que c'est vrai, concéda Bullet en sortant du bureau. Tu vas à la bibliothèque avec le petit, hein ? On dirait que ta chérie t'a bien ensorcelé.

Elle l'avait fait longtemps auparavant.

JED ALLA CHERCHER Josie et Hail et, sur le chemin jusqu'à la bibliothèque, il lui parla du programme des Young Knights qu'il allait présenter aux membres des Dark Knights. Pendant qu'ils parlaient du tutorat pour les adolescents, du fait de les aider à éviter les ennuis et à développer des capacités qu'ils pourraient utiliser pour trouver un emploi en sortant du lycée, elle tomba encore plus amoureuse de lui.

— Tu es incroyable. Je suis vraiment fière que tu te mettes en quatre comme ça pour ces garçons. On dirait que Bullet était enthousiaste à propos du programme.

Il tendit la main par-dessus le siège et lui serra la main.

— Merci. Je crois qu'il l'est. Je dois faire beaucoup de recherches avant d'être prêt à présenter l'idée aux membres du club. Hier soir, quand tu parlais de tes rêves, je ne pensais pas en avoir un. Maintenant, c'est le cas. Je veux faire ça, Jojo. Même si le club décide de ne pas soutenir le projet, je pense que je continuerai à passer du temps avec Ricky et Marco. Je veux les aider à rester sur le bon chemin.

— Est-ce que je suis sur le bon chemin, Moon ? demanda Hail depuis le siège arrière. Je veux que tu continues à passer du temps avec moi aussi.

Le regard de Jed lorsqu'il jeta un coup d'œil au précieux petit garçon de Josie était plus fort que celui d'un homme qui parlait à n'importe quel petit garçon. Josie sentait à quel point il tenait à son fils.

— Tu es sur le bon chemin, mon pote, et si tu t'en écartes

un jour, ta maman et moi serons là pour te remettre sur les rails.

Cela sembla satisfaire Hail, qui recommença à jouer avec son camion. Cependant, entendre Jed dire « ta maman et moi » poussa Josie à imaginer un avenir. Ils dépassèrent le glacier et les clients faisaient la queue à l'extérieur, ce qui fit brusquement sortir Josie de sa rêverie.

— Oh, putain, Moon !

Elle montra la boutique du doigt.

— On n'a jamais autant de monde. Je parie qu'elle a besoin d'aide.

— Et si tu allais l'aider pendant que j'emmène Hail à la bibliothèque ?

Il s'arrêta sur le trottoir.

— Je ne veux pas te faire ça.

— C'est bon, Maman, dit Hail. Il aime la bibliothèque.

Jed adressa un clin d'œil à Hail :

— Exact, mon pote. Tu as vu comme il me connaît bien ?

Elle avait *vraiment* envie d'être avec eux, mais elle ne pouvait pas partir en sachant que Penny était submergée de travail.

— Laisse-moi entrer et voir si elle a besoin d'aide. Elle m'a dit qu'une étudiante l'aide parfois. Je ne sais pas si elle est là. Je reviens dans une minute.

Elle sortit du pick-up et se précipita vers le glacier.

— Excusez-moi, désolée, dit-elle en se frayant un chemin dans la file d'attente.

— Josie ! s'exclama Penny derrière le comptoir, où elle mettait des boules de glace dans un cornet de biscuits au gingembre. Tout ça, c'est grâce à *toi*, copine.

— Moi ? Qu'est-ce que tu veux dire ?

— Ils ont vu mes publications sur les réseaux sociaux. Des clients sont venus tout l'après-midi. Je crois qu'il ne reste que deux douzaines de cookies et une poignée de bols et de tasses.

— Je vais t'aider. Laisse-moi aller le dire à Moon pour qu'il puisse emmener Hail à la bibliothèque. Je reviens tout de suite.

Elle se rua hors de la boutique, courut jusqu'au pick-up et ouvrit la portière.

— Je dois rester. Ils achètent tout ce que j'ai fait !

Elle poussa un cri de joie et monta sur le siège, écrasant un baiser dur sur les lèvres de Jed.

— Je suis tellement enthousiaste !

Elle se pencha par-dessus le siège et embrassa la joue de Hail.

— Tu seras sage avec Moon, mon chéri, hein ? Je dois aller travailler un petit moment.

Josie sortit du pick-up :

— Est-ce que tu pourrais passer me prendre quand j'aurai fini, Jed ? Je suis tellement heureuse que je peux à peine voir clair. C'est de la *folie*.

— C'est mérité ! Vas-y, bébé. Nous sommes fiers de toi !

Tandis qu'elle se précipitait à nouveau vers le glacier, elle réalisa qu'il avait dit « nous », rendant ce moment encore plus spécial.

PLUSIEURS HEURES PLUS TARD, après que Jed avait ramené Ricardo et Marco chez eux et que Hail était profondément endormi, Josie et Jed partagèrent leur enthousiasme de la soirée avec Scotty. Une fois que celui-ci fut descendu au sous-sol, Josie et Jed s'allongèrent en se serrant l'un dans les bras de l'autre sur le canapé, dans le salon, complètement habillés. Jed joua avec les pointes de ses cheveux. Josie pensait qu'elle avait eu une vie pleine avec Brian. Elle n'avait pas *voulu* une seule chose quand il avait été en vie. Cette nouvelle vie, ce nouveau *monde* qu'elle découvrait n'était pas nécessairement meilleur, c'était différent, et la *différence* apportait toute une série de nouvelles émotions et de nouveaux rêves. Elle n'avait jamais imaginé une vie aussi remplie d'opportunités, d'amitiés et d'amour. Penny était tellement excitée par la vente des friandises de Josie qu'elle voulait organiser une grande *Journée du pain d'épices* à la boutique. Josie n'avait jamais rencontré quelqu'un comme elle. Penny n'avait peur de rien en ce qui concernait son entreprise. Elle sautait à pieds joints et elle faisait en sorte que les choses fonctionnent.

Elle y réfléchit : elle avait tort. Elle connaissait quelques personnes comme Penny. Ses frère et sœur et elle n'avaient-ils pas tous fait la même chose quand ils avaient décidé d'échapper à la colère de leurs parents ? Jed ne s'était-il pas lancé dans le tutorat et dans une relation avec elle et avec Hail sans hésiter ? Elle se blottit davantage contre lui, au chaud. Elle avait récupéré sa famille, elle avait un emploi qu'elle aimait, un beau petit garçon et un homme qu'elle était persuadée d'aimer pendant longtemps. *J'ai aimé Brian de tout mon être, à l'époque.* C'était la raison pour laquelle elle décida de ne pas se permettre de se sentir coupable parce qu'elle reconnaissait qu'elle était plus heureuse que jamais.

— Je voudrais rester allongée comme ça jusqu'au matin, dit-elle d'une voix endormie.

Jed déposa un baiser sur son front.

— Est-ce que Hail serait bouleversé s'il nous trouvait ici ?

— Non. Je suis presque sûre qu'il pense que tu es censé être ici, mais tu ne pourrais pas dormir si je suis allongée sur toi comme ça.

— Bébé, je ne dors pas quand je ne suis pas avec toi. C'est comme si un morceau de moi manquait.

— Alors, reste, dit-elle d'une voix douce. Serre-moi fort cette nuit, et quand Hail se lèvera, nous pourrons lui dire que tu es venu tôt le matin et que nous nous sommes endormis en attendant qu'il se réveille.

— Tu es sûre ?

— Je n'ai jamais été plus sûre de quoi que ce soit.

CHAPITRE QUINZE

JOSIE SE GARA devant la maison en briques à deux niveaux de Red et Biggs. Elle allait se réunir avec les filles pour les aider à organiser la fête prénatale de Sarah, mais elle pensait à Jed. Cela faisait plus d'une semaine que Hail les avait surpris endormis dans le canapé au matin. Il avait grimpé sur eux et avait hurlé : « *Moon est là ! Est-ce qu'on peut faire des pancakes ?* ». Comme si le fait de réveiller Jed endormi dans leur salon était quelque chose de normal. Depuis, il était devenu une présence constante dans leur maison. Il passait la nuit chez eux, mangeait le petit-déjeuner avec eux et passait du temps dans la maison quand il n'était pas au travail, à la messe ou en train de préparer sa présentation pour les Dark Knights à propos du programme de tutorat qu'il voulait proposer. Il était tellement enthousiaste. Il passait des heures à faire des recherches sur d'autres programmes de tutorat, à parler à des professeurs, des parents et des commerçants pour connaître leur point de vue. Pour un homme qui n'avait pas semblé savoir quoi que ce soit sur les enfants et les règles, il s'avérait très intuitif, en particulier en ce qui concernait le fils de Josie. Jed donnait facilement de l'affection. Il ébouriffait toujours les cheveux de Hail et il le serrait dans ses bras. Il tirait profit de toutes les occasions pour lui apprendre des choses. Ils avaient de longues conversations sur le pourquoi du comment de tout, depuis les camions et les voitures jusqu'aux étoiles, aux planètes et aux plantes. Un après-midi, ils étaient allés à l'appartement de Jed pour passer du temps avec Quincy et Penny. Jed avait passé une heure à montrer le garage à Hail, le laissant regarder les moteurs et même s'asseoir sur sa moto. Le petit garçon avait ingurgité toutes les informations. Hail était tout aussi attaché à son petit-ami imposant et sexy qu'elle. Non seulement ils étaient devenus un couple, mais aussi une famille, et cela ne cessait de la faire sourire. En réalité, elle était presque sûre qu'elle n'avait pas cessé de sourire depuis presque un mois, ce qui était une très bonne chose. Cependant, ce matin-là, avant de partir, Jed lui avait dit qu'il aimait son *sourire après une bonne nuit de sexe* et à présent, elle était certaine que tout le monde pensait la même chose !

Elle *devait* cesser de penser à lui pour arrêter de sourire comme la femme aimée qu'elle était, au moins pendant les prochaines heures. La dernière chose qu'elle voulait, c'était être embêtée parce qu'elle prenait du plaisir en couchant, et elle savait que les filles le feraient. Ils avaient emmené Hail déjeuner au *Whiskey's* et elle avait enfin rencontré Isabel, une brune splendide qui avait les yeux d'Elizabeth Taylor et une personnalité très forte. Josie l'avait appréciée immédiatement, Isabel avait pris beaucoup de plaisir à les taquiner parce qu'ils *rayonnaient*. Josie ne voulait pas que la situation soit gênante avec Crystal. Elles étaient devenues proches, comme c'était le cas avec toutes les filles qu'elle avait rencontrées grâce à Jed et Penny. Elle avait été bouleversée par les éloges et le soutien de *toutes* les filles le soir où Penny et elle avaient vendu toutes les friandises au pain d'épices. Crystal et Gemma avaient commandé un château en pain d'épices pour l'une des fêtes de leur boutique *Princesse pour un jour* et Finlay lui avait demandé de préparer des desserts pour deux de ses événements à venir. Elle avait commencé à penser que Penny avait raison et qu'elle pourrait avoir besoin de cartes de visite, après tout.

Elle essaya de maîtriser son sourire ridicule en portant une boîte de friandises en pain d'épice sur le thème des fêtes prénatales jusqu'à la porte d'entrée de la maison de Red. Elle n'avait jamais participé à une réunion de préparation de ce genre de fête, et elle espérait qu'un jean et un pull-over étaient appropriés. Lorsqu'elle sonna, elle eut l'impression que tout le monde se précipitait pour ouvrir la porte.

Red l'accueillit chaleureusement.

— Salut, chérie. Entre. Je suis ravie que tu aies pu venir.

Derrière elle, Dixie, Gemma, Crystal et Penny s'approchèrent. Elles portaient toutes un jean.

Le soulagement envahit Josie lorsqu'elle entra.

— Salut. Désolée pour le retard. J'avais oublié que je devais m'arrêter pour mettre de l'essence.

— Tu n'es pas en retard, cria Finlay tandis qu'Isabel et elle avançaient vers elle dans le couloir.

Red posa une main sur le dos de Josie et dit :

— Tu es pile à l'heure, chérie. Allons dans la salle à manger.

— Qu'est-ce qu'il y a dans la boîte ? voulut apprendre Dixie.

— Je n'ai pas beaucoup d'argent pour participer à la fête de Sarah, alors j'ai préparé quelques petites choses, expliqua Josie.

— Merci d'avoir donné des cookies à Jed pour qu'il les apporte au travail, dit Isabel. Et Tracey m'a dit de faire passer l'idée d'une soirée entre filles, car ça lui manque de ne pas te voir tous les jours.

Josie s'était amusée avec de nouvelles idées de pain d'épices et Jed avait emporté la plupart de ses préparations au travail.

— Je suis ravie que ça te plaise. J'ai pris deux kilos depuis le mois dernier.

Elle les suivit dans la salle à manger, où des photographies de famille étaient accrochées à tous les murs. Des ballons roses et blancs étaient attachés derrière chaque chaise, comme s'il s'agissait de la fête prénatale. Il y avait un bol de punch et deux bouteilles de vin au milieu de la table ainsi que des sandwiches et des petits-fours. Elle posa la boîte sur la table de la salle à manger et retira son manteau.

— Je vais appeler Tracey pour que l'on se voie.

— Au fait, elle est géniale, complimenta Isabel.

— Diesel a bien l'air d'accord, approuva Dixie, ce qui provoqua une litanie de commentaires à propos de Diesel, l'homme mystérieux et, d'après Tracey, effroyablement bourru.

— Nous avons une grande annonce à faire, dit Penny. J'ai fait promettre à Josie de garder le secret jusqu'à aujourd'hui.

— Ça me tue ! admit Josie. Garder ce secret est *tellement* dur.

— Comme le petit ami *dur* auquel tu ne caches certainement aucun secret ? la taquina Dixie.

— *S'il te plaît*, est-ce qu'on peut éviter ce sujet ? C'est mon *frère*, lui rappela Crystal, faisant rire tout le monde.

Dixie posa une main sur sa hanche et jeta ses longs cheveux par-dessus son épaule, évaluant Crystal d'un regard sérieux.

— Maintenant, tu sais ce que je vis quand vous parlez de mes frères de cette façon.

— Bon, ça suffit ! dit Red, les faisant taire tout en contournant la table. Vous n'avez pas à vous plaindre de quoi que ce soit. Tous vos hommes sont comme des fils pour moi, alors peut-être que nous devrions limiter les conversations sur leurs prouesses sexuelles et nous concentrer sur le nouveau petit bébé qui va entrer dans notre grande et belle famille.

— Est-ce que je peux juste dire une chose sur Moon – *Jed* ? Je vous promets que ce n'est rien de coquin.

Josie n'était pas sûre de savoir qui connaissait le passé de Jed et elle, mais elle voulait qu'elles sachent que ce qu'elle ressentait pour lui était réel.

— Je ne sais pas si tout le monde le sait, mais Jed et moi nous sommes rencontrés pour la première fois quand il avait vingt-trois ans et, avec Brian, il était la personne la plus franche, honnête et bonne que je connaisse.

— Il me l'a dit, répondit Crystal.

Isabel hocha la tête.

— À moi aussi.

Josie se sentait bien à ce sujet.

— Il a fait de mauvaises choses, comme voler, mais il les a faites pour protéger Crystal et leur mère. J'étais en admiration devant lui à l'époque et je dois vous dire que c'est encore le cas. Il travaille très dur pour essayer de trouver comment créer un programme de tutorat pour les Dark Knights. Grâce à lui, j'ai beaucoup appris à m'ouvrir et à faire confiance aux gens. Il met toute son âme dans tout ce qu'il fait et j'ai beaucoup de chance de l'avoir retrouvé et de l'avoir dans ma vie et dans celle de Hail. Je suppose que je voulais juste que vous sachiez que nous ne faisons pas que nous amuser ensemble.

Elle se sentait tellement mieux après l'avoir dit à haute voix, mais en même temps, tout le monde l'écoutait si attentivement qu'elle était un peu gênée :

— Désolée.

— Ne t'excuse jamais d'ouvrir ton cœur. Jed est un homme bon et nous sommes toutes heureuses que vous vous soyez trouvés.

— Merci, Red, dit Josie, se sentant un peu gênée par la manière dont elle avait fait l'éloge de Jed. Je ne voulais pas m'extasier, mais… C'est facile de s'extasier sur lui.

Cela lui fit gagner quelques rires, brisant le sérieux de la situation.

— Maintenant que c'est sorti, parlons de la fête prénatale de Sarah. Je n'arrive pas à croire que ma sœur va avoir son *troisième* bébé deux semaines après l'anniversaire de Hail ! Je commence tout juste à connaître les deux premiers.

— Quand aura lieu l'anniversaire de Hail ? demanda Gemma.

— Le 4 février, répondit Josie. Vous organisez la fête prénatale le dix, pas vrai ?

— Oui. Qu'est-ce que tu vas faire pour l'anniversaire de Hail ? demanda Gemma. Est-ce qu'on peut t'aider à l'organiser ? Combien d'enfants est-ce que tu vas inviter ?

— D'habitude, nous n'organisons pas de grandes fêtes d'anniversaire, dit Josie tandis que tout le monde s'installait autour de la table. Notre tradition, c'est de rester en pyjama toute la journée, de jouer à des jeux, de regarder des films et de manger toutes les choses délicieuses dont on ne se gave pas d'habitude.

— Ça me semble fantastique. Je serai là, dit Crystal.

Gemma s'assit en face de Josie :

— Moi aussi. Kennedy et Linc adoreraient ça.

— Je lui préparerai un gâteau spécial si tu veux, proposa Finlay. Je peux en faire un en forme de pelleteuse ou de camion à benne.

— Oh.

Josie fut surprise par leur enthousiasme.

Elle n'avait jamais eu d'amis avec lesquels fêter les anniversaires.

— D'accord…

— Attendez, les filles, coupa Red. Parfois, nous sommes un peu présomptueuses, chérie. C'est le premier anniversaire de Hail après ses retrouvailles avec ta famille. Il n'y a pas de problème si tu veux le fêter uniquement avec eux.

— Eh bien, je suis *un peu* de la famille, dit doucement Crystal. Elle sort avec mon frère.

Josie pensa au jour où Gemma, Truman et les enfants étaient allés au cinéma avec eux, le week-end précédent, quand Quincy et Penny s'étaient joints à eux et à la famille de Sarah pour manger de la pizza et à la multitude de messages qu'elle avait reçus au cours des dernières semaines de la part de Dixie et des autres. Il s'agissait de ses nouveaux amis et ils faisaient désormais partie de la famille de Jed.

— Vous savez quoi ? Je crois que Hail adorerait que vous veniez à sa soirée pyjama et Finlay, n'importe quel gâteau en forme de camion te fera certainement gagner beaucoup de câlins.

Vingt minutes plus tard, elles avaient établi un plan pour un gâteau sur le thème de la construction et une soirée pyjama qui inclurait tous les Whiskey et leur grande famille élargie. Josie n'aurait pas pu être plus heureuse.

Penny fit tinter son verre avec sa cuillère, attirant l'attention de tout le monde.

— J'ai laissé Quincy gérer la boutique aujourd'hui et cet homme mange plus de glaces qu'il n'en vend, alors nous devons commencer à organiser la fête prénatale de Sarah avant que je ne m'enfonce trop dans les dettes.

— Quincy meurt d'envie de s'enfoncer *quelque part*, se moqua Dixie.

Red lui adressa un regard noir.

— Sérieusement, Dixie Lee Whiskey ? Je viens *juste* de te dire que *tous* les hommes sont comme mes fils ! Ça inclut Quincy !

— Quoi ?

Dixie se versa un verre de vin, un air malicieux sur le visage.

— Ce n'est pas comme si j'avais dit que le Géant vert voulait explorer sa caverne.

Tout le monde ne put contenir un fou rire. Même Red.

— D'accord, d'accord, dit Red en essayant de se reprendre. Nous sommes là pour organiser la fête prénatale de Sarah, alors il faut s'y mettre. J'ai parlé à Isla pour que *Petal Me Hard* gère les fleurs…

— Les fleurs ? C'est une fête prénatale, pas un mariage, rappela Dixie.

— C'est la première fête prénatale de notre famille et nous allons faire les choses bien. Nous devons obtenir les adresses des amies du refuge de Sarah, et Chicki va inviter les filles qui travaillent avec elle au salon.

— Je vais gérer la nourriture, décida Finlay.

Penny agita les mains :

— Attends une seconde. La boîte de friandises de Josie s'est perdue dans la masse.

— Ce n'est pas grave, dit Josie.

— Si, ça l'est. Dixie poussa la boîte vers Josie :

— Mais c'est normal. On digresse toujours.

Josie se leva :

— Je ne sais pas vraiment comment se déroule une fête prénatale…

— Pour celles d'entre nous qui ne sont pas enceintes…

Gemma décrivit :

— Beaucoup de vin et de nourriture, des jeux comme celui où il faut épingler le spermatozoïde sur l'ovule ou « Devinez le caca », qui est dégoûtant, mais amusant. Tu fais fondre des bonbons et tu les mets dans des couches. Ensuite, chacun devine quel bonbon il y a dans la sienne. La gagnante reçoit un prix.

— J'espère que ça sera *après* le gâteau, fit Josie, écœurée.

— Crois-moi, si tu bois assez de vin, tu mangeras ce bonbon directement de la couche, dit Isabel.

— Je m'en souviendrai ! Si ce que j'ai apporté vous plaît, je peux en préparer pour la fête. Mais je ne veux pas marcher sur les plates-bandes de Finlay.

Cette dernière regarda la boîte et dit :

— Si tu as des cookies au pain d'épices là-dedans, *je t'en prie*, marche sur mes plates-bandes. Est-ce que je vous ai dit que Josie allait travailler avec moi sur deux services traiteur le mois prochain ?

— Bullet en a parlé, informa Red. Je suis tellement contente que vous trouviez des manières de vous entraider. Quand j'étais jeune, les filles étaient vraiment des salopes. Elles étaient toujours en compétition au lieu de s'aider les unes les autres.

Dixie rit.

— C'est encore le cas, Maman.

— Eh bien, ma chérie, je suis fière que vous ne soyez pas comme ça.

— Fin travaille avec nous tout le temps pour les fêtes de *Princesse pour un jour*, fit Gemma. Josie va construire un château en pain d'épices pour une fête qui aura lieu sous peu.

— Vous avez toutes été si gentilles avec Hail et moi !

Josie regarda les visages de ses nouvelles amies :

— Je n'ai jamais imaginé que j'aurais autant d'amies et un tel soutien. Je n'ai jamais pensé que j'en avais besoin, mais maintenant, je n'imagine pas la vie sans ça.

— Oh, nous t'aimons, dit Penny en s'approchant de Josie pour la serrer dans ses bras.

— Ça, c'est sûr.

Red enroula ses bras autour d'elles.

Les autres filles s'approchèrent pour participer au câlin collectif, serrant Josie si fort qu'elle ignorait où était la limite entre elle et les autres femmes. C'était une sensation fantastique.

Lorsqu'ils la relâchèrent, elle les remercia :

— Merci. La plupart d'entre vous savent que la grand-mère de Brian m'a appris à faire toute sorte de friandises au pain d'épices et au fil des années, j'ai expérimenté un peu.

Elle mit la main dans une boîte et sortit un landau en pain d'épices qu'elle posa délicatement sur la table. Les filles s'approchèrent pour mieux voir.

— C'est la chose la plus adorable que j'ai jamais vue. Regardez, le landau a des roues et tu as décoré le baldaquin comme s'il pouvait vraiment se déplier. Et la petite couverture rose est vraiment adorable, s'exclama Isabel.

— Je veux un landau à ma fête prénatale, dit Crystal. Oh, il y a un *bébé* dans le landau. Oh oui, tu vas devoir en faire pour ma fête.

Elle plissa les yeux :

— Vous allez bien m'organiser une fête aussi, hein les nanas ?

Tout le monde rit.

Red toucha la main de Crystal en disant :

— Petite, tu ne me connais pas encore ? Je ne vais laisser passer aucune occasion de célébrer une fête de famille.

Alors qu'elles mitraillaient Josie d'idées et de questions, elle sortit les autres friandises qu'elle avait préparées : des cookies au glaçage rose et blanc en forme de chevaux à bascule, de biberons et de bavoirs. Elle posa les bols en pain d'épices qu'elle avait décorés avec des fleurs roses sur le bord de la table à côté des cookies, puis elle plaça les cookies sur bâtonnets en forme de tétines jaunes et vertes à côté d'eux.

Les filles poussèrent des cris d'admiration.

— Je fais le service traiteur pour une fête prénatale samedi prochain. Je sais que je ne te préviens pas assez tôt. Ils viennent de réserver il y a quatre jours. Tu veux y participer ? demanda Finlay.

— Il faudra que je voie si je peux trouver une baby-sitter. Si c'est le cas, absolument !

Tout le monde se proposa pour garder Hail et Red trancha :

— J'ai la priorité parce que je suis grand-mère, mais vous pouvez toutes venir aider si vous voulez.

— Nous avons complètement oublié de faire notre grande annonce, rappela Penny à Josie.

— Oh, mon Dieu. Dis-leur !

Penny regarda chacune des filles, les appâtant par son silence, jusqu'à ce que l'air palpite d'énergie. Puis, elle dit :

— Nous allons lancer une semaine annuelle du pain d'épices au glacier !

Tout le monde parla en même temps, partageant son enthousiasme.

— J'allais justement te demander si tu pensais à vendre du pain d'épices à plus grande échelle, suggéra Finlay. Peut-être en proposant de livrer les commerçants locaux pour les événements spéciaux ? Izzy et moi pourrions t'aider à créer un site web, à faire des brochures, ce genre de choses. Je crois que tu pourrais gagner pas mal d'argent comme ça et que tu pourrais continuer de travailler à mi-temps avec Penny.

— Vous croyez que c'est assez bon pour faire tout ça ? Ça a toujours été mon rêve !

— Tu plaisantes ? fit Crystal avec un cookie dans la bouche et un autre à la main. Quelqu'un ferait mieux d'éloigner ces cookies de moi avant que les gens commencent à me demander si j'attends des jumeaux.

Isabel hocha la tête pour indiquer qu'elle était d'accord tout en prenant deux autres cookies.

— Est-ce que tu peux faire des hommes qui portent un string en pain d'épices pour la vente aux enchères ? demanda Dixie.

— Oui ! Et des billets aussi ! Ce serait tellement mignon !

— Ce ne sont pas des strip-teaseurs, leur rappela Gemma.

— Eh, on ne sait jamais ce qu'on peut pousser un mec célibataire à faire, dit Isabel. Les ventes aux enchères sont une bonne chose, mais je ne pense pas être la seule femme de Peaceful Harbor qui cherche quelque chose de *plus*.

— C'est ce qu'il a dit, la taquina Dixie.

Red tiqua.

— Ma parole, Dixie. Qu'est-ce qui t'arrive ?

— Red, je crois bien que ta fille a besoin de coucher.

Crystal mordit dans son cookie.

— Crystal ! la réprimanda Finlay.

— Je sais que c'est horrible de le dire comme ça, admit Crystal, mais quelqu'un doit le dire. Pauvre Dixie. Chaque fois qu'un mec la regarde, un Dark Knight vient lui grogner dessus.

Red passa un bras autour de Dixie et l'interrogea :

— Est-ce que tes frères sont étouffants à ce point ?

— Tu ne les connais pas ? dit sèchement Dixie.

Isabel se pencha plus près de Dixie et Red :

— Je propose de surprendre les hommes et de mettre Dixie

aux enchères.

— En théorie, un membre de la famille qui organise l'événement est bien censé être vendu aux enchères, leur rappela Red. Et comme tous les hommes de la famille Whiskey sont en couple…

Isabel leva son verre :

— En l'honneur de la vente aux enchères de Dixie ! Ça séparera les hommes des garçons de cette ville, pas vrai ?

Les autres murmurèrent avec enthousiasme pour indiquer qu'elles étaient d'accord.

— Mais il ne faut rien dire, dit Finlay d'une voix mystérieuse. Si Bullet en entend parler, Dix portera une ceinture de chasteté et sera enfermée dans notre sous-sol pour le restant de ses jours.

Josie rit avec les autres, mais elle aurait donné n'importe quoi pour grandir avec Scotty et qu'il fasse peur à ses petits amis. Elle repensa au matin après la nuit que Jed avait passée chez eux. Le matin où Hail les avait trouvés sur le canapé. Scotty était entré dans la cuisine pendant qu'ils préparaient des pancakes et il avait haussé un sourcil en voyant Jed. Il savait que Jed était un homme bien, mais Josie avait entendu les non-dits qui étaient passés entre les deux hommes. *Fais du mal à ma sœur et tu auras affaire à moi.*

Peut-être que pour les filles comme Dixie, un frère trop protecteur était pesant, mais Josie profiterait de ça pour compenser toutes les années qu'ils avaient perdues.

CHAPITRE SEIZE

JED SE RÉVEILLA en sursaut tandis que Hail entrait à pas feutrés dans la chambre de Josie au milieu de la nuit. Il regarda l'horloge. Deux heures du matin, lundi.

— Ça va, mon pote ?

Hail se dirigea vers le côté du lit de Jed. Ses cheveux étaient ébouriffés d'un côté et plats de l'autre. Il se frotta les yeux et murmura :

— Oui.

— Est-ce que tu as fait un mauvais rêve ?

Hail hocha la tête.

— Est-ce que tu vas mourir comme mon papa ?

Il posa la question d'une manière si détachée que Jed sentit son cœur se briser en mille morceaux. Comment avait-il pu ne pas anticiper cette question ? Était-ce ce à quoi Hail pensait ? Il semblait tellement heureux.

— Non, mon pote. Je ne crois pas.

— Est-ce que tu peux aller chez le docteur pour être sûr ? demanda-t-il dans un murmure endormi.

Jed passa ses bras autour de Hail et l'attira contre lui.

— Bien sûr. Je vais le faire. Mais je ne veux pas que tu t'inquiètes. Je ne vais pas partir, d'accord ?

Il déposa un baiser sur le sommet de la tête de Hail, notant mentalement qu'il devrait peut-être en parler à un psy.

— Moon ?

— Oui ?

— Est-ce que je peux dormir ici ? Juste ce soir.

— Bien sûr. Juste ce soir.

Il ignorait si Josie avait des règles concernant le fait que Hail dorme dans son lit et elle dormait trop profondément pour qu'il lui pose la question, mais il savait d'après Tru et Bones qu'ils essayaient de dissuader les enfants de dormir avec eux. Alors qu'il aidait Hail à monter sur le lit et qu'il enroulait ses bras autour de lui, il eut l'impression que la situation était différente. Et même si ce n'était pas le cas, il était hors de question qu'il repousse le petit garçon effrayé qu'il avait déjà appris à aimer.

Après avoir bâillé de nouveau, Hail dit :

— Bonne nuit, Moon. Je t'aime.

Et juste comme ça, la fissure de son cœur se colmata.

— Bonne nuit, mon pote. Je t'aime aussi.

JED ÉTAIT RESTÉ éveillé une grande partie de la nuit, s'inquiétant pour Hail. Alors qu'il était allongé avec Josie blottie contre un flanc et Hail contre l'autre, il se demanda si elle avait peur qu'il lui arrive quelque chose aussi. Il les aimait tellement qu'il voulait comprendre tout ce qu'il y avait à savoir sur le deuil afin de pouvoir les aider.

Josie émit un son endormi et leva le visage vers lui.

— Bonjour.

Il l'embrassa sur le front.

— Bonjour, ma belle.

— Tu es très *réveillé*. Est-ce que tu es nerveux à l'idée de présenter le programme au club ce soir ?

Il était plus prêt que jamais. Il secoua la tête et murmura :

— Hail est de mon côté.

Elle leva la tête et fronça les sourcils.

— Est-ce qu'il a fait un cauchemar ?

— Quelque chose comme ça. Ne le réveillons pas. Nous pourrons parler quand il sera debout.

Jed craignait que Hail soit triste ce jour-là, mais quand l'alarme sonna, le petit garçon se mit à genoux, plein d'énergie, et dit :

— Est-ce qu'on peut préparer des gaufres aux pépites de chocolat ?

— Bien sûr !

— Hourra ! Je vais jouer.

Il descendit du lit et sortit de la chambre en courant.

— J'ai besoin d'une partie de son énergie le matin, dit Josie tandis qu'ils se redressaient contre la tête de lit.

— Ça me plaît quand tu la réserves pour le soir.

Jed posa ses lèvres sur celles de Josie :

— Est-ce qu'on peut parler de Hail un moment ?

— Bien sûr. Quelque chose ne va pas ?

— Je ne sais pas. J'espère que ce n'est pas un problème que je l'ai laissé dormir avec nous. Il m'a demandé si j'allais mourir comme son papa.

Le sourire de Josie s'estompa.

— Avant, il craignait aussi que je meure et que je m'en aille. Ce n'est pas un problème que tu l'aies laissé dormir dans notre lit, mais qu'est-ce que tu lui as répondu ?

— J'ai dit que je ne pensais pas que ça arriverait et il m'a demandé d'aller chez le médecin, ce que je vais faire juste pour m'assurer que rien ne nous échappe.

— Tu n'es pas obligé de faire ça. Quand il me demandait si j'allais mourir, son médecin a dit que c'était une peur naturelle et qu'il fallait juste le rassurer. Ça fait longtemps qu'il ne m'a pas posé la question, plus d'un an. Je crois que ça veut dire qu'il t'aime beaucoup.

— Il m'a dit qu'il m'aimait.

Il passa son pouce sur la joue de Josie et dit :

— Et je lui ai dit que je l'aimais. C'est vrai, Jojo. Je vous aime tous les deux de tout mon cœur.

Les lèvres de Josie s'entrouvrirent et elle écarquilla les yeux, mais cette surprise se transforma rapidement en de l'affection et de la joie. Elle passa ses bras autour du cou de Jed :

— Je t'aime aussi, Moon. Je t'aime tellement.

L'entendre le dire le poussa à l'aimer encore plus. Il avait beau être heureux, il avait encore mal au cœur pour Hail.

— Je vais parler de Hail au thérapeute avec lequel Crystal a travaillé pour découvrir ce que nous pouvons faire pour nous assurer qu'il se sente en sécurité. Je crois que je vais aussi passer par la librairie en rentrant après la réunion du club pour acheter quelques livres sur les enfants et le deuil. Ne t'inquiète pas, bébé. Je ne vais rien négliger.

— Tu lui demandes s'il a des devoirs tous les soirs alors qu'il n'est qu'en maternelle. Je ne crois pas que tu négligerais quoi que ce soit.

Il l'embrassa à nouveau et Hail fit irruption dans la pièce, sautant sur le lit.

— Viens, Maman ! J'ai *faim* !

— Désolée, murmura-t-elle à Jed en descendant de ses genoux.

Il lui donna une petite tape sur les fesses et dit :

— Pas de souci. J'adore nos matinées.

Tandis qu'elle sortait de la chambre, elle se retourna et articula silencieusement « Merci » en lui envoyant un baiser. Ne voyait-elle pas que c'était lui qui devait la remercier ? Elle avait rendu sa vie plus fantastique qu'il n'aurait pu l'imaginer.

JED APPELA CRYSTAL sur le trajet pour se rendre au travail.

— Salut, crevette. Est-ce que tu pourrais me donner le numéro du thérapeute que tu voyais ?

— Le docteur Lantrell ? Bien sûr. Pourquoi ?

Il lui parla de Hail.

— Je veux m'assurer que nous avons pensé à tout en ce qui le concerne.

— Oh, le pauvre petit. Je vais t'envoyer son numéro. Tu craques vraiment pour eux, pas vrai ?

— Je les aime, Chrissy. Je ferai tout ce que je peux pour qu'ils aillent bien.

— Oh, Jed. Je suis tellement heureuse pour toi. Je crois que Josie ressent la même chose pour toi. Elle t'a couvert de louanges chez Red hier et je dois admettre que c'était agréable à entendre.

— Merci.

Je t'envoie le numéro maintenant et j'ai presque fini la veste sur laquelle tu m'as demandé de faire des retouches. Je devrais avoir fini la semaine prochaine.

— Parfait. Merci, Chrissy.

Il raccrocha et appela Quincy.

— J'ai besoin de ton aide.

— Bien sûr. Que se passe-t-il ?

— Est-ce que tu travailles aujourd'hui ?

— Oui.

— Super. J'ai besoin de livres pour apprendre à gérer les enfants en deuil et tu sais quoi ? Les adultes en deuil aussi. Et quelques livres sur l'éducation des enfants, des trucs généraux, tu vois.

— Est-ce que tu as mis Josie enceinte ?

Il rit.

— Non, mec. Hail parle de son père et je veux juste être prêt. Est-ce que ça t'ennuierait de les mettre de côté pour moi ? Prends les meilleurs. Je me fiche du prix.

— Bien sûr. Tu vas bien ? Ça fait un moment que je ne te vois plus.

— Oui, ça va très bien. Désolé de ne pas être très présent.

— Ne t'excuse pas. Comme ça, je ne suis pas obligé de demander aux femmes de ne pas faire de bruit quand je les rends folles.

— Oui, c'est ça. Merci, mec. Je passerai après la réunion.

Environ un million de femmes couraient après Quincy, mais ce n'était pas le genre d'homme à être avec une femme différente tous les soirs.

JED RENCONTRA LE thérapeute de Crystal après le travail et fut soulagé d'entendre qu'il était d'accord avec Josie : Hail réagissait probablement à ses sentiments pour Jed. Il avait dit qu'il était naturel qu'un enfant qui avait perdu un parent craigne qu'une autre personne qu'il aimait puisse subir le même sort. Il lui avait proposé de parler à Hail, et Jed en parlerait à Josie. Mais il avait aussi dit qu'étant donné que Hail allait très bien dans tous les autres aspects de sa vie, il valait mieux ne pas faire de vagues à moins que ce dernier ne continue d'en parler. Il apaisa les pires craintes de Jed, ce qui permit à celui-ci de se concentrer sur sa présentation pour les Dark Knights.

Jed faisait les cent pas sur le parking du club-house, répétant mentalement sa présentation. L'importance de la soirée pesait lourd sur ses épaules, lui donnant l'impression que le burger qu'il avait essayé d'avaler était du plomb dans son estomac. Non seulement il serait examiné minutieusement pour sa présentation, mais il croyait sincèrement au programme de tutorat et il espérait que le club l'approuverait. Ricardo avait été dans le bar pour laver la vaisselle pendant sept des dix dernières soirées pendant que Marco faisait ses devoirs sur l'une des tables ou qu'il aidait à les débarrasser. Marco avait aussi suivi Jed au garage plusieurs fois et ils y avaient tous les deux pris plaisir. Quand Jed avait eu l'âge de Ricardo, il n'avait pas pensé qu'il deviendrait un jour le genre d'homme que quelqu'un rechercherait pour avoir des réponses. À présent, non seulement il était cette personne pour ces garçons, mais aussi pour Josie et Hail.

Combien d'autres enfants pourraient-ils aider grâce au programme de mentorat ?

La porte du club-house s'ouvrit et Bear sortit.

— Viens, mec. C'est à toi.

Jed se remplit les poumons d'air frais de la nuit. Même s'il avait passé en revue sa présentation plusieurs fois avec Bear au cours de la semaine précédente et qu'il était certain d'avoir couvert tous les aspects importants, il adressa quand même quelques prières aux bikers dans le ciel, espérant qu'il ferait du bon travail en vendant son idée aux membres.

— Nerveux ? demanda Bear avant qu'ils n'entrent.

— À ton avis ? Je ne suis qu'un prospect. Est-ce que les autres vont prendre ma suggestion au sérieux ? Ou est-ce qu'ils vont me voir comme un modeste prospect qui raconte n'importe quoi sur des trucs dont ils ne veulent pas entendre parler ?

Bear lui tapota l'épaule et dit :

— Du calme. Tu gères. Tu ne serais pas là si Bullet ne pensait pas que l'idée valait la peine d'être considérée sérieusement. Biggs t'a déjà présenté, alors vas-y et donne tout.

Un sentiment de fraternité planait dans l'air, familier et réconfortant. La pièce était remplie d'hommes durs et autoritaires comme Bullet et Diesel et d'hommes d'affaires et de médecins soignés comme Court et Bones ainsi que de presque tous les types de personnes entre les deux. Tandis que Jed avançait vers l'avant de la pièce, répondant aux salutations des hommes qu'il dépassait, sa poitrine se gonfla de fierté. C'était un honneur d'être autorisé à parler de son idée devant les membres.

Biggs se leva de son siège à la table située à l'avant de la pièce, s'appuyant sur sa canne tandis que Jed s'approchait.

— Bonne chance, dit Biggs en hochant la tête avant de retourner à sa place.

Jed fit face aux hommes qui étaient devenus extrêmement importants dans sa vie. Biggs, Bear et Bones étaient comme sa famille et le reste des membres étaient une extension d'eux. Il savait qu'il serait toujours sous la protection des Dark Knights, qu'ils l'acceptent en tant que Dark Knight et au sein de la famille Whiskey ou pas. Plus important encore, grâce à Bones et Sarah, ces hommes prendraient toujours soin de Josie et de Hail.

— Merci de me donner l'opportunité de parler de l'idée de

programme de tutorat au club, dit-il, apercevant un hochement de tête de la part de Bullet. Beaucoup d'entre vous ont grandi avec les Dark Knights pour vous guider dans les moments difficiles, pour vous donner des exemples comme Biggs : des hommes qui estiment et respectent les autres, qui travaillent dur et qui considèrent la protection de leur communauté comme leur plus importante responsabilité. Après la mort de mon père, je n'avais rien de tout cela. Ma mère est tombée dans l'alcool et elle ne s'en est toujours pas sortie. J'ai dû m'occuper de ma petite sœur. Comme vous le savez, je me suis tourné vers le vol pour subvenir aux besoins de ma famille. Si j'avais eu accès à un mentor semblable à l'un de vous, je vous parie ma moto que ma vie aurait été différente.

Il regarda Bear et poursuivit :

— Et grâce à cela, la vie de ma sœur aurait été différente aussi. Elle aurait eu un grand frère qui faisait ce qu'il *fallait*, qui apprenait à avoir *confiance* en lui, à avoir de bonnes capacités pour les relations sociales, du respect pour lui-même et pour autrui. Je crois que j'aurais utilisé ces qualités pour faire le bien et non pas pour manipuler. Au lieu d'être gêné par ce que j'étais devenu, elle aurait pu être fière de moi, et dans ce cas...

Elle n'aurait probablement pas été aussi furieuse. Elle serait peut-être allée voir la police après avoir été violée, plutôt que d'enterrer ces sentiments.

— Beaucoup de choses dans sa vie auraient été différentes aussi.

La vérité de sa déclaration l'étrangla et il ne fut pas le seul. Il poursuivit en parlant du fait que les bons exemples pouvaient aider les enfants touchés par la pauvreté, les enfants dont les parents étaient incarcérés et même les enfants de parents célibataires qui avaient simplement besoin d'attention et de conseils. Plus il parlait, plus il était fervent, se nourrissant des commentaires de soutien du groupe. Il parla de différents types de parrainages : tutorats, sport, enseignement de capacités pour le travail. Il aborda également la possibilité de créer une association à but non lucratif, d'organiser des collectes de fonds et d'éduquer des enfants au sein du programme pour qu'ils deviennent de meilleurs adultes et un jour, des Dark Knights.

— Je sais que nous ne pouvons pas changer la vie de tous les enfants, mais il y en a des bons qui font des conneries parce qu'ils ne savent pas qu'ils ont d'autres options. J'ai vu par moi-même que les *bonnes* relations avec une personne peuvent non seulement changer des vies, mais les *sauver* aussi. Je crois que c'est ce que pourrait faire un programme de parrainage comme les Young Knights. Merci.

Les applaudissements retentirent. Biggs, Bullet et Bear se levèrent. Les autres hommes en firent de même. Chacun d'eux était debout, avançait vers lui, lui donnait une tape dans le dos, le félicitait, lui disait qu'il aurait son vote. Il ne pensait pas que quoi que ce soit pouvait être à la hauteur de ce qu'il avait ressenti quand Josie et Hail lui avaient dit qu'ils l'aimaient.

Mais ce moment-là n'arrivait pas loin derrière.

QUAND LES CHOSES se calmèrent, Jed se tint debout entre Bear et Bullet pour regarder Bones et Court jouer au billard. Jed était encore trop sous le choc et fou de joie à cause des réponses positives pour se concentrer sur ce que les autres disaient. Quand il sentit enfin qu'il avait les idées plus claires, il sortit son téléphone pour envoyer un message à Josie et lui annoncer la bonne nouvelle.

— Tu vas dire à ta petite amie que tu as tout déchiré ? dit Bullet.

Jed rit.

— Quelque chose comme ça.

— Elle doit être fière de toi. Tu n'as pas juste présenté l'idée, tu nous as donné un plan solide. Ça en dit long.

— Oui, ajouta Bear, tu n'es pas un débile, après tout.

Jed fit semblant de lui donner un coup de poing et Bear l'évita en riant.

— Je te fais juste marcher.

— Ils vont voter la semaine prochaine. Tu veux parier ?

Jed secoua la tête.

— Nous devons être reconnaissants pour beaucoup de choses maintenant et je ne veux pas me porter malheur.

— Bon choix, dit Bullet. Fin m'a dit que ta copine l'aide pour son service traiteur et qu'elle travaille avec Gemma à la boutique aussi. Cette fille est motivée.

— Oui, elle m'impressionne. Je veux en faire davantage pour soutenir ses efforts. J'ai quelques idées.

Biggs boita jusqu'à eux :

— Ça vous dérange si je parle seul à seul avec notre prospect ?

Jed mit son téléphone dans sa poche. Le message devrait attendre.

Bear leva les mains.

— Avant, quand il nous disait ça, c'était généralement parce que nous avions fait quelque chose de mal.

— Vous étiez toujours en train de faire quelque chose de mal, gloussa Biggs.

Il désigna la pièce adjacente :

— Par-là, fiston.

Jed le suivit dans l'autre pièce.

— Biggs, je suis vraiment reconnaissant que tu m'aies donné cette chance ce soir.

— Je sais.

Ils s'assirent tous les deux sur le canapé.

— Ce soir, tu nous as montré pourquoi tu mérites de devenir un prospect. Tu as vu une opportunité pour que le club fasse quelque chose de plus pour la communauté et c'est ce que nous aimons voir.

— Merci. Je veux vraiment que ça fonctionne. Ça change déjà la vie de Ricardo et de Marco. Je crois que c'est juste le sommet de l'iceberg.

— Espérons-le. Je voulais te parler de quelque chose d'autre. Bear m'a dit que tu avais posé des questions sur la maison de mon frère, souleva Biggs.

— C'est vrai, mais je ne m'étais pas rendu compte qu'elle était aussi importante pour toi.

— J'ai beaucoup de bons souvenirs dans la maison d'Axel, dit-il lentement. Il a construit cette maison avec mon père. C'est là qu'Axel a lancé son entreprise en travaillant sur les motos des Dark Knights. Il s'est fait un nom parmi les motards. Ils venaient d'autres branches pour qu'il s'occupe de leurs motos. Quand le garage est devenu trop petit, il a acheté le garage plus grand et il a construit la maison où Bear vit à présent. Il a laissé nos membres dormir dans la vieille maison quand ils étaient trop ivres pour retourner chez eux en voiture et des frères d'autres branches qui nous rendaient visite vivaient là quand ils étaient en ville. Il laissait les mecs bricoler sur leurs motos dans ce garage.

— Je comprends mieux à quel point cet endroit est important pour toi, Biggs. Je ne demande pas à l'acheter.

— Je sais, mais quand le président de ton chapitre parle, tu écoutes.

Merde.

— Oui, monsieur.

Biggs se pencha en avant, posant ses avant-bras sur ses cuisses. Il soutint le regard stable de Jed, mais la douleur nageait dans ses yeux sombres.

— Quand nous avons perdu mon frère, une partie de moi est morte avec lui. Je ne pouvais pas supporter l'idée qu'il y ait quelqu'un d'autre dans cette maison. J'y vais souvent, je m'assieds pendant des heures et je parle à Axel. C'est là-bas que je me sens le plus proche de lui. Tu me fais penser à lui, tu sais.

Jed fut surpris.

— Vraiment ?

Biggs hocha la tête.

— Il a fait des conneries quand il était plus jeune. Des conneries pour de bonnes raisons. Et ensuite, c'est devenu l'un des meilleurs hommes que j'ai connus. Il a toujours été l'un des meilleurs. J'ai maintenu cette maison sur pieds, je l'ai entretenue. Pas tant que ça à l'extérieur, mais l'intérieur est en bon état. Elle a juste besoin que quelqu'un s'en occupe bien, peut-être d'une touche féminine. Cette maison appartient à la famille, Jed, et tu fais partie de ma *famille.*

— Monsieur ?

Était-il en train de dire ce que Jed pensait qu'il était en train de dire ?

— Appelle-moi *Biggs*, petit.

— Désolé. Je ne suis pas sûr de te suivre.

Jed déglutit difficilement, submergé par l'émotion.

— Tu me suis *parfaitement.* Tu es sur le point d'effectuer de gros changements dans ta vie. Tu as une femme bien et d'après ce que j'ai entendu, un garçon qui t'admire. Et tu as un avenir avec les Dark Knights. Si ça t'intéresse, la maison est à toi.

— Biggs, je ne sais pas quoi dire. Je viens de commencer à travailler avec Buck pour avoir un prêt.

Biggs émit un petit rire et redressa sa canne.

— Pas besoin de ces conneries. Je vais demander à Court de rédiger un contrat. Tu peux me payer directement.

— Je ne sais pas si je peux me le permettre. Quel est le prix demandé ?

— Le prix que *je demande* ?

Il se leva et dit :

— Fais-en un foyer dont mon frère aurait été fier.

Était-il une mauviette parce qu'il était au bord des larmes ? Au cours de sa vie, Jed s'était battu bec et ongles póur tout. Il ne savait pas comment gérer cela, mais il voulait vraiment essayer.

— Biggs, le *prix* ? En dollars.

— Je sais ce que tu paies pour ton loyer. Nous en ferons le remboursement de ton prêt et comme ça, tu as une maison.

Biggs tendit la main.

Jed se leva sur ses jambes tremblantes.

— Je ne sais pas quoi dire.

Il serra la main de Biggs et celui-ci l'attira dans une étreinte virile.

— « Merci » fait des merveilles, en général. Que Dieu te bénisse, fiston. Maintenant, qu'est-ce que tu dirais d'aller chercher les garçons et d'aller voir ta nouvelle maison ?

CHAPITRE DIX-SEPT

JED MONTA DANS sa voiture. Il était sur un petit nuage. Le club pourrait bien lui donner le feu vert pour le programme des Young Knights, il avait les clés d'une maison qui serait bientôt sienne et il avait une femme et son fils avec qui il voulait partager sa chance. La vie ne pouvait pas être plus belle.

Il appela Josie en s'éloignant du club-house.

— Salut, bébé. Est-ce que Hail est encore debout ?

— Je viens de le mettre au lit. Pourquoi ? Comment ça s'est passé ?

— Ça s'est très bien passé. Le programme pourrait bien être approuvé.

— C'est fantastique ! Je savais qu'ils allaient l'adorer. Tu dois être ravi.

— Merci, bébé. Je le suis. Merci pour ton soutien au cours des deux dernières semaines. Ça compte beaucoup pour moi de t'avoir à mes côtés.

— C'est mon endroit préféré. De plus, tu supportes ma folie pâtissière.

Il entendit la joie dans sa voix et cela lui plut énormément.

— J'adore ta folie pâtissière. Est-ce que Scott est là ce soir ?

— Oui, pourquoi ?

— Est-ce que tu penses que ça le dérangerait de rester avec

Hail une heure ou deux ? J'ai quelque chose à te montrer.

— Je suis sûre que ça ne le dérangera pas. Il est en train de se détendre sur le canapé. Où allons-nous ?

— Tu verras. J'arrive bientôt. Je t'aime, chérie.

Bon sang, c'était bon de dire exactement ce qu'il ressentait. Ensuite, il appela Quincy.

— Salut, Jed. J'ai les livres que tu m'as demandés. Je vais les laisser dans ta chambre.

— Super, merci, mec. Il faudra qu'on parle quand tu auras un moment. J'ai trouvé un endroit où vivre.

— Génial ! J'ai hâte d'en savoir plus. Écoute, je dois partir. Je dois aller à mon groupe de travail.

— Pas de souci. On se voit demain.

Une demi-heure plus tard, Josie était aux côtés de Jed tandis qu'il conduisait vers la maison.

— Tu ne vas vraiment pas me dire où nous allons ?

— Non.

Elle passa sa main sur ses cuisses et commença à l'embrasser dans le cou.

— Et maintenant ?

— J'y réfléchis.

Il passa son bras autour d'elle, l'attirant près de lui tandis qu'elle passait sa langue le long de son oreille et qu'elle murmurait :

— Maintenant ?

— Putain, bébé. Tu me rends dur comme la pierre. Mais, *non*. C'est une surprise.

— Une surprise…

Elle enfonça ses doigts dans ses cheveux, caressant son érection à travers son jean tout en suçant son cou.

— Bon sang, Jojo, dit-il entre ses dents. Pourquoi est-ce que je te dirais où nous allons alors que je peux avoir tes mains et ta bouche sur moi si je ne te le dis *pas* ?

— *Mince.*

Elle retomba contre le siège, les mains sur les genoux, faisant ressortir sa lèvre inférieure pour former une moue sexy.

Elle était tellement adorable qu'il voulait embrasser cette moue pour la faire disparaître de ses lèvres. Il posa la main de Josie sur son membre et serra ses doigts autour.

— En y réfléchissant, peut-être bien que tu *peux* me convaincre comme ça.

— Pourquoi est-ce que j'ai l'impression que c'est un subterfuge ?

Elle le serra plus fermement et ses hanches redoublèrent d'ardeur.

— Si tu continues, je vais m'arrêter et te prendre ici.

— Jojo, l'avertit-il.

— Quoi ? Je n'ai jamais couché dans un pick-up.

Elle posa sa paume sur sa bouche, y fit passer sa langue, puis glissa sa main sous le boxer de Jed avant d'empoigner son sexe.

La sensation de son emprise humide et chaude fit exploser le désir en lui. Elle enfonça ses dents dans sa peau. Il laissa échapper un grognement et tourna à l'intersection suivante pour sortir de la route principale et s'engager sur une autre qui serpentait le long d'une colline jusqu'à un belvédère près de l'eau. Il se gara près du belvédère et captura les lèvres de Josie dans un baiser féroce et passionné, la plaquant sous lui contre la banquette. Elle était tellement douce, féminine et sensuelle, s'inclinant et se courbant sur le coussin, appuyant sa douceur contre lui, à tel point qu'il allait en perdre la tête. Il lui arracha son T-shirt, prenant son soutien-gorge au passage, et il posa sa bouche sur le bout dur d'un de ses seins parfaits. Elle se cambra et gémit, s'agrippant à sa tête et maintenant sa bouche contre la sienne.

— Plus fort, *Moon*…

Merde. Elle le tuait chaque fois qu'ils étaient proches, le désirant et le suppliant de lui en donner *plus, plus fort, plus profond.* Il lui agrippa les poignets, les éloignant de force de ses propres cheveux, et il les piégea au-dessus de la tête de Josie. Sa respiration chaude passa sur ses lèvres.

— Putain, je t'aime, Jojo. Je veux t'offrir le monde.

— Donne-le-moi et plus encore. *Ici* et *maintenant.*

Elle se balança sous son corps, et alors que sa bouche s'écrasait sur la sienne, ses pensées s'envolèrent. Dans un enchevêtrement de membres et de baisers insistants, ils retirèrent leurs T-shirts et il baissa le jean de Josie. Ils rirent tandis qu'il tentait de retirer ses chaussures et ses propres bottes.

— Dépêche-toi, le supplia-t-elle en retirant brusquement son jean et en baissant celui de Jed jusqu'à ses chevilles, finissant de le lui enlever tandis qu'il se plaçait au-dessus d'elle.

Il la pénétra d'un grand coup.

— Moon, cria-t-elle contre ses lèvres.

Il s'immobilisa.

— Trop fort, bébé ? Je suis désolé.

L'amour et le désir débordaient des yeux de Josie tandis qu'elle haletait :

— Non. Tu es parfait, Moon. Tellement *parfait.*

Elle attira sa bouche contre la sienne et leurs corps prirent le relais. Chaque coup de langue, chaque pression de son sexe le poussait un peu plus près de la jouissance. Il connaissait chaque courbe de sa bouche, chaque son sensuel de son plaisir. Quand elle enfonça ses dents dans sa lèvre inférieure, le désir dans ses yeux le traversa comme un feu de forêt. Il réclama sa bouche et elle enroula ses jambes autour des hanches de Jed, le prenant incroyablement plus profond. Ils gémirent, émettant des sons qu'il ne pouvait pas nommer tandis qu'ils dévoraient la bouche l'un de l'autre. Il était perdu dans son corps en feu, dans la sensation de sa bouche en train d'aimer la sienne, dans la pulsation de son sexe tandis que l'orgasme de Josie montait.

— Jouis pour moi, bébé, dit-il d'une voix rauque tandis qu'il accélérait ses efforts, impatient de la sentir perdre le contrôle.

Elle enfonça ses ongles dans son dos, ses hanches heurtant les siennes. Les bras de Josie se tendirent, ses cuisses se serrèrent autour de lui et lors de la pénétration suivante, sa tête tomba en arrière et son nom sortit de ses poumons comme une prière. Il la suivit vers les nuages. Chaque coup lui fit gagner une supplication désespérée pour qu'il lui en donne plus, un cri de plaisir et des pulsations serrées et érotiques autour de son membre, faisant jaillir le sperme tandis qu'il se rendait à sa propre jouissance renversante.

Il enfouit son visage dans le cou de Josie, respirant son odeur tandis que leurs cœurs battaient à un rythme frénétique.

— J'aime tes surprises, murmura-t-elle.

Il eut un petit rire et plongea le regard dans ses beaux yeux.

— Coucher dans un pick-up, *fait*. Qu'est-ce qu'il y a d'autre sur la liste ?

Elle posa ses lèvres sur les siennes et dit :

— Tout, Moon. *Tout.*

JOSIE NE PUT s'empêcher de rire quand Jed trémoussa son

grand corps pour enfiler son jean, dans la cabine aux vitres embuées de son pick-up. Tout avait changé entre eux, *autour* d'eux, *à propos* d'eux. Josie l'avait su ce matin-là, quand elle s'était réveillée avec Hail dans leur lit et que Jed lui avait rapporté ce que son adorable fils avait dit. Au début, quand elle s'était aperçue à quel point Hail l'aimait profondément, elle avait ressenti de la peur. Comment pourrait-il en être autrement ? Ils s'étaient aimés et s'étaient perdus avant. Pourtant, il ne s'agissait pas d'une peur menaçante comme avec ses parents. Cette peur avait été tellement grande, tellement réelle et sinistre qu'elle avait envahi tous les aspects de sa vie, comme un cancer. Non, cette peur-là n'avait rien à voir. C'était une inquiétude provoquée par le fait de savoir qu'elle pourrait perdre quelque chose de si beau qu'elle voulait voir durer pour toujours. Elle savait à quel point la vie pouvait être courte, comme les jours pouvaient être comptés même sans indices qu'ils arrivaient à terme. Elle avait décidé à ce moment-là, au matin, alors que le soleil se glissait entre les rideaux de sa chambre et que les pas de son fils se précipitaient sur le parquet, qu'elle n'allait pas avoir peur d'aller trop vite ou d'aimer trop fort.

Jed redirigeait le pick-up vers la route principale, et elle s'assit, blottie contre son bras, savourant la chaleur de leur amour.

Il tourna dans une allée excessivement longue en direction du vieux garage qu'elle avait vu le jour du Nouvel An. Elle plissa les yeux dans l'obscurité tandis qu'il se garait à côté du petit pavillon au toit en forme de trapèze.

— Qu'est-ce qu'on fait là ?

Le jardin était plein de mauvaises herbes, mais la maison était adorable. Le petit porche à l'avant était démodé, entouré d'un demi-mur. Des piliers se dressaient aux coins. Il y avait trois fenêtres à l'étage avec des vitres en diagonales. L'avant de la maison était couvert de bardeaux au-dessus des fenêtres et ces bardeaux étaient peints en marron jusqu'en haut, alors que le reste du revêtement était blanc. Depuis le parking du bar, elle n'avait pas vu la passerelle entre la maison et le garage ou la lucarne au-dessus de celui-ci. Josie n'avait pas non plus remarqué à quel point le garage était long et étroit. Le garage où Jed travaillait avait des baies qui étaient côte à côte, mais celui-ci pourrait facilement contenir deux voitures l'une derrière l'autre.

Jed posa sa main sur la sienne.

— Je veux te montrer ma surprise.

— J'avais oublié que tu avais une surprise, murmura-t-elle, gagnant ainsi un de ses rires graves. Je ne peux pas m'en empêcher. Quand nous batifolons, mon cerveau s'embrume.

— Quand nous batifolons, le monde entier cesse d'exister.

Il sortit du pick-up et l'attira sur le bord du siège.

— C'est ça, ma surprise, Petit Chaperon Rouge.

Il posa ses lèvres sur les siennes pour un baiser chaste et dit :

— Cet endroit sera bientôt à *moi*.

— Tu vas louer la maison ?

— Non, bébé. Je vais l'acheter. Trois chambres, deux salles de bains et il y a une chambre et une salle de bains au-dessus du garage.

— Tu vas l'*acheter* ? Félicitations ! Je ne savais même pas que tu cherchais une maison.

— Je n'étais pas sûr de vouloir le faire, mais Biggs et moi avons passé un accord. Il faudra une ou deux semaines pour que nous nous occupions de la paperasse et pour la signer, mais c'est lui qui me fait un prêt, alors il n'y a pas de demande de crédit ou quelque chose comme ça. Viens. Je veux te montrer l'intérieur.

Tandis qu'ils montaient les marches du porche, elle vit la propriété du point de vue de Jed. Ce serait son foyer. Elle savait à quel point c'était important pour lui, et partager ce moment avec lui était plus fort que tout le reste.

— Ce n'est pas très grand, dit-il tandis qu'ils entraient.

Elle regarda le parquet et les crochets au mur à leur droite où elle pouvait imaginer la veste de Jed pendre au-dessus de ses bottes.

— La taille ne compte que pour une chose.

— Vraiment ?

Il l'attira dans ses bras avec un air plein de désir dans les yeux.

— N'aie pas l'esprit mal tourné. Je parlais de ton *cœur*.

Il rit.

— C'est ça !

Il lui parla du frère de Biggs, Axel, qui avait construit cette maison et avait vécu dedans. Il lui raconta qu'il avait laissé les Dark Knights vivre dedans quand il avait déménagé dans la maison où Bear vivait désormais. Il y avait un poêle à bois dans le coin du salon et juste en dessous, un escalier était construit contre le mur. Elle imaginait les mains de motards rustres usant les rambardes en bois. Les contremarches étaient peintes en blanc, comme les murs. Les marches éraflées étaient assorties aux moulures en bois sur rez-de-chaussée. Il y avait des toilettes de l'autre côté du couloir, en face des escaliers, et en passant par une porte voûtée, on entrait dans une cuisine de bonne taille et une salle à manger qui donnait sur un jardin entouré d'arbres. Les plans de travail et les placards n'étaient ni chics ni abondants, mais il y avait de la douceur, du bien-être dans la simplicité de chaque pièce.

À l'étage se trouvaient trois petites chambres et une salle de bains.

— Les mecs vont m'aider à l'arranger. Je dois remplacer les fenêtres de la salle à manger, il faut réparer un peu de plomberie et le conduit de la cheminée doit être rejointoyé.

— Ça a l'air cher.

Il lui prit la main tandis qu'ils descendaient les escaliers et précisa :

— L'un des Dark Knights est plombier, un autre est maçon et Bear va m'aider avec les fenêtres. Je pensais demander à Ricardo et Marco de m'aider à peindre. Si ça ne te dérange pas, je pensais demander à Hail s'il veut m'aider aussi. Avec un peu de chance, vous passerez beaucoup de temps ici et je veux qu'il se sente en sécurité. Quel meilleur moyen y aurait-il pour ça que de l'aider à transformer cette maison en foyer ?

— Moon, dit-elle tandis que le bras de Jed s'enroulait à nouveau autour d'elle. Je crois qu'il aimerait faire ça autant qu'il t'aime, toi.

— Ça me fait plaisir de l'entendre, Petit Chaperon Rouge.

Il verrouilla la maison et tandis qu'ils remontaient dans le pick-up.

— Ça t'ennuie si nous passons rapidement par mon appartement ? J'ai rencontré le thérapeute après le travail, alors Quincy a choisi quelques livres pour moi que je veux récupérer.

— Pas de problème. Scotty traîne à la maison, nous ne sommes pas pressés.

Sur le court trajet jusqu'à son appartement, il lui raconta ce que le thérapeute avait dit et elle fut d'accord avec lui pour dire que Hail allait trop bien pour lui faire suivre une thérapie à cause d'un seul commentaire.

— Il n'a rien dit d'autre à ce sujet, mais c'est bon de savoir qu'il y a quelqu'un à proximité pour l'aider s'il a des ennuis.

Lorsqu'ils arrivèrent à son appartement, le couple monta l'escalier en métal sur le côté du bâtiment. Josie s'arrêta sur le palier au sommet des marches et se retourna. Jed était une marche plus bas, ce qui rapprocha leurs visages l'un de l'autre.

— Je veux que tu saches à quel point ça compte pour moi que tu aies parlé à un thérapeute à propos de Hail et que tu aies demandé à Quincy de t'apporter des livres. Je sais que nous avons beaucoup de casseroles. Ce que je ne sais pas, c'est comment ces casseroles vont évoluer quand Hail grandira. Il était tellement jeune quand Brian est mort. J'ai peur qu'il oublie à quel point c'était un bon père et en même temps, j'aimerais un peu qu'il oublie que son papa est mort. Je ne veux pas que tu penses que tout cela est ton problème.

— Tu ne comprends pas, Petit Chaperon Rouge ? Tout ce qui affecte Hail m'affecte.

Il posa ses lèvres sur les siennes et quand il approfondit son baiser, elle l'attira plus près. Elle aimait tellement cet homme qu'elle avait besoin d'être nue et dans ses bras de nouveau. Il monta sur le palier et le dos de Josie heurta la porte dans un bruit sourd.

Il recula, haletant.

— Ça va ?

Elle hocha la tête, attirant de nouveau sa bouche vers la sienne, puis elle passa ses mains sous son T-shirt. Elle ne savait pas pourquoi elle était insatiable en ce qui concernait Jed, mais elle savait qu'elle ne se rassasierait jamais de lui. Il passa le T-shirt de Josie au-dessus de sa tête, le tenant dans son poing tandis qu'il cherchait ses clés. Sa bouche captura celle de Josie et ils entrèrent en trébuchant, leurs bouches fusionnant. Il ferma la porte d'un coup de pied sans rompre leur connexion et il la souleva.

— Mec ?

Ils s'immobilisèrent en entendant la voix de Quincy.

— Merde, lâcha Jed d'une voix rauque, cachant le corps de Josie sans T-shirt, avec son torse.

Je pensais que tu étais à ton groupe de travail ?

Josie regarda par-dessus son épaule et vit Quincy assis entre deux jolies filles sur le canapé. Une autre fille était assise sur le sol, à côté de la table basse, avec un livre sur ses genoux.

Quincy haussa un sourcil, l'amusement dansant dans ses yeux lorsqu'il dit :

— C'est moi qui reçois.

Un rire échappa à Josie avant qu'elle ne puisse le réprimer.

— Oups.

— Et si tu emmenais *ton* groupe de travail dans la chambre ? suggéra Quincy.

Jed grogna et tout en serrant la poitrine de Josie contre lui, il la porta jusqu'à la chambre.

— Tu devrais peut-être bouger les livres de ton lit, cria Quincy.

Jed ferma la porte d'un coup de pied.

— Désolé, bébé. Nous pouvons prendre les livres et partir.

— Certainement pas, dit-elle tandis qu'il la posait par terre.

Elle tendit la main vers le bouton de son jean et dit :

— Mets de la musique et monte le volume bien *fort*. Et retire tes vêtements.

Ils se déshabillèrent en quelques secondes et Josie le poussa sur le lit. Elle se mit à califourchon sur ses hanches et tandis qu'elle se baissait sur son sexe épais, elle annonça :

— Il est temps que mon grand méchant loup hurle au clair de lune.

CHAPITRE DIX-HUIT

LE SAMEDI MATIN, Josie lissa son T-shirt rose sur lequel était imprimé « Finlay's » au milieu de la poitrine au-dessus de ses hanches et elle se contempla une dernière fois dans le miroir. Sarah avait coupé ses cheveux au-dessus de ses épaules dans une coupe au carré et elle lui avait montré comment utiliser un diffuseur pour faire ressortir ses ondulations naturelles. Sarah disait qu'elle semblait *audacieusement féminine*. Josie adorait son nouveau style et Jed était devenu fou en le voyant. Ce jour-là, elle aidait Finlay pour la fête prénatale. Celle-ci voulait la présenter aux femmes présentes à la fête. Elle disait que c'était un bon moyen pour que Josie se fasse des relations et pour obtenir plus de commandes de ses nouveautés au pain d'épices. Josie était nerveuse, mais joyeuse.

Elle se tourna sur le côté, regardant ses fesses dans le nouveau pantalon que Finlay lui avait prêté pour l'événement. Elle avait pris un peu de poids au cours des dernières semaines et ses vêtements ne tenaient plus sur ses hanches. La voix de la grand-mère de Brian murmura dans sa tête : *tu dois être heureuse. Tu as de belles petites courbes.* Helen lui manquait et ses suppositions avaient été correctes à l'époque, quand elle avait pris du poids dans les mois qui avaient suivi son emménagement avec Brian et elle, tout comme le souvenir de ses mots lui semblait juste à présent.

Jed entra dans la chambre.

— Tu seras la plus belle femme dans la pièce.

Il l'embrassa dans le cou. Elle se retourna dans ses bras et il posa ses lèvres sur les siennes. Une semaine s'était écoulée depuis qu'elle avait retrouvé les filles pour organiser la fête prénatale de Sarah et presque autant de temps s'était écoulé depuis que Jed avait fait sa présentation aux Dark Knights et qu'il avait emmené Josie voir sa nouvelle maison. Le club avait voté et approuvé le programme des Young Knights. Entre le fait de se réunir avec l'avocat des Dark Knights pour le lancer et le fait de nettoyer sa nouvelle maison, Jed avait été surchargé. Ce n'était pas grave, car Josie avait été tout aussi occupée. Finlay et Crystal lui avaient montré comment lancer son entreprise en passant en revue les licences et les autres aspects légaux. Crystal avait déjà commencé à développer un site web pour *Ginger All the Days*. Elles concevaient des brochures que Josie pourrait distribuer aux commerçants et Gemma avait dit qu'une fois que Josie serait prête à rendre son site web public, elle écrirait un article dans la newsletter de la communauté. Josie n'aurait pas pu être plus heureuse et Hail était ravi, car elle devait faire du pain d'épices encore plus souvent afin de prendre des photographies pour la brochure. Il l'aidait et Jed et lui étaient ravis de manger les friandises qu'ils préparaient. Ils avaient à peine pu ralentir assez longtemps pour acheter le cadeau d'anniversaire pour Hail. Grâce à Scotty, qui faisait vraiment un excellent baby-sitter, ils purent aller chercher des cadeaux et des décorations pour sa fête. Ils étaient occupés, mais à la fin de chaque journée, Josie se blottissait dans les bras forts de Jed, sachant que Hail était en sécurité et heureux de l'autre côté du couloir et que le reste de sa famille était à proximité.

— Est-ce que tu es nerveuse ? demanda Jed.

— Oui. Je n'arrête pas de me dire que travailler sur l'événement ne sera pas différent de travailler chez le glacier, mais *c'est* différent. Finlay a hâte de me présenter à tout le monde et j'en suis ravie, mais je ne veux pas la mettre mal à l'aise. Et si je disais ce qu'il ne faut pas ou… Je ne sais pas… Si je vomissais parce que je suis nerveuse ?

Un sourire sexy se glissa sur les lèvres de Jed et il dit :

— Bébé, tu ne vas faire ni l'un ni l'autre. J'ai foi en toi et Finlay aussi. Sinon, elle ne t'aurait pas proposé de faire ça pour toi. Tu vas être super et ce soir, toi et moi allons fêter ça.

Jed travaillerait au garage jusqu'à quinze heures, puis il irait chercher Hail chez Red, qui le gardait pendant que Josie était à l'événement. Hail était ravi à l'idée d'aller chez Jed pour l'aider à apporter les touches finales sur la maison. Il adorait leurs *moments entre hommes* autant que Jed semblait les adorer.

Ce soir, Scotty allait le garder et Jed allait emmener Josie dîner. Il ne voulait pas lui dire où ils allaient, mais apparemment, c'était un endroit *spécial*. Étant donné qu'elle n'avait pas de vêtements chics, elle avait emprunté une petite robe-pull noire à Crystal qui était tellement moulante et décolletée qu'elle n'était pas sûre d'avoir le cran de la porter. Elle en avait envie : Jed deviendrait fou en la voyant.

— *Maintenant*, Moon ? cria Hail depuis l'autre pièce.

Jed rit et cria :

— Oui, mon pote. Entre.

— Que se passe-t-il ? demanda-t-elle alors que son fils se ruait dans la chambre en portant une petite boîte entourée d'un nœud doré.

Hail leva les yeux vers Jed, puis tourna ses yeux brillants vers Josie et fourra la boîte dans sa main.

— Ouvre-la, Maman ! Moon et moi, on les a achetées pour toi.

Tandis qu'elle dénouait le ruban, Hail dit :

— Tante Crystal m'a aidé avec le Lego.

— *Logo*, dit Jed en posant une main sur son épaule.

Elle ouvrit la boîte et son cœur bondit à la vue de cartes de visite pour *Ginger All the Days* avec le logo que Crystal et elle avaient conçu, qui représentait un homme et une femme en pain d'épice se tenant par leurs mains en forme de moufles, et un auvent à rayures roses, marron et blanches sur toute la partie supérieure de la carte. Le nom de l'entreprise était écrit en marron sur l'auvent et en bas de la carte était écrit : « Nouveautés en pain d'épices pour toutes saisons ». Un numéro de téléphone qu'elle ne reconnaissait pas était également inscrit, ainsi que l'adresse du site web et son nom avec le mot « propriétaire » en dessous. Ses yeux se remplirent de larmes.

— Est-ce qu'elles te plaisent, Maman ? Hein ? Tu as vu ton nom ?

Elle passa un bras autour de Hail, l'autre autour de Jed, souriant tandis qu'elle battait des paupières pour effacer ses larmes :

— Je les adore, et je vous adore tellement.

— Je t'adore aussi, Maman ! cria Hail en sortant de la pièce en courant, la surprise étant de toute évidence terminée.

— Merci, Moon. Tu n'étais pas obligé de faire ça.

— Tu vas dire que je n'étais pas obligé de faire ce qui suit non plus, mais maintenant, tu devrais savoir que je fais les choses parce que j'en ai envie, pas parce que je suis obligé.

Il mit une main dans sa poche et lui tendit un iPhone couleur champagne.

— Il est associé à mon forfait, alors tu n'as pas à t'inquiéter de la facture.

— Moon ! Je ne peux pas accepter ça.

— Bien sûr que si. Tu ne peux pas utiliser un téléphone prépayé pour ton entreprise.

Il posa ses lèvres sur les siennes et dit :

— Appuie sur le bouton sur le côté.

Elle le fit et une photographie d'eux assis côte à côte avec Hail sur les genoux de Jed apparut sur l'écran. Hail souriait et Jed et Josie se regardaient dans les yeux avec envie. Si cette photographie ne disait pas tout, rien ne le ferait jamais. Sarah l'avait prise récemment, quand ils étaient allés chez elle pour dîner avec Scotty.

— Ça ne pourrait pas me plaire plus, dit-elle honnêtement. Merci.

— Voyons voir ça. Le mot de passe est la date de naissance de Hail. Vas-y, entre-le.

Elle entra le mot de passe et tandis que l'écran de verrouillage disparaissait, une autre photographie apparut en fond d'écran. Jed en avait pris une de Sarah, Scotty et elle, le week-end précédent dans sa nouvelle maison. Scotty et elle étaient en train de peindre et Sarah était passée avec le déjeuner. Scotty venait de mettre un peu de peinture sur le nez de Josie et Jed avait pris un cliché d'eux pendant qu'ils riaient.

— Tu avais raison. Ça me plaît encore plus.

Elle se mit sur la pointe des pieds et l'embrassa.

— Presque autant que tu me plais.

— Répète, dit-il avec un éclat lumineux dans les yeux.

— Ça me plaît encore plus. Presque autant que tu me plais.

— Pas ça, bébé. L'autre partie.

— Tu avais rais...

Elle lui donna une petite tape joueuse et il la prit dans ses bras, faisant disparaître son rire d'un baiser.

ILS AVAIENT EU de la chance d'avoir une autre journée où il faisait plus de quinze degrés. Hail n'avait pas arrêté d'aider Jed à peindre les rambardes sur porche arrière avec Ricardo et Marco et de jouer avec ses jouets qui étaient éparpillés dans le jardin. Toutes les principales réparations étaient terminées, grâce à certains des hommes du club comme Gutter, un expert en réparations, et les frères Bando, qui travaillaient avec du ciment et de la pierre et avaient rejointé la cheminée et réparé une fissure dans les fondations. Biggs avait amené des documents au garage deux jours plus tôt et la maison appartenait désormais à Jed. Il avait du mal à s'imaginer être propriétaire.

Il jeta un coup d'œil à Ricardo et à Marco, qui peignaient les rambardes de l'autre côté du porche. C'étaient de bons garçons et ils travaillaient dur. Bullet avait engagé Ricardo en tant que plongeur à mi-temps et Marco avait continué à suivre Jed au garage l'après-midi. Jed aimait lui apprendre les bases. Voir la différence qu'un peu d'attention et de conseils pouvaient faire dans leurs vies donnait de l'espoir à Jed en ce qui concernait le programme des Young Knights et les bénéfices qu'ils auraient pour de nombreux jeunes garçons. Le directeur du lycée était un Dark Knight et il avait déjà commencé à établir une liste d'étudiants qui, d'après lui, pourraient bénéficier du programme de tutorat. Ils avaient beaucoup de travail en vue : ils devaient s'occuper de l'aspect légal et préparer les documents officiels décrivant toutes les facettes du programme. C'était en cours, tout comme l'avenir de Jed.

— Est-ce qu'on peut dormir ici ce soir, Moon ? demanda Hail en peignant un des balustres.

Josie avait préparé des vêtements et une vieille veste pour que Hail les porte pendant qu'il peignait, et heureusement. Il avait mis autant de peinture sur lui-même que sur les balustres.

— Je sors avec ta maman ce soir, mon pote, et je n'ai pas encore de meubles. Mais peut-être un autre jour.

– Tu pourrais sortir avec elle un autre soir.

Le pinceau de Hail se tourna vers Jed lorsqu'il parla.

— Et on n'a pas besoin de meubles. On peut camper.

Jed replaça le pinceau de Hail vers le balustre.

— Comme dans une tente ? Il fait chaud maintenant, à cause du soleil. Le soleil va se coucher bientôt et il fera trop froid pour camper.

— Pas dans une tente. Sur ton sol. Et nous pouvons manger de la pizza et faire un feu dans la cheminée et jouer avec mes camions et...

Alors que Hail continuait de parler de camper dans le salon, Jed se demanda comment des parents pouvaient laisser tomber leurs enfants. Il détestait savoir qu'il devait faire éclater la bulle de Hail. Mais il avait réservé une table dans le meilleur restaurant dans un rayon de cent kilomètres et il ne voulait pas laisser tomber Josie non plus. Elle avait travaillé si dur pour ouvrir ses ailes et elle méritait de sortir pour fêter sa réussite.

La fête d'anniversaire de Hail aurait lieu le dimanche suivant.

— Et nous campions le week-end après ton anniversaire ?

Il trempa son pinceau dans le plateau :

— Tu vas avoir six ans, ce qui signifie que tu pourras peut-être rester debout tard aussi.

Jed se retourna en entendant un son de roues sur le gravier

et il vit le pick-up de Bear dans l'allée. Crystal lui fit signe depuis le siège passager.

— Oncle Bear et Tante Crystal !

Hail laissa tomber le pinceau dans le pot et courut vers les marches du porche.

— Petit, pas dans le pot, s'il te plaît.

Jed mit ses doigts dans la peinture pour repêcher le pinceau.

Hail se retourna en courant sur les marches du porche et dit :

— Oups. Désolé, Moon. J'ai oublié de le mettre sur le plateau.

— Ce n'est rien. Je m'en occupe.

Il tint le pinceau au-dessus du pot tandis que l'épaisse peinture en coulait.

— Je m'en souviendrai la prochaine fois.

Il se retourna et descendit les marches du porche en courant.

— Oncle Bear. Je peins !

— Est-ce que tu as mis de la peinture sur le porche ? demanda Bear.

Hail remonta les escaliers en courant et désigna les balustres qu'il avait peints.

— Oui ! Tu vois ?

— Ça m'a l'air bien, dit Bear alors que Crystal et lui montaient les marches du porche. Eh, Ricky, Marco ! Comment ça va ?

— Bien, répondirent-ils en chœur.

— Jed m'a montré comment changer l'huile, dit Marco. C'est bien mieux que de laver la vaisselle.

Ricardo lui jeta un regard noir.

— Finlay m'apprend à cuisiner pour te nourrir et pour que tu ne crèves pas de faim. Devine qui va laver la vaisselle à la maison ?

— Oh, mince…

Marco haussa les épaules et recommença à peindre.

— Nous allons camper à l'intérieur, annonça Hail en descendant les escaliers en courant pour jouer avec ses camions.

— La maison est tellement différente sans les mauvaises herbes, s'émerveilla Crystal.

Jed posa le pinceau de Hail dans le plateau et il essuya ses mains sur un torchon.

— Merci. Ça commence à prendre forme. Qu'est-ce que vous faites là ?

— Je t'ai acheté des rideaux en cadeau pour ta pendaison de crémaillère. Les hommes oublient toujours les rideaux.

Crystal leva un sac.

— Bear a des tringles dans le pick-up.

— Tu n'étais pas obligée de faire ça. Merci.

— Pas de problème. Je suis désolée que l'ajustement de la veste prenne autant de temps. J'ai eu quelques problèmes avec le col, mais j'aurai fini avant samedi. Je te le *promets*. Est-ce que tu travailles samedi ?

— Oui, au bar.

— Passe la prendre après le travail.

— Merci. Je le ferai, dit-il en se levant. Je vais t'aider à installer ça.

— Je m'en occupe. Termine ce que tu étais en train de faire histoire de ne pas finir avec des petites empreintes de mains blanches sur tous les murs.

— Crois-moi quand je te dis que tu voudras garder de l'énergie pour ce soir, sous-entendit Crystal avec une lueur de malice dans les yeux. J'ai prêté une robe à ta copine qui va t'épater. *De rien.*

— Merci, mais ma copine est sexy quoi qu'elle porte.

Sa sœur avait un penchant pour les vêtements qui laissaient peu de choses à l'imagination. Il savait qu'il ne penserait qu'à ça tout l'après-midi : Jojo dans une tenue légère. C'était une bonne chose qu'il ait presque fini.

Crystal ouvrit sa veste et souleva son pull-over, lui montrant son ventre, qui ressortait comme si elle avait mangé un gros déjeuner. Elle passa une main sur son ventre et dit :

— Ça, c'est la faute de ta petite amie. Tout ce pain d'épices…

— Tu dois expliquer à ma sœur le principe de la petite graine qui grandit en elle.

— Tu entends ça, bébé ?

— Ton frère vient de nous donner sa bénédiction pour faire des cochonneries dans la chambre.

— Hé !

Jed secoua la tête tandis que Bear et Crystal entraient.

Après avoir accroché les rideaux, Bear et Crystal s'en allèrent. Jed et les garçons terminèrent de peindre le porche, puis Jed ramena Ricardo et Marco chez eux. Il sortit du pick-up pour les payer et quand il leur tendit l'argent, les garçons échangèrent un regard légèrement gêné.

— Qu'est-ce qui ne va pas ? demanda Jed.

— On ne veut pas prendre ton argent. Tu en as assez fait pour nous. Considère qu'aujourd'hui, c'était notre manière de te remercier.

— C'est vraiment gentil de votre part et j'en suis reconnaissant, mais vous avez travaillé dur. Prenez l'argent.

— Le remerciement est plus fort si on ne le prend pas et tu viens d'acheter une maison et tout. Tu as aussi besoin d'argent.

Pas autant qu'eux.

— Viens ici.

Jed serra Ricardo dans ses bras, puis donna une étreinte rapide et virile à Marco et dit :

— Votre *gentillesse*, c'est ce qui m'importe.

Il mit l'argent dans leurs mains :

— Vos cœurs sont bien attentionnés. Prenez l'argent et achetez quelque chose de beau à votre mère pour la remercier d'élever deux super enfants.

CHAPITRE DIX-NEUF

JED REDRESSA LES épaules en avançant vers la porte de la maison de Scott pour emmener Josie à leur rendez-vous. Il n'était pas habitué à porter des vêtements élégants et il espérait que sa chemise grise et son pantalon noir allaient avec sa veste en cuir. Quincy lui avait dit qu'il ressemblait à un James Bond *dominant.*

Maître Moon, songea-t-il.

— Moon est là !

Il aperçut le visage souriant de Hail contre la fenêtre une fraction de seconde avant qu'il ne disparaisse et que Jed ne l'entende courir.

La porte s'ouvrit brusquement et Hail le regarda curieusement.

— Tu es habillé bizarrement.

— Ah oui ? Parfois, un homme doit s'habiller comme un adulte pour emmener une jolie femme à un rendez-vous. Heureusement pour toi, tu peux traîner dans des vêtements confortables avec Oncle Scotty et les Indestructibles.

Jed lui tendit le film qu'il avait acheté pour lui et entra.

— *Les Indestructibles 2* !

Hail courut jusqu'à Scott et sauta sur le canapé à côté de lui, regardant les images sur le boîtier du film. Il se retourna vers Jed et dit :

— Quand nous camperons dans ta maison, est-ce que nous pourrons le voir ?

— Bien sûr !

Jed avait espéré que Hail aurait oublié ça. Il s'était senti coupable de lui avoir dit qu'ils ne pouvaient pas le faire ce soir-là.

Scott se leva et dit :

— Merci, Jed.

— J'ai supposé que ça te serait utile d'avoir un peu…

Ses mots se perdirent dans le « *Putain de merde* » qui lui passa par la tête quand Josie entra dans la pièce, vêtue d'une minirobe moulante noire qui épousait ses courbes. Si ce n'était pas suffisant pour l'exciter, les longues manches en dentelles cousues à une fine bretelle de tissu noir qui passait sur ses épaules et le long de son cou jusqu'à former un collier ras-de-cou envoya son cerveau sur un chemin coquin.

— Allons faire du popcorn, petit.

Scotty se dirigea vers la cuisine avec Hail sur les talons.

— Tu es tellement belle, Maman, s'extasia Hail en passant devant elle. Moon s'est habillé comme un adulte pour votre rendez-vous.

— *Bon sang*, bébé.

C'était tout ce que Jed pouvait dire.

Josie rougit et toucha la peau nue et laiteuse qui se trouvait juste au-dessus de la courbe de ses seins.

— Je ne savais pas si le décolleté en forme de cœur n'était pas trop…

Elle baissa la voix, la gêne dansant dans ses yeux tandis qu'elle murmurait :

— J'ai un peu l'impression d'être nue.

Il couvrit la distance entre eux et passa un bras autour de sa taille.

— Tu es ravissante.

— J'ai emprunté la robe à Crystal. Tu es sûr que ça va ? J'ai envoyé une photo de moi dedans à Tracey *et* à Sarah. Elles m'ont toutes les deux dit de la porter, mais quand même...

— Elles avaient *raison*.

Il la tint contre lui pour qu'elle puisse sentir ce que le simple fait de la *voir* lui faisait et il murmura :

— Tu veux que je te porte jusqu'à la chambre et que je te montre à quel point tu es sexy ?

Sa poitrine et son cou devinrent cramoisis et elle écarquilla les yeux.

— Oui, mais *non* ! murmura-t-elle. Pas alors qu'ils sont tous les deux réveillés.

— C'est ce que je pensais.

Il l'embrassa, puis il jeta un œil dans la cuisine et dit :

— Eh, mon pote. Viens embrasser ta mère pour que Scotty et toi puissiez passer du temps entre hommes.

Hail se précipita hors de la cuisine et enroula ses bras autour des jambes de Josie.

— Au revoir, Maman ! Tes jambes sont douces.

— Des bas, dit-elle en adressant un regard à Jed qui lui indiqua qu'ils s'amuseraient avec plus tard. Je t'aime, mon chéri. Sois sage avec Oncle Scotty.

Elle embrassa Hail sur la joue, puis Jed l'aida à mettre son manteau.

En chemin jusqu'au restaurant, qui se trouvait à Pleasant Hill, une ville voisine, Josie joua avec le bord de sa robe pendant qu'elle lui parlait de sa journée.

— Il y avait du monde dès la première seconde où nous

avons installé les tables et Finlay est vraiment *incroyable* : pour l'entreprise, le service traiteur et tout le toutim. Elle m'a présentée à tout le monde, mais pas de manière insistante ou vendeuse. Elle a dit que la clé du marketing, c'était de devenir amie avec les clients potentiels, pas d'essayer de leur vendre quelque chose. Et elle avait raison. J'ai beaucoup appris aujourd'hui et je crois que j'ai donné environ trente cartes de visite. Merci de m'en avoir fait faire. Tout le monde a dit qu'elles étaient adorables.

— C'est fantastique.

Elle continua en lui parlant des événements que les gens qu'elle avait rencontrés avaient évoqués. Elle ne savait pas s'ils l'appelleraient vraiment et s'ils commanderaient quelque chose, mais l'espoir dans ses yeux était contagieux. Un moment plus tard, quand ils s'arrêtèrent devant le *Nova Lounge*, elle arrêta de parler et sa bouche forma un cercle sous l'effet de la surprise.

Le *Nova Lounge* était le restaurant le plus cher du coin. Les copropriétaires étaient le chef et entrepreneur de renommée mondiale, Jared Stone, et le magnat des affaires, Seth Braden. Le bâtiment semblait avoir été pris dans les rues de Venise et posé sur un promontoire qui donnait sur Pleasant Hill. Des tuiles dorées étincelaient autour de deux ensembles de portes voûtées minutieusement sculptées avec des cadres en bois sombre et des panneaux en verre.

Alors que Jed aidait Josie à sortir du pick-up :

— Ça a l'air terriblement cher.

— C'est notre soirée, chérie. Nous allons fêter toutes les bonnes choses dans nos vies.

Pourquoi semblait-il qu'une de ces *bonnes choses* manquait ?

Elle joua à nouveau avec le bord de sa robe.

— Tu es sûr que je suis bien habillée pour cet endroit ?

— Oui. Tu seras la plus belle femme du restaurant.

Le restaurant était encore plus glamour que sur Internet, avec des sols en marbre, un mélange de murs et de colonnes en briques et en bois minutieusement sculpté et de hauts plafonds avec des panneaux métalliques à motif. Des lampes sophistiquées dorées tombaient en cascade au-dessus de chaque table.

Ils furent reçus par une femme brune, grande et mince qui portait une longue jupe noire et un chemisier blanc. Ses cheveux étaient tirés en un chignon lisse qui lui donnait une apparence majestueuse. Un sourire exercé apparut devant eux :

— Bienvenue au Nova Lounge.

Jed sentit Josie se raidir et il l'attira plus près de lui.

— Bonsoir. Nous avons une réservation au nom de Moon.

L'hôtesse consulta une liste. Puis, elle appela une autre femme élégamment vêtue, qui les mena à leur table.

Jed aida Josie à retirer son manteau, puis il lui tira sa chaise. Il prit la chaise la plus proche de la sienne tandis qu'un gentleman en costume noir et portant une cravate approchait.

— Bonsoir.

Il leur donna à chacun une carte de vins et remplit leurs verres d'eau.

— Souhaitez-vous quelque chose à boire ?

Les yeux de Josie étaient ronds comme des soucoupes à la lecture de la carte des vins.

— Nous prendrons une bouteille de Moët, s'il vous plaît, commanda Jed.

Quand le serveur s'éloigna, Josie murmura :

— Moon, est-ce que tu as *vu* les prix ? L'eau me convient, vraiment.

L'homme prit la main de son invita et déposa un baiser sur le dos de sa main.

— Il faut faire quelque chose de spécial pour fêter tout ça.

— Tu n'as pas gagné à la loterie. Tu as *acheté* une maison et je vais *peut-être* avoir quelques commandes de pâtisseries. Nous n'avons pas besoin de tout ça. C'est à couper le souffle, mais tu n'es pas obligé de m'inviter dans un restaurant de personnes riches et célèbres. Je ne sais même pas comment me comporter dans un endroit comme celui-ci.

— Tu n'es pas obligée de te *comporter* d'une quelconque manière. Sois juste toi-même. J'adore la personne que tu es.

Le serveur apporta le champagne et ils commandèrent des cocktails de crevettes et des beignets au crabe en entrée.

Jed leva son verre et dit :

— À nous, bébé, et à Hail. J'ai l'impression d'être l'homme le plus chanceux du monde maintenant que je t'ai retrouvée.

— C'est ce que je ressens aussi.

Ils trinquèrent et sirotèrent leur champagne.

Quand le serveur leur apporta leurs entrées, Josie posa sa serviette sur ses genoux et elle jeta un regard nerveux aux couples habillés de vêtements chers qui étaient assis aux tables voisines.

— Regarde-moi, bébé, dit Jed, attirant son regard vers lui. Ne pense pas à l'endroit où nous sommes. Pense juste à *nous*. Je me suis beaucoup amusé avec Hail aujourd'hui. Est-ce qu'il s'est amusé ?

— Oui, répondit-elle tandis qu'ils mangeaient leurs entrées. Il n'a pas arrêté de parler du travail qu'il avait fait avec toi et les garçons. Il a aimé la peinture et il a dit que tu l'avais laissé peindre sa paume et déposer une empreinte sur le mur arrière de la *maison*.

La joie le remplit à ce souvenir.

— Avant qu'on ne perde la maison à Peaceful Harbor, mon

père et moi avions peint le porche arrière et nous avions déposé nos empreintes à l'arrière de la maison. Je ne l'ai jamais oublié.

Il espérait que Hail n'oublierait jamais qu'il avait déposé sa marque sur sa maison, non plus.

— Tu aurais dû voir Hail. Il a dû mettre sa main dans la position parfaite. Bien entendu, ça veut dire qu'il y a beaucoup de *mauvaises* empreintes à l'arrière de la maison. Il est vraiment spécial, Petit Chaperon Rouge.

Elle se couvrit la bouche et rit. Le désir monta dans les yeux de Josie, puis disparut rapidement. Il se demanda si Hail lui manquait autant qu'à lui.

— Tu as illuminé sa journée, dit-elle. Et il a hâte de camper dans ton salon ! Tu le gâtes vraiment.

— *Ça*, ce n'est pas le gâter. Son sens de l'aventure est encourageant. Il voulait passer la nuit à la maison, mais nous avions des projets.

Un autre accès de culpabilité le traversa.

— Il a tellement bien aidé aujourd'hui que je me suis senti coupable de le faire attendre avant de camper. Ne te méprends pas : je *veux* être là avec toi. Je suis curieux de savoir comment tu gères ça. Comment est-ce que tu trouves l'équilibre avec un enfant ?

Elle haussa les épaules, un doux sourire sur les lèvres.

— Avant que nos vies ne soient mises sens dessus dessous, j'étais toujours à la maison avec lui. Il n'y avait pas vraiment besoin d'équilibre. Il était ma vie. Quand nous avons perdu Brian, j'ai dû travailler et parfois laisser Hail avec des baby-sitters. La culpabilité était toujours présente, mais je *devais* gagner ma vie. Je n'ai jamais vraiment fait des choses pour moi-même jusqu'à maintenant, alors *trouver l'équilibre* est nouveau pour moi aussi. C'est difficile. Honnêtement, je veux être ici aussi, mais je pense à lui à chaque instant, espérant qu'il s'amuse avec Scotty et me demandant s'il ira bien au lit avec lui.

— Moi aussi. Il est tellement jeune et tout le fascine. Je pourrais te parler d'une centaine de choses qu'il a faites aujourd'hui et qui m'ont fait rire. Entre le travail et les réparations de la maison, je n'ai pas beaucoup de temps avec lui, et c'est bizarre.

— J'adore que tu te sentes comme ça, dit-elle en gigotant sur son siège.

Il regarda sous la table et vit qu'elle avait retiré ses orteils de ses talons.

— Qu'est-ce qui vient ensuite, bébé ? Ta robe ?

Il se pencha en avant et dit :

— Tu peux me passer ta culotte.

— *Chut.*

Elle regarda nerveusement autour d'eux.

— Je n'ai pas l'habitude de porter des talons et mes pieds me tuent après les avoir portés toute la journée avec Finlay.

Ses yeux s'assombrirent et elle murmura :

— Et pour information, je ne porte pas de culotte.

Bordel.

— Cette robe est tellement moulante que toutes les culottes que j'ai laissaient une marque, avoua-t-elle à voix basse.

— Sérieusement ? Est-ce qu'on devrait demander l'addition ?

Ils rirent tous les deux.

Pendant qu'ils terminaient leurs entrées, il dit :

— J'ai dit à Hail que, si sa fête d'anniversaire avait lieu le week-end prochain, peut-être que nous pourrions camper dans le salon le week-end suivant. Est-ce que tu es d'accord ? Il était tellement content. Il avait tout planifié. Tu aurais dû l'entendre.

— Oh, je l'ai bien entendu. Des sacs de couchage par terre, de la pizza *qu'un homme amène à la porte* et de la guimauve grillée dans la cheminée.

Elle posa une main sur son ventre :

— Ça a l'air bon, surtout la guimauve. Mon estomac est si plein après l'entrée que je ne sais pas si je vais pouvoir dîner.

Elle soupira.

— C'est vraiment très gentil de ta part. Merci de faire tout ça pour nous et d'offrir un après-midi aussi fantastique à Hail.

— Jojo, pourquoi est-ce que tu as soupiré ? Qu'est-ce qui ne va pas ?

— Rien, dit-elle en le regardant à nouveau.

Mais la lueur dans ses yeux avait faibli.

Il avait l'impression qu'elle pensait à Hail, tout comme lui, ce qui lui fit un choc, car il aurait dû penser au fait qu'elle ne portait pas de culotte.

— Est-ce que tu penses à ce que je pense ? demanda-t-il.

Elle haussa une épaule.

— J'en doute. Tu penses certainement au fait que je n'ai pas de culotte.

Il rit et lui prit la main à nouveau.

— En réalité, je me disais que le magasin d'articles de sport est ouvert jusqu'à vingt et une heures et je parie qu'ils vendent des sacs de couchage.

Les yeux de Josie s'illuminèrent.

— Vraiment ?

— Oh, oui. Il ne sera pas jeune pour toujours.

Il fit signe au serveur, paya l'addition et en chemin vers son pick-up, il dit :

— Et une fois qu'il dormira, nous profiterons des bénéfices de ta culotte inexistante.

APRÈS AVOIR ACHETÉ des sacs de couchage et une lanterne en plastique branchée et être passés chercher un Hail *très* enthousiaste, ils allèrent chez Jed.

— Nous devons trouver une pierre spéciale, dit Jed tandis qu'ils emportaient leur équipement de camping à l'intérieur.

— Pourquoi ? demanda Hail.

— C'est un symbole de bons présages, dit Josie d'un air complice.

Jed mit les sacs de couchage à l'intérieur de la maison et inséra des piles dans la lanterne de Hail.

— J'ai vu des pierres spéciales derrière ! cria Hail.

Le garçon traversa la maison en courant jusqu'à la porte arrière.

Ils allumèrent la lampe du porche et ils partirent tous les trois à la recherche de la pierre parfaite. Jed n'avait jamais été aussi impatient à l'idée de commander une pizza *apportée par un homme* et à l'idée de la guimauve grillée dans la cheminée.

— Moon ! Est-ce qu'elle est bien ?

Hail leva une grosse pierre à deux mains.

— Elle est parfaite.

Jed prit une pierre plus petite par terre et l'utilisa pour graver leurs noms sur la pierre plus grande.

Hail épelait chaque lettre que Jed écrivait : *Hail, Jojo* et *Moon.*

Le nouveau papa écrivit la date sous leurs noms et dit :

— Où est-ce qu'on devrait la mettre ?

— Je vais te montrer !

Hail prit la main de Josie et la sienne, les attirant vers le jardin à l'avant de la maison. Il monta les marches du porche et désigna la terrasse en bois à côté de la porte principale.

— Mets-la ici. Comme ça, les gens qui viennent sauront que c'est notre maison.

— Oh, chéri, ce n'est pas notre maison, expliqua Josie.

— Ce soir, si ! Est-ce qu'on peut la mettre là, Moon ?

— Ça m'a l'air d'être l'endroit idéal.

Il posa la pierre à sa nouvelle place, ébouriffa les cheveux de Hail et embrassa Josie quand ils entrèrent.

Ils mangèrent de la pizza, firent griller de la guimauve et racontèrent des histoires de l'époque où Jed était jeune, avant que son monde ne soit mis sens dessus dessous. Les jouets de Hail étaient dispersés dans le salon et la lumière jaune de la lanterne éclairait la tablette de cheminée. Jed était allongé, les bras autour de Josie, Hail endormi entre eux sur les sacs de couchage à côté de la cheminée. Le lapin en peluche de Hail était serré dans le creux de son petit bras. Tandis que les ombres dansaient sur eux, l'avenir de Jed devint encore plus net.

C'était exactement ce qu'il voulait. Josie et Hail à ses côtés, tous les jours de sa vie.

CHAPITRE VINGT

— CHRISSY ? CRIA JED en entrant chez Crystal et Bear le samedi suivant.

Une semaine s'était écoulée depuis la soirée de camping de Hail et son anniversaire aurait lieu le lendemain. Hail planifiait déjà leur prochaine excursion en camping. Ce garçon avait une mémoire d'éléphant et avait rappelé à Jed qu'une fois qu'il aurait six ans, il pourrait rester debout plus tard.

— J'arrive ! cria-t-elle depuis la cuisine.

Crystal et Bear n'avaient pas apporté beaucoup de modifications à leur maison depuis les années de célibat de Bear. Une table de billard était toujours à la place de la table de salle à manger et un gigantesque canapé modulable prenait une grande partie du salon ouvert. Le mobilier, créé à partir de voitures et de motos, allait parfaitement avec les caractères de Bear et la sœur de Jed : le lustre au-dessus de la table de billard était fait de cuir, de chaînes et d'une roue de moto et la console était composée de vieux outils, d'écrous et de boulons. Il remarqua la boîte que leur mère lui avait donnée au milieu du canapé et la veste en cuir qu'il avait demandé à Crystal d'ajuster pour Josie était posée sur le dossier.

Il prit la veste et l'admira. Sa sœur était une couturière talentueuse. La veste en cuir qu'il avait portée la nuit où Josie et lui s'étaient rencontrés, était maintenant assez petite pour Josie. Elle avait ajouté le col en fourrure comme il le lui avait demandé et le résultat était encore plus réussi qu'il ne l'avait espéré.

— Chrissy, cette veste est incroyable. Merci d'avoir fait du si bon travail. Jojo sera sacrément sexy dedans.

Crystal sortit de la cuisine avec une boîte de petits gâteaux salés sous son bras, un jean noir et un sweat-shirt noir trop grand. Ses yeux étaient bouffis et elle avait mauvaise mine.

— Merci. Je mettrai ça sur ma carte de visite. Retouches par Crystal. Trouvez un style *sacrément sexy* en moins de quatre-vingt-dix jours.

— Ouah, sœurette. Est-ce que ça va ?

— Oui, si tu aimes avoir faim et envie de vomir en même temps.

Elle lui tendit la boîte de petits gâteaux salés.

— Tu en veux un ?

— Non, merci. Tu pleurais ?

Elle jeta la boîte de gâteaux derrière la boîte de leur mère et monta sur le canapé.

— Non seulement porter un petit Whiskey dans mon uté-rus me donne envie de vomir, ça me donne aussi envie de pleurer. J'étais en train de coudre une couverture de princesse pour le bébé de Sarah et, pour une raison ou une autre, j'ai commencé à penser à Papa et je me suis mise à pleurer comme une madeleine. Je te jure que ce gamin va être *exactement* comme Bear.

Jed rit. Tout le monde savait que Bear était le plus sensible des Whiskey. Il était celui qui *écoutait* et *parlait*. En revanche, Crystal avait toujours réprimé ses sentiments, jusqu'à ce que Bear et elle ne commencent à sortir ensemble. Bear l'avait adoucie et Jed était ravi qu'elle ait cessé de tout renfermer en elle. Il avait conscience à quel point cela pouvait être démoralisant.

— Papa me manque aussi. Je pense beaucoup à lui dernièrement.

— Je parie que tu ne brailles pas comme un bébé.

Ses yeux se tournèrent vers la boîte de leur mère.

— Selon Bear, tu as amené tout ça il y a quelques semaines et tu as *oublié* de m'en parler.

Elle dessina des guillemets avec ses doigts en disant « oublié ».

— Tu vas encore voir Maman après tout ce qu'elle nous a fait ?

— De temps en temps.

Il jeta sa veste sur le canapé et s'assit.

— Quelqu'un doit s'assurer qu'elle est encore en vie.

Crystal leva les yeux au ciel.

— J'ai essayé de la pousser à se reprendre en main.

Elle rit.

— Je parie que ça s'est bien passé.

Elle prit la boîte et en sortit le vieux lapin en peluche gris de Jed. La fourrure était emmêlée et il y avait des boutons cousus à la place des yeux.

— C'est Mister Quibbles !

— Je me demandais ce qu'il était devenu.

Jed lui prit son vieux lapin des mains en pensant à celui en peluche qu'il avait offert à Hail. Il dormait encore avec toutes les nuits.

— Chrissy, est-ce que tu es nerveuse à l'idée de devenir mère ?

— Je serais folle si je ne l'étais pas. Je veux dire, un autre être humain va dépendre de moi.

Elle sortit un album photo de la boîte.

— C'est sacrément effrayant. Et si je perdais la tête, comme Maman ?

Il mit à côté d'elle.

— Ça n'arrivera pas. Tu n'es pas du tout comme elle. Regarde tout ce que tu as traversé au cours de ta vie. Des gens plus faibles auraient cédé il y a longtemps, et non seulement tu as continué à avoir de bonnes notes quand nos vies étaient un enfer sur le parking de caravanes, mais tu as passé trois ans à l'université et maintenant, Gemma et toi dirigez une entreprise à succès. Tu tiens *beaucoup* plus de Papa que de Maman.

Il posa le lapin et dit :

— De plus, si tu commençais à te conduire bizarrement à cause de la dépression post-partum ou quelque chose comme ça, Bear et moi te donnerions toute l'aide dont tu aurais besoin. Tu le sais.

— Je sais.

Les larmes montèrent aux yeux de Crystal et elle s'éventa le visage. Ses yeux larmoyants se levèrent vers le plafond.

— Tu vois ? Stupides hormones. Les mecs ont tellement de chance. Tout ce que vous avez à faire, c'est coucher et continuer votre vie, alors que nos ventres s'arrondissent et que nos hormones nous transforment en épaves pleurnicheuses.

Jed rit et passa un bras autour d'elle, l'attirant près de lui.

— Ce n'est pas juste. D'après ce que j'ai entendu dire, les mecs doivent marcher sur des œufs pour s'assurer de ne pas mettre leur femme enceinte en colère.

Elle le frappa.

— Est-ce que *Bear* a dit ça ?

— Non ! mentit-il.

En réalité, Bear *et* Bones l'avaient dit.

— Sérieusement, si les hommes devaient avoir des bébés, la population mourrait très vite. La plupart d'entre nous veulent être *emmitouflés* quand nous avons un *rhume*.

Il rit et prit l'album photo avec inscrit « Famille » sur la couverture. Crystal sortit une poupée de la boîte. Leur père avait créé plusieurs poupées pour elle à l'aide de brindilles, de laine et de tissu. Il lui avait dit de parler de ses inquiétudes à la poupée et, *comme par magie*, ses inquiétudes disparaîtraient.

— Je ne savais pas que j'en avais laissé une là-bas, dit-elle doucement. Je suis surprise que Maman ne l'ait pas brûlée. Elle semble tellement détester Papa.

— Elle se déteste elle-même. Tu ne le vois pas dans tout ce qu'elle fait ? Quand elle boit jusqu'à perdre connaissance ? Quand elle nous parle d'un ton sec ? Je sais que chaque fois qu'elle me voit, elle voit Papa, mais je te parie que même si ça, c'est douloureux, elle ne supporte pas de se regarder dans un miroir.

— Tu as vraiment foi en elle. Je ne le comprends pas.

— Peut-être que c'est à tort. Je ne sais plus quoi penser. J'ai passé beaucoup de temps avec Hail et Jojo. Je ne peux pas imaginer tourner le dos à ce garçon, et il n'est même pas de moi.

Il croisa le regard de Crystal et dit :

— J'ai dit à Maman que tu étais enceinte. Je pensais que ça pourrait changer les choses.

Des larmes apparurent dans les yeux de Crystal.

— Ça ne m'étonne pas que ça n'ait pas été le cas.

Il lui prit la main et dit :

— Je suis désolé pour elle et je suis désolé que Papa ne soit pas là pour connaître ton bébé.

— Moi aussi.

— Tu sais, si Bear ne fabrique pas de poupées pour votre

enfant, je le ferai.

— Oh, Jed…

Elle essuya les larmes qui coulaient sur ses joues.

— Désolé. Écoute, je ne peux pas être Papa, mais j'essaierai d'être un super oncle et je raconterai tout ce qu'il y a à savoir sur lui à ton bébé, d'accord ?

Elle hocha la tête tandis que d'autres larmes coulaient le long de son visage. Il l'attira dans ses bras :

— Il serait fier de toi, tu sais. Sacrément fier.

— Je sais. Maintenant, arrête de me serrer dans tes bras ou je vais continuer à pleurer.

Elle s'écarta de lui.

— Est-ce que tu crois que je serai un bon père ?

— Tu me poses *cette* question après ce que tu viens de me dire ? Tu as pris soin de moi toute ma vie. Bien sûr que tu seras un bon père.

Il secoua la tête.

— Je n'en ai pas assez fait et je n'étais pas quelqu'un de bien quand j'étais adolescent ou un jeune homme. Je couchais à droite à gauche, je volais, je me suis fait arrêter et je n'ai pas assez gardé le contact avec toi quand tu étais à l'université. Je n'ai pas été là pour toi après…

Il n'eut pas besoin de finir sa phrase. Crystal savait qu'il parlait de son viol.

— Tout d'abord, si les parents qui faisaient de mauvaises choses n'élevaient que des enfants qui faisaient de mauvaises choses, il n'y aurait plus d'espoir pour ce monde. Regarde Tru et Quincy. Regarde-*nous*, Jed. Tu réfléchis vraiment trop, ces jours-ci. Tu sais que je ne t'aurais jamais laissé être aussi protecteur envers moi à l'université. Tu as volé pour mettre de la nourriture sur la table, tu te souviens ? Et puis, tu couchais à droite à gauche, et nous savons tous les deux pourquoi tu faisais ça. Comme tous les autres hommes du coin, tu étais un animal.

Elle gloussa et piocha quelques gâteaux dans la boîte.

— Ce n'est pas vrai. Excité, peut-être. Un animal ? Impossible.

C'était une chose dont il était certain. Après avoir rencontré Josie et que Brian lui avait dit qu'elle avait dix-sept ans et qu'il devait la laisser tranquille, il était passé d'une femme à une autre pour essayer de se prouver que ce qu'il avait ressenti avec elle n'avait pas été réel. Cela n'avait pas fonctionné et finalement, il avait arrêté d'essayer et il avait accepté que l'amour qu'il avait ressenti pour elle ne serait jamais réciproque.

Maintenant qu'il l'avait retrouvée, il ne la laisserait jamais partir, car il *savait* que ce qu'ils avaient eu toutes ces années auparavant était aussi réel que le sol sur lequel ils marchaient, et à présent c'était cent fois plus fort.

Crystal lui adressa un soupir incrédule et dit :

— Je suis sûr que Mike MacCarthy ne serait pas d'accord.

Mike et lui étaient allés au lycée ensemble. Mike avait été un con venant d'une famille riche qui traitait tout le monde de haut. Jed avait couché avec toutes les filles avec lesquelles Mike était sorti juste pour prouver qu'il en était capable.

— Quelqu'un devait faire tomber ce type de ses grands chevaux. Mais sérieusement, tu crois que je peux le faire ? Être père sans foutre l'enfant en l'air ?

— Bien sûr. Pourquoi est-ce que tu poses la question ?

Elle écarquilla les yeux.

— Est-ce que Josie est *enceinte* ?

— Non ! Ce n'est pas vrai, tu es la deuxième personne à poser la question !

— Parce que tu parles d'être père, ce qui implique le fait

d'avoir un enfant.

— Peut-être que c'est parce que je suis amoureux d'une femme qui a un enfant et que je l'aime aussi, dit-il sèchement. Et un jour, j'aimerais avoir mes propres enfants. C'est pour *ça* que je pose la question.

Elle avait encore les yeux écarquillés.

— Quoi ? demanda-t-il.

— Je ne t'ai jamais vu comme ça.

— Tu deviens une pleurnicheuse avec ta grossesse et je suppose que je me mets à parler quand je suis amoureux. J'ai besoin de savoir que je ne vais pas tout faire foirer avec Hail si je vais plus loin avec cette relation.

— Il y a une chose dont je suis certaine : tu ne vas pas foutre en l'air un enfant. Jed, quand Ricardo s'est enfui, tu ne t'es pas mis en colère et tu n'es pas devenu méchant. Tu l'as aidé. Et ensuite, tu as voulu aider son frère. Ce n'était même pas suffisant pour toi. Tu veux aider des enfants que tu ne connais même pas encore. Ça prouve que tu es une bonne personne. Tu as un grand cœur. Tu ne le sais pas ? Eh bien, tout le monde le sait.

Le soulagement l'envahit.

— Merci. Je suppose que tu as raison. J'en suis reconnaissant.

Il ouvrit un album photo et un accès de nostalgie l'envahit lorsqu'il regarda la photographie de ses parents qui se serraient l'un dans les bras de l'autre devant leur maison de Peaceful Harbor. Leur mère semblait jeune et heureuse. Ses yeux étaient *vivants* et non pas ternis par l'alcool et furieux envers le monde. Son père n'avait jamais été musclé comme Jed, mais du haut de son mètre quatre-vingt-deux, c'était un homme fort et solide. *Et il était fier*, pensa Jed. *Trop fier pour rester dans un mariage quand sa femme tournait le dos à leur famille.*

— Ils me manquent, Chrissy, admit-il. Tous les deux. Le fait que nous soyons une famille quand nous vivions à Peaceful Harbor me manque. Est-ce que tu te demandes parfois ce qui se serait passé si Papa n'avait pas perdu son travail ? Si nous étions restés dans le coin ?

— Honnêtement ? J'essaie de ne pas du tout penser à Maman, alors…

— Aucun enfant ne devrait se sentir ainsi.

Il tourna la page jusqu'à une photo où Crystal était une enfant en bas âge. Elle portait une robe blanche duveteuse et un nœud dans ses cheveux blonds. Elle teignait ses cheveux en noir depuis si longtemps qu'il avait du mal à l'imaginer blonde.

— Est-ce que cette fifille a vraiment existé ?

— Pas longtemps.

Elle posa une main sur son ventre.

— Travailler avec Gemma à la boutique de princesses et passer du temps avec Lila et Kennedy m'a un peu fait espérer que si nous avons une fille, nous pourrons l'habiller comme une petite fille *et* lui apprendre à être une dure à cuire. C'est pourquoi, ce serait peut-être mieux d'avoir un p'tit garçon parce que di jamais nous avons une fille, elle finira par être émotive comme Bear et je ne saurai pas quoi faire avec elle. Et tu sais qu'il ne la laisserait *jamais* parler aux garçons.

— Tu t'en sortiras très bien avec une fille sensible. Tu es dure, Chrissy, mais tu es sacrément féminine et tu t'inquiètes pour *tout le monde*. Tu seras une mère aimante, forte quand tu devras l'être et douce quand tu voudras l'être.

— Merci. Comment ça se fait que nous ayons un grand cœur et que notre mère soit une conne ?

— Ça me dépasse, dit-il en tournant la page.

Il s'immobilisa en voyant une photographie de lui-même enfant. Il devait avoir environ l'âge de Hail. Il était debout dans le jardin à l'avant de leur maison et il devait être déguisé pour Halloween, car il se souvenait que le costume qu'il portait avait été fait par sa mère. Elle avait peint de larges rayures verticales rouges et blanches sur une grande boîte en carton et un cercle bleu au centre. « Popcorn » était écrit en blanc en travers du cercle. Elle avait découpé des trous pour les bras et pour la tête et il l'avait aidée à coller du popcorn sur la partie supérieure de la boîte. Ses cheveux étaient longs, comme ceux de Hail, et les pointes étaient bouclées.

— Est-ce que c'est *toi* ?

Crystal prit l'album de ses genoux et examina la photographie du garçon aux cheveux blond-roux.

La femme enceinte tourna les pages, feuilletant les photographies de leur enfance. Jed avait l'impression d'avoir été envoyé dans un univers alternatif.

— Quand est-ce que Josie et toi avez été ensemble auparavant ? Tu es *sûr* que Hail n'est pas de toi ?

— Oui, bien sûr. J'ai fait le calcul. Elle l'a eu dix mois après que nous avons couché ensemble et la grossesse dure neuf mois, alors…

Crystal écarquilla les yeux de nouveau.

— Est-ce que tu as séché *tous* tes cours d'éducation sexuelle ? Les grossesses à terme durent *quarante* semaines : *dix* mois.

— N'importe quoi. Tout le monde sait que la grossesse dure neuf mois. Tu viens de me dire que les femmes passent neuf mois à être pleurnicheuses et tout ça. Et puis, je me suis retiré à temps. Il est impossible qu'il soit de moi.

— Tu es bien un mec !

— Oh, allez, comme si tu n'avais jamais… Oublie ça. Je ne

veux pas le savoir.

Il se leva et fit les cent pas.

— Tu es *sûre* pour cette histoire de dix mois ?

— Oui, j'en suis sûre ! Est-ce que tu sais comment on appelle les gens qui utilisent la méthode du retrait ?

— Je ne sais pas, putain !

— Des parents !

Qu'est-ce que… ?

Il prit l'album et sortit une photographie de lui à l'âge de Hail.

— Qu'est-ce que tu fais ? demanda Crystal. Est-ce que tu vas parler à Josie ? Tu pourrais faire un test de paternité.

— Un test de paternité ? Je ne sais pas ce que je vais faire, mais j'emporte cette photo.

Il la mit dans son portefeuille, prit les deux vestes en cuir et se dirigea vers la porte.

— Ne dis rien à personne, d'accord ? Laisse-moi comprendre cette histoire tout seul.

— SALUT, MEC, DIT Scott en ouvrant la porte. Entre. Elle donne un bain à Hail.

— Merci. Pourquoi est-ce que tu es aussi bien habillé ?

— Je vais au Whispers avec ton colocataire. Ne m'attendez pas.

Quand Scott s'en alla, Jed jeta les vestes sur l'accoudoir du canapé et avança dans le couloir. Il trouva Josie à genoux à côté de la baignoire. Des bulles flottaient dans l'air autour du visage souriant de Hail, mais les yeux de Jed étaient rivés sur le petit garçon aux yeux bleus. Pourrait-il être son fils ? Jed avait-il raté presque six ans de la vie de son fils ?

— Regarde toutes mes bulles, Moon !

Hail souleva une poignée de bulles et souffla dessus.

Il secoua la tête pour essayer de s'éclaircir les idées :

— Super !

Il se pencha en avant pour embrasser Josie sur la joue et elle se tourna, posant ses lèvres sur les siennes.

— Tracey a téléphoné, dit-elle. Izzy a accepté de lui louer une chambre. Elle est tellement ravie de sortir du refuge.

— C'est super, dit-il distraitement en observant Hail pour trouver des traces de ses propres manies.

L'enfant était un tourbillon de mouvements. Peut-être qu'il se raccrochait juste au moindre espoir parce qu'il aimait tant l'enfant qu'il aimerait qu'il soit sa chair et son sang.

Quand elle termina de le baigner, Jed sortit Hail de la baignoire. Hail lui parla de sa journée et Jed passa le temps qui s'écoula jusqu'à l'heure du coucher de Hail à *tout* analyser. Quand il l'embrassa pour lui souhaiter bonne nuit, il n'était même pas sûr de pouvoir poser la question à Josie. Ne l'aurait-elle pas *su* si l'enfant était de lui ? Le lui aurait-elle caché ? L'aurait-elle caché à Brian ?

Après que Hail était allé dormir, Josie et lui allèrent dans le salon pour regarder un film. Il essaya de se concentrer sur *The Greatest Showman*, mais Hugh Jackman ne pouvait effacer la possibilité que Hail soit son fils.

UNE HEURE APRÈS le début du film, quand la plupart des

commentaires de Josie avaient été répondus par des monosyllabes, elle mit le film en pause :

— Est-ce que ça va ? Tu as l'air distrait.

— Je pensais juste à Hail.

Il bougea sur le coussin.

— Il était surexcité ce soir, pas vrai ?

— Toujours.

Il se redressa légèrement et fronça les sourcils sous l'effet de la concentration.

— Je, euh… Crystal et moi, nous passions en revue une boîte de vieux trucs et nous avons trouvé ça.

Il sortit son portefeuille et lui tendit une photographie.

— Est-ce que c'est *toi* ? Tu étais adorable avec tes boucles et ce costume. Tu ressembles beaucoup à Hail.

— Oui. Exactement.

Quelque chose dans son ton la frappa comme un jet d'eau froide et elle leva les yeux vers lui.

— *Exactement…* ?

Il posa ses mains à plat contre ses cuisses et dit :

— Tu t'es déjà demandé si Hail était de nous ?

— De nous ?

— Oui, tu sais. De toi et de moi.

Il éleva un peu la voix en se levant.

— Les dates concordent. Je ne savais pas qu'une grossesse durait *dix* mois, mais…

— Ouah, ralentis. Nous avons été ensemble une fois. Personne ne tombe enceinte pendant sa première fois et tu t'es retiré, tu te souviens ?

— Je sais, bébé.

Il se frotta la nuque et dit :

— Mais *regarde* cette photo.

Elle examina la photographie. Il ressemblait vraiment à Hail, mais beaucoup d'enfants se ressemblaient.

— Jed, il est de *Brian*. Je suis sûre qu'il est de Brian.

— D'accord. Sûre à quel point ?

— Jed…

Elle déglutit difficilement.

— Il a toujours été de Brian. Quand j'ai découvert que j'étais enceinte, Brian et moi avions fait l'amour des douzaines de fois. Hail est de lui.

— Alors tu n'as jamais imaginé *une seule fois* qu'il pourrait être de moi ?

— J'avais dix-huit ans quand j'ai découvert que j'étais enceinte, des mois après que nous ayons couché ensemble. Mais Brian et moi avons été ensemble depuis presque le même moment que toi et moi, tu te souviens ? Je te l'ai dit. Je pensais à la manière dont j'étais censé élever un petit être humain, pas si ce petit être humain venait de toi ou de Brian.

Elle se leva et commença à faire les cent pas, incapable de s'empêcher d'exprimer ses pensées.

— Je ne t'ai jamais vu après cette nuit-là et maintenant, je sais qu'il t'a dissuadé de t'approcher de moi, mais à l'époque…

Elle cessa de marcher et enroula ses bras autour d'elle-même.

— J'étais amoureuse de Brian. Nous étions enfin en couple et nous avions un bébé. Je n'ai jamais pensé…

Il croisa les bras et elle détesta voir la douleur dans les yeux de Jed.

— J'ai pensé à *toi*, dit-elle sincèrement. Mais pas que le bébé était de toi. Je suis désolée. Ça ne m'a jamais effleuré l'esprit.

Elle baissa les yeux vers la photographie et son cœur accéléra. Ses jambes commencèrent à trembler et tandis que Jed venait à ses côtés, elle s'enfonça dans le canapé et des larmes remplirent ses yeux.

— Il est tout ce qui me reste de Brian.

— Mais imagine qu'il ne soit pas de Brian ?

Des larmes coulèrent le long de ses joues tandis que la gravité de sa question sombrait jusqu'à sa moelle.

— Dans ce cas, il pensait qu'il avait un fils qui n'était pas le sien et la vie de mon fils est bâtie sur des mensonges.

Elle regarda la photographie, examinant les yeux bleus et les cheveux ébouriffés de Jed, qui n'étaient qu'un ton plus clair que ceux de Hail. Une douleur accablante lui transperça la poitrine.

— Je ne peux pas…

Elle secoua la tête et se détourna de lui.

Il posa une main sur la sienne et dit :

— Nous pourrions le découvrir.

La douleur dans sa poitrine empira.

— Et peut-être bouleverser tout ce qu'il sait, après tout ce qu'il a subi ? Je ne peux pas faire ça. Ce n'est pas juste envers lui. C'est un petit garçon qui a perdu son père et son foyer.

Elle se leva de nouveau, mais ses jambes ne pouvaient pas la soutenir et elle s'enfonça à nouveau dans le canapé. Et si Jed était le père biologique de Hail ? Dans ce cas, Brian avait cru quelque chose qui n'était pas vrai pendant tout ce temps. Il avait tant aimé Hail. Elle savait que Jed l'aimait aussi, mais l'idée qu'elle aurait induit Brian en erreur sans le vouloir la faisait souffrir.

— Je ne peux pas faire ça à Brian non plus, admit-elle. Je comprends que tu veuilles savoir, mais…

— Jojo, il pourrait être mon *fils*. Ma chair et mon sang.

Il plongea son regard en elle et l'émotion qu'elle y vit lui donna envie de pleurer pour lui, pour Brian et pour son petit garçon.

— Est-ce qu'on peut y réfléchir ? supplia-t-il.

Elle hocha la tête tandis que les larmes coulaient de ses yeux.

— J'ai juste besoin de temps pour intégrer tout ça.

Ses yeux retombèrent sur la photographie.

— Est-ce que tu penses vraiment… ? Il ressemble aux photos de bébé de Brian aussi. Non pas que Brian et toi vous ressembliez, pas du tout. Mais je suppose que vous vous ressembliez quand vous étiez enfants parce que…

Elle leva la photographie et secoua la tête.

JED AVAIT L'IMPRESSION d'avoir un couteau planté dans le ventre, qui se retournait chaque fois qu'une larme coulait des yeux de Josie. Il n'avait pas eu l'intention de lui causer autant de peine, mais il ne pouvait pas laisser cette histoire en suspens.

— Je suis désolé, bébé. Je ne voulais pas te faire de peine. C'est juste que… Il pourrait être mon fils, Petit Chaperon Rouge. *Notre* fils.

Elle hocha la tête tandis que les larmes roulaient sur ses joues.

— Je sais. Je dois réfléchir. Il y a tellement de culpabilité mêlée à tout ça et je sais que ce n'est pas ton problème, mais… J'ai besoin de réfléchir.

— Tu as tort, bébé. Tout ce qui t'affecte ou affecte Hail m'affecte, moi aussi. Ta culpabilité, ma culpabilité, tout ça est pris dans une grande toile.

Son téléphone sonna. Il marmonna un juron en le sortant de sa poche. Le numéro de sa mère apparut sur l'écran. La dernière chose dont il avait besoin, c'était de l'entendre le supplier de lui apporter des cigarettes ou de l'alcool.

— C'est ma mère.

— Décroche, dit-elle. Je suis trop tiraillée pour avoir les idées claires, de toute façon.

Il hésita à laisser l'appel être redirigé vers la boîte vocale, mais comme un imbécile, il espérait encore que la grossesse de Crystal ait poussé leur mère à changer d'avis.

— Je suis désolé, bébé. Je vais faire vite.

Il plaça le téléphone contre son oreille.

— Oui ?

Le son des sanglots de sa mère retourna ce couteau dans son ventre.

— Maman ? dit-il plus fort. Calme-toi.

— Jeddy, sanglota-t-elle. Jeddy, s'il te plaît, viens me chercher.

— Maman…

Il ne voulait pas abandonner Josie, pas à ce moment-là. Pas ce soir-là.

— J'ai besoin de toi, bredouilla-t-elle. Je me suis évanouie. Jeddy. Je ne peux pas rentrer à la maison.

Ce n'est pas nouveau. Il regarda Josie, qui fixait la photographie avec de la peur et de l'amour dans les yeux. Il sut qu'il devait faire un choix. Allait-il passer sa vie à ramasser les pots cassés dans la vie de sa mère ou allait-il être présent pour la femme et l'enfant qu'il aimait ?

Avant qu'il ne puisse ajouter un mot, sa mère dit :

— Je suis prête à aller… au centre de désintoxication.

Il ne pouvait pas la rejeter, peu importe la bataille qui se jouait dans son esprit et dans son cœur.

— D'accord, céda-t-il. Où es-tu ?

Il écouta sa description peu claire et quand il raccrocha, il s'agenouilla devant Josie, lui prit la main et la regarda dans ses yeux tristes.

— Je suis désolée, Moon, dit-elle d'une voix tremblante. Je ne sais pas quoi faire. C'est l'arme à double tranchant la plus considérable à laquelle j'ai fait face.

Il la prit dans ses bras :

— Ce n'est rien, bébé. Je crois que ma mère est d'accord pour aller au centre de désintoxication. Je dois aller la chercher...

— C'est super, dit-elle en souriant et en pleurant.

— Oui, peut-être. Mais le timing craint. Je ne veux pas te laisser.

— Ce n'est rien. J'ai besoin d'espace pour réfléchir, de toute façon.

Ah, merde.

— Je dormirai chez moi ce soir. Est-ce que tu veux bien que j'aille à la fête quand même, demain ?

— Quoi ?

De nouvelles larmes coulèrent de ses yeux.

— Tu n'es pas obligé de dormir chez toi.

— Dieu merci, bordel.

Il prit tendrement son visage entre ses mains et dit :

— Je t'aime, Jojo. Je suis tellement désolé. Je ne sais pas à quelle heure je vais revenir ce soir et je ne veux pas que tu m'attendes. Si elle me laisse vraiment l'emmener à un centre de désintox, ça prendra des heures. Je dormirai à mon appartement.

— D'accord. Est-ce que tu devrais appeler quelqu'un pour t'aider avec ta mère ?

— J'ai l'habitude de faire ça seul, mais je vais appeler Quincy. Si elle va vraiment dans un centre de désintoxication, l'établissement où Quincy est allé, est prêt pour elle.

Il l'embrassa à nouveau.

— Je te contacterai quand la situation sera plus calme. Et, bébé ? Je ne veux pas bouleverser le monde de Hail, mais s'il est ma chair et mon sang, j'aimerais vraiment le savoir.

CHAPITRE VINGT ET UN

JOSIE S'ASSIT SUR le canapé, essayant d'empêcher les larmes de couler, mais c'était inutile. Elle se mit en boule, souhaitant savoir quoi faire et vers qui se tourner. Sarah avait toujours été là pour elle quand elles avaient été plus jeunes, et ensuite, Brian avait pris le relais en tant que voix réconfortante et raisonnable. À présent, elle parlait des choses avec Jed, mais il s'agissait d'une situation nouvelle et effrayante. Elle ne savait pas comment la gérer et elle était presque sûre qu'il l'ignorait aussi. Il y avait trop de choses en jeu pour avancer et agir sans réfléchir.

Elle avait besoin de parler à une amie.

J'ai besoin d'une mère, pensa-t-elle tristement.

Elle sortit son téléphone et ouvrit un message pour Sarah. Celle-ci avait toujours pu penser au-delà de la folie de leurs parents et établir un plan. Elle avait besoin d'elle plus que jamais. La peur l'immobilisa.

Elle ferma les yeux, se disant qu'elle pouvait gérer cela. D'une manière ou d'une autre, elle pouvait trouver quoi faire. Était-il trop tard pour lui écrire ? Sarah devait accoucher moins de trois semaines plus tard. La veille avait été son dernier jour au salon avant la naissance du bébé. *Si* elle décidait de retourner travailler. Josie avait la sensation que sa sœur resterait à la maison avec son bébé, mais elle savait aussi que Sarah aimait se prendre en main et ne pas dépendre d'un homme, même si cet homme était aussi merveilleux, aimant et protecteur que Bones Whiskey.

Il était étrange de voir à quel point Sarah et elle étaient différentes à cet égard. Elle avait adoré compter sur Brian et elle adorait pouvoir compter sur Jed.

Elle soupira, souhaitant recevoir de la force tandis qu'elle écrivait un message à Sarah. *Est-ce que tu es encore debout ?*

Elle s'avachit sur les coussins et remarqua que le manteau de Jed était posé sur l'accoudoir du canapé. Elle se leva, craignant qu'il ait froid, mais il était trop tard pour le rattraper à présent. Elle prit le manteau pour l'accrocher et un autre placé en dessous du premier tomba par terre. Elle posa la veste de Jed et ramassa celle en cuir marron chocolat qui lui était familière. Elle la souleva, surprise par la taille plus petite et le nouveau col en fourrure, mais quand elle la tint près de son nez, inhalant profondément, elle sut qu'il s'agissait de la veste que Jed avait portée le soir où ils s'étaient rencontrés. Elle portait son odeur. Elle l'enfila, mit ses mains dans les poches et sentit la pierre froide en forme de cœur.

Elle sursauta brusquement quand son téléphone vibra. Elle le sortit de la poche de son jean et lut le message de Sarah. *Oui. Le bébé joue au football en moi. Est-ce que ça va ?*

Elle s'affala sur le canapé et répondit : *Non. Est-ce que tu peux parler ?*

Son téléphone sonna quelques secondes plus tard.

— Qu'est-ce qui ne va pas ? demanda Sarah à voix basse.

L'inquiétude dans sa voix fit pleurer Josie de plus belle.

— Oh, Sarah.

Ses mots étaient confus et tristes.

— Josie, que s'est-il passé ? Est-ce que ça va ?

Elle entendit Bones dire quelque chose en arrière-plan. Puis, Sarah demanda :

— Tu veux que nous venions te voir ?

Cela la fit pleurer encore plus fort.

— Non. Dis à Bones de se rendormir. Nous pouvons parler demain.

— Parle-moi. Qu'est-ce qui ne va pas ?

Josie ferma les yeux :

— Tu te souviens que je t'ai dit que j'ai connu Jed il y a longtemps ?

— Oui.

— Il pense que Hail est de lui.

— Oh.

La surprise était évidente dans sa voix.

— Eh bien… Est-ce que c'est le cas ?

— Je ne sais pas !

Elle lui parla de cette fameuse nuit.

— Il a une photo de lui à cet âge-là et on croirait presque que c'est le même enfant.

— D'accord, Josie. Calme-toi. Il y a beaucoup de choses auxquelles penser. Est-ce que tu *veux* être sûre ?

Josie haussa les épaules.

— Josie ?

— Désolée. Je ne sais pas. Oui et non. Moon mérite de le savoir. Comment pourrais-je ne pas faire ce qu'il faut ? Si c'est lui, comment est-ce que je pourrai vivre en sachant que Brian pensait que Hail était son fils pendant tout ce temps ?

Elle serra la veste en cuir autour d'elle et se mit en position fœtale sur le canapé.

— Qu'est-ce que ça fera à Hail si Moon est bien son père ? À quel point est-ce que ça le bouleversera ? Et s'il n'est pas son père, comment Moon réagira ? Est-ce que tu peux m'aider à trouver quoi faire ? C'est un peu comme entre Bones et toi, pas vrai ?

— Non, pas vraiment. Le père que Hail connaissait et aimait n'était pas un salaud comme le père de mes enfants. Brian et toi, vous vous aimiez et Brian adorait Hail. Ce n'est pas comme notre situation. Mais je comprends Jed. Il vous aime, Hail et toi. Tout le monde le sait. Dans ce cas, ce serait la cerise sur le gâteau pour lui.

— Je sais.

Des larmes coulèrent sur l'arête de son nez et elle ferma les yeux pour essayer de les empêcher de couler.

— Je ressentirais tellement de culpabilité…

— Oh, chérie. Où est Jed, ce soir ?

— Sa mère a téléphoné. Il pense l'emmener au centre de désintoxication où Quincy est allé.

— Attends.

— Bones va au centre de désintoxication. Il va appeler Jed pour savoir où il est et il va demander aux autres de le rejoindre.

— Vraiment ?

De nouvelles larmes coulèrent de ses yeux.

— C'est fantastique. Jed a dit qu'il allait appeler Quincy et qu'il était habitué à faire ça tout seul.

— Jed a passé des années à naviguer en eaux troubles tout seul. Il n'aura plus jamais à le faire, et nous non plus. J'essaie de réfléchir à qui d'autre pourrait nous aider à trouver une solution. Tu veux que j'appelle Red ?

— Non.

Elle ferma les yeux :

— Qu'est-ce que tu ferais si tu étais à ma place ? Ce n'est pas juste de ne pas découvrir la vérité. Mais s'il est le père de

Hail, je vais me sentir tellement coupable !

— Ou peut-être que tu seras soulagée de savoir que Hail a eu la chance d'avoir deux pères merveilleux et d'en avoir encore un pour prendre soin de lui.

CHAPITRE VINGT-DEUX

TANDIS QUE LE soleil montait à l'horizon, le dimanche matin. Jed jeta le dernier sac poubelle de débris de la caravane de sa mère dans la benne à ordure. La nuit avait été atroce. Il avait retrouvé sa piste jusqu'à une maison à l'extérieur de la ville, de l'autre côté du pont. Une maison où plusieurs autres personnes avaient perdu connaissance. Il était sûr que c'était dû à la drogue ou à l'alcool. Peu importe. Quand il avait trouvé sa mère, elle ne portait sur elle qu'une couverture et elle était allongée sur un canapé sale. Elle était cohérente, mais elle était complètement bourrée. Elle avait sangloté en lui racontant des choses qui avaient rendu Jed malade. Elle avait perdu connaissance et s'était réveillée nue. Son sac avait disparu et elle ne se souvenait de rien, mis à part qu'elle avait bu avec des amis qu'elle avait soi-disant rencontrés en travaillant à la supérette. Elle avait fini par toucher le fond. Aussi terrible que ce soit, il avait attendu ce moment. L'emmener au centre de désintoxication avait été comme retirer un fardeau de trois cent soixante kilos de ses épaules, même s'il savait qu'un chemin long et difficile les attendait.

Et ce, en supposant qu'elle tienne le coup et qu'elle aille jusqu'au bout du programme.

Pendant que sa mère était enfermée dans un centre, il avait

profité de l'occasion pour nettoyer sa caravane.

— Et maintenant ? demanda Quincy.

Jed avait passé deux appels sur le trajet pour aller chercher sa mère : un à Crystal et un à Quincy. Crystal n'avait pas dit grand-chose. Il était presque sûr qu'elle ne pensait pas que leur mère irait *vraiment* au centre de désintoxication quand il la trouverait. Bones l'avait appelé peu après et Jed avait ainsi appris que Josie avait téléphoné à Sarah. Le cauchemar avec sa mère n'avait pas été suffisant pour dissiper l'angoisse et la culpabilité qu'il ressentait à propos de ce qui s'était passé entre eux ce soir-là. Grâce à leur appel et à l'amitié de Quincy, il n'avait pas dû faire face à la décadence de l'état de sa mère seul. Quincy et plusieurs Dark Knights étaient venus pour le soutenir, même si Bear était resté avec Crystal. Une fois qu'ils avaient su ce qui se passait, Bullet et les autres membres du club étaient allés pourchasser les salopards qui avaient amené sa mère jusqu'à cette maison et avaient profité d'elle. Bullet lui avait envoyé un message peu de temps avant pour lui dire qu'ils les avaient trouvés et qu'ils avaient récupéré les affaires de sa mère.

Jed ne voulait pas savoir ce qu'ils avaient fait aux connards qui l'avaient menée jusque-là et avaient volé ses affaires.

— Je vais appeler Crystal pour savoir comment elle va, puis je vais aller chez Jojo.

Bones et Quincy étaient restés avec lui pendant l'admission, mais Jed avait renvoyé Bones chez lui pour qu'il soit avec sa famille et il avait hâte de retrouver la sienne. Il avait dit à Josie qu'il dormirait chez lui, mais il avait besoin de la voir. D'être avec elle. De la serrer dans ses bras et de résoudre ce qu'il avait provoqué entre eux.

— Est-ce que tu es sûr que ça va ? demanda Quincy.

— Ça ira, dit Jed, se sentant optimiste pour sa mère pour la première fois depuis des années.

Ils avaient travaillé pendant des heures pour nettoyer la caravane et cela avait été aussi cathartique que déchirant.

— L'addiction, c'est de la merde. Mais au moins, elle a fait le premier pas. Je sais à quel point c'est dur.

— Oui. J'espère qu'elle le fera, pour l'amour de Chrissy.

Quincy haussa un sourcil.

— Pour toi aussi, frérot. Ça a été un chemin long et difficile pour vous. La guérison, ce n'est pas une blague. C'est une putain de bataille, tous les jours. Ces batailles finissent par être plus faciles, mais ta mère portera ce fardeau pour toujours. Le simple fait d'être là pour elle aidera. J'aimerais lui rendre visite avec toi, quand tu iras la voir.

— Ça me plairait.

— Même si j'aimerais dire que c'est pour la soutenir, en réalité, c'est pour toi. Tu as été là pour moi depuis qu'on se connaît.

— Et toi pour moi.

Ils se firent un check :

— Amis pour la vie.

Après une étreinte rapide, Quincy demanda :

— Est-ce qu'on déménage toujours tes affaires de chez nous demain soir ?

— Oui, mec. Merci.

Ses meubles étaient arrivés cette semaine-là et il avait été content à l'idée d'emménager. Mais cet enthousiasme avait décliné avec l'agitation entre Josie et lui. La maison était déjà devenue la leur. Il espérait qu'il n'avait pas gâché leur relation en parlant du test de paternité et en engageant une conversation qui avait bouleversé tout son monde.

Alors que Quincy montait sur sa moto, Jed regarda la caravane où sa vie s'était écroulée. Ils avaient retiré l'auvent cassé, jeté le tapis d'intérieur et d'extérieur et vidé la caravane. Dans son pick-up, il y avait une boîte pleine d'objets qu'il avait trouvés dans les biens personnels de sa mère. Dans le fond d'un tiroir de pull-overs se trouvaient des photographies de ses parents, des lettres d'amour que son père avait écrites à sa mère, des dessins que Jed et Crystal avaient faits en primaire et deux petites boîtes en bois contenant des dents de bébés. Le plus surprenant qu'il avait trouvé était logé entre les pages chiffonnées de *Goodnight Moon*, le livre que ses parents leur avaient lu si souvent quand ils étaient petits qu'il pouvait encore entendre leurs voix. Entre ces pages, il avait déniché une candidature remplie pour un centre de désintoxication situé à une heure de là. Elle portait la date de l'accident de leur père.

Il verrouilla la caravane et en montant dans son pick-up, il pensa à sa vie qui avait tant changé au cours des six dernières semaines. Il avait envie de vendre la caravane pendant que sa mère était au centre de désintoxication, pour lui permettre un nouveau départ. Elle pourrait partir du centre n'importe quand. Seul le temps lui dirait si elle était assez forte pour aller jusqu'au bout.

Son téléphone vibra, lui indiquant qu'il avait reçu un message de Crystal.

— Salut, Chrissy. C'est fait. J'ai tout nettoyé.

Il lui raconta ce qu'il avait trouvé et ce qu'il avait gardé.

— Tu crois qu'elle voulait aller à un centre d'elle-même quand elle a appris la nouvelle à propos de Papa ?

— Je ne sais pas, mais quand ce sera le bon moment, je lui poserai la question.

— Tu penses qu'elle va rester au centre de désintoxication ?

L'espoir dans la voix de sa sœur lui fit mal au cœur.

— J'espère. Maman a besoin de soutien.

Jed songea à tout le soutien que Crystal et lui bénéficiaient, à la manière dont les Whiskey et les Dark Knights avaient accueilli Josie, son frère, sa sœur et tous leurs enfants, contrairement à sa propre mère, qui avait peu d'aide. La culpabilité le rongea et il douta de tout ce qu'il avait fait à l'égard de sa mère. Aurait-il pu faire quelque chose différemment ? Aurait-il pu l'aider davantage ? Aurait-il pu la pousser à voir la lumière ?

Il se concentra sur la route et déclara :

— Dès qu'ils lui permettront d'avoir des visites, j'irai la voir.

— Je viendrai avec toi.

Cela le surprit.

— Tu es sûre ?

— Oui. J'irai lui rendre visite avec toi.

En arrière-plan, Bear cria :

— Je vais y aller aussi.

— Super. Merci, à tous les deux. Et, Chrissy, si elle s'en tire, si elle veut essayer de rester sobre, je veux l'aider à prendre un nouveau départ, à avoir une maison à Peaceful Harbor, un travail, de vraies visites de famille. Si elle fait ça, je ferai tout ce que je peux pour lui faciliter les choses. Je veux lui donner des raisons de rester sobre.

Un autre appel arriva.

— Crys, c'est Red. Je dois décrocher.

— D'accord. Biggs et elle sont venus un moment pour rester avec Bear et moi. Je t'aime, Jed.

— Je t'aime aussi.

Il passa à l'appel de Red.

— Salut, Red.

— Comment vas-tu, mon petit ? demanda-t-elle.

Sa gorge se serra à cause de toutes les émotions qu'il avait réprimées toute la nuit.

— Bien, merci. Et merci d'être allée voir Crystal.

— Chéri, nous sommes là pour vous. Peu importe ce dont tu as besoin, ce dont elle a besoin et, tu sais, ce dont ta mère a besoin pour échapper au grand monstre sombre auquel elle fait face, nous sommes là pour vous.

Les larmes lui piquèrent les yeux tandis qu'il conduisait en direction du pont de Peaceful Harbor.

— Merci, Red.

Ils discutèrent quelques minutes de plus. Il baissa sa vitre, laissant l'air matinal glacé frapper sa peau, essayant de se laver de la culpabilité et de la tristesse qui le souillait.

Il pensait encore à l'appel de Red quand il avança tant bien que mal jusqu'à la porte de la maison de Josie. Il était sept heures trente et il ne savait pas si Hail était déjà réveillé, il frappa donc faiblement à la porte. Personne ne répondit. Il regarda par la fenêtre et vit Josie en boule sur le canapé, portant les mêmes vêtements que la veille et la veste qu'il lui avait apportée. Il était parti si vite qu'il avait oublié la sienne. Son cœur se gonfla et lui fit mal en même temps.

Comme si elle avait été appelée par ses pensées, elle leva la tête, ses yeux endormis croisèrent son regard, puis elle ouvrit grand les yeux. Elle traîna les pieds jusqu'à la porte et quand elle l'ouvrit, Hail la contourna à toute vitesse.

— Moon ! Tu veux préparer des gaufres ?

— Bien sûr, mon pote. Donne-moi une seconde.

Hail courut dans la cuisine en criant :

— Je vais sortir le gaufrier du placard !

Scott tourna au coin des escaliers qui menaient au sous-sol en partant un pantalon de survêtement et un T-shirt, les cheveux ébouriffés, et dit :

— Je suppose que nous allons manger des gaufres.

Jed entra et serra Josie dans ses bras tandis que Scott entrait à pas lents dans la cuisine.

— Je m'excuse…, dirent Josie et Jed à l'unisson.

— Non, bébé. *Je* m'excuse. Je n'ai pas besoin de savoir qui est le père de Hail, dit-il à voix basse. Je l'aime, peu importe qui est son père. En réalité, il a eu de la chance d'avoir Brian. À l'époque, je n'étais pas de taille à vous donner ce dont vous aviez besoin, Hail et toi. Brian était son père et je ne veux pas vous prendre ça. Je n'aimerai pas Hail davantage s'il est de mon sang et je ne t'aimerai pas davantage parce qu'il est notre enfant. Dans mon cœur, il est à moi – *à nous* – depuis tout ce temps, pas à cause du sang, mais par choix.

— Oh, Moon.

Elle le serra fort, puis elle se mit sur la pointe des pieds et l'embrassa, ses larmes salées coulant entre leurs lèvres.

— Mais nous devrions faire le test. Tu mérites de savoir et si tu es vraiment son père, un jour, il devra le savoir aussi. Tout ce que je te demande, si tu l'es, je ne veux pas qu'on le lui dise avant qu'il soit un peu plus vieux. Je ne veux pas l'embrouiller davantage, mais nous méritons tous de connaître la vérité.

— Mais, la culpabilité… ?

— C'est à moi de la gérer. Quoi qu'il en soit, il a eu deux hommes formidables dans sa vie. Qu'est-ce que je pourrais demander de plus pour mon fils ?

Son cœur était sur le point d'exploser.

— Nous en parlerons après la fête d'anniversaire. Si nous faisons le test et que nous découvrons qu'il est de nous, nous gérerons ça ensemble quand *tu* sentiras que c'est le bon moment.

Il prit son beau visage entre ses mains.

— Je t'aime, Petit Chaperon Rouge, et j'aime Hail. Rien ne va changer ça. Mais si nous ne préparons pas ces gaufres bientôt pour que je puisse m'effondrer, je ne tiendrai jamais jusqu'à la soirée pyjama. Je ne pense pas que les autres aimeraient me voir en boxer, mais tu as dit que je devais venir en pyjama, alors…

— Sarah, Crystal, Finlay et moi avons acheté des pantalons de pyjama en flanelle pour Whiskey et toi. Red en a même acheté un pour Biggs.

— Vraiment ? En flanelle ?

Il rit légèrement.

— Quand est-ce que tu as eu le temps de faire ça ?

— Nous avons coordonné nos pauses-déjeuner et nous y sommes allées ensemble. Je n'avais pas l'intention de laisser quelqu'un d'autre voir le paquet de mon petit ami.

Hail scanda :

— La pâte à gaufres est prête !

Elle rit doucement et il lui vola un baiser. Puis, il l'approfondit, ayant besoin d'être plus proche et adorant la manière dont elle appuyait tout son corps contre le sien, comme si elle avait besoin de cette connexion tout autant que lui. Tandis que leurs lèvres se séparaient, il la maintint contre lui et dit :

— Tu es tout pour moi, Jojo.

Après un autre baiser torride, ils se dirigèrent vers la cuisine main dans la main.

— Qu'est-il arrivé à ta mère ? demanda-t-elle.

— Elle est au centre de désintoxication. Je te raconterai tout après avoir mangé des gaufres et avoir *dormi*.

Tandis qu'ils entraient dans la cuisine, le bavardage enthousiaste de Hail et le regard souriant de Josie lui donnèrent un second souffle. Le sommeil pouvait attendre. Il ne voulait pas rater une seconde de tout cela.

CHAPITRE VINGT-TROIS

JOSIE N'AVAIT JAMAIS imaginé accueillir une maison pleine de motards portant des pantalons de pyjama en flanelle et des bottes en cuir noir en l'honneur de la fête d'anniversaire de son fils. Tout le clan Whiskey et leurs moitiés s'étaient réunis dans le salon de Scotty avec Jed, Truman, Gemma et les enfants, Quincy, Penny, Isabel et Tracey. Tout le monde, y compris Red et la petite Lila, portait un pyjama. Bullet portait aussi une veste en cuir noir avec les emblèmes des Dark Knights au dos. Finlay avait dit que quand ils avaient commencé à sortir ensemble, elle s'était presque attendue à ce qu'il dorme avec.

Josie leva les yeux des cookies qu'elle posait sur une assiette. Sarah entra dans la cuisine en se dandinant, portant des pantoufles roses pelucheuses, un pull-over trop grand et un pantalon de pyjama en flanelle. Elle s'assit sur une chaise, tira une autre chaise près d'elle et souleva ses pieds.

— Tu crois que je peux me cacher ici une minute ou deux ? demanda Sarah. Mon dos et mes pieds me tuent.

— Je vais aller te chercher un coussin.

Sarah lui prit la main lorsqu'elle passa à côté d'elle.

— S'il te plaît, non. Si Bones te voit faire ça, il va insister pour que je m'assoie dans le canapé avec lui pour me masser les pieds pendant une heure. Assieds-toi avec moi. Je te jure que je n'ai jamais imaginé que je me plaindrais de quelque chose comme ça.

Josie s'assit.

— Un massage des pieds n'a pas l'air désagréable.

— Ils sont addictifs. Bones est très doué pour ça.

Sarah fronça les sourcils.

— Je me sens coupable parfois parce qu'il est *tellement* gentil avec moi.

— C'est parce que Maman et Papa nous ont appris à penser que nous ne méritions pas d'être aimées, et ils avaient tort. C'étaient eux qui ne méritaient pas d'être aimés. Bones t'aime, Sarah. Je sais que tu as eu de terribles expériences avec les hommes, mais pas moi. Je sais quand je le vois, et cet homme là-bas…

Elle jeta un œil dans le salon en direction de Bones, qui tenait Lila en parlant avec Biggs.

— Il vous aime tellement, tes bébés et toi, que je crois qu'il ne voit que vous.

— Je sais.

Sarah baissa la voix :

— Tu te souviens quand nous étions petites et que nous rêvions de ce que ça ferait d'être heureuses ? À présent, nous sommes tous ensemble de nouveau et nous sommes *tous* heureux.

Des larmes coulèrent des yeux de Sarah en dépit de son sourire.

— Ces hormones ne vont *pas* me manquer du tout quand le bébé viendra.

Elles rirent toutes les deux.

Sarah se frotta le ventre et grimaça.

— Ce bébé doit sortir.

Elle mit ses pieds par terre.

— Ça avait l'air d'aller entre Jed et toi aujourd'hui. Je suppose que vous avez discuté ?

— Oui. C'est fou comme quelque chose qui aurait pu complètement détruire notre relation nous a rapprochés.

Son regard glissa vers Jed. Il était si sexy dans ce pantalon en flanelle. Elle avait du mal à ne pas le toucher. Il était debout à côté de Hail, qui était assis sur sa nouvelle pelleteuse, un cadeau de Jed. Il faisait trop froid pour qu'il l'utilise à l'extérieur, mais Josie savait que dès qu'il ferait chaud, ils sortiraient cette chose et son petit homme passerait des heures à détruire le jardin de Scotty.

Crystal entra dans la cuisine, portant un pantalon de pyjama en tartan rose et gris et un débardeur gris avec un cœur rose au milieu.

— Je cherche juste quelque chose de sucré. Ne faites pas attention à moi.

Red se précipita dans la cuisine, portant un pyjama noir en soie et dit :

— Cachez les cookies !

— Arrière ! Ou je mords !

Crystal saisit l'assiette de cookies en jetant un regard noir à Red.

— Oh, laisse-la les manger, dit Dixie tandis qu'elle entrait d'un air désinvolte.

À la grande déception de ses frères, elle portait des bottes en cuir noir qui lui arrivaient aux genoux et une courte chemise de nuit noire sur laquelle était écrit « JE SUIS UN PETIT ANGE » à l'avant et « JE TE METS AU DÉFI DE FAIRE SORTIR MON CÔTÉ OBSCUR » à l'arrière.

— Oui, laisse-moi les manger.

Crystal s'assit à la table avec un cookie dans chaque main.

— Je t'aime, Red, mais si tu continues de m'empêcher de manger du sucre, nous allons avoir un problème.

— L'autre jour, tu m'as dit que tu ne voulais pas manger trop de sucreries et que tu voulais que je t'aide à réduire ta consommation. Et tu as déjà mangé un quart du gâteau !

Red lança ses bras en l'air en riant et s'assit à côté de Crystal.

— Donne-m'en un.

Elle prit un des cookies de Crystal :

— Je devrais savoir qu'il ne vaut mieux pas empêcher une femme enceinte de satisfaire ses envies.

— Elle t'a bien demandé de l'aider.

Sarah se massa le bas du dos.

— Oui, mais maintenant, je *veux* le sucre.

Crystal mit un cookie dans sa bouche tandis que Finlay entrait dans la cuisine avec Lila dans les bras.

— C'est la faute de Finlay, parce qu'elle prépare les meilleurs cookies sucrés de l'univers.

— Est-ce qu'elle se plaint encore parce qu'elle mange trop ?

Finlay secoua la tête. Elle portait un pyjama à pois roses et blancs et Lila portait une grenouillère.

— Est-ce que c'est une fête privée ? demanda Tracey.

— Entre, chérie.

Red tira une chaise et la tapota.

— Tu es tellement mignonne en pyjama.

Tracey plissa le nez en regardant son boxer et son grand T-shirt d'homme.

— Oh, je t'en prie, dit Dixie. C'est une bonne chose que Diesel ne soit pas là.

— Tu veux dire, *Oeil de Lynx* ?

Tracey s'affala sur la chaise ;

— Je sais qu'il n'est pas dangereux, mais il fait plier tous les hommes qui me parlent jusqu'à ce qu'ils arrêtent. Il fait vraiment baisser mes pourboires. Dieu merci, je ne cherche pas à sortir avec quelqu'un.

Red tapota la jambe de Tracey et dit :

— Diesel est un nomade, bébé. Il ne sera pas dans les parages pour toujours, alors profite de cette protection tant que tu peux. Il est aussi inoffensif que mes fils, à moins que tu ne fasses du mal à quelqu'un à qui il tient.

Sarah se leva.

— Je crois que je vais aller demander un massage des pieds, après tout.

Elle se dirigea vers le salon et s'arrêta brusquement en poussant un cri tandis que du liquide formait une flaque à ses pieds et elle cria :

— Bones !

Il fallut moins de temps pour que Bones apparaisse à côté de Sarah qu'il n'en fallut à Josie pour comprendre qu'elle avait perdu les eaux. Tout le monde se précipita vers Sarah et parla en même temps, mais Bones était calme, détendu et serein ; il passa en mode « médecin » et prit le contrôle de la situation.

— Je suis là, bébé, la rassura Bones. Que quelqu'un aille chercher le manteau de Sarah ! Je vais appeler son médecin.

— Respire, bébé. Respire avec moi, dit Bones d'un ton apaisant. Tout le monde dans la pièce se tut ; seules leurs respirations se faisaient entendre.

— Est-ce que Maman va bien ? demanda Bradley depuis l'étreinte forte des bras de Bullet.

Ce dernier croisa le regard inquiet du petit garçon :

— Maman va très bien, petit. Elle va aller à l'hôpital pour donner naissance à ta petite sœur.

— Elle va avoir un *bébé* ?

Hail tira sur le haut de pyjama de Josie et dit :

— Est-ce que je peux y aller aussi, Maman ? Est-ce que je peux avoir un bébé ? Kennedy a Lincoln et Bradley va avoir *deux* bébés !

Cela provoqua une cacophonie de commentaires et de rires. Tout le monde se dépêchait de prendre son manteau. Quand les contractions de Sarah cessèrent, chacun se dirigea vers son véhicule.

Jed aida Hail à mettre son manteau pendant que Josie enfilait la veste en cuir qu'il lui avait donnée. Après avoir installé Hail dans le pick-up, Jed tourna ses yeux bleus amusés vers Josie :

— Oui, Maman. Et si on avait un autre bébé ?

L'estomac de Josie sombra. Elle avait toujours espéré avoir d'autres enfants, mais avoir le bébé de *Jed* intentionnellement ? Eh bien, cette idée lui coupait le souffle.

Tandis qu'elle montait sur le siège passager, elle dit :

— Et si nous nous concentrions sur un bébé à la fois ?

JED TENAIT FERMEMENT la main de Hail en se précipitant dans les couloirs de l'hôpital avec le reste des invités de la soirée pyjama, se frayant un chemin jusqu'à la salle d'attente de la maternité. Ils s'entassèrent dans la pièce avec une agitation grandissante, installant les enfants avec leurs jouets et s'assurant que tout le monde était là.

— J'ai apporté des cookies ! annonça Crystal en posant le plateau sur la table.

Dixie rit.

Crystal tendit un cookie à Bradley, qui était assis sur les genoux de Bullet, et prévint :

— Pour les *enfants*.

— Ce n'est rien, ma puce.

Bear passa ses bras autour d'elle, souriant comme un fou amoureux.

— Tout le monde sait que notre bébé a besoin de sucre pour son côté dur à cuire inné.

Crystal lui donna une bouchée de cookie et dit :

— C'est pour ça que je t'aime. Mes habitudes alimentaires ne te dérangent pas.

— J'adore tremper ma grosse frite dans ton milk-shake, dit Bear en lui adressant un clin d'œil.

— Quand j'aurai un petit-ami, je le laisserai tremper ses frites dans mon milk-shake ! annonça Kennedy.

— Nous allons devoir avoir une petite conversation, princesse.

Truman lança un regard noir à Bear.

— Pourquoi, Papa ?

Kennedy tourna ses grands yeux innocents vers Truman.

— Je sais partager.

Gemma mit Lincoln sur ses genoux et gloussa.

— Papa dit des bêtises.

Jed se retourna pour regarder Josie, en train de parler à Scott à quelques dizaines de centimètres de lui. Elle était restée silencieuse sur le trajet et il se demandait si elle pensait au commentaire à propos d'un potentiel autre bébé. Jed sentit Hail prendre quelque chose dans la poche de sa veste et baissa les yeux tandis que le petit garçon sortait les camions que Jed avait mis dedans quand ils étaient partis.

Hail courut vers Bradley et Kennedy :

— Allons jouer !

Biggs boita jusqu'à Jed et posa une main sur son épaule.

— Tu tiens le coup depuis hier soir ?

— Bien sûr, dit Jed même s'il ne savait pas si c'était le cas.

— Eh bien, c'est une bonne chose.

Biggs s'éclaircit la gorge en scrutant la salle d'attente. Puis, il parla d'une voix forte, mais lente :

— Je crois qu'il est temps de donner à Jed son nom de biker.

Tous les regards se tournèrent vers eux, mais les yeux de Jed étaient rivés sur sa petite amie, qui affichait un grand sourire fier.

— Un nom de biker est choisi en fonction de la personne et de la manière dont cette personne se comporte, expliqua Biggs. Ce n'est pas quelque chose à prendre à la légère. Parfois, les noms viennent facilement, comme pour mes fils. Tu es un de mes fils, alors ce n'est pas étonnant que ton nom de biker me soit apparu clairement hier soir. Nous allons t'appeler *Moon*, mais pas parce que c'est ton nom de famille ou parce que c'est le nom que ta copine te donne. Tu as gagné ce nom parce que tu guides les gens pour qu'ils sortent de l'obscurité et que tu les aides à trouver leur chemin. Tu l'as fait avec Ricardo et Marco et tu ouvres la voie pour beaucoup d'autres jeunes garçons. Hier soir, tu as aidé ta mère à trouver la lumière dans son moment le plus sombre. Fiston, je suis fier de t'appeler Moon. Et j'ai hâte de pouvoir t'appeler Dark Knight aussi.

Pendant que Biggs lui donnait une longue étreinte, Jed fut envahi par l'émotion pour ce qui lui semblait être la millionième fois, dernièrement.

— Merci, Biggs.

Tout le monde se joignit aux câlins et aux vœux de bonheur, le faisant passer d'une étreinte à l'autre. Jusqu'à ce qu'il atterrisse enfin dans les bras de Josie.

— Tu savais quel était mon nom de biker depuis le début, pas vrai ?

— Tu t'es présenté en me disant que tu t'appelais *Moon* et on peut dire que tu m'as aidée à trouver ma voie. Je suis tellement fier de toi.

Le docteur Jon Butterscotch entra dans la salle d'attente avec un air jovial sur le visage :

— J'ai entendu dire qu'il y avait un gang de bikers en pyjamas qui se baladait dans l'hôpital et je savais que ça ne pouvait signifier qu'une chose. C'est le moment d'avoir un bébé pour Bones et Sarah. Pas vrai ?

Il regarda rapidement autour de lui :

— Pourquoi vous êtes en pyjama ?

Il sortit son téléphone et commença à prendre des photographies.

— Mec ! le réprimanda Bullet.

— Nous faisions une soirée pyjama pour mon anniversaire ! expliqua Hail. Et ensuite, Tante Sarah est venue chercher un bébé.

— Joyeux anniversaire.

John leva son téléphone :

— Souris pour la caméra pour que je puisse donner une copie à ta tante Sarah.

Hail afficha un grand sourire et Jon prit la photographie.

— Je vais donner ça à… *Nom de…*

Son regard parcourut lentement le corps de Dixie et il siffla en levant son téléphone pour prendre une autre photographie.

Bullet couvrit le téléphone de Jon avec son énorme main et

grogna :

— Je ne ferais pas ça, à ta place.

Jon leva son autre main en signe de capitulation.

— Laisse tomber, Butterscotch.

Dixie posa une main sur sa hanche.

— Je ne suis pas près de *lécher ta sucrerie*.

Elle tourna le dos à Jon et tout le monde rit.

Le regard de Jon passa sur son dos et il assura :

— Je vais relever ce défi.

Cela lui fit gagner un autre regard noir de la part de Bullet et un regard tout aussi dur de celle de Bear.

Jon mit son téléphone dans sa poche et leva les mains tout en sortant de la pièce à reculons, se heurtant à un autre médecin. L'homme avait sa place à la télévision, pas dans une maternité. Il mesurait facilement un mètre quatre-vingt-dix ou quatre-vingt-treize. Il était soigné, avec d'épais cheveux sombres, des traits ciselés et des dents droites et blanches.

— Qu'est-ce que tu as encore fait, Butterscotch ? demanda l'autre médecin.

Jon regarda Dixie de façon séduisante :

— Rien, *pour l'instant.*

Mais les yeux charmeurs de Dixie étaient rivés sur le beau médecin à côté de lui et le désir dans les yeux de Jon se transforma en agacement.

Bullet et Bear se ruèrent vers Jon comme des lions prêts à attaquer, les épaules droites et le regard mauvais.

Red se plaça devant eux et leva les mains.

— Du calme, les garçons.

Elle se tourna vers Jon d'un air provocateur :

— Oh, Jonny. Tu dois avoir envie de mourir.

Puis, elle s'adressa à l'autre docteur :

— Je suis désolée, Damon – *Docteur Rhys.* Comment va Sarah ?

Josie fit un pas en avant, tenant fermement la main de Jed.

— La maman, le papa et leur nouvelle petite fille vont bien. Bones devrait sortir dans quelques minutes pour vous emmener voir le bébé.

Tout le monde poussa des cris de félicitations. Ils savaient déjà que Sarah attendait une fille, mais même Jed était submergé par la joie pour elle et Bones. Tandis que Biggs, Red, Truman et Gemma annonçaient la bonne nouvelle aux autres enfants, Jed prit Hail dans ses bras et dit :

— Tu as une nouvelle petite cousine !

Josie et Scott se serrèrent l'un dans les bras de l'autre, puis elle passa un bras autour de Jed et Hail tourna ses beaux yeux larmoyants vers lui :

— Une petite *fille* !

— C'est ce que je veux, Jojo. Tout ça, avec Hail et toi. Je veux me réveiller avec toi dans mon lit et faire des gaufres et jouer avec des petits camions et camper dans notre salon. Et un jour, je veux que ton ventre soit rond parce que nos bébés seront dedans. Je n'ai pas de bague et j'ai oublié de mettre un genou à terre. Mais épouse-moi, Josie, et je te promets que je ferai tout ce qui est en mon pouvoir pour être l'homme que vous méritez, Hail et toi.

En larmes, Josie articula :

— Tu l'es déjà.

Elle se mit sur la pointe des pieds, scellant leur avenir d'un baiser.

— Est-ce que c'était un « oui » ? cria Scott tandis que les acclamations résonnaient autour d'eux.

Hail cria :

— Dis *oui*, Maman !

— Oui ! dit Josie en riant tandis qu'elle serrait Jed et Hail dans ses bras.

— C'est bien un « oui » !

Tout le monde s'approcha d'eux en même temps, les serrant dans leurs bras et les félicitant.

— Est-ce que ça veut dire que je vais récupérer ma cuisine ? demanda Scott.

— Oui, dit Jed, se sentant plus heureux que jamais. Je pensais que notre garage serait la boutique parfaite pour *Ginger All the Days*. Nous devrons y ajouter une cuisine, mais la plomberie et l'électricité sont déjà installées.

Josie resta bouche bée.

— Moon, c'est trop.

Tandis que tout le monde intervenait, ravis à l'idée de les aider à terminer le garage, Jed la prit dans ses bras et dit :

— Quand il s'agit de réaliser tes rêves, rien n'est jamais trop.

ÉPILOGUE

JOSIE SORTIT UN plateau de bonshommes en pain d'épices du four et le posa sur le plan de travail à côté des autres qu'elle décorait avec Sarah et Crystal. Elle faisait un essai en préparation de la vente aux enchères des célibataires qui aurait lieu la semaine d'après. Elle avait trouvé un lot d'emporte-pièces en forme d'hommes musclés dans diverses positions athlétiques et elles utilisaient du glaçage coloré pour les décorer avec des nœuds papillon noirs, des chemises ouvertes et des jeans. Elles avaient même ajouté des abdominaux avec du glaçage couleur chair.

Trois mois s'étaient écoulés depuis que Sarah avait eu son bébé et que Jed avait demandé Josie en mariage. Deux jours plus tard, ils avaient tous les trois emménagé dans sa – *leur* – nouvelle maison. Deux autres mois s'étaient écoulés depuis que sa mère était sortie du centre de désintoxication et avait emménagé au-dessus du garage. Pamela s'en sortait bien. Elle adorait Babs Redmond, sa marraine, qui était sobre depuis vingt-deux ans et la meilleure amie de Red. Pamela n'avait pas raté une seule réunion des alcooliques anonymes et elle avait trouvé un emploi dans un magasin de vêtements en ville. Elle s'efforçait de renforcer sa relation avec Jed et Crystal, et cela poussait Josie à l'aimer davantage.

Comme promis, Jed avait transformé le garage en une belle boutique avec des murs roses, des étagères intégrées peintes en blanc et des tables marron ornées de jetés roses et blancs bordés de dentelle. Il avait installé une vitrine et grâce à Gutter, il y avait une cuisine à l'arrière, séparée du reste de la boutique par une vitre. Les rideaux à rayures roses, blanches et marron étaient assortis à l'auvent que Jed, Scott et Bear avaient installé à l'avant pour l'inauguration prochaine de *Ginger All the Days*. Jed avait donné à Hail le titre de *superviseur de construction* et Hail était ravi de travailler avec les hommes. Jed exauçait tous leurs souhaits.

La porte s'ouvrit brusquement et Hail entra en trombe :

— Maman, Moon a dit que les hommes avaient besoin de cookies !

Les cheveux de Hail étaient plus courts avec ce temps chaud, rendant sa ressemblance avec Jed encore plus évidente. Elle n'oublierait jamais le moment où ils avaient reçu les résultats du test de paternité. Elle venait de rentrer à la maison quand le médecin avait téléphoné. Heureusement, elle avait pensé à lui demander d'attendre qu'elle installe Hail avec ses jouets. Puis, elle était allée dans la chambre et elle avait fermé la porte. Quand elle avait entendu que Jed était le père de Hail, ses jambes avaient cédé et elle était tombée à genoux, déversant des torrents de larmes. Elle avait été submergée par des émotions contradictoires. Elle avait appelé Tracey pour qu'elle garde Hail et elle avait ensuite appelé Jed. Il était rentré à la maison immédiatement et quand elle lui avait annoncé la nouvelle, il était tombé à côté d'elle, pleurant aussi fort qu'elle. Elle avait été une épave au cours des deux premières semaines qui avaient suivi. La culpabilité à propos de Brian l'avait frappée aux moments les plus étranges : quand elle jouait avec Hail, quand elle conduisait seule et quand elle écoutait de la musique. Une fois, elle l'avait même envahie pendant que Jed et elle faisaient l'amour. Jed était compréhensif et patient. Les jours passaient, et les choses étaient devenues plus faciles. Sarah lui avait suggéré d'écrire un journal. Josie n'avait pas écrit dans le journal de Brian depuis le Nouvel An. Sortir ses sentiments et sa culpabilité de sa tête avait fait des merveilles. Elle avait écrit une dernière lettre à Brian et quand Jed et elle étaient allés au cimetière ensemble et avaient posé le journal sur la pierre tombale, en dessous d'une pierre sur laquelle était gravé : « *Tu seras toujours dans nos cœurs* ». La pierre avait été l'idée de Jed et c'était parfait, car Brian était devenu une partie du cœur de Jed aussi. Comme il l'avait dit des mois plus tôt, Brian avait fait pour Hail et elle ce que Jed n'avait pas été capable de faire. Il lui en serait toujours reconnaissant.

Les choses étaient devenues plus faciles après cela. Même s'ils avaient décidé de ne pas dire à Hail que Jed était son père biologique avant qu'il ne soit plus âgé, Josie commençait à se demander si elle ne s'inquiétait pas trop à propos de la manière dont il le prendrait. Hail aimait Moon autant qu'il avait aimé Brian. Elle avait l'impression que tout comme Brian aurait toujours une place dans son propre cœur, elle verrait des traces de lui chez Hail, même s'ils n'étaient pas du même sang.

Dernièrement, après avoir pensé intensément au fait que Brian avait chassé Jed le matin après la belle nuit où Hail avait été conçu, elle s'était demandé si, après tout, Brian avait su la vérité sur l'identité du père de Hail et avait choisi de l'aimer comme s'il était de lui, tout comme Jed, avant qu'il ne fasse le test.

Josie disposa quelques cookies sur une assiette, souriant à son petit homme. Elle savait d'expérience ce qu'était un mauvais père. Hail avait vraiment eu de la chance d'avoir deux hommes merveilleux dans sa vie.

Elle lui ébouriffa les cheveux et lui tendit l'assiette de cookies.

— Moon, hein ? Est-ce que tu es sûr que ce n'est pas toi qui as besoin de cookies, mon chéri ?

Au cours des dernières semaines, Josie avait obtenu un flot continu de commandes de pain d'épices pour des événements. Bien qu'elle réussisse à les remplir, elle avait décidé de n'ouvrir sa boutique qu'un jour par semaine pour pouvoir continuer à travailler à mi-temps avec Penny. Josie et Hail n'avaient jamais eu besoin de beaucoup de choses pour être heureux et maintenant qu'ils avaient Jed, une famille plus grande et plus d'amis qu'elle ne l'avait imaginé possible, elle voulait s'assurer d'avoir le temps d'en profiter. Jed et elle parlaient aussi d'avoir d'autres enfants et elle ne voulait pas s'enfermer dans un commerce de vente au détail à plein temps avec ce projet à l'horizon. Chaque seconde qu'elle passait avec Sarah et Scott lui donnait envie que Hail ait des frères et sœurs et chaque fois qu'elle tenait Maggie Rose dans ses bras, ses ovaires faisaient la danse de la joie.

— Je parie que c'est un peu des deux, dit Pamela avec un clin d'œil, ce qui lui valut un gloussement de la part de Hail.

Chicki l'avait relookée. Ses cheveux blonds étaient coupés juste au-dessus des épaules avec une raie sur le côté et une longue frange élégante. D'après ce que Jed avait dit, elle ressemblait beaucoup à la mère qu'elle avait été quand il était petit et elle n'avait pas été aussi belle depuis des années.

— Mamie, est-ce que tu vas jouer à la pêche avec moi plus tard ? demanda Hail.

Évidemment !

Josie aimait sa future belle-mère en dépit de son passé et elle espérait qu'un jour, les ombres causées par les mauvais traitements qu'elle avait infligés à Jed et Crystal quand elle était en proie à ses démons finiraient par s'estomper.

— Je ne sais pas ce qui sent meilleur : les cookies ou cette jolie petite fille.

Pamela poussa du nez Maggie Rose et la serra dans ses bras. Le bébé était un beau mélange de Bradley et Lila, avec le tempérament doux de Sarah. Pamela ne se lassait pas du bébé de Sarah ou de Hail, son propre petit-fils.

Sarah marqua une pause en roulant la pâte pour la dernière fournée de cookies.

— La prochaine fois qu'il faudra changer sa couche, je parie que tu ne te poseras pas cette question. À la minute où Bones a installé les enfants dans leurs sièges auto pour partir ce matin, Lila a fait dans sa couche.

Elle avait une lueur encore plus brillante dans les yeux dernièrement, même si elle se réveillait la nuit pour nourrir le bébé.

Pamela rit.

— Je me souviens de ces jours-là. Ça ne me dérange pas de changer les couches. De plus, je dois m'entraîner. Nous aurons un nouveau petit bébé à aimer d'ici peu.

Elle jeta un coup d'œil à Crystal.

Cette dernière caressa son ventre rond.

— Je suis prête à rencontrer notre bébé. Si je deviens plus ronde, ils devront me faire *rouler* jusqu'à l'hôpital.

L'opinion de Jed et Crystal sur leur mère s'était adoucie quand ils avaient appris qu'elle avait mis fin à sa liaison et qu'elle était allée voir un centre de désintoxication le matin du jour où leur père avait été tué. Il leur faudrait du temps pour que tous les sentiments qui avaient été heurtés soient derrière eux, mais ils recommençaient peu à peu à former une famille.

— Profites-en, dit Sarah en commençant à enfoncer les emporte-pièces dans la pâte. Quand est-ce que tu peux gagner du poids sans te sentir mal ?

— Tout ce que je sais, c'est ce que ces seins manqueront à Bear quand ils auront disparu.

Crystal agrippa ses seins.

— Il adorait ton corps avant, il l'aimera à nouveau, lui rappela Josie.

Crystal

— Tout le monde va devenir fou de ces célibataires en pain d'épice. Mais attendez qu'ils découvrent qu'on vend Dixie aux enchères ! Ça va être hilarant. Je vous jure, nous allons devoir enchaîner Bullet, Bones et Bear. Ils vont perdre la tête, déclara joyeusement Crystal.

Elles avaient mis Sarah et Pamela au courant du secret de Dixie. Des chaînes ne seraient pas suffisantes pour les empêcher de faire descendre Dixie de la scène.

Tandis que Josie transférait les cookies du plateau chaud au plateau de refroidissement, elle dit :

— Je n'ai jamais assisté à une vente aux enchères de célibataires. Ça devrait être amusant. Je n'arrive pas à croire que Dixie a demandé au docteur Rhys d'être un célibataire et qu'il a *accepté*.

La porte s'ouvrit et les hommes entrèrent avec des sourires malicieux. Jed posa un regard plein de désir sur Josie et le ventre de celle-ci fit un saut périlleux. S'habituerait-elle un jour à la joie qui se multipliait en elle chaque fois qu'elle pensait à lui ? Ou aux étincelles qui la brûlaient quand il posait ses yeux bleu-gris sur elle ?

— Oh oh, dit Pamela d'un air joueur. Qu'est-ce que vous avez derrière la tête, les garçons ?

Jed enlaça Josie :

— Probablement rien de bon.

Hail était monté dans la chambre de sa grand-mère plus tôt ce matin-là et Jed et Josie avaient profité de chaque seconde. Elle eut la chair de poule rien qu'en pensant à sa bouche sur elle ce matin-là. Elle se mit sur la pointe des pieds, comme la fille la plus chanceuse du monde, et elle murmura :

— Je t'aime quand tu es *vilain*.

Ils avaient trouvé un bon rythme familial et cela avait été plus facile qu'elle ne l'avait imaginé. Quand Hail piquait une crise, Jed était patient et faisait de son mieux pour essayer d'apaiser leur petit homme pour qu'il soit de meilleure humeur. Et quand il était impossible de le consoler – après tout, Hail n'avait que six ans – Jed ne s'emportait jamais et ne perdait jamais son calme. Et si elle avait pensé que leur vie sexuelle était géniale au début, elle l'était bien plus à présent. Leur amour et leur confiance l'un envers l'autre avaient fait passer leur intimité à un tout autre niveau.

— Dépêche-toi, Maman ! cria Hail depuis la porte. Viens voir !

— J'arrive. Laisse-moi juste mettre la dernière fournée de cookies dans le four.

Josie glissa le plateau de cookies que Sarah avait préparés dans le four.

Bear en prit un sur le plateau de refroidissement et dit :

— Nous avons monté l'auvent sans problème. Je crois qu'il va te plaire.

Il se pencha en avant et embrassa Crystal. Puis, il embrassa le sommet de son ventre et dit :

— Est-ce que Pam et toi êtes prêtes à aller acheter un berceau ?

— Pam, tu peux me donner le bébé.

Scotty tendit les bras vers Maggie Rose.

Pamela l'embrassa une dernière fois :

— D'accord, ma chérie, il est temps de te passer à quelqu'un d'autre.

— Je veux la tenir ! dit Hail en courant vers eux.

Hail adorait tenir le bébé et elle savait qu'avec l'influence de Jed, il serait un grand frère formidable.

— Qui aurait cru que mon fils aimait autant les bébés ? s'étonna Josie tandis que Hail s'asseyait sur le sol et que Scott s'accroupissait à côté de lui, plaçant le bébé dans ses bras.

— Entre vous tous et les autres pilleurs de bébés, je ne peux jamais en tenir un seul dans mes bras, se renfrogna Scott.

— Tu pourrais trouver une femme et avoir tes propres bébés, suggéra Bear.

— C'est ça. Je ne suis pas encore prêt pour ça. De plus, je vais être vendu aux enchères la semaine prochaine. Il se pourrait que je doive consoler une longue file de femmes qui ne me gagneront pas.

— Allez, Hail. Donne la petite à Oncle Scotty et allons-y, lança Jed en se dirigeant vers la porte.

Il posa ses mains sur les épaules de Josie et dit :

— Ferme les yeux, bébé.

Josie obéit.

— L'auvent n'est pas une surprise. Je l'ai choisi, tu te souviens ?

— Je crois qu'il mérite une fanfare.

Jed la guida à l'extérieur.

Elle adorait la manière dont il soutenait ses rêves. Lorsqu'elle sortit, le soleil réchauffa son visage et elle entendit les murmures heureux de ses amis.

— J'ai hâte de le voir ! C'est la touche finale parfaite pour le magasin. Est-ce que je peux ouvrir les yeux ?

Jed retira ses mains de ses épaules et dit :

— D'accord.

Elle abrita ses yeux du soleil, plissant les paupières en regardant l'auvent. Par-dessus les rayures se trouvait une banderole blanche avec de grandes lettres rouges qui disaient : « Épouse-moi, Petit Chaperon Rouge ! » Elle rit et se retourna en disant :

— J'ai déjà accepté de…

Ses mots restèrent en suspens quand elle vit Jed mettre un genou à terre avec un bouquet de roses à la main, la regardant comme si elle était tout pour lui. Son autre bras était autour de la taille de Hail. Hail affichait un sourire jusqu'aux oreilles, comme tout le monde.

Jed lui tendit un bouquet de roses :

— Je n'ai pas pu le faire correctement la première fois et tu mérites une demande mémorable.

— Ta première demande était déjà mémorable.

— Celle-ci sera encore mieux. J'ai passé des années à aimer une fille qui m'a regardé comme si j'étais ce qu'il y avait de mieux après le pain d'épices. Une fille chaleureuse, forte et spéciale qui a vu au-delà de mes erreurs et m'a donné le sentiment d'être quelqu'un de spécial, quelqu'un qui méritait d'être aimé et admiré. Je ne savais pas si je te reverrais un jour, mais nous voilà. Hail et toi êtes mon destin, Petit Chaperon Rouge. Vous êtes *tout* pour moi.

Des larmes roulèrent sur les joues de Josie et il les essuya du pouce.

— Je veux te voir porter nos bébés et je veux être là quand Hail apprendra à conduire, quand il ira à son premier rendez-vous et quand il partira à l'université. Je veux voir ton entreprise se développer et prendre la direction que tu voudras et je veux que ton beau visage soit celui que je vois tous les soirs quand je ferme les yeux et tous les matins quand je me réveille.

Il passa un solitaire en diamant à son doigt :

— Épouse-moi, Petit Chaperon Rouge, et je te promets que tu ne le regretteras jamais.

Hail sautilla sur place et dit :

— Dis oui, Maman ! Marions-nous avec Moon et faisons des bébés !

Elle savait qu'elle souriait comme une idiote quand elle dit :

— *Oui*, Moon. Un million de *oui*.

— Hourra ! s'exclama Hail. Tout le monde se joignit à lui tandis que Jed scellait leur promesse avec un merveilleux baiser.

Ils passèrent de nouveau d'une étreinte à l'autre.

— Tu sais qu'il devait te passer la bague au doigt avant que tu n'aies l'occasion de faire une offre à la vente aux enchères, la taquina Scott en la serrant contre lui d'un bras et en tenant Maggie Rose dans l'autre.

— Ce n'est pas vrai, s'exclama Sarah en attirant Josie dans ses bras. Je n'ai pas pu assister à la première demande et je suis ravie d'avoir pu voir la deuxième. Félicitations !

— Je suis ravie pour vous deux.

Pamela pleura à chaudes larmes en serrant Josie dans ses bras. Puis, elle étreignit son fils et lui chuchota :

— Merci de ne pas avoir renoncé à moi, Jeddy.

— La *famille*, dit-il en attirant de nouveau Josie dans ses bras forts. C'est ce qui compte le plus.

Hail sautilla sur place de nouveau :

— Est-ce qu'on peut aller chercher un bébé, maintenant ?

Ces mots provoquèrent plus de rires et de larmes de joie chez toutes les personnes présentes.

Josie murmura à Jed :

— Je crois que nous ferions mieux de lui expliquer d'où viennent les bébés.

Il la serra contre lui, souriant comme le Grand Méchant Loup qu'elle savait qu'il était et répondit :

— Bien sûr, dès que j'aurai emmené mon Petit Chaperon Rouge à l'étage pour lui montrer comme ma bouche est grande…

Prêts pour plus de Whiskey ?

Il va falloir un mec exceptionnel pour gagner le cœur de Dixie Whiskey !

Attachez votre ceinture pour une folle virée riche en émotions, un livre dans lequel Dixie trouve l'amour : *Amours rebelles*, le prochain tome de la série *Whiskey* !

Découvrez Amours rebelles

Les tomes suivants, dans l'univers des Whiskey, sont déjà
disponibles. À découvrir sur toutes les boutiques en ligne et à
dévorer sans modération :

Un fleuve d'amour (première présentation de la famille Whiskey)
Sous l'armure de ton cœur (Truman et Gemma)
Comme une étincelle (Bear et Crystal)
Fou de désir (Bullet et Finlay)
En toi, un refuge (Bones et Sarah)

Vous aimez la plume de Melissa ?

Découvrez plus de magie sous la plume de Melissa Foster, auteure de nombreux best-sellers récompensés et figurant au classement du *New York Times*, avec la série qui a lancé le phénomène :

AMOUR SUBLIME

Collection romantique familiale

Les Whiskey sont l'une des nombreuses familles présentées dans la collection *Amour sublime*. Retrouvez des héros farouchement loyaux, des héroïnes excentriques et sexy, et des histoires qui dépasseront toutes vos attentes ! Si vous aimez les romances sur fond de grande famille, commencez par *Au cœur de l'amour* (Les Braden), le livre où tout a commencé ! Si vous aimez les histoires plus tourmentées, essayez *The Wild Boys After Dark*, à commencer par LOGAN – ou découvrez TOUTES les séries familiales en choisissant parmi les tomes de la collection *Amour sublime*. Attention, pour le moment, la majorité sont encore en anglais mais progressivement, vous pourrez les découvrir en français.

Vous trouverez des promotions et des premiers tomes gratuits au format numérique en anglais (les offres changent souvent, alors ouvrez l'œil), des listes de séries téléchargeables, les ordres de lecture et autres sur la page de Goodies de Melissa.

Autres livres par Melissa
(en anglais)
English Editions

<u>LOVE IN BLOOM SERIES</u>

SNOW SISTERS
Sisters in Love
Sisters in Bloom
Sisters in White

THE BRADENS at Weston
Lovers at Heart, Reimagined
Destined for Love
Friendship on Fire
Sea of Love
Bursting with Love
Hearts at Play

THE BRADENS at Trusty
Taken by Love
Fated for Love
Romancing My Love
Flirting with Love
Dreaming of Love
Crashing into Love

THE BRADENS at Peaceful Harbor

Healed by Love
Surrender My Love
River of Love
Crushing on Love
Whisper of Love
Thrill of Love

THE BRADENS & MONTGOMERYS at Pleasant Hill – Oak Falls

Embracing Her Heart
Anything for Love
Trails of Love
Wild Crazy Hearts
Making You Mine
Searching for Love
Hot for Love
Sweet Sexy Heart
Then Came Love
Rocked by Love
Our Wicked Hearts
Claiming Her Heart

THE BRADEN NOVELLAS

Promise My Love
Our New Love
Daring Her Love
Story of Love
Love at Last
A Very Braden Christmas

THE REMINGTONS

Game of Love
Stroke of Love
Flames of Love
Slope of Love
Read, Write, Love
Touched by Love

SEASIDE SUMMERS

Seaside Dreams
Seaside Hearts
Seaside Sunsets
Seaside Secrets
Seaside Nights
Seaside Embrace
Seaside Lovers
Seaside Whispers
Seaside Serenade

BAYSIDE SUMMERS

Bayside Desires
Bayside Passions
Bayside Heat
Bayside Escape
Bayside Romance
Bayside Fantasies

THE STEELES AT SILVER ISLAND

Tempted by Love
My True Love
Caught by Love
Always Her Love

THE RYDERS
Seized by Love
Claimed by Love
Chased by Love
Rescued by Love
Swept Into Love

THE WHISKEYS: DARK KNIGHTS AT PEACEFUL HARBOR
Tru Blue
Truly, Madly, Whiskey
Driving Whiskey Wild
Wicked Whiskey Love
Mad About Moon
Taming My Whiskey
The Gritty Truth
In for a Penny
Running on Diesel

THE WHISKEYS: DARK KNIGHTS AT REDEMPTION RANCH
The Trouble with Whiskey
For the Love of Whiskey

SUGAR LAKE
The Real Thing
Only for You
Love Like Ours
Finding My Girl

HARMONY POINTE
Call Her Mine
This is Love

She Loves Me

THE WICKEDS: DARK KNIGHTS AT BAYSIDE
A Little Bit Wicked
The Wicked Aftermath
Crazy, Wicked Love
The Wicked Truth

SILVER HARBOR
Maybe We Will
Maybe We Should
Maybe We Won't

WILD BOYS AFTER DARK
Logan
Heath
Jackson
Cooper

BAD BOYS AFTER DARK
Mick
Dylan
Carson
Brett

<u>HARBORSIDE NIGHTS SERIES</u>
Includes characters from the Love in Bloom series
Catching Cassidy
Discovering Delilah
Tempting Tristan

More Books by Melissa
Chasing Amanda (mystery/suspense)

Come Back to Me (mystery/suspense)
Have No Shame (historical fiction/romance)
Love, Lies & Mystery (3-book bundle)
Megan's Way (literary fiction)
Traces of Kara (psychological thriller)
Where Petals Fall (suspense)

Remerciements

Merci d'avoir lu l'histoire de Jed et Josie. C'était une histoire agréable à écrire, pour vous montrer un autre aspect de la dernière décennie de la famille Beckley. J'espère que vous les avez aimés autant que moi. J'ai hâte de vous présenter d'autres belles histoires d'amour émouvantes dans l'univers des Whiskey.

Si vous découvrez mes textes, notez que tous mes livres peuvent être lus indépendamment les uns des autres. Les personnages apparaissent dans d'autres séries, de sorte que vous ne raterez jamais de fiançailles, de mariages ni de naissances. Pour en savoir plus sur la série *Amour sublime* et mes autres titres en anglais, c'est ici :
www.MelissaFoster.com/melissas-books

Restez informés des offres gratuites, promotions et autres offres ici :
www.MelissaFoster.com/Sales

Téléchargez des listes et arbres généalogiques gratuits ici :
www.MelissaFoster.com/Reader-Goodies

Je discute souvent avec mes lecteurs sur Facebook. N'oubliez pas de vous inscrire à mon fan club !
www.Facebook.com/groups/MelissaFosterFans

Suivez ma page d'auteur sur Facebook pour des concours et les dernières informations sur les mondes de vos héros préférés. www.Facebook.com/MelissaFosterAuthor

Si vous préférez les romances plus douces, sans scènes explicites ni langage cru, découvrez ma série en anglais, *Sweet with Heat*, sous le nom de plume Addison Cole. Vous y trouverez les mêmes histoires d'amour, en un peu moins torrides.

Merci à ma formidable équipe éditoriale : Kristen Weber et Penina Lopez ; mes relecteurs attentifs : Sylviane Giraud, Elaini Caruso, Juliette Hill, Marlene Engel, Lynn Mullan et Justinn Harrison ; et pour la traduction française June Silinski et Valentin Translation. En dernier, mais non des moindres, un immense merci à ma famille pour sa patience, son soutien et son inspiration.

Découvrez Melissa

www.MelissaFoster.com

Melissa Foster est une auteure primée, dont les best-sellers figurent aux classements du *New York Times* et de *USA Today*. Ses livres sont recommandés par le blog littéraire de *USA Today*, le magazine *Hagerstown*, *The Patriot* et de nombreuses autres revues. Melissa a également peint et fait don de plusieurs fresques murales pour l'hôpital des enfants malades à Washington, DC.

Retrouvez Melissa sur son site web ou discutez avec elle sur les réseaux sociaux. Melissa aime parler de ses livres avec les clubs de lecture et les groupes de lecteurs. N'hésitez pas à l'inviter à vos événements. Les livres de Melissa sont disponibles dans la majeure partie des boutiques en ligne, en version papier et numérique.

Melissa écrit aussi des romances douces (sans scènes explicites) sous le nom de plume Addison Cole.